東野圭吾

架空犯

幻冬舎

架空犯

I

灰色の空を背景にヘリコプターの黒い影が浮かんでいた。あの場所から、一体どんな映像を撮ろうとしているのか。そんなものを見たいと思う視聴者がどれだけいるのか。だがきっとニーズはあるのだろう。他人の不幸は、いつだって商売の種になる。

その家は、遠目には何の変哲もないように見えた。ダークグレーの壁は無事で、屋根も残っている。だが全体を眺められるところまで近づけば、まともな状況でないことに気づかされた。あちらこちらに黒い焦げ跡があるからだが、それよりも先に異変を知らせる情報は臭気だった。火災から丸一日以上が経つというのに、未だに建材を燃やした時に出る煤《すす》特有の臭いが漂っている。

野次馬と思《おぼ》しき人々の姿が、ちらほらとあった。屋敷の周囲には赤い三角コーンが並べられ、さらに立入禁止のテープが張られたりしていて物々しい雰囲気が漂っている。その向こうでは消防や鑑識の制服を着た者たちが黙々と動き回っていた。

道路脇にテレビ局の人間と思われる数人の男女がたむろしていた。撮影機材は脇に置かれており、ワイドショーで流すＶＴＲは撮り終えた、というところか。

その中にいた女性が、足早に近寄ってきた。雰囲気から警察関係者だと察知したのかもしれない。案の定、すみません、と声をかけてきた。「警察の方でしょうか？」

五代努《ごだいつとむ》は女性のほうを見ず、歩きながら無言で手を振った。

「捜査本部が立てられるそうですが、やはり単なる火災ではないということですか」

若い女性が訊けば答えてくれるかもしれないと思っているのだろう。そんなに軽薄そうに見えるのか、とため息をつきながら足取りを速めた。女性はすぐに諦めたようだ。

立入禁止のテープをくぐって金属製の門扉に近づいていくと、その前に立っていた若い警官の顔つきが少し険しくなった。何の御用でしょうかと尋ねられる前に、五代は上着の内側から警察手帳を覗かせた。警官は合点《がてん》したように敬礼をしてきた。

改めて屋敷を見上げた。二階の窓が開放されているが、窓枠の向こうは暗くて何も見えない。暗いだけではなく、焼け焦げて黒いのだろう。外壁は焼けていないが、内部は全焼に近い状態だということだった。

ここへ来る前に、建物に関するおおよそのデータは確認しておいた。高級住宅地のど真ん中、しかも東南の角地で敷地面積は約百坪だ。二階建ての洋風建築で玄関は東向き、南側には庭があり、生け垣によって道路からの視界が遮られている。豪邸とまではいかないが、周囲の住宅と比べれば目立つ存在だ。この惨状は近隣の家にとっても衝撃的に違いなかった。

門から十メートルほどのアプローチがあり、その先が玄関だ。今はブルーシートで隠されている。その隙間から、消防署員や鑑識課員がひっきりなしに出入りしていた。

五代が彼等の様子を何気なく眺めていると、スーツを着た男が出てきた。五代のよく知る人物だった。ズボンのポケットに両手を突っ込み、身体《からだ》を揺らすように歩いている。同じ係にいる警部補で筒井《つつい》といった。向こうも五代に気づき、苦笑を浮かべながら近づいてきた。

「おまえも下見に来たのか」

「どんな状態か、見ておこうと思いましてね。筒井さん、中に入れてもらえたんですね」

「ちょっと覗いただけだ。あまり動き回るなと釘を刺されたからな。ただ、遺体のあったリビングルームだけは見ておいた。まあ、こんなところだ」筒井はスマートフォンを操作し、五代のほうに画面を向けた。

映っているのは無残に焼け崩れた室内の様子だった。ありとあらゆるものが黒い煤に覆われ、何が何だかわからない。中央付近に鎮座しているのは大理石のテーブルか。その横のソファだったと思われる物体の上に、白い紐が人間の形に置いてあった。横たわっている姿勢だ。

「ここに藤堂《とうどう》氏の遺体が？」

筒井は下唇を突き出し、頷いた。

「発見された時点では、確認できたのは性別ぐらいだったらしい。かなり損傷が激しく、黒焦げだったそうだ」

筒井の言葉に五代は暗澹《あんたん》たる気持ちになった。遺体はたくさん見ているし、焼死体にも慣れている。しかしその画像を今後も飽きるほど眺めることになるのだろうと思うと憂鬱になった。

「この様子だと現場検証も簡単には進まないでしょうね」

「だろうな。鑑識が科捜研と協同で、集まったデータを参考に焼失前の状態を３Ｄで再現してくれるそうだ。犯行内容や現場の状況などの本格的な検証は、それができてからになるだろう」筒井はスマートフォンをしまった。

五代は無言で頷き、門を見つめた。表札には、『藤堂』と彫られていた。

一丁目の藤堂さん宅が燃えていると一一九番通報が入ったのは、十月十五日、つまり昨日の午前二時過ぎだ。即座に地元の消防が駆けつけて消火に当たったが、火勢は強く、完全に消し止められたのは三時間以上も後で、すでに周囲は明るくなっていた。

焼け跡から二つの遺体が見つかった。住人の藤堂康幸《やすゆき》と江利子《えりこ》夫妻に連絡がつかないので遺体はその二人だと思われたが、もっと重要なことがあった。どちらも火災によって死んだのではない可能性が高かったのだ。

「絞殺だと聞きましたけど」

五代の言葉に筒井は小さく顎を上下させた。

「ソファで見つかった遺体の首には焼けた布のようなものが付着していたらしい。原形は留めていなかったが、元は紐状のものだろうという話だ。おそらく凶器だ」

「もう一つの遺体はどこで見つかったんですか」

「風呂場だ」

「バスルームでしたか。で、そこで……」

筒井は顔をしかめ、鼻の下を擦った。「首を吊っていた」

「それが藤堂氏の奥さん？」

そうだ、と筒井は頷いた。

「風呂場には火が回ってなくて、遺体も影響を受けていなかった。物干しバーの根元にロープをかけ、吊ったようだな」

「正確には吊ったではなく、吊されていた、ですね？」

筒井は顔の前で人差し指を振った。

「まだ正式な見解は出ていない。めったなことはいうな」

「だけど、そうでなきゃ俺たちが呼ばれるはずがない」

「仮にそうだとしても、わざわざ口に出す必要はないといってるんだ。どこで誰が聞いているかわからない。消防や下っ端の警官の中には、何も知らない者だっている」

筒井には生真面目なところがある。五代は肩をすくめ、わかりました、と答えておいた。

消防からの連絡を受けて二つの遺体を確認した所轄の刑事課は、火災は事故ではなく、人為的に引き起こされたものだと考えた。妻がリビングルームで夫を殺害した後、家に火をつけ、バスルームで自殺を図ったというわけだ。知らせを聞き、事態を重く見た署長は、警視庁捜査一課に応援を要請した。

ところが状況は、署長が覚悟していたよりも深刻なものとなった。

現場に到着した検視官は、浴室で見つかった女性の首つり遺体を見て、即座に事件性を嗅ぎ取った。索条痕から、女性は自ら首を吊ったのではなく、何者かによって絞殺された後、自殺に見せかけて吊された可能性が極めて高いと判断したのだ。

無理心中と思われたものが、一転、殺人事件へと様変わりしたわけだ。

特捜本部の開設が決まったのは、昨日の夕方だ。そして今日になり、五代たちの所属する係に出動命令が出た。午後には第一回捜査会議も行われる予定で、その前に現場を見ておこうと思い、やってきたのだった。

「藤堂康幸のプロフィールは把握してるか?」筒井が訊いてきた。

「ネットニュースで見ました」五代は左胸を叩いた。内ポケットにスマートフォンを入れてある。「政治家一族の生まれらしいですね。本人は区議会議員を十五年務めた後、都議会議員に当選して、今は五期目だったとか」

「年齢は六十五歳で、政治家として脂がのっていた。で、あの人種にとって貴重な財産といえるのが豊富な人脈だ。いろんな組織や団体と繫がりがあって、特に選挙の時には強い味方になってくれる。ただし、それなりにしがらみも多く、表沙汰にしたくない腐れ縁だって皆無じゃないだろう」

「つまり味方も多いが敵も多い、と」

「そういうことだ。厄介なヤマになると覚悟しておいたほうがいいかもな」

筒井の口調は予想というより確信に聞こえた。

「世間からの注目度も半端じゃなさそうですからね。知ってますか、江利子夫人が元女優だったってこと」

「ああ、なんかそういう話だな。俺はよく知らないんだが」

「俺も知りませんでした。でも無名だったわけではなく、活躍した時期もあったらしいです。三十年以上前だそうですが。双葉《ふたば》江利子といったそうです」

「フタバエリコか。聞いたことがあるような気もするが、何も思い出せんな」筒井は大して関心がなさそうだった。

第一回の捜査会議は所轄の大講堂で行われた。捜査一課長や理事官だけでなく、刑事部長までもがひな壇に顔を並べる大々的なものとなった。

所轄の署長から挨拶があり、同じく所轄の刑事課長による事件についての説明の後、これまでに判明していることが初動捜査に当たった捜査員や鑑識によって報告された。

火事を通報したのは藤堂邸の右隣の住人で、煙の臭いを不審に思った家族の一人が窓の外を見て、隣家から炎が上がっていることに気づいたらしい。いつ燃え始めたかはわからないといっている。ほかの近隣の住人たちは、消防車のサイレンを聞くまで、火災には全く気づかなかった模様だ。風向きのせいもあるだろうが、深夜で眠っている者が多かったからだと思われた。

司法解剖の結果は出ていた。どちらも結婚指輪をしていたし、血液型、歯の治療痕などから、家の住人である藤堂康幸と江利子夫妻と判明していた。藤堂江利子に関しては指紋も一致しているし、遺族に顔を確認してもらっている。今後、DNA鑑定も行われる予定だが、おそらく覆ることはないとみられている。

夫妻の死因は、いずれも窒息死だった。呼吸器官から煙の粒子は検出されず、火災が起きた時には死亡していたと考えられる。藤堂康幸の首には凶器に使われたと思われる紐状の燃えかすが残っていた。また藤堂江利子の首には二種類の索条痕があり、背後から絞殺された後、自殺に見せかけるためにロープを首にかけて吊されたものと推定された。

以上のことから、今回の事件は無理心中に見せかけた第三者による犯行であることが決定的となった。また二人の血中から少量のアルコールは検出されたが、睡眠薬などの薬物は出ていない。

有力な目撃情報は今のところない。藤堂邸には防犯カメラが設置してあったようだが、火災のためにシステム全体が損傷しており、修復は不可能だった。ただし近隣にも玄関先などに防犯カメラを設置している家はいくつかあり、すでに映像の収集と分析を始めている。

出火原因は犯人による放火と考えてまず間違いない。リビングルームの床に灯油をまいた後、火を放ったと思われる。灯油は犯人が持ち込んだものか、元々藤堂邸にあったものかは今のところわかっていなかった。

十月十四日夜の夫妻の行動は、概《おおむ》ね判明していた。藤堂康幸は都内で開かれたパーティに出席した後、自らが所属する党の関係者らと銀座《ぎんざ》のクラブに行き、午後十一時過ぎに店を出ている。タクシー乗り場まで見送った者たちの証言によれば、特に変わった様子はなかったということだ。

藤堂江利子も、この夜は会食に出ていたらしい。こちらも午後十時頃、ひとりで帰路についている。その後に何か予定があるような発言は誰も聞いていない。

藤堂邸で何が起こったのかは不明だ。どちらのスマートフォンも焼け焦げた状態で見つかっていた。データの復元が試みられているが、おそらく難しいだろうというのが鑑識の見解だった。

事件概要の説明が終わると、次は捜査方針の提示だ。五代の直属の上司である桜川《さくらかわ》から、現場周辺の聞き込みや防犯カメラ映像による情報収集、遺留品を中心とした証拠品の解析、被害者の人間関係の洗い出し、といった指示が出された。

締めくくりに立ち上がったのは捜査一課長だ。

「無理心中を装っていることから、犯人は警察の捜査が行われるのを避けようとしたと考えられる。逆にいえば、通常通りの捜査を地道に積み重ねさえすれば犯人に辿り着くということだ。思い込みや先入観は捨て、被害者二人の周辺を片っ端から当たってみてくれ。現役都議と元女優の夫人が殺害されたということで社会的影響は大きい。早期解決を目指し、全力で事に当たるように」

小柄な身体に似合わぬ野太い声に続き、はい、と気合いの籠もった返事が大講堂の空気を震わせた。

捜査会議の終了後は、それぞれの班に分かれての打ち合わせとなった。五代は被害者の人間関係を担当する鑑取り捜査班に組み込まれていた。鑑取り捜査班の仕切りには筒井が任命されていた。

鑑取り捜査は警視庁本部と所轄の捜査員が二人ひと組になって行うのが基本だ。組み合わせはすでに決められていて、五代の相手は山尾《やまお》という生活安全課の警部補だった。

特捜本部開設となれば、刑事課以外から人員が駆り出されるのは珍しいことではない。小さな警察署の場合、交通課の巡査が動員されることさえある。それに比べれば、地元の治安に精通している生活安全課の人間が特捜本部に加えられるのは合理的といえた。だが警部補という階級は見逃せない。

「今回は、やけにベテランと組まされるんですね」五代は小声で筒井にいった。五代の階級は巡査部長だから、相手のほうが格上ということになる。

「相手の階級が上だからといって遠慮するおまえじゃないだろ?　他部署の警部補まで駆り出そうっていうぐらい、所轄は気合いを入れてるってことだ。多少やりにくいかもしれんが、うまく折り合いを付けてくれ」

「わかっています」

五代は山尾という人物には会ったことがない。所在を尋ねるために所轄の人間に声をかけようとしていたら、痩せた男性がゆっくりと近づいてきた。

「捜査一課の五代さんですね」男性がいった。「生活安全課の山尾です」

「あ……あなたが」五代はあわてて背筋を伸ばした。「五代です。よろしくお願いします」

その場で連絡先を交換しながら、五代はこっそりと相手を観察した。五十歳は超えているだろう。尖った頰と窪んだ眼窩《がんか》が印象的だが、表情は乏しい。

その後、鑑取り班の打ち合わせが行われ、五代たちは被害者遺族への対応を担当することになった。殺害された藤堂夫妻には一人娘がいて、すでに結婚していた。名前は榎並香織《えなみかおり》といい、自宅は元代々木《もとよよぎ》にあるらしい。連絡先として、夫の榎並健人《けんと》の携帯電話番号が記されていた。

「医療法人孝育会を運営する榎並グループの御曹司で、榎並総合病院の副院長だ。典型的な上級国民同士のカップルだな。どうせ有名私立学校の同級生か何かだろう」筒井が冷めた口調でいった。

「香織さん本人の電話番号はわからないんですか」

五代が訊くと筒井は少し口元を曲げた。

「用がある場合でも、まずは自分に連絡してほしいというのが御主人の希望だ。というのは、非常に微妙な時期らしくてな」

「というと？」

筒井は周りを一瞥《いちべつ》してから、「香織さんは妊娠中だ」と小声でいった。「しかも安定期に入っていない」

「ははあ……つまり精神的にも不安定だと？」

「そういうことだ。昨日、遺体を確認したのも御主人だけで、香織さんには見せなかったそうだ」

「なるほど」

自分が夫だったとしても同じ判断を下すだろうと五代は思った。

「事情聴取の際には、その点はくれぐれも注意してくれ」

「了解です。十分に気をつけます」

五代は筒井の前を離れ、山尾のところに戻った。

「これから被害者の娘さんに会いに行こうと思いますが、いかがですか」

「五代刑事にお任せします」山尾は抑揚のない声で答えた。

では、と五代はスマートフォンを出した。

榎並健人の携帯電話にかけると、すぐに相手が出た。五代が警察の者だと名乗っても、狼狽《ろうばい》した気配はなかった。

「妻に御用ですか」榎並が先回りをして訊いてきた。

「そうです。是非、お話を伺いたくて。まだ気持ちの整理がついておられないだろうとは思うのですが……」

「少々お待ちください」

どうやら香織はすぐそばにいるようだ。さすがに榎並も今日は病院を休んだのだろう。

お待たせしました、と榎並の声がいった。

「妻に尋ねましたところ、お会いしてもいいそうです」

「そうですか。ありがとうございます」

「ただ、できれば自宅に来ていただけると助かるのですが」

「もちろん、伺います。これからお邪魔させていただいても構いませんか」

「結構です。ただ、私も同席させていただきたいのですが」

「かしこまりました。問題ございません」

本音をいえば香織ひとりと会いたいところだが、状況を考えると無理はいえない。

では後ほど、と締めくくって電話を終えた。

元代々木に行くには、電車を使うのが一番早そうだった。警察署を出ると、五代は山尾と並んで駅に向かった。

「五代刑事は、かなり優秀な方だと聞きました」歩き始めてすぐに山尾がいった。「世間でも話題になった例の清洲橋《きよすばし》事件、あの一件では大きな働きをされたとか」

五代は顔をしかめた。「誰がいってたんですか、そんなこと」

「捜査一課のお出ましとなれば、いろいろと情報を仕入れてくる者もいます。それにしても大したものだ。どんな世界にも、元々持っているものが違う人っているんだなと改めて思いました。単に実力があるだけじゃない。運の強さも違う。だから刑事をやっていても、巡ってくる事件の大きさが違ってくる」

「たしかに今回は小さい事件ではないですね。でもそれなら山尾さんも運が強いということになる」

「私は違います。単なる助っ人です」

「そんなことはありません。おたくの事件です。一緒にがんばりましょう」

山尾は少し黙った後、はい、と短く答えた。力強い声とはいえなかったが、卑屈になっているようにも聞こえなかったので五代は少し安心した。所轄と組んだ際、妙にへりくだった態度を取られるのが一番やりにくいのだ。

2

榎並夫妻が住んでいるのはマンションの十階だった。エントランスホールの入り口にはカウンターがあり、女性のコンシェルジュがいた。

五代が共用玄関からインターホンを鳴らすと、はい、と男性の声が聞こえた。

「先程お電話させていただいた五代です」

コンシェルジュが聞き耳を立てているとは思わないが、こんなところで警察や警視庁などと口走るのは御法度《ごはつと》だ。

どうぞ、という男性の声と共にオートロックのガラスドアが開いた。

噴水のある広々としたホールを通り過ぎ、エレベータに乗った。十階に上がると部屋番号を頼りに、カーペットが敷かれた内廊下を歩いた。壁紙も上品で、どこもかしこも高級ホテルのような佇《たたず》まいだ。

一〇〇五号室に『ENAMI』と刻まれた金色のプレートが出ていた。五代はチャイムを鳴らした。間もなく内側で人の気配がして、解錠される音が聞こえた。

ドアが開き、男性が顔を見せた。三十代半ばといったところか。端整な顔立ちで、短い髪を奇麗に整えている。

「警視庁の五代です」

「榎並です。お待ちしておりました」

失礼します、といって五代は足を踏み入れた。山尾も黙ってついてくる。

榎並は玄関ホールの先にあるドアを開け、五代たちに入るよう促した。そこは広々としたリビングルームだった。大型の液晶モニターが壁に据えつけられていて、その前にL字形に配置されたソファとテーブルがあった。

ひとりの男性がソファの脇に立っていた。やや小太りで眼鏡をかけている。年齢は六十歳前後か。五代たちを見て、会釈してきた。

「紹介しておきましょう」榎並がいった。「義父の秘書をしておられる……しておられた、というべきなのかな。モチヅキさんです」

小太りの男性が近づいてきて、モチヅキです、といって名刺を出した。だが五代と山尾のどちらに手渡すべきか迷ったらしく、二人を交互に見た。明らかに山尾のほうが年上に見えるからだろう。

山尾が無言で後ろに下がった。それで察したのか、どうぞ、とモチヅキは五代に名刺を差し出してきた。

五代は頭を下げながら受け取った。名刺には、『都議会議員藤堂康幸第一秘書　望月宗太郎』とあった。

「お取り込み中だったのではないですか」

五代が訊くと、いやいや、と望月《もちづき》は手を横に振った。

「心配だったので、御様子を窺《うかが》いにお邪魔しただけです。それより刑事さん、捜査のほうはどうなっておりますか。犯人の目星などはついているのでしょうか」

ずいぶんと気の急《せ》いた質問だ。だが彼等にしてみれば事件を知ってから二十四時間以上が過ぎているわけで、何らかの進展があるのでは、と考えても無理はない。

「特捜本部が開設され、警視庁が全精力を傾けて捜査を行っています。必ず犯人は逮捕され、真相が明らかになるでしょう」五代は型通りの答弁で応じた。「おそらく望月さんのところにも、お話を聞かせてほしいと捜査員から連絡があると思います。お忙しいとは思いますが、是非とも御協力をお願いいたします」

「承知しております。すでに事務所にも電話があったようです。もちろん私共にできることでしたら、どんなことでもお手伝いさせていただきます。どうか、一日でも早く事件が解決するようお願いいたします」望月は深々と頭を下げた。「全く、悪夢としかいいようがありません。未だに信じられない。どうしてこんなことになったのか――」ポケットから出したハンカチでこめかみのあたりを何度か押さえた後、はっとしたように顔を上げた。「ああ、すみません。

これから大事なお話があるんですよね。私は失礼いたします。では健人さん、葬儀のことはまた後ほど」

「はい、香織と相談しておきます」

「よろしくお願いします。それでは失礼いたします。ああ、お見送りなど結構です」

望月は書類鞄を脇に抱え、そそくさと玄関に向かった。

秘書の後ろ姿を見送った後、「どうぞ、お掛けになってください」と榎並が五代たちにソファを勧めてきた。「妻を呼んできますので」

「はい、お願いします」

榎並がリビングルームを出るのを待って、五代はソファに腰を下ろした。

「立派なお住まいですね」山尾が隣に座りながらいった。「さすがは榎並グループの御曹司だ」

五代も室内を見回した。接しているダイニングルームを含め、三十畳以上はあるのではないか。殊更《ことさら》に華美というわけではないが、目に見えないところに贅を尽くしている雰囲気は大いにあった。

壁に小さな額が掛かっていた。五代は立ち上がり、近づいた。絵ではなく刺繡だった。白い布に蝶や花が華やかにちりばめられている。金色や銀色のビーズが使われており、宝飾品のようだ。隅に『ERIKO』と記されていた。

「それが何か?」山尾が訊いてきた。

「奇麗だなと思いましてね。有名作家のものかと思ったのですが、そうではなく藤堂江利子さんの手作りのようです。名前が縫ってある。たぶん娘夫婦にプレゼントしたんでしょう」五代は元の位置に戻った。「山尾さん、女優時代の江利子夫人を御存じですか。たぶん同世代ですよね？」

ええと、と山尾は視線を遠くに向けた。

「何かで見た覚えはあります。映画だったか、ドラマだったか……」

「かなり人気があったんでしょう？」

「そうだったかもしれません。すみません、そっちの方面には疎いもので」

「そうですか。いえ、一応伺ったまでです」

ドアが開き、榎並が戻ってきた。後ろから入ってきた女性が香織のようだ。ほっそりとした体形で、妊娠の気配など感じられなかった。顔は小さく、どちらかといえば日本的だ。薄く化粧をしているようだが、顔色をよく見せることにはあまり成功していなかった。とはいえ間違いなく美人の部類に入るだろう。

夫に促され、香織は五代たちと向き合うソファの端に身体を収めた。彼女は俯《うつむ》いたままで、五代たちのほうに視線を向けてこない。持っていたスマートフォンを傍らに置いた。

五代は警察手帳を提示して改めて名乗った後、山尾のことも紹介した。夫妻の反応は鈍い。刑事の肩書きや名前など、どうでもいいのだろう。

「御体調はいかがですか？」五代は香織に訊いた。「もし、お加減が悪くなるようなことがあれば、遠慮なくいってください。質問は中断して、我々は即座に席を外します」

大丈夫です、といって香織が顔を少し上げた。

でも、と榎並が妻の隣で口を開いた。

「なるべく手短に済ませていただけますと助かります」

「承知しております。そのように心がけます」五代は筆記具を取り出した。「では早速質問に移らせていただきます。まず、奥様が事件のことをお知りになったのはいつですか」

「昨日の朝です。六時過ぎだったと思います」香織が細い声で答えた。「警察から私のスマートフォンに電話があって、実家が火災に遭ったことを知りました。その後、藤堂御夫妻に連絡がつきませんが旅行などで出かける予定はありましたか、と訊かれました。そんな話は聞いておりませんのでそのようにお答えしたところ、向こうの人はすごく気まずい様子で、じつは焼け跡から二つの遺体が見つかっているんだ、とおっしゃいました。それを聞いた途端、目眩《めまい》がしてしまって……」言葉を切り、瞼《まぶた》を閉じた。さらに右手をこめかみに当てた。先を続けるのが辛そうだ。

榎並が妻の肩に手を置き、五代たちのほうを向いた。

「今の話に間違いありません。私も、すぐそばでやりとりを聞いていました」

五代は頷いた。事前情報と齟齬《そご》はなかった。香織に電話をかけたのは交番の警察官だ。藤堂家の巡回連絡カードに、緊急連絡先として榎並香織の携帯電話番号が記されていたからだった。

「改めて、心よりお悔やみ申し上げます」五代は頭を下げた。「なるべく手短に、とのことですので、単刀直入にお話しいたします。すでにお聞き及びかもしれませんが、藤堂康幸さんと江利子さんは火災発生以前に何者かによって殺害されていた可能性が高く、本件は殺人事件として捜査されることになりました。御心労はお察しいたしますが、捜査に御協力いただけると助かります」

殺害や殺人事件という言葉が出たからか、香織の顔が一層青ざめたように見えた。

「もちろん協力はいたしますけど、何をお話しすればいいんでしょうか？」

「どんなことでも結構です。御両親に関して、最近何か気に掛かることはありませんでしたか。トラブルに巻き込まれているとか、困ったことが起きていたとか」

香織は当惑した表情で目を伏せた。トラブル、と呟いたのが口の動きでわかった。

「御両親から何か聞いてる？　聞いてないよな？」榎並が香織に尋ねた。彼女は黙って首を捻《ひね》っている。

「心当たりはないようです」榎並が五代たちにいった。「それに、もし香織の両親が何らかのトラブルを抱えていたとしても、それを香織に話すことはなかったと思います。妙な心配をかけたくないと考えるでしょうから。特に今の時期は」

冷静で妥当性のある意見だった。五代も首肯せざるをえない。

「その言い方から察しますと、御主人のほうにも何らかの相談があったわけではなさそうですね」

「おっしゃる通りです。妊娠がわかって以来、我々と会っている間、妻の両親たちはずっと笑顔でした。二人の深刻そうな顔なんて、見たことがありません」

「最近では、いつお会いになりましたか」

榎並は香織のほうを見て、いつだったかな、と訊いた。

「あの時じゃない？　ＮＩＰＴのことで……」

ああ、と榎並は首を縦に振ってから五代たちのほうに顔を巡らせた。

「先週の土曜日です。ＮＩＰＴの結果が出たので、それを知らせに行きました」

「失礼、エヌアイピーティーというのは？」

「出生前診断のひとつです。すべて陰性だとのことだったので報告しに行きました。妻は三十歳になるので少し心配していたらしく、安心したといって、両親はとても喜んでくれました。お祝いにシャンパンを開けようか、なんて話にもなったぐらいです」

幸せな光景が目に浮かぶようなエピソードだった。殺害される理由など思いつかないのも当然だろう。

とはいえ、これで引き下がるわけにはいかない。

「藤堂康幸さんの都議というお立場から察しますと、常日頃から陳情や苦情の類いも少なからず寄せられていたと思うのです。それらの中には、もしかすると康幸さんへの恨みに繋がるようなケースもあったのではないでしょうか。そういった話を、お聞きになったことはありませんか？　最近ではなく多少古い話でも構いません」

だが香織は眉間に皺《しわ》を寄せた。

「そんな話を聞いた覚えはありません。もしかしたら聞いているのかもしれませんけど記憶にはございません」

「その手のことなら我々にではなく、事務所や後援会の方々に尋ねたほうがいいと思います。議員としての義父については、彼等が一番よく把握しているはずですから」榎並が妻の言葉を補った。

「望月さんは何かおっしゃってなかったですか」

榎並は首を横に振った。

「事件については何も。義父が亡くなった今、あの人の頭の中にあるのは、葬儀と妻のことだけのようです」

含みのある言い方に五代は違和感を覚えた。

「議員が亡くなったわけですから、秘書が葬儀のことを考えるのは当然だと思いますが、奥様のことというのは？」

榎並は苦々しい顔で吐息を漏らした。

「望月さんは、次の区議会選挙で香織を立候補させたいと考えているんです」

「奥様を？」五代は俯いている香織に目を向けた。

「前々から義父と相談し、決めていたようです。義父も自分が元気なうちに後継者を作っておきたかったみたいで」

「後継者をねえ。いや、しかし」五代は香織に視線を向けた。「奥様は当分それどころではないのでは……」

「出産と育児を控えているから、という意味でおっしゃっているのなら、義父たちとは全く逆の考えです。子育て中というのは選挙では決して悪い材料にならない、むしろ強い武器になる、というのが義父たちの言い分でした。社会進出する女性の代表としてふさわしい、女性票は総取りできる、なんてことをいってました」

榎並の話を聞き、そういう考え方もあるのか、と五代は納得した。たしかに、どんなことでも武器にするのが政治家だ、と聞いた覚えがある。

奥様は、といって五代は再び香織を見た。「それについてはどのようにお答えになっていたのですか。立候補するおつもりだったんですか」

香織は、ゆらゆらと頭を揺らした。

「正直いいますと、あまり気は進みませんでした。議員なんて自分に向いていると思えませんし。でも、はっきり嫌だともいっておりません。祖父や父たちが築いてきた道筋を守ったほうがいいんじゃないか、とも思いますし……。いずれにせよ、この子が無事に生まれてくれて、育児にも慣れてからだと考えていました」

自分の腹部を撫でる香織を見て、五代は小さく頷いた。政治家の一族に生まれるのは、傍《はた》が思うほど楽ではないのだろう。ひ弱そうに見えるが、意外と芯のしっかりした女性なのかもしれない。

「ところが今回の事件で、そう悠長なこともいってられなくなるかもしれません」榎並がいった。「義父を応援してくれていた人たちにしてみれば、一刻も早く後継者を見つける必要が出てきたわけですから」

「それで望月さんも、香織さんの出馬を望んでおられるわけですね」

「あの方としては職を失うピンチですからね。香織が議員になれば、その秘書を引き受ける気でいるようです」榎並は口元を少し曲げた。望月のことをあまりよくは思っていないようだ。

「あなたは奥様が議員になることには反対なのですか」

五代が訊くと榎並は低く唸《うな》った。

「率直にいえば賛成ではありません」榎並がいった。「大変な仕事だとわかっていますからね。

でも立候補するとなれば応援する気です。藤堂家が政治家一族だということはわかっています。そこの一人娘と結婚しようと思った時から覚悟はできていました」

「なるほど」

刑事さん、と榎並が改まった口調でいった。

「でも今の話が事件に関係している可能性は低い、というより皆無に等しいと思います。香織の立候補をよく思わない人間がいたとしても、義父たちを殺害する理由にはならないでしょう」

「それは我々には何とも……。貴重な情報として伺っておきます」

「くれぐれも内密にお願いします」

「もちろんです。外部に漏らすようなことは絶対にいたしません。藤堂康幸さんに関しては事務所や後援会の方々にお伺いするとして、奥様のほうはどうでしょうか。最近の江利子さんについてはどなたにお尋ねするのがベストか、アドバイスをいただけるとありがたいのですが」

榎並が香織のほうを向き、誰がいいだろう、と尋ねた。

「それならホンジョウさんがいいと思います」香織は迷う様子を見せずにいった。

「どういう方ですか」

「母とは長い付き合いのある方で、若い頃には芸能界にいたこともあったそうです。母と同じ事務所に所属していたと聞いています。よく一緒に食事したり、買い物をしたりしていました。公的なことから、些細な身の回りのことまで、何でも相談できる仲だと母はいっておりました」

「その方に今回のことは……」

「今朝、知らせました」香織は辛そうに眉をひそめた。「とても驚かれて、冗談でしょう、嘘でしょうって何度もおっしゃって……。最後はもう声を出せない御様子でした」

「ホンジョウさんとおっしゃいましたね。連絡先を教えていただけますか」

香織は傍らに置いていたスマートフォンを手にすると、操作してから五代のほうに差し出した。「この方です」

画面には『本庄雅美』という氏名と携帯電話番号が表示されていた。五代は急いでメモを取った。

「お宅はどちらですか」

「広尾《ひろお》です。ただ、今は旦那さんの仕事の都合でシアトルにいらっしゃいます。でもお葬式には出たいから、なるべく早く帰国するといっておられました」

するとに話を聞けるのは、それからということになるか。もどかしいが、シアトルではこちらから出向くわけにもいかない。待つしかなさそうだ。

「本庄《ほんじょう》さんの帰国日がわかれば知らせていただけるとありがたいのですが。連絡先は後ほどお渡しいたします」

「わかりました」香織は硬い表情で顎を引いた。

「本庄さんのほかに、江利子さんが親しくしておられた方はいらっしゃいませんか」

「何人かはいたと思いますけど……」香織は頰に手を当てて考えていたが、やがてその手を下ろした。「その点についても本庄さんにお尋ねになるのが一番いいと思います。母の最近の交友関係となると、私も十分には把握しておりませんので」

「そうですか」

五代は手帳を閉じ、隣を見た。神妙な顔つきの山尾と目が合ったので、何かありますか、と訊いた。中年の警部補は意外そうな顔で、いいえ、と首を振った。質問を求められるとは思っていなかったようだ。

五代は夫妻に目を戻した。

「ほかに何か、我々に話しておいたほうがいいと思われることはありませんか」

二人は顔を見合わせた。香織がかぶりを振るのを見て、榎並は五代たちに顔を向けた。「現時点では思いつきません」

「わかりました。ただ、どんな些細なことでも結構ですから、何か思い出された場合には連絡をください」五代は名刺を差し出した。「メールでも構いません」

榎並は受け取った名刺を見つめ、黙り込んでいる。

「どうかしましたか」

榎並は唇を舐めてから口を開いた。

「警察は、顔見知りの犯行だと睨《にら》んでいるわけですか。強盗や放火魔による仕業である可能性はないんですか」

「顔見知りかどうかはわかりませんが、何らかの繋がりのある人物による犯行の可能性が高いとみています」

「その根拠は？」

「犯人が偽装工作を行っていることです」五代は即答した。「捜査上の秘密なので詳しいことは申し上げられませんが、無理心中に見せかけようとした形跡が確認されています」

「無理心中？」榎並は目を見開いた。隣では香織も息を呑んだ顔だ。

「江利子夫人が康幸さんを殺害した後、家に火を放ち、自殺した――そういう状況に見せかけたものでした」

「そんな、まさか……」香織が声を詰まらせた。「そんなこと、絶対にあり得ないです。母が父を殺すなんて」

「わかっています。犯人が仕組んだトリックであることは、すでに判明しています。私がいいたいのは、金品目的の強盗なら、そんなことをする理由がないということです。放火魔にしても同様です。犯人は殺人事件であることを隠すため、そのような工作を行ったんでしょう」

この説明に納得したのか、榎並は首を縦に揺らした。だが思案する顔をした後、真摯な目を向けてきた。

「義父の社会的立場から察して、いろいろと敵が多かったのではないか、と警察が考えるのは無理ないと思います。実際、義父のやり方に不満を持っていた人も少なくなかったでしょう。いつだったか、ネットには悪口しか書かれていないと義父が嘆いていたこともあります。しかし個人的な恨みを買うようなことはなかったと思います。私の周りにも、政治家藤堂康幸は好きになれないが、人間としては魅力的だという者はたくさんいたんです。かくいう私がそうです。強引な手法には賛成できない点もありましたけど、情の厚さにはいつも感服していました。素晴らしい人格者だったと思います。だから、つまり……」榎並は妻のほうを一瞥してから続けた。「義父を殺したいほど恨んだり、憎んでいた人間がいたとは、とても思えないんです。これは妻の思いを代弁しているだけではなく、私自身の正直な気持ちでもあります」

強い口調で語った夫の横顔を香織は、頼もしそうに見つめた。さらに、ありがとう、と呟いた。榎並は、うん、と深く頷いた。

五代は夫妻を交互に眺めた後、参考にします、と答えた。

「最後に、もう一つだけ質問させてください。十四日の夜から十五日の朝にかけて、お二人がこちらのマンションにいらっしゃったことを証明できるものが何かありませんか。どんなものでも結構です」

この質問に、たった今まで優しげな表情を浮かべていた夫妻は、冷水を浴びせられたように顔を強張《こわば》らせた。まさか自分たちがアリバイを訊かれるとは思っていなかったのだろう。

榎並夫妻のマンションを辞去する頃には日が少し傾き始めていた。五代は筒井に電話をかけ、夫妻の聴取が終わったことを報告した。

「実のある話を聞けたか」筒井がストレートに尋ねてきた。

「残念ながら喜んでもらえそうな手土産はありません」

ふふん、と鼻を鳴らす音が聞こえた。

「まあ、そうだろうな。まだ始まったばかりだ、焦らなくていい。それより藤堂康幸氏が出席したパーティ会場が判明した。悪いが、ちょっと回ってきてもらえないか」

「わかりました。康幸氏の動向を気にしていたような不審人物がいなかったかどうか、従業員に確かめればいいわけですね」

犯行が計画的なものならば、その時点から犯人が康幸を監視していた可能性がある。

「あと、最後に寄った銀座のクラブも頼む。同席したホステスたちから、康幸氏たちがどんな話をしていたか聞き出してみてくれ。雑談の中に、どんな手がかりが潜んでいるかわからんからな」

「パーティ会場と銀座のクラブですね。やれやれ、何時に帰れることやら」

「早く帰りたかったら手土産の一つでも見つけてこい」それぞれの所在地と店舗名をいうと筒井は電話を切った。

五代はスマートフォンをポケットにしまい、顔を上げた。マンションの正面玄関を眺めていた山尾が振り返った。「報告は終わりましたか」

「次のミッションを与えられました」

内容を聞くと山尾は薄く笑った。

「パーティ会場と銀座のクラブですか。安月給の身には無縁の場所ばかりだ」

「俺ひとりで回れます。山尾さんは引き揚げてくださって結構です」

いやいや、と山尾は手を横に振った。

「付き合います。高級クラブの美人ホステスにも会いたいし」

「ホステスといっても、いろいろいますよ。それより美人といえば――」五代は歩き始めながらマンションを見上げた。「榎並香織さん、さすがに美人でしたね」

「血は争えない、というやつでしょう」山尾も同意のようだ。「目元なんて、若い頃のお母さんにそっくりだ」

五代は足を止めた。それに気づき、山尾も立ち止まった。「どうしました?」

「いえ、何でもありません」

再び足を踏みだしつつ、五代は内心首を捻っていた。若い頃のお母さんにそっくり、とはどういうことか。山尾は女優の双葉江利子のことなど、あまりよく覚えていないのではなかったのか。

だが五代は引っ掛かりつつ、黙っていた。何らかの意図があって口にしたわけではなく、単に話を合わせただけに違いない。矛盾をついて不快にさせたりしたら面倒だ。何しろ相手は、当分一緒に行動しなければならない相棒なのだ。

3

現場の3D復元画像が完成したという知らせが桜川のところに入ったのは、十七日の朝だ。捜査会議で発表する前に見せてもらえるとのことなので、五代たち桜川の部下は警視庁本部庁舎に向かった。

会議室には大型の液晶モニターが用意されていた。桜川や五代らが見つめる中、広瀬《ひろせ》という眼鏡をかけた男性の鑑識課員がパソコンを操作し、モニターに画像を表示させた。

おお、と何人かが小さな声を漏らしたのは、想像以上に精密なものだったからだろう。屋敷全体を外側から眺めた画像は、まるで写真のようにリアリティがあった。

見事なものだな、と桜川がいった。

「家屋の設計と建築を請け負った会社に図面や建築材、インテリアデザインに関する詳細な資料が残っていたので、大いに参考になりました。築二十三年で経年劣化はあったでしょうが、十年前には外壁を補修しており、実際の外観などは、ほぼこの画像に近かったと思われます」

やや誇らしげに説明した後、広瀬はキーボードを操作した。玄関の扉が開き、カメラが屋内に入っていくイメージだ。天井が吹き抜けになった広いエントランスホールがあり、廊下が奥に延びている。

廊下を少し進むと、左側にドアがあった。

「このドアの向こうがリビングルームです」

広瀬がキーを叩くと、画面が室内を描いたものに切り替わった。火災に遭う前を再現しているので、家具や建具も新品のように奇麗だ。壁際に置かれたアップライトピアノも輝いている。

いいじゃないか、と桜川が再び褒めた。

「焼け跡の写真だけじゃ、どうもぴんとこなかったが、こういうものを用意してくれると状況をイメージしやすい」

恐れ入ります、と広瀬は頭を下げた。

「玄関からリビングルームまでの間に、外から侵入できるような窓はなかったのかな」

「エントランスホールの上部に飾り窓があります。しかし開閉できるものではなく、壊されてもおりません」

「わかった。続けてくれ」

広瀬が画面のほうを向いた。

「広さは約四十畳あります。御覧のようにほぼ正方形に近く、隣のダイニングルームとは引き戸で仕切られるようになっていますが、ふだんは開放したままだった可能性が高いです。消火後の検証時にも引き戸は開けられた状態でした。消火作業中に消防署員が開けたのではないことは確認済みです。リビングルームには大理石のセンターテーブルを囲んで、このように三人掛けと二人掛けのソファがL字形に配置されていました。ほかに一人掛けの回転式ソファが二点ありました。床にはカーペットが敷かれていました。で、被害者のひとり、藤堂康幸さんが横たわっていたのは、三人掛けのソファです。このソファを中心に灯油がまかれた可能性が高く、最も激しく燃えた形跡があります。火が放たれる前は、おそらくこういう状態だったと思われます」

ソファは黒い革張りで、高級感のある光沢まで再現されている。そこに遺体をイメージさせる灰色の人形が横たわっていた。首には紐のようなものが巻きつけられている。

「衣類は完全に燃え尽きており、服装の詳しい推測は困難です。凶器は、分析の結果、木綿製だと判明しています。紐なのか、タオルやスカーフなどの布を細く捻《ねじ》ったものだったのかは不明です。首にどのように巻かれていたかもわかっていませんが、二重以上であったのは間違いありません。ソファのそばにはひと組のスリッパがありました。また、テンカボウ一本が見つかっています。これに関してはチャッカマンという商品名のほうがわかりやすいかもしれません。犯人が火をつけるのに使用したと推測されます」

テンカボウとは点火棒のことか、と五代は話を聞きながら漢字を思い浮かべた。

「それ、指紋は採れたのかな」桜川が訊いた。

「採れました。藤堂江利子さんの右手の指紋と一致しました」

「ふん、犯人の小細工だな」桜川が憎々しげにいった。「ほかに見つかったものは？」

「燃え残ったポリタンクが床に落ちていました。灯油が入っていたと思われます。またテーブルには二台のスマートフォンが載っていました。すでに報告されているように、どちらも完全に焼け焦げていて、修復は不可能です。機種は、藤堂康幸さんと江利子夫人が契約していたものと一致しています。藤堂康幸さんの遺体周辺の状況については以上です」広瀬は、質問はないか、と尋ねるように視線を巡らせた。

「この部屋の戸締まりはどうなってたんだ？」桜川が尋ねた。

広瀬は画像を動かした。

「このようにリビングルームの南には庭があり、ガラス戸を開ければ出入りできました。ただし火災発生時、いずれも施錠されていたことが確認されています」

「玄関と裏口も鍵はかかっていたんだったな？」

「消防からの報告によれば、そのはずです」

「犯人は家の鍵を持ち出し、玄関あるいは裏口から出て、施錠したということか。無理心中に見せかけたいわけだから当然か……」独り言を呟くようにいいながら、桜川は釈然としない顔つきだ。

五代は上司の心境が何となくわかった。五代自身も、状況は理解できたのだが、どこかしっくりこないものがあるのだ。だが何が引っ掛かっているのか、うまく説明できない。

まあいい、と桜川は吹っ切るようにいった。「続けてくれ」

はい、と広瀬がキーボードを操作した。次に画面に映ったのはリビングルームと隣接しているダイニングルームのようだ。八人ほどが座れそうな長いテーブルがあり、椅子が並んでいる。キッチン部分とはカウンターで仕切られているようだ。

「リビングルームと同様、建築会社から提出された資料を参考に再現しています。ダイニングテーブルの上には何も置かれておらず、床に落ちていたものもありません。奥にはカップボードがありましたが、棚が焼け落ちることはなく、収納されていた食器は概ね無事でした」

モニターに映った画像には、カップボードも忠実に再現されていた。食器の一つ一つも丁寧に描かれている。おそらく実際の現場もこの通りだったのだろう。科捜研や鑑識の仕事の細かさには、いつも感心させられる。

「次はキッチン部分です。調理台には何も載っておらず、流し台の中にグラスが一つ置いてあったただけです。ガスコンロにはフライパンと鍋がありましたが、どちらも空でした。食洗機の中には食器がいくつかありました。炊飯器には研いだ米と水が入っていました。おそらく炊飯の予約状態だったと思われます」

五代は広瀬の話を聞き、藤堂江利子が米を研いでいる姿を想像した。翌日の朝食のために準備をしたのだろう。

「素晴らしく片付いた家だな。うちなんかとは大違いだ。藤堂家は家政婦を雇っていたのか」

桜川が誰にともなく訊いた。

「確認しておきますが、その情報はありません」答えたのは筒井だ。「娘さんが家を出てからは夫妻の二人暮らしだったわけで、家政婦を雇う必要はなかったと思われます」

「つまり単に夫人の家事能力が高かっただけ、ということか」桜川は足を組んだ。「続けてくれ。次はどの部屋だ?」

すみません、と広瀬が謝った。

「今のところ再現できている部屋は以上です。後はバスルームになります」

「バスルームができているのなら十分だ。見せてくれ」

はい、といって広瀬がキーボードに向き直った。

「バスルームは一階、廊下の奥にありました。火災の影響をあまり受けなかったのは、不燃材料が使われていたからだと思われます。それでも煤煙《ばいえん》で室内は相当に黒くなっていました。そのようになる前の状態を再現したのが、この画像です」

モニターに映し出された画像を見て、五代は息を止めた。遺体自体は簡略化されているが、だらりと吊り下げられた光景にはリアルな迫力があった。

「犯人は、どこで夫人を殺したんだ?」桜川が呟いた。「このバスルームではないだろう。どこかよその場所で殺し、ここまで運んできた。そう考えるのが妥当だと思うが」

藤堂康幸と同様にリビングルームで殺したのではないか、という者がいた。何人かが首肯する。

「同じ場所で二人を絞殺か。そんなことができるだろうか。一方が殺されているのを、もう一人がおとなしく見ているとでもいうのか。泥酔していた可能性は低く、睡眠薬をのまされた形跡もないんだぞ」

係長が発した疑問に部下たちは誰も答えられなかった。

「そもそも、なぜバスルームなんでしょうね」筒井が発言した。「首つりを偽装するにしても、バスルームである必要はないと思うんですが」

「それについてなら答えられるかもしれません」そういったのは広瀬だ。「ほかの場所なら燃えてしまうおそれがあったからではないでしょうか。せっかく偽装しても、すべてが灰になってしまったのでは意味がありません。その点バスルームなら、先程もいいましたように火災を免れる可能性がありました」

「ああ……そういうことか」筒井は納得した様子だ。

桜川は険しい顔つきで液晶画面を睨んでいたが、いたずらに時間を消費するわけにはいかないと思ったか、割りきる顔になり、続けてくれ、と広瀬を促した。

広瀬は画面の一部を指した。

「遺体を吊すのに使用されていたのは洗濯ロープです。一メートルほどの長さに切断されていました。同じものが隣の洗濯スペースから見つかっており、切断面も一致することから、犯人が切って転用したものと考えられます。夫人の指紋がいくつか確認できましたが偽装の可能性があります」

広瀬の最後の転用という言葉を聞いた瞬間、五代は自分が抱いている違和感の正体に気づいた。ちょっといいですか、と手を挙げていた。

なんだ、と桜川が訊いた。

「犯人は遺体を吊せる紐を用意していなかったということですよね。もし洗濯ロープがなかったら、どうするつもりだったんでしょう？」

桜川は腕組みをし、鋭い目を五代に向けてきた。「何がいいたい？」

「犯人の偽装工作に中途半端なものを感じるんです。チャッカマンやロープに夫人の指紋を付けたり、玄関や裏口に施錠したりと、周到なところもある一方、炊飯器の予約に気づいていないという迂闊な面もあります。気づいていたなら、米を捨て、予約を解除していたはずです。無理心中を図る人間が翌朝の食事の用意をしていたらおかしいですから。洗濯ロープを使ったこともそうです。遺体を吊す気なら、丈夫な紐を事前に用意しておいたのではないでしょうか。つまり今回の犯行は、計画的なようで、極めて行き当たりばったりのようでもあります。何より疑問に思うのは――」五代はモニターに映っている遺体を模した人形の首を指差した。「犯人は、絞殺死体を首つり自殺に見せかけられるなどと本気で考えたのでしょうか。検視官が難なく見抜いたように、今時、出来の悪いミステリドラマでも通用しないトリックだと思うのですが」

桜川は口元を歪《ゆが》めた。「世の中の人間すべてがミステリ通というわけじゃないぞ」

「それはわかっていますけど……」

「いいだろう。今の五代の疑問に合理的に答えられる者はいるか？」桜川は部下たちを見回した。「いるなら答えてやってくれ。筒井、おまえはどうだ？」

急に名指しされ、筒井は顔をしかめた。

「犯人は五代が想定しているほど頭のいい人間ではない、とか……」

あはは、と桜川が笑うふりをした。

「なるほど。その可能性もゼロではないな。だとしたら、おそらく犯人逮捕も時間の問題だ。いろいろとボロを出してくれるだろうからな。しかし我々としては楽観的なことばかりを考えているわけにはいかない。なぜ犯人は、簡単に見抜かれることを承知で偽装工作を行ったのか。各自、五代が提示したこの謎を頭の片隅に置いておくように」

いい終える頃には指揮官の顔から作り笑いは消えていた。

4

液晶画面に映し出された動画の画質は粗かった。VHSテープに録画してあったものをDVDに焼き直したということだから当然か。

「やっぱりこれからは若者が地元を盛り上げていかなきゃだめだと思っています。今は景気がよくて、株とか不動産で楽に儲けている人が多いけど、こんなことは絶対に長くは続きません。いずれ下り坂になります。その時に備えて、どの業界も今のうちに、目先の利益に惑わされず、しっかりと地に足のついた経済基盤を作っておく必要があるんです。その中心になるのが若者です。そういう意識を地元の議会から発信していきたいですね」

熱弁をふるっている男性は、ねじり鉢巻きに法被《はっぴ》姿という祭りの定番スタイルで決めていた。細身だが、よく日焼けしているので逞しく見える。年齢は三十代前半か。後方では若者たちに担がれた神輿《みこし》が激しく揺れ、取り囲んだ見物客が盛り上がっている。

垣内達夫《かきうちたつお》が染みだらけの手をリモコンに伸ばし、スイッチを押して映像を一時停止させた。画面を見て、にやにやしている。

「若いでしょう。何しろ三十年以上前ですからね。バブル景気真っ只中で、日本中が浮かれていた頃です。そんな中、ヤスは、このままじゃいけない、ブローカーばっかりではだめだ、きちんとプレーヤーを育てなきゃいけないと、よくいってました」

「プレーヤーというと？」五代は訊いた。

「農業や工業、漁業といった分野を実際に支えている人たちといってもいい。もちろん娯楽業やスポーツ、芸術の担い手も含まれます。それに対して証券マンとか商社マンといった、実体のないもので商売したり、仲介で儲けようとする連中のことをヤスはブローカーと呼んでおりました。広告代理店なんかもそうだといってましたな。ブローカーは産業の発展には殆《ほとん》ど貢献しておらず、その上前をはねるだけだから、そんな人間ばかりが増えても国は少しもよくならないというのがヤスの主張でした。たしかに当時の日本には、地道なことを軽んじる風潮がありました。懸命にものづくりをする人間より、単に金を動かしたり、広告で儲ける人間のほうがちやほやされるという、極めておかしな時代でした」

垣内達夫――藤堂康幸後援会の会長は、遠くを見つめる目になった。藤堂と同い年ということだから六十五歳なのだろうが、五代にはもう少し老けて見えた。がっしりとした体格だが、顔に皺が多いせいだろう。おそらく紫外線に当たりすぎだ。ゴルフ焼けだな、と五代は見当をつけた。右手と左手で甲の色が違っていた。

垣内は都内でスーパーマーケットを三店舗経営している。本社は日本橋馬喰町《にほんばしばくろちょう》にある四階建てのビルで、五代は山尾と共に三階の社長室にいた。

「あなた3Kという言葉を知っていますか？　バブル景気の時代に流行《はや》ったんですが」

垣内の問いかけに五代は頷いた。

「聞いたことがあります。高収入、高学歴、高身長……だったかな」

ははは、と垣内が笑った。

「女性が理想とする男性、ですな。それは3Kじゃなくて3高です。たしかにそれも流行りました。あの時代の女たちは、どいつもこいつも女王様気分でしたからな。全く、ひどいもんです。アッシーとかメッシーなんていう言葉もあって……いや、そんなことはどうでもいい。3高じゃなく、3Kの話だ。お若いから御存じないかな」

「きつい、汚い、危険……の3Kですね」隣から山尾が遠慮がちにいった。

そうそう、と垣内が満足そうに頬を緩めた。

「製造現場や技術系職種を嫌うというか、馬鹿にしたものでした。商社だとか営業だとか、もっとスマートでカッコよくて、しかも会社の金で遊ぶこともできる仕事がいくつもあるのに、どうしてわざわざダサい職場を選ぶのか、というわけです。世の中が浮かれすぎた結果、それまでの日本を支えてきた製造業が軽視され、若い人たちからすっかり敬遠されるようになっていました。そんな状況に、ヤスは危機感を覚えていて、そういう思いがこのインタビューの言葉に出ているわけです」垣内は液晶画面を指差した。

垣内が「ヤス」と呼んでいるのは藤堂康幸のことだ。小学校時代からの幼なじみで、家も近く、藤堂が区議会議員への立候補を決めた時、自ら進んで後援会の会長に名乗り出たということだった。思い出話がそこまで進んだところで、「刑事さんたちに是非見てもらいたいものがある」といって垣内が出してきたのが、今見ているDVDだった。藤堂が区議会議員の選挙に初当選した直後にテレビ出演した時のものらしい。

「都議になってからも、ヤスの信条はこの頃から何も変わってません。地に足のついた経済力をつける、地道なことを続ける、それに尽きるんです。IT結構、SNS大いに結構、AIも大歓迎、だけど最後に頼りになるのは結局人間だ、人を育てなきゃだめだ、とよくいっておりました。私も、あいつのいう通りだと思っています。あいつが死んじまった今でもね」そういった後、垣内は何度か瞬《まばた》きした。熱く語っているうちに、自分の言葉に涙腺が刺激されたのかもしれない。

「藤堂さんは最近、どういった方面に力を入れておられましたか」五代は訊いた。

「それはやっぱり高齢者対策ですね」垣内の回答は早い。

「介護問題とか？」

「介護にも熱心でしたが、それ以上に取り組んでいたのが高齢者の有効活用です。ヤスには独自の考えがありましてね、五十五歳から七十五歳までをゴールデン・シニアと呼んでいました。略してGS。このGSを労働力として活用することを考えていました。その年代の人間たちにも、まだまだ頭はしっかりしていて、体力的にも十分に動ける人は多い。タクシーがいい例で、現役世代の補助とか補佐とかではなく、主力として働いてもらおうというわけです。そのためには新しいことを学ばせる必要があるけれど、五十五歳からでも遅くない、その仕組みの構築を都が先導してやっていきたい、とよくいっておりました」

「シニアのためのリスキリング・スクールというやつですね」再び山尾が口を開いた。

そうです、と垣内が頷いた。

「よく御存じだ。ヤスはシニア向け専門学校の設立を考えておりました。問題は財源だと頭を悩ませておりましたが、いくつかの学校法人と会合を重ねているという話でした」

「そうした活動に反発している人はいなかったのですか」

五代の質問に、垣内は露骨に表情を曇らせた。

「政治家というのは、何かをやろうとすれば必ず反対する者が出てくるもんです。行動力のある政治家ほど敵が多い。敵を作りたくなきゃ、何もしなければいい。でもそんな政治家、何の役に立つんですか。反対派の顔ぶれを知りたければ教えてもいいが、刑事さん、まさかその人たちが事件を起こしたとでもおっしゃるんですか」

「いえ、決してそういうわけではありません。参考までに伺っておこうと思ったまでです」

「ヤスの敵のことなら望月さんに尋ねればいい。あの人なら全部知っているはずだ」

「わかりました。そうします」五代は引き下がった。

藤堂康幸事務所へは、ほかの捜査員たちが聞き込みに行っているし、望月への事情聴取も済んでいる。政敵に関する情報も摑んでいるようだが、今回の事件に関わっている可能性は低いということだった。

「しかし信じられんなあ」垣内は顔を歪め、首を捻った。「どこの誰があんなひどいことをしたのか……。刑事さん、単なる強盗の仕業ではないんですか」

榎並健人が発したのと同様の質問だ。誰でも、自分にとって大切な人間が知り合いに殺されたとは思いたくないのだろう。

「強盗ならば家には火をつけないと思います。目的を果たしたら、さっさと逃げるだけでしょう」

五代の説明に、それもそうかと苦しげな表情を示しつつも納得した様子だ。

「殺されたってことだけど、どんなふうにですか。刃物で刺されたとかですか」

垣内が訊いてきたが、五代は首を小さく横に振った。

「すみません。詳しいことはお教えできないんです」

犯人しか知り得ない事実だ。自供内容に入っていれば、秘密の暴露ということで裁判での証拠となる。迂闊には話せない。

「そうですか。いずれにしても寝込みを襲われたんだろうなあ」

「といいますと？」

「ヤスが起きてたなら、そう簡単には殺されないと思うからです。中学と高校では柔道部だったし、大学からは登山を趣味にしていました。つまり腕っ節は強かったわけです」

藤堂康幸の遺体は損傷が激しく、絞殺だということがわかっているだけで、身体の内出血などは確認できていない。だから藤堂が抵抗したかどうかも不明だった。

「垣内さんは政治以外のことでも藤堂さんとはお付き合いが深かったんですよね？」

「むしろ政治以外での付き合いのほうが深かったぐらいですな。ゴルフに麻雀、一緒に旅行にも行きました。小学生の頃からなので六十年近くになる。中学まで一緒で、高校や大学は違ったけれど年に何度かは会っていたんです。疎遠になっていたのは大学を卒業してからの十年ほどかな。お互い就職して、ヤスが地元に戻ってくるまでは、あまり会う機会がありませんでした」

「藤堂さんは、どちらの会社に就職を？」

「会社ではなく教師になったんですよ。高校の」

「先生だったんですか」

「そう、社会科のね。子供の頃から歴史好きで、高校でも世界史を教えていたはずです」

「どこの高校ですか」

「どこだといってたかな。私学じゃなくて公立だったから、一箇所ではなかったかもしれない。すみません、覚えてないです。教師だったといっても、そんなに長い期間じゃなかったんです。教師は三十歳になる前に辞めていたんじゃなかったかな。アメリカに行ってましたからね」

「アメリカへ？　それは何のために？」

「留学ですよ。政治家になるための準備だったようです。たぶんあの頃は、国政への色気もあったんだろうと思います。国会議員には留学経験者が多いそうですから」

「そうですか」五代は一応メモを取る。藤堂康幸の経歴は捜査資料の中にあったようだが、若い頃の部分にはあまり目を通していなかった。

垣内の話を聞いていると、たしかに公私両面で藤堂康幸とは親密な付き合いがあったらしいとわかる。だが今回の事件に繋がるようなものは何ひとつ出てきそうになかった。隠し事をしているようにも見えない。

「垣内さんは江利子夫人とも親しかったんですか」

五代の問いかけに、垣内はひょいと首を上下させた。

「そりゃ、親友の奥さんですから、それなりによく知っております。結婚式にも呼ばれましたしね。ええと、何年前だったかな」

五代は手帳を開いた。

「藤堂夫妻が結婚されたのは一九九二年のようです」

「そんな前になりますか。ああ、でもそんなものだな。派手な披露宴でしたね。何しろ花嫁が女優だ。べっぴんなんてものじゃなかった。招待客は三百人ぐらいいたけれど、全員圧倒されてましたよ」

女優双葉江利子の若かりし頃の画像は、今でもインターネットで見られる。五代も何度か確認したが、たしかに美人だった。垣内の言葉は誇張ではないだろう。

「ああ、そうだ。思い出した」垣内が右の拳で左の掌を打った。「ヤスが勤務していた高校ですが、江利子さんが通っていた学校のはずです。二人が最初に出会った場所が高校だったんです。江利子さんが卒業して何年か経ってから再会し、交際が始まったとか。その話が披露宴でも出ていました。歳のせいかな、すっかり忘れてた」

五代はスマートフォンを取り出した。「どこの高校だったか、今、調べさせてもらってもいいですか」

「どうぞ。私も気になる」

五代は素早く『双葉江利子』で検索した。何度か見ているので、すぐに出てくる。

「出身高校は都立昭島《あきしま》高等学校となっていますね」

「そうだった」垣内は膝を叩いた。「一時期、昭島に住んでいたんです。その頃、一度だけ会いました。ヤスはすでに教師を辞める決心をしていて、アメリカ留学の準備なんかを始めている様子でした。思春期の若者を教育するというのはやっぱり大変な仕事だ、という意味のことをいってました。あいつなりに、いろいろと苦労したんでしょうね」

　そこまで話したところで、「そうだ、そういえば」と何かを思い出した様子で垣内は続けた。

「その時にヤスは、左腕に包帯を巻いていたんです。どうしたんだと訊いたら、生徒同士のトラブルに巻き込まれたとかいってました。だけど何となく嘘臭くてね、そうなのかと聞き流しながら、卒業生にでも襲われたんじゃないかと想像した覚えがあります。時期が四月とか五月とか、そんな頃だったんでね」

「それはなかなか物騒な話ですね」

「まあ、私の想像ですがね」垣内は片頬だけで笑った。

「当時のことについてよく知っている方といえば、どなたでしょうか」

「昭島にいた頃のことですか。さあて、誰かいたかなあ」

「同僚の先生とか」

「ああ、最初の選挙の時、手伝ってもらったような話をしていたな。いやでも、名前まではわかりません。聞いたのかもしれないが記憶にない。何しろ古い話なので」

「藤堂さんは、教師時代の話をあまりされなかったのですか」

「そう……ですね。訊かれたら答える程度だったように思います。今もいったように、あまりいい思い出はなかったのかもしれない」

五代は手帳に、『教師時代？』と書き込んだ。クエスチョンマークを付けたのは、詳しいことは不明という意味だ。

「夫人の話に戻します」五代は顔を上げた。「最近、江利子夫人の周りで何かトラブルがあったという話は聞いておられませんか。どんな些細なことでも結構です」

どうだったかなあ、と垣内は腕を組んだ。

「このところ、江利子さんとの間で出る話題といえば、香織さんのおめでたのことばかりでしたからね。『春の実学園』で何かあったという話も聞かないし……」

「『春の実学園』というのは、江利子夫人が支援している児童養護施設ですね。具体的には、どんな支援を？」

「いろいろな面で、と聞いています。女優時代のコネクションを生かして劇団を連れてきたり、わりと有名な歌手に声をかけてチャリティーコンサートを開いたり……。御存じかもしれませんが、あの方は小さい頃に御両親を亡くされていてね、愛情に恵まれない子供たちへの思いが強かったようです」

そのあたりの生い立ちは、五代もインターネットの百科事典で把握していた。

さらに、いくつか質問を投げた後、五代たちは引き揚げることにした。いずれも形式的な質問ばかりで収穫を得たという手応えはない。垣内のアリバイも確認したが、自宅で家族と寝ていたという答えだった。たぶん嘘ではないだろう。

「何か引っ掛かったことはありますか」ビルの外に出てから五代は山尾に訊いた。

「特にないです。申し訳ありません、役立たずで」

「そんなことはありません。俺だって、上にどう報告しようかと悩んでいるところです。後援会長には事件に関して心当たりがなさそうだ、と正直に話すしかないわけですが」

二人並んで駅に向かって歩きだした。日本橋馬喰町は全国でも屈指の問屋街だ。一方通行の細い道路沿いにも大小様々な問屋が並んでいる。『東京問屋連盟』という看板も目に入った。

五代刑事は、と山尾がいった。「藤堂康幸氏の教師時代が気になりますか」

意外な問いかけに五代は戸惑った。

「特にそういうわけでは……。どうしてですか」

「いや、ずいぶんと根掘り葉掘り訊いておられたものだから」

「話の流れでそうなっただけです。大した意味はありません」

「そうでしたか。失礼しました」

「ただ、江利子夫人が教え子だったというのは興味深いです。三年間、同じ学校にいたわけですからね、当時のことを聞いてみたいとは思います。それより山尾さん、シニアのためのリスキリング・スクールでしたっけ、藤堂都議がそんなものを推進していたなんてこと、よく御存じでしたね」

「たまたま新聞で読んで知っていただけです。私も藤堂康幸氏がいうところのゴールデン・シニア世代に入りましたから、他人事《ひとごと》ではないんです」

「そうなんですか。そんなお歳には見えないけど」

「お世辞は結構です。五十七になりました。そろそろ次のことを考えなきゃと思っていましてね、そういう記事にも目がいったわけです」

「山尾さん、御家族は？」

「残念ながらというべきか、幸いにもというべきか、独り身です。だからまあ、どこで野垂れ死んでも誰にも迷惑はかからんのですがね」

何とも返答しようがなく、五代は黙って苦笑を浮かべておいた。

馬喰横山《よこやま》駅から地下鉄に乗った。あまり混んではいないが空いている席はなかった。五代はドアのそばに立ち、手帳を広げた。垣内とのやりとりを思い返しながら、自分が書いたメモに目を落とす。

大したことは書き込んでいないが、ひとつだけ気になるものがあった。『教師時代？』というメモだ。

先程の山尾の言葉を思い出した。もしかすると山尾は、五代がこう書き込んだのを見て、あんなことを訊いてきたのではないか。だとすれば、あまり愉快な話ではない。メモを覗き見するような人間を相棒にはしたくない。

五代は山尾を見た。五十七歳だという所轄の刑事は、吊り革を摑んだまま目を閉じていた。居眠りをしているようにも見えるし、何かを黙考しているようにも見えた。

5

幹線道路から脇道に入ると急な坂が続いていて、その途中に目的の家はあった。山尾が立ち止まって見上げ、ほほう、と感嘆の声を漏らした。「ここですか……」

「立派な家ですね」

まさに邸宅と呼ぶにふさわしい建物だった。特に目を引くのは、多面体を組み合わせたような奇抜なデザインだ。とても民家だとは思えない。

「ええと、玄関はどこなのかな」山尾がシャッターが閉じられた車庫の近くをうろうろし始めた。五代も周囲を見回したが、入り口らしきものがない。

結局、玄関は車庫の裏側にあった。しかも通りから見通せないよう、高い塀で隠されていた。『HONJOH』と彫られた小さな表札に気づかなければ、通り過ぎてしまっただろう。郵便や宅配便の配達員は苦労しないのだろうかと不思議に思った。

塀に隠された階段状のアプローチを進み、五代はインターホンのボタンを押した。

はい、という女性の声が聞こえた。

「今朝、連絡させていただいた五代です」そういいながら警察手帳を出し、インターホンに付いているカメラに向けた。

お待ちください、と女性の声はいった。

少しして解錠される音が聞こえ、ドアが開いた。姿を見せたのは濃紺のスーツを着た女性だった。年齢は三十代後半といったところか。もっと年配の女性が現れることを思い浮かべていた五代は、少々まごついた。

「ええと、本庄雅美《まさみ》さんは……」

「いらっしゃいます。どうぞお入りになってください」

ドアが大きく開かれたので、恐れ入ります、と五代は改めて頭を下げた。

案内されたのは広々としたリビングルームだった。高い天井の近くに設けられた窓から射し込んだ陽光が、アイボリー色の床を照らしていた。

一人の女性が革張りの黄色いソファに腰掛け、スマートフォンで電話をしていた。ゆったりとしたパンツにグレーのセーターという出で立ちだ。どうやらこちらが本人らしいとわかったが、五代が予想していたよりもずっと若く見えた。

女性はスマートフォンを耳に当てたまま、五代たちを見た。

「――ごめんなさい、その話は改めてしましょう。これから大事な打ち合わせがあるので。……ええそう、そちらの用件より、もっと急を要する打ち合わせなの。……まあ、そういうこと。じゃあ、よろしくね」ハスキーで自信に満ち溢れた声が印象的だ。

電話を終えると彼女は立ち上がり、五代たちのほうを向いてにっこりした。「失礼いたしました」

五代は一礼してから、「本庄さんですね」と訊いた。

ええ、と女性は少し鼻先を上げた。「本庄雅美です」

五代は警察手帳を示した。

「お疲れのところ、申し訳ございません。警視庁の五代です。今朝、電話でもお願いしましたが、藤堂御夫妻のことでお話を聞かせていただけると助かります」

本庄雅美は冷めた目を警察手帳に向けた後、視線を後ろにいる山尾に移し、再び五代を見てから掌でソファを示した。「どうぞ、お掛けになってください」

「恐れ入ります」五代は一礼し、ソファに向かった。

「ミサキさん、紅茶を淹《い》れてちょうだい」本庄雅美は、五代たちを案内してきた女性にいった。

「あっ、でも、刑事さんには紅茶よりコーヒーのほうがいいのかしら?」

後の質問は自分たちに向けられたものらしいと五代は気づいた。ソファに向かいかけていた足を止め、顔の前で手を振った。「我々のことなら、どうかお気遣いなく」

本庄雅美は薄い笑みを浮かべた。

「そんなわけにはいきません。恥をかかせないでください。紅茶とコーヒー、どちらがいいかおっしゃって」

五代は山尾と顔を見合わせた。中年刑事も当惑している様子だ。

ではコーヒーを、と五代は本庄雅美にいった。

彼女は満足げに頷いた。

「ミサキさん、コーヒーを二つ。私にはジャスミンティーをお願い」

「かしこまりました」ミサキと呼ばれた女性は隣のキッチンに消えた。

本庄雅美は、どうぞ、と改めてソファを勧めてきた。失礼します、といって五代は山尾と並んで腰掛けた。

「日本には一昨日帰ってこられたそうですが」手帳を出しながら五代は訊いた。

本庄雅美は、五代たちのソファと斜めに対面する一人掛けチェアに腰を下ろした。

「もっと早く帰りたかったんですけど、手が離せないことがたくさんあって、結局一昨日になってしまいました。でも、昨日のお葬式には間に合ったのでよかったです」

「参列されたようですね」

「はい。お二人の顔だけでも見たいと思いましたから。でも――」本庄雅美は眉をかすかにひそめた。「康幸さんの棺は最後まで閉じられたままでした。お亡くなりになった状況が窺えて悲しくなりました」

「そうでしょうね。本当にお気の毒なことです」

藤堂康幸の棺が閉じられたままだったのは、参列者に黒焦げの遺体を見せるわけにはいかないと主催者が判断したからだろう。

藤堂夫妻の合同葬儀は、昨日、藤堂家の檀那《だんな》寺《でら》で執り行われた。大勢の参列者が詰めかけることが予想されたため、地元の警察が警備を仕切ったのだが、特捜本部からも何人かの捜査員が送り込まれた。無論目的は警備ではなく、怪しい人間がいないかどうかのチェックだ。五代も駆り出されたのだが、本庄雅美がいたことには気づかなかった。顔を知らなかったし、五百人以上いる参列者の名前をすべて把握するのは不可能に近い。彼女がいたことを知ったのは、葬儀後に芳名録を確認している時だった。それで榎並香織に問い合わせ、前日に帰国していたとわかったのだ。

「おひとりで帰国されたのですか」

「そうです。夫も何とか調整を試みたようですけど、仕事上、どうしても抜けられないということでした」

「失礼ですが、御主人はどのようなお仕事を？」

「建築家です。今はシアトルで美術館の建設に携わっています」

「ああ、なるほど」五代は頷いた。この家の斬新なデザインに得心がいった。

キッチンから電動コーヒーミルの回る音が聞こえてきた。どうやら本格的なコーヒーを出してもらえるらしい。

「本題に入ります」五代は背筋を伸ばしてからいった。「藤堂御夫妻が事件に巻き込まれたことは、どのようにしてお知りになりましたか」

「突然香織ちゃんから電話がかかってきたんです。彼女、泣いているようなので驚きましたけど、事件のことを聞いて、もっと衝撃を受けました。とても信じられなくて、嘘でしょう、嘘でしょうって何度もいってしまいました」

この話は榎並香織の供述内容と一致していた。

「お気持ち、お察しします」五代は短くいった。

本庄雅美は、少し充血した目を向けてきた。

「江利子さんたちがそんなひどい目に遭うなんて、世の中どうかしています。一体何があったのか、こちらが教えてもらいたいです」

「事件にお心当たりはないわけですね」

「全くございません」強い口調で断言した。「あの二人が恨まれたり憎まれたりするなんてこと、絶対にあり得ません」

「たしかに手口は残虐ですが、だからといって動機が怨恨だと決まったわけではありません。何らかの利害関係のもつれが原因の可能性も大いにあります。本庄さんには、そのあたりも含めて考えていただきたいのですが」

「利害関係のもつれ、ですか」本庄雅美は腕組みをした。「康幸さんの政治活動については何も知りません。後援会にも入ってないし、選挙運動を手伝ったこともありません。政治家だけに、何らかの利権に絡んでおられたのかもしれませんけど、江利子さんからそういう話を聞いたことはありません」

「後援会に入るよう誘われたことは？」

「ございません。むしろ江利子さんは、その手の話を避けていました。夫の政治活動に友人を巻き込みたくないと思っていたのでしょう。彼女には、そういう頑固なところがありました」

話すうちに友人の面影が浮かんだのか、本庄雅美は宙の一点を見つめた。

「康幸氏とは別に、江利子夫人は独自に社会活動をしておられたようですが、そのことも御存じありませんか」

「『春の実学園』のことをおっしゃってるのかしら？」本庄雅美は顔を小さく傾けた。

「そうです。西東京《にしとうきょう》にある児童養護施設だとか」

本庄雅美は顎を引いた。

「あそこの話なら、江利子さんからよく聞きました。ずいぶん若い頃から縁があって、応援するようになったみたいです。彼女、自分があまり恵まれない境遇で育ったものだから、身寄りのない子供たちのために何かしなきゃいけないと思っていたようです」

垣内達夫から聞いた話と大差がない。所謂《いわゆる》、周知の事実というところか。

「施設への援助について、何か相談されたことはありませんか」

「援助について、ですか……」本庄雅美はほんの少しだけ考える素振りを示したが、すぐにかぶりを振った。「補助金が少ないから大変そうだ、ということはよくいってましたけど、相談されたり何かを頼まれたりはしていません。江利子さんにしても、あの施設に関しては善意の第三者として見守っていただけで、営利に結びつくようなことには関わっていなかったと思います。もちろん、私の知らないところで彼女がどんなことをしていたかはわかりませんけど」

夫妻の利害関係についてはいくら自分に訊いても無駄だ、という宣言に聞こえた。

「では、藤堂夫妻の最近の様子や人間関係について教えていただけますか」

「どんなことでしょう？」

「本庄さんは江利子夫人とは、かなり親しくしておられたそうですね。芸能界にいた頃からの付き合いだと榎並香織さんから伺いました。同じ事務所に在籍しておられたとか」

「一年間ほど一緒に暮らしていました。西麻布《にしあざぶ》に事務所の寮があったんです。すごく狭い部屋で、お風呂はなくてトイレも共同でした。その部屋から一緒にレッスンに通ったりしていました。エリ……江利子さんのほうはすぐに売れっ子になりましたけど、私のほうは鳴かず飛ばず。早々に見切りをつけて会社勤めをしました。だからエリには……江利子さんには――」本庄雅美は苦笑を浮かべた。「ごめんなさい、ずっとエリって呼んでいたものだから、ついそちらで呼んでしまいます」

「お気遣いなく。呼びやすいほうで結構です」

「じゃあ、エリって呼びますね。エリには私のぶんまで長くがんばってほしかったんです。彼女には独特の魅力があったし、何より役者としての才能に溢れていましたから。それだけに藤堂さんと結婚すると聞いた時には驚きました。付き合っているのは知っていましたけど、向こうは政治家だから、結婚したら芸能界の仕事は続けにくくなります。エリは女優の道を選ぶだろうと思っていました」

「芸能界にはさほど未練はなかった、ということでしょうか」

「そうかもしれませんけど、それ以上に、家庭を持つことに憧れていたのかもしれません。さっきもいいましたけど、彼女、あまり境遇には恵まれなかったらしくて」

「幼い時に両親を亡くされているとか」

「航空機事故で亡くなったそうです。聞いたことありません？　旅客機と航空自衛隊の戦闘機が空中で衝突したっていう事故です。たしか場所は岩手《いわて》だったと思うんですけど」

五代の記憶にはなく首を捻った。すると隣の山尾が、「雫石《しずくいし》ですね」といった。「岩手県の雫石で起きた事故です」

本庄雅美が目を見張った。「そうです。覚えておられます？」

いや、と山尾は手を横に振った。「今から五十年ほど前ですから、リアルタイムで知ったわけではありません。しかし飛行機事故が起きるたびにテレビなんかで過去の代表的な大事故として紹介されるので、記憶に残っているんです。最近はめったにありませんが、一九九〇年代までは多数の死者が出る飛行機事故がたまに起きました」

「そうそう、日航機事故とか中華航空機事故とか」本庄雅美は首を縦に揺らした。「だから当時はまだ、飛行機に乗る時には少しドキドキしたものです」

「私もそうでした」山尾も同意する。

五代は居心地が悪くなった。中華航空機事故ならかすかに記憶があるが、日航機事故などもはや歴史上の出来事という感覚だった。だがいつもは無口な山尾も、昔話になると饒舌《じょうぜつ》になる。

話題を戻すことにした。

「それで両親を亡くした後、江利子夫人はどのように生活を？」

「幸い、母方のおじさん――お母さんの弟さんですけど、そちらの夫妻に子供がいなくて、養女に迎えられたということでした。どちらも優しくしてくれて、エリ自身は中学に上がる頃ぐらいまでは本当の親だと思っていたそうです。ところがふとしたことで自分は養子だと気づいて、それから何となく養父母たちとの関係がぎくしゃくするようになったといっていました。大学進学を目指さなかったのは、これ以上世話になるわけにはいかないと思ったからだとか。だから街中でスカウトされた時には、ようやく自立できると思ったそうです」

「そういうことでしたか」

インターネットで検索すれば、双葉江利子という女優の経歴はすぐに出てくるが、ここまで詳細な生い立ちは記されていない。

「いやだ、私、延々と昔話なんかしちゃった」本庄雅美は頬に手を当てた。「こんな話、捜査の役には立ちませんよね」

「そんなことはありません。江利子夫人の人となりを知る上で参考になります。ところで、藤堂康幸氏が江利子夫人の通っていた高校で勤務しておられたことは御存じですか」

「もちろん知っています。だってそれが縁で結婚したわけですもんね」

「二人が再会した時のことを聞いておられますか」

「何かのイベントで、たまたま一緒になったらしいんです。藤堂さんのほうはエリが女優として活躍していることはすでに知っていて、彼から彼女に声をかけたそうです」

当時、すでに双葉江利子としてテレビに出ていたそうだから、藤堂康幸のほうが彼女を昔の教え子だと気づいていてもおかしくはない。

「高校時代から、お互いを意識していたんでしょうか」

「さあ、それはどうでしょう」本庄雅美は首を捻った。「エリは、康幸さんから声をかけられた時、相手が誰なのかすぐには思い出せなかったといっていました。高校時代、教師なんかには興味がなかった、とも」

そういうものだろう、と五代は自らの経験を思い返し、納得した。

「江利子さんから高校時代の話はよく聞きましたか」

「いえ、あまり聞いてません。さっきもいいましたけど、育ての両親との関係が微妙になったせいで、一時期グレてたこともあって、高校時代にはあまりいい思い出はないといってました。だからこちらからも尋ねにくかったんです」

「グレてた？　たとえばどんなふうに？」

だから、といって本庄雅美は苦笑した。「その手の話は聞いておりません」

「ああ、なるほど……」

五代は手帳を開いたままで、まだ何もメモを取っていない。この話を続けたところで収穫は得られそうにないと判断した。

「最近の藤堂夫妻について、印象に残っていることはありませんか。何かを気にしていたとか、聞き慣れない名前を口にしていたとか」

さあ、と本庄雅美は考え込む顔になった。

「藤堂さんのことはわかりませんけど、エリが気にしていたことといえば、やっぱり香織ちゃんじゃないかしら。とても大事な時期だし」

「おなかの赤ちゃんのことですね」

「そう。最後にエリと話したのもそのことでした」

「最後というと、いつですか」

ちょっと待ってください、といって本庄雅美はスマートフォンを手にした。

「十月十四日の早朝です。知りたいことがあって、朝食の前に電話しちゃったんです」

「知りたいこととは？」

「香織ちゃんの検査結果です。ＮＩＰＴの検査をしたということだったので、どうだったのかを訊いたんです」

ＮＩＰＴという言葉を五代たちが聞くのは、これが初めてではなかった。

「出生前診断ですね。そのことなら香織さん御本人からも伺いました」

「香織ちゃんは生まれた時から知っているので、私にとっても娘みたいなものです。だから、ずっと気になっていたんです。おなかの赤ちゃんの状態はどうなんだろうって。それでエリに電話をしたら、陰性ってことだったのでほっとしました」

メモを取った後、五代は顔を上げた。

「その電話をしたのが十四日の早朝だとおっしゃいましたね。それはシアトルからですか」

「そうです。滞在中のホテルからかけました」

「何時頃か、覚えておられますか」

「朝食前だから午前七時頃だったと思います」

「七時……。ええと、シアトルとの時差は何時間でしょうか」

「十六時間のはずですけど」

「ということは日本では十四日の午後十一時……」五代は唾を呑み込んだ。

「どうかされました？」本庄雅美が小首を傾《かし》げた。

「すみませんが、電話をかけた正確な時刻を教えていただけるとありがたいんですが」

「正確な時刻ですか。それは構いませんけど……」本庄雅美はスマートフォンを改めて操作した。「午前七時八分です」

日本時間では十四日の午後十一時八分ということになる。その時、まだ事件は起きていなかったわけだ。

「電話をしている時、江利子夫人の様子に何か変わったところはありませんでしたか。声の様子がいつもと違っていたとか」

「いえ、特には気づきませんでしたけど」

「出生前診断のこと以外には、どんな話をされましたか」

「大したことは話さなかったと思います。こちらは早朝ですけど日本は夜遅くだとわかっていましたから、検査の結果が陰性だったと聞いて早々に電話を終えました」

「話していた時間は十分程度ですか」

「そんなになにもなかったと思います。五、六分じゃないかしら」

本庄雅美は怪訝《けげん》そうな顔をしている。犯行時刻などは知らないから、なぜ刑事がこんな質問をするのかがわからないのだろう。

先程の女性がトレイを運びながらやってきた。五代たちの前にコーヒーカップを載せたソーサーとミルクピッチャーを置く。ソーサーにはスプーンとシュガースティックが添えられていた。

恐れ入ります、と五代は頭を下げた。

ああそうだ、と本庄雅美が何かを思いついた顔で女性を見た。

「最近のエリのことなら、彼女に訊いてもらったほうがいいかもしれません」

えっ、と五代は改めて女性を見た。

「イマニシさん。東都百貨店で外商員をしておられるんです」

本庄雅美の紹介を受け、イマニシです、といって女性が名刺を出してきた。五代は受け取り、表を確かめた。フルネームは今西《いまにしみ》美咲《さき》というらしい。ミサキさん、というのは下の名前だったのだ。

「百貨店の……。てっきり本庄さんのアシスタントをしておられる方かと」

五代の言葉に本庄雅美は微苦笑した。

「何でもいうことを聞いてくれるものだから、つい甘えちゃうんです。今日なんかも、シアトルに戻るための準備を手伝ってもらおうと思って呼びつけたというわけで」

「そういうことでしたか」五代は改めて女性を見つめた。整った顔だちで、美人の部類に入りそうだが、敢《あ》えて脇役に徹していることが感じられるメイクだった。

デパートに外商というものがあることは五代も知っているが、利用の実態に触れたことはあまりなかった。

「エリに美咲さんのことを話したら、そんなに役に立つ方なら私も担当してほしいといいだしたので、彼女に美咲さんを紹介しました。だからエリの私生活についてなら、私よりも把握しているんじゃないかと思います。——ねえ？」

だが今西美咲は、やや硬い表情で小さくかぶりを振った。「そんなことはございません。私なんか、まだまだです」

「刑事さんからエリについて尋ねられていたところなの。最近、何か変わったことはありませんでしたかって。美咲さん、心当たりはない？」

「変わったことですか……」今西美咲は呟いた。その目は真剣だ。

「たとえば最近、江利子夫人はどんな買い物をされましたか」五代は訊いた。

そうですね、と今西美咲は指先で顎に触れた。

「大きなものですと、クルマについて相談されました」

「クルマ？」

「ずっとアウディにお乗りだったんですけど、別の車種を検討したいとのことでした。そこでいくつかの販売業者との橋渡しをさせていただきました」

五代は瞬きした。「クルマまで売るんですか？」

「どんなお手伝いでもさせていただきます」今西美咲はさらりといった。「ただその時は、まだ決めかねるとのことで御成約には至りませんでした。そこで次にお会いする時には、ベントレーの中古車なども含めて御提案させていただくつもりでした」

「中古車ですか……」五代は思わず吐息を漏らした。本当に何でも扱うのが外商員のようだ。

「ほかにはどんな相談事がありましたか」

「それ以外ですと……」今西美咲は記憶を辿る顔つきになった。「タブレット端末専用のバッグを探しておいてほしいといわれていました」

「タブレット端末？　それは江利子夫人が使うものですか」

「いいえ、御主人がお使いになるとのことでした。今まで使っていたものが古くなったので新しいものがほしいと。ショルダーバッグのように斜めがけできるものを、とのことだったんですけど、どれもこれも帯に短したすきに長しで、なかなかこれはというものが見つからず、頭を悩ませていたところでした」

五代は記憶を総動員させていた。タブレット端末――そんなキーワードが捜査会議に出たことがあっただろうか。

「どんなタブレット端末ですか。機種はわかりますか」

「わかります」

少々お待ちくださいといって今西美咲はスマートフォンを取り出した。いくつか操作をした後、機種をいった。ディスプレイが十インチのものだった。

「ちょっと失礼します」隣にいた山尾が立ち上がり、ドアのほうに向かった。歩きながらスマートフォンを操作し、廊下に出ていった。

山尾の目的は五代にもわかった。話に出ているタブレット端末が、藤堂家の焼け跡から見つかっているかどうかを特捜本部に確認するためだろう。

「藤堂氏は、そのタブレットを常日頃から持ち歩いていた様子でしたか」五代は今西美咲に訊いた。

「常日頃かどうかはわかりませんけど、使用頻度はわりと高かったんじゃないかと思います。持ち運びに使っていたバッグが古くなったわけですから」

「タブレットは主にどんなことに使っていたか、聞いていませんか」

「いえ、そこまでは……」女性外商員は申し訳なさそうな顔をした。

知らなくて当然か、と五代は思い直した。自分だってスマートフォンの使い途《みち》を他人に知られたくはない。

ドアが開き、山尾が戻ってきた。五代のほうを見て、小さく首を横に振った。どうやら焼け跡からタブレットは見つかっていないようだ。

五代は今西美咲のほうに顔を戻した。

「それらのほかに江利子夫人から頼まれていたことはありませんか」

今西美咲の黒目が上を向いた。

「クルマのことと夕ブレット用のバッグと……たぶんそれだけだったと思います。もう少し前ですと、刺繍の材料を御用意させていただきました」

「刺繍？」

「オートクチュール刺繍ね」本庄雅美が目を輝かせた。「エリの趣味だったものね」

「どういったものでしょうか」

「ビーズやスパンコールをたくさん使う、フランス伝統の刺繡です」

「エリはプロ級の腕前で、作品を親しい人たちにプレゼントしていたんです」本庄雅美が横からいった。「私もブローチをいくつかもらったんですけど……。ああ残念、シアトルに持っていっちゃった。刑事さんに見せたかったのに」そういってから、はっとした顔になった。「美咲さんも、ひとつ持ってたわよね。前に見せてくれたじゃない。エリからプレゼントされたものだといって。今、持ってないの？　いつも御守り代わりにバッグに入れてるといってたけど」

「ございます」

今西美咲はキッチンに姿を消すとショルダーバッグを抱えて戻ってきた。そこから出してきたものを、これです、といって見せた。

ほう、と五代は思わず声を漏らした。

それは星の形をした飾りだった。輝くビーズを組み合わせてあるようだ。精密で繊細な出来映えで、手作りだというのも頷けた。

「見事なものですね。これはブローチですか？」

「いえ、指輪なんです」

「指輪？」

今西美咲は星形の飾りを裏返した。たしかに小さなリングが付いていた。それを左手の中指に通し、五代のほうに示した。

「なるほど。素敵ですね」

「そうなんですけど、飾りが少し大きすぎるので、ふだんは着けられません。それでバッグに入れているんです」そういって彼女は指輪を外した。「御守りだし、宝物です」

「エリは同じものを作らない主義でした」本庄雅美がいった。「どれもこの世に二つとないものだから、私ももらったブローチを大事にしなきゃ……」しみじみとした口調には、亡き親友を想う気持ちが込められているようだった。

五代は視線を今西美咲に戻した。「刺繡の材料の調達を頼まれたのはいつ頃ですか」

「半年ほど前だったと記憶しています。お嬢様たちの新居に飾るものを作る予定だとか」

あの作品か、と五代は榎並家のリビングルームで目にした額を思い出した。

五代は殆ど何も書き込んでいない手帳に目を落としてから顔を上げた。

「最後にもう一つ、今西さんに質問させてください。十月十四日の夜、どちらにいらっしゃいましたか」

「私……ですか」今西美咲は目を丸くし、胸に手を当てた。

「そうです。十月十四日の夜です」

本庄雅美が険しい顔で五代を睨んできた。アリバイ確認だとわかったのだろう。自分が紹介した情報提供者まで疑う気か、というところか。

すみません、と五代は謝った。

「不愉快になられるのを承知で、皆さんにお尋ねしています」

今西美咲は、ふっと息を漏らした。

「夜は家族と自宅にいました」

「御家族は？」

「中学生の娘とふたりで暮らしています」

どうやらシングルマザーらしい。外商の仕事は命綱というわけだ。顧客の機嫌を取ることなど何でもないだろう。忠実な仕事ぶりの根拠を知った気がした。

わかりました、といって五代は手帳を閉じた。

「ありがとうございました。ところで本庄さんは、いつシアトルに発《た》たれるのでしょうか」

「明日の夜です」

「そうですか。では、もし何か思い出されたことがあれば御連絡をいただけますか」五代は名刺を出し、本庄雅美に手渡した。「時差のことは気になさらなくて結構です」

「いろいろと思い出してみます」本庄雅美はいった。「犯人が捕まること、海の向こうから祈っています」

「全力を尽くします」

今西美咲にも名刺を渡し、五代は山尾と共に本庄邸を後にした。

「遺留品の担当者に確認しましたが、現場からタブレットの類いは見つかっていないようです」坂道を下りながら山尾がいった。「消防とも情報を共有しているらしいので、おそらく間違いないでしょう」

「議員事務所を当たっている連中からも、藤堂都議がそんなタブレットを持っていたなんて話は出てきていなかったはずです。大いに気になります」

「焼け跡から見つかっていないのはなぜか、ということですね」

「その通りです」

もし犯人が持ち去ったのなら、何か重大な情報が入っていた可能性が高い。それが何なのかがわかれば、事件解決への突破口となるかもしれない。

事件発生から十日になろうとしているが、捜査が進展しているとはいえない状況だった。目撃情報に関しては絶望的で、頼みの防犯カメラ映像にしても、今のところこれといったものは見つかっていない。

五代たち鑑取り班の成果も乏しい。夫妻の公私について様々な方向から人間関係を掘り下げることで、どちらもそれなりに小さなトラブルを抱えていたことは判明しているが、いずれも殺人にまでは結びつけられそうになかった。

気づくと賑やかな通りに出ていた。長く商売を続けているような鮮魚店や文具店があるかと思えば、洒落《しゃれ》たスイーツの店やレストランも並んでいる。行き交う人々もバラエティに富んでいて、外国人の姿も多い。

そうか、ここが名高い広尾商店街かと気づいた時、スーツの内側でスマートフォンが震えた。取り出して画面を見ると筒井からだった。

「はい、五代です」

「筒井だ。今、話せるか？」

「大丈夫です」

「藤堂都議のタブレットのこと、たった今聞いた。追加情報はあるか？」

「いえ、特にありません。用途も不明のままです」

「そうか。それならそれでいい。じつは重大な案件が発生した。至急、本部庁舎に向かってくれ。聞き込みが残っているのなら山尾警部補に任せろ」

「本部庁舎？　特捜本部ではなく？」

「とりあえず、うちの係だけで打ち合わせだ。捜査会議にかける前に調整したいと係長がいっている。俺も移動しているところだ」

「わかりましたけど、一体何ですか。ヒントだけでも教えてもらえませんか」

「別にもったいぶってるわけじゃない。電話では説明しにくいんだ。ひと言でいえば、犯人からの接触があった」

「えっ、接触って？」

「山尾警部補には、まだいうなよ」筒井は声を落として続けた。「藤堂康幸事務所に手紙が届いたんだ。犯行声明文がな」

6

会議室に設置された大型の液晶モニターに文書が表示された。

『藤堂康幸事務所御中
私は藤堂夫妻殺害事件の犯人である。

動機は単純明快だ。世間を欺き、人として許されない行為を繰り返していた二人に制裁を加えた。制裁を天誅といいかえてもいい。

ただしこの文書の目的は犯行声明だけではない。

こちらの手元には、夫妻の非人道的行為を証明するものがある。

この証拠品を買い取ってもらいたい。希望金額は三億円である。

価格交渉には応じない。夫妻の非道の数々を闇に葬れるとあれば、決して法外とはいえない金額のはずだ。

金の受け渡し方法については改めて指示する。

取引に応じる意思がある場合は、貴事務所の公式サイトの「お知らせ」に以下の文章をアップすること。

「全国からの献花、誠にありがとうございました。御礼を用意いたしましたので、送らせていただきます。よろしくお願いいたします。藤堂康幸事務所」

回答期限は十月末日とする。それまでに回答がなかった場合は取引不成立と受け止め、前述の証拠をしかるべき時期にネットで公表する。警察の介入が確認された場合も同様だ。

この書簡がいたずらでないことの証拠として、藤堂康幸殺害現場の見取り図を添付する。もう一つの現場である風呂場については割愛した。

諸君らの賢明な判断に期待する。

——制裁人』

桜川が立ち上がり、液晶モニターの脇に立った。

「封書が議員事務所に届いたのは今朝だ」部下たちを見回し、野太い声を響かせた。「藤堂氏個人ではなく事務所宛てだったから、女性事務員が躊躇《ためら》いなく開封したらしい。文書を読み、事務員は驚いてすぐに望月秘書に連絡した。望月秘書は榎並夫妻と話し合った後、こちらに相談してきたというわけだ。――封筒の画像を出してくれ」

傍らにいる若手捜査員がキーボードを操作した。モニターの画面が切り替わり、封筒の表と裏が表示された。茶色のありふれた封筒で、表には『藤堂康幸事務所御中』と素っ気なく印刷してあり、裏に差出人名は記されていない。

「まず消印を見てくれ」桜川がいった。

切手部分が拡大表示された。それを見て、何人かから声が漏れた。消印は『奈良西』と読めた。日時は三日前のものだ。

「調べたところ、奈良西《ならにし》郵便局の消印に間違いなかった。いうまでもないと思うが奈良県にある郵便局だ。すでに奈良県警に連絡し、協力を要請した。場合によっては誰かに行ってもらうことになるかもしれないから、各自そのつもりでいてくれ」

指揮官の言葉に対する部下たちの反応は鈍い。投函場所の特定、目撃証言の収集、防犯カメラ映像の確認――地元警察の協力がなくては進められないことばかりだ。それだけのことをして、果たして犯人逮捕に結びつくかというと、疑問符を付けざるをえない。どうか貧乏くじを引かなくて済みますように、と全員が願っているに違いなかった。

「文書や封筒については、鑑識で指紋などの分析をしているところだ。文書はプリントアウトされたものだから、インクを分析すればプリンターの機種は特定できるかもしれないし、フォントからパソコンソフトを絞れる可能性もあるそうだ。いい結果が出ることを期待しよう。さて、文書の中身の話に移る。――見取り図を出してくれ」

画面に手描きの略図が表示された。藤堂家のリビングルームを描いたものらしい。テーブルとソファ、そしてそこに横たわる人の姿が簡単な線で表現されている。うまい絵ではないが、人の首に紐が巻きつけられている様子などはなかなかリアルだ。ソファからは矢印が伸びていて、『黒革のソファ』と説明が付けてある。さらに床に落ちている棒状のものを矢印で指し、『点火棒』と記してあった。

「文書に添付されていたのが、この図だ。これを見た印象を率直に聞かせてくれ。――筒井、おまえはどうだ？」

こういう時に最初に指名されるのも主任の仕事だ。筒井は組んでいた腕をゆっくりとほどいた。

「かなり正確だと思います。少なくとも、全くの部外者が想像だけで描いた可能性は低いんじゃないでしょうか」

「いいだろう。あと二、三人の意見を聞いてみようか」

桜川はベテランや中堅、若い刑事らを指名し、同様の質問を投げた。彼等の意見は、見取り図に描かれた情報は関係者でなければ知り得ないものだ、ということで筒井と一致していた。

「五代、おまえも同意見か」桜川が訊いてきた。

「基本的には同感です」五代は答えた。「文書では、もう一つの遺体が風呂場にあったことも示唆しています。これも、まだ報道されていないはずです。この文書は第三者による悪戯《いたずら》なんかではないと断言していいんじゃないでしょうか。ただ、差出人が犯人だとすれば、釈然としないことがあります」

「何だ？」

「現場の状況は、いろいろと稚拙な点はありましたが、明らかに無理心中を装ったものでした。しかし、こんなふうに犯行声明を出すつもりだったなら、そんな偽装工作をする必要はなかったと思うのですが」

桜川の鋭い目が不気味に光った。さらにその目は部下たちに注がれた。

「実に真っ当な意見だな。誰か反論はあるか？」

会議室が、しんと静まった。気まずい空気が充満していく。

はい、と手を挙げた者がいた。筒井だった。何だ、と桜川が訊く。

「元々犯人は二段構えだったんじゃないでしょうか」

「二段構え？」

「偽装が成功し、無理心中として処理されれば万々歳。その場合、犯人に動く意思はありませんでした。ところがマスコミによって報道された内容は、殺人事件の可能性が高いというものでした。どうやら偽装工作は失敗に終わったらしいと判断した犯人は、次善の策を講じることにした、というわけです」

「それが今回の犯行声明文か」

「そうです。前に五代が、偽装工作が稚拙だといっていましたが、その点についても説明がつきます。所謂ダメ元、あれで警察の目をごまかせるとは、犯人も思っていなかったんです」

「なるほどな」桜川は小さく頷き、再び五代のほうを向いた。「あまり納得している顔ではないな。御不満か？」

「不満というわけではないんですが……」

「いいたいことがあるのなら、遠慮せずにいえ」

五代は、ふうっと息を吐いてから口を開いた。

「おそらくごまかせないとわかっていたのなら、わざわざ下手な偽装工作などしなければよかったんじゃないですか。遺体を風呂場に運び、ロープで吊って首つり自殺に見せかけるなんて、そう簡単なことではありません」

「それはおまえの主観だろ」筒井がいった。「犯人がおまえと同じ価値観の持ち主だとはかぎらない。むしろ違っているのがふつうだ」

「そういわれれば返す言葉はありませんが……」

「わかった。この議論はここまでにしておこう」桜川が片手を挙げた。「いずれにせよ、差出人が事件に無関係な第三者でないことは五代も認めているわけだからな。では文面についての考察だ。世間を欺き、人として許されない行為を繰り返していた二人に制裁を加えた、とある。また、夫妻の非人道的行為を証明するものがある、ともいっている。ところが議員事務所の望月秘書によれば、何のことかさっぱりわからず、全く心当たりがない、とのことだった」

「信じられませんよ、そんな言葉は」ベテラン刑事がいった。「秘書としちゃ、そうコメントするしかないでしょう。議員による何らかの不正行為を知っていたとしても、口が裂けてもいわないというのが連中の掟みたいなものです。それに望月自身が不正に加担していたことも大いに考えられます」

「秘書が正直に何でも話すわけではないという意見には俺も同感だが——」桜川が再び筒井を見た。「鑑取り班は、すでに何度か藤堂康幸事務所で聴取を行っていて、今回の事件に結びつくような案件はないという結論に至っていたはずだ。この文書に書かれている非人道的行為については、どのように考える？」

「望月秘書をはじめ事務所の人間が我々に隠し事をしている可能性はゼロか、と訊かれれば、そうとは断言できないと答えざるをえません」鑑取り班のまとめ役である筒井の口ぶりは慎重だった。「しかし議員事務所の人間が何らかの隠し事をするならば、ふつうそれは議員を守るためです。事が殺人事件で、被害者がほかならぬ都議と夫人とあらば、事件解決より不正の隠蔽を優先するとは思えません」

「ではこの文書に書かれている非人道的行為とはどういうものだと思う？」

「わかりませんが、事務所ぐるみの不正の可能性は低いのではないでしょうか。あるとすれば都議夫妻が個人的に関わったことだと思われます。望月秘書だけは知っていたかもしれませんが、もし加担していたのならば口を割らせるのは難しいでしょう」

「望月の行動確認が必要だな。不正行為に関わっていたのなら、何らかの動きを見せるかもしれない。早速見張りをつけてくれ。人選は任せる」

了解しました、と筒井は答えた。

「ほかに藤堂夫妻の不正行為を知っていた、あるいは気づいていた可能性のある人間はいないか？」

筒井が五代のほうを向いた。「後援会長はどうだ？　垣内といったな」

五代は唸った。

「たしかに付き合いが長く、藤堂都議の政治活動以外のことにも詳しい様子でした。しかしあの人は都議の人間性に惚れ込んでいるように見えましたし、それが演技だったとは思えません。可能性は低いんじゃないでしょうか」

この言葉に上司たちの表情は冴えない。五代の人を見る目は的確だと知っているからこそその反応だといえた。

別の刑事が手を挙げた。

「事務所側は、この文書にどう対応するといっているんですか？　まさか三億円、払うつもりではないんでしょう？」

「問題はそれだ」桜川が質問した刑事を指差した。「何が問題かというと、答えを出せる人間がいないということだ。藤堂康幸事務所といっても、肝心の都議は亡くなっていて、大方の事務員は解雇され、残った者だけで残務整理をしているという状況だ。指示を出しているのは望月秘書だが、責任者というわけじゃない。本来ならば都議の意向を代弁できるはずの夫人も殺されている。残るは一人娘の榎並香織さんということになるが、後継者候補とはいえ、まだ政治に片足も突っ込んでいない。そんな人に、どうしましょうかと訊くこと自体が無茶だ。とりあえず藤堂家の親戚筋で話し合ってもらうことになっているが、はっきりとした方針が出てくるとは到底思えない。文書のいう『夫妻の非人道的行為』がどんなものかわからないだけに、世間に公表されたらどれだけ藤堂一族にとってダメージになるのか、予測できないからな。何かあれば自分が責任を取るといってくれるような豪気な人間が出てくれればいいが、期待するだけ無駄だろう。というわけで、放っておけば誰も答えを出せないまま、差出人のいう期限を迎えることになる。それでは藤堂家としても困るだろうから、おそらく対応は警察に一任されると思っていたほうがいい」

「では警察としてはどうすれば?」ベテラン刑事が訊いた。

桜川はわざとらしい空咳《からぜき》を一つしてから口を開いた。

「一課長や管理官と相談した。方策は二つある。ひとつは取引に応じるよう事務所側に進言する。犯人側が金の受け渡し方法を指示してきたら、それに応じて対策を講じる。誘拐事件の身代金受け渡しをイメージしてくれたらいい。実際に現金を用意するかどうか、もし用意するとなればどこが手当てするかは、後から考える。もう一つの方策は、取引に応じず、敵の出方を見るというものだ。取引不成立の場合には夫妻の非人道的行為の証拠をネットで公表すると書いているが、いきなりそんなことをするとは思えない。情報の一部を開示するなどして、取引に応じるよう促してくるのではないか、というのが一課長たちとの共通した見解だ。その反応を見て、犯人の摑んでいる情報がどういう種類のものかを見極め、そこから犯人像を絞り込んでいく。以上二つの方策のいずれを採る場合も、事務所側の同意と協力が必要だ。しかし何度もいっているように、先方には主体となる人間がいない。必然的に我々が主導権を握ることになる。事務所を現地対策本部とし、何人かの捜査員に詰めてもらう」

「しかし差出人は、警察の介入が確認された場合は取引不成立だと書いていますが」刑事のひとりがいった。

「構わない、その点は気にするな。事務所が警察に相談することは犯人だって織り込み済みだ」桜川は余裕の表情で断言した。「さっきの封筒を見ただろ？　消印は奈良県のものだった。あれを見て、犯人の拠点が奈良県だと思った者がいるのだとしたら、悪いことはいわないから今すぐに辞表を提出したほうがいい。犯人は捜査の攪乱《かくらん》を狙って、わざわざ奈良県まで投函しに行ったと考えるべきだ。つまり警察の介入を予想しているということだ。この推論について、何か異論がある者はいるか？」

手を挙げる者はいない、会議室内は静まりかえった。桜川は満足そうに頷いた。

「ところで文書にある『夫妻の非人道的行為を証明するもの』だが、耳寄りな情報が飛び込んできた」桜川が、ちらりと五代に目を向けてきた。「藤堂都議は愛用のタブレット端末を持っていたそうだ。ところが鑑識や消防によれば、そんなものは焼け跡からは見つかっていない。――筒井、望月秘書に確認したか？」

「先程確認しました。たしかに藤堂都議はタブレットを持っていたそうです。スマートフォンのバックアップとして使っていたはずだとか。しかし執務中に持ち歩いていたことはなく、望月秘書はあまり見たことがないといっていました」

「バックアップということは、スマートフォンと同じデータが入っていたわけだな。それが焼け跡から消えている……」桜川は呟いた。「決まりだろう。おそらく犯人はそれを手に入れたんだ。となれば、単なるはったりやブラフと決めつけるのは危険だ。『夫妻の非人道的行為を証明するもの』が本当にあるかどうかはともかく、藤堂都議のプライバシーが摑まれていることとは確かだと考える必要がある。さて、そこで話を戻そう。今後の対応策だ。さっきもいったように二つある。犯人からの取引に乗るか、無視するかだ。諸君らはどう思う？　取引に応じるべきだと思う者は手を挙げてくれ」

五代は周りを見た。数人の手が挙がっていた。

桜川が一人の若手刑事を指した。「意見を聞こう、なぜだ？」

若手刑事が緊張の面持ちで立ち上がった。

「金の受け渡しは、犯人逮捕の大きなチャンスだと思うからです。もちろん警察の介入を予想している以上、本人が受け渡し場所に現れることはないと思います。おそらく何らかの方法……闇バイトを使うとかの方法を考えているでしょう。しかし犯人に繋がる何らかの手がかりが摑めることは期待できます」

「なるほどな。ほかの者はどうだ？」

桜川は別の刑事の意見を聞いたが、若手刑事がいったことと主旨は概ね同じだった。

「では取引を無視すべきだと思う者は？」

桜川の問いかけに、残りの者が手を挙げた。五代もその一人だった。

理由は、と桜川が五代に訊いてきた。

「犯人を苛立《いらだ》たせるためです」五代はいった。「先程係長もおっしゃいましたが、指示に従わなかったからといって、犯人が即座に取引を打ち切ることはないと思います。金銭が目的ならば、必ず何らかのアクションを起こしてくるはずです。つまり犯人と交渉するチャンスはまだあるわけで、急ぐ必要はありません。むしろ相手を焦《じ》らし、なるべく多くの情報を引き出すのが有効だと考えます」

「しかしそのまま犯人が何もいってこなかったらどうする？」ベテラン刑事が横から疑問の声をあげた。

「それはあり得ません。犯人は、かなりの覚悟をもって今回の文書を送ったはずです。取引不成立の場合は非人道的行為の証拠をネットで公表する、などと書いていますが、そんなことをしても犯人には何のメリットもありません。大勝負をかけてきた以上、そう簡単には引き下がらないと思います」五代は桜川の目を見つめていった。

その後、桜川は何人かの刑事たちの意見を聞いたが、五代に同意する者が多いようだった。犯人との取引機会は一回きりではないだろうという説に、金の受け渡し時が逮捕のチャンスだと主張していた連中も、次第に納得の表情を示し始めた。

「よし、どうやら方向性が定まってきたようだから、このあたりで結論を出そう」桜川が声を張った。「まずは取引に応じないという方針を上に話す。おそらく一課長や管理官も異論はないだろう。所轄の署長にも俺から説明しておこう。各班は、この方針に基づいた捜査手順を、次の捜査会議までにまとめてくれ」

係長の言葉に部下たちは気合いの籠もった声で応えた。

7

額縁に収められた集合写真には二十数名の人物が写っていた。比率では七三の割合で女性が多い。しかもそのうちの半分近くは二十代か三十代で、いずれも艶《あで》やかな衣装に身を包んでいた。それでも最初に五代の目に留まったのは、中央付近に立っている、おそらく撮影時には四十代半ばを過ぎていたであろうと思われる藤堂江利子の姿だった。特に目立つ服を着ているわけではなく、ただ自然な笑みを浮かべているだけにもかかわらずだ。華があるとはこういうことなのだなと理解した。理屈では説明できないのだ。

彼女の横には政治家らしい作り笑いを浮かべた藤堂康幸の姿があった。がっしりとした体形で仕立てのいいスーツを着こなしており、貫禄は十分といえる。しかし少なくともこの写真の中では妻の引き立て役に見えた。

五代は山尾と共に児童養護施設『春の実学園』に来ていた。事務所の前に来客用スペースがあり、壁に絵や写真が展示されているのだ。絵は施設に在籍している子供たちの作品だと思われた。

「創立三十周年記念の時の写真です」五代が尚も写真を眺めていると、横から女性の声が聞こえた。

痩せた老婦人がゆっくりと歩み寄ってくるところだった。化粧っ気はなく、縁の細い眼鏡をかけている。

「職員たちだけでちょっとしたパーティを開催したんです。藤堂御夫妻はゲストとして参加してくださいました。早いもので、あれからもう十年が経とうとしています」

五代は姿勢を正し、女性に向き合った。「平塚《ひらつか》さんでしょうか」

はい、と女性は顎を引いた。「園長の平塚です」

五代は警察手帳を提示し、自己紹介をした。子供たちの絵を眺めていた山尾も、足早にやってきて名乗った。

「少し前にも刑事さんがいらっしゃいました。藤堂江利子さんについてなら、すでに御説明しましたけれど」平塚園長の言葉遣いは丁寧だが、声の響きは尖っている。

「承知しています。御協力に感謝します」五代は頭を下げた。「しかし残念ながら、事件解決には至っておらず、依然として手がかりが少ない状況なんです。お忙しい中、本当に申し訳ないのですが、今一度お話を伺えたらと思った次第です」平身低頭しながら言葉を発することには慣れている。

平塚園長は吐息を漏らした。

「藤堂御夫妻には一方《ひとかた》ならぬお世話になりました。心の底から一刻も早く犯人が捕まってほしいと願っています。少しでもお役に立てるということなら、協力は惜しみません。ただ前にいらっしゃった刑事さんにもお話ししたのですけど、本当に心当たりなど何もないんです」

「それでも結構です。三十分だけお時間をいただけませんか」

五代が粘ると平塚園長は腕時計をちらりと見た後、小さく頷いた。「わかりました。では三十分だけ」

ありがとうございます、と五代はもう一度頭を下げた。

案内された園長室は十畳ほどの広さで、窓際に机とキャビネットが配置され、手前に簡易なソファセットが置かれていた。木製のテーブルを挟み、五代たちは改めて平塚園長と向き合った。

「早速ですが、藤堂江利子さんがこちらの学園を支援するようになったきっかけを教えていただけますか」

五代がいうと平塚園長は露骨に顔をしかめた。

「また、そこからですか？　前に来た刑事さんにも話しましたけど」

「しつこくてすみません。お願いします」

五代の隣では山尾も深々と頭を下げていた。

「もう三十年ほど前になります。東京で行われていたミュージカルに、うちに在籍している子供たちが招待されたんです。御存じでしょうか。孤児院で育った女の子が明るく元気に生きる姿を描いた物語なんですけど」

タイトルを聞き、五代は大きく頷いた。有名なミュージカルだ。芝居を志す少女なら誰もが主役に憧れると聞いたことがある。

「舞台が終わった後、主催者の計らいで楽屋へ案内され、出演者の方々に御挨拶する機会がありました。皆さん、とても丁寧に対応してくださいましたけど、とりわけ歓迎してくださったのが江利子さんでした。彼女もそのミュージカルに出演しておられたんです。当時の芸名は双葉江利子さんでした。江利子さんは、自分も両親を幼い頃に亡くしているので、施設の子供たちのことはとても他人事とは思えない、いつか遊びに行ってもいいですかとおっしゃいました。もちろんですと答えましたけど、たぶん社交辞令だろうと思っていました。ところがそれからしばらくして、本当に連絡があったんです。あの時は驚きました」その時のことを想起したのか、平塚園長は大きく目を見開いた。

「藤堂……いえ、双葉江利子さんはこちらにいらっしゃったんですね」

五代の問いに女性園長は頷いた。

「子供たちのためにたくさんのプレゼントを用意して訪問してくださいました。それがきっかけで、支援していただくようになったんです。やがて江利子さんは結婚し、芸能界を引退されましたけれど、支援は変わらず続いていました。御主人の藤堂都議も理解を示され、江利子さんのバックアップという形で、いろいろと力になってくださいました。うちも財政的に余裕があるとはいえませんから、とてもありがたかったです」

「今回の事件のことを聞いた時は、驚かれたでしょうね」

平塚園長は瞼を閉じて天を仰いだ後、吐息と共に顔を戻した。

「何かの間違いだと思いたかったです。江利子さんは子供たちに命の大切さをいつも説いておられました。命を生み出すだけではなく、育てることが大切なんだと。そんな人が殺されたなんて、到底信じられませんでした。しかも、とても残酷な殺され方だったみたいで……」

「全くお気の毒なことでした」

平塚園長は尚も辛そうに眉をひそめていたが、不意に何かを思い出したように五代の顔を見つめた。

「先程、手がかりが少ないとおっしゃいましたよね。あんなひどいことをしておきながら、犯人は捕まりそうにないのでしょうか」

「犯人逮捕を目指し、総力を挙げて捜査に当たっているところです」五代は決まり文句を口にした。「自分も含め、捜査員は誰ひとり諦めてはおりません。だからこそ、今日もこうしてお邪魔しにきたというわけです」

「そうなんですね。でも申し訳ないんですけど、こちらに来ていただいても、得られるものはないと思います。心当たりなど何ひとつございませんので」

「そのことですが、園長さんがおっしゃる心当たりとは、藤堂夫妻が殺されるほど恨まれたり憎まれたりするような心当たり、という意味ですね？」

平塚園長の右眉が動いた。「そうですけど……」

五代は少し身を乗り出した。

「何年か前、元総理が演説中に射殺されるという事件がありました。しかし犯人が本当に憎んでいたのは母親が入信していた宗教団体であり、復讐したい相手はその教団のトップでした。ところがそれが困難だったため、その団体と関係が深い元総理を狙ったと供述しています。元総理に対しては個人的な恨みはなかった、とも。つまり殺人事件が起きたからといって、犯人と被害者が直接的に繋がっているとはかぎらないんです」

平塚園長は沈痛な面持ちで五代のいった意味を咀嚼《そしやく》していたようだが、やがて細い皺に囲まれた目を見開いた。

「当学園が誰かに恨まれているとでも？　そしてその誰かが憎しみの矛先を藤堂御夫妻に向けた――そうおっしゃりたいのですか」

「不快になられるのは当然です。しかし人間には逆恨みという感情もあります。こちらの学園の活動がどれほど健全で立派なものだったとしても、快く思わない人間が皆無だとはいいきれないと思うのです。そうしたことを念頭に置き、今一度考え直していただけるとありがたいのですが」

「逆恨みされていないかどうかを考えろと？」

「創立から数十年間、トラブルが全くなかったわけではないと思うのですが」

するとと女性園長の顔に浮かんでいた怪訝の色が、ふっと薄らいだ。

「それはおっしゃる通りです。むしろ、常に何らかの問題を抱えているといっていいでしょう。数えきれないほどです」

「たとえばどんなことですか」

「やっぱり子供を巡ってのトラブルが多いです」

「トラブルの相手は？」

「もちろん、子供の親です」

「親？」五代は眉根を寄せていた。

彼の疑問を察したように平塚園長は唇に薄い笑みを滲《にじ》ませた。

「奇妙に思われるかもしれませんね。親がいるのに、なぜ子供が施設に入っているのか、と。でも実際、うちにいる子供たちの中でも、親と死別した子は少数派なんです。九割以上の子に両親か父母どちらかがいます。ひとり親の殆どは母親、所謂シングルマザーです。入所の理由は様々ですが、多いのが親による育児放棄や虐待です。ところが肝心の親にその自覚がない場合も多くて、問題を複雑にしています。なぜ子供が施設に留まっていて、自分のもとに帰ってこないのか、理解できないんです。施設から親元に戻るかどうかは子供本人が決め、私たちが口出しすることは決してないのですけど、子供が戻るといわないのは、私たちにそそのかされているからだと思い込んでいる人もいます」

　女性園長のいわんとすることが五代にもわかってきた。

「つまりそういう親ならば、こちらの施設に良い感情を持っていない可能性もあるかもしれないと？」

　平塚園長は苦い顔つきで小さく顎を引いた。「残念ながら否定はできません」

「そういう親が何人かいるのですね」

「ええ、まあ……そうです」歯切れはよくないが、女性園長は肯定した。

「その人たちの名前を教えていただくわけにはいきませんか」

　この要求に対する平塚園長の態度は明白だった。両掌を五代のほうに向けた。

「それは無理です。プライバシーに関わることですから」

「わかりますが、どうか捜査に御協力をお願いします」

「お断りします。そんな情報を漏らしたとわかったら信頼関係が崩れてしまいます」

「こちらから聞いたとはいいません。お約束します」

「では、誰から聞いたのかと尋ねられたら、どうお答えになるおつもりですか？　適当なことをいって嘘だとばれたら、余計に厄介です。あなた方のお仕事が大変なことはわかります。私としても早く犯人を捕まえてほしいです。でも協力できることとできないことがございます。私共の使命は、子供と親を繋ぐ命綱であることなのです。御理解ください」突き放すような口調は、彼女の意思が強固であることを窺わせるのに十分だった。

翻意させるのは無理らしい、と五代は諦めた。わかりました、といった。

「どうやらあなた方の理念を甘く考えていたようです。命綱である以上、嘘は許されませんね。大変失礼いたしました。もう無理は申しません。今後もその理念に基づいて素晴らしい活動を続けられることを祈っています。これは皮肉でも嫌味でもありません。心の底から敬服いたします」五代は平塚園長の顔を見つめながらいうと、行きましょう、と山尾を促して腰を上げた。

「捜査の参考になるかどうかはわかりませんが、ひと言だけいわせてください」立ち上がりながら平塚園長がいった。「今もいいましたけど、親の中にはいろいろな人がいます。当園に悪感情を持っている人もいるでしょう。でもそんな人でも、藤堂江利子さんに対してだけは憎しみをぶつけることはないでしょうと断言しておきます」

「その根拠は？」

「天に唾するようなものだからです」平塚園長は簡潔にいった。「子供を引き取れない親の多くが経済的な問題を抱えています。そうした問題を解決するための支援活動も藤堂江利子さんは行っておられました。要するに金銭的援助です。そのことは親たちも知っています。あの方を失うことは、自分たちの生活が苦しくなることに繋がります。どこの世界に、そんな愚かな行為をする者がいるでしょうか」

淡々と語られた内容は、意外にも精神論ではなく物質主義的なものだった。だがそれだけに強い説得力があった。

「大いに参考にさせていただきます。本日は捜査への御協力、誠にありがとうございました」五代は丁寧に頭を下げた。

平塚園長を残し、五代たちは園長室を後にした。施設を出る時、庭に目をやると、小学生ぐらいの子供たち数人が小屋の前に集まっていた。小屋の中で飼われているのはウサギのようだ。命を生み出すだけではなく、育てることが大切――平塚園長の言葉が五代の耳に蘇った。

施設から最寄りの駅に行くにはバスを利用しなければならなかった。停留所でバスを待ちながら五代はスマートフォンのメッセージを確認したが、特に重要なものは見当たらなかった。

「いかがですか、五代さんの手応えは？」山尾が尋ねてきた。「『春の実学園』、事件に関係していますかね」

さあ、と首を捻るしかなかった。

「立場上、園長としてはあんなふうにいうしかないでしょうね。学園に対して逆恨みしている者がいたとしても、それを藤堂夫妻にぶつけることはないだろう、と。あの言葉に嘘はないのかもしれない」

山尾は頷いた。

「私も同感です。あの平塚という人は嘘をつけない方です。財政的に余裕がないというのも本当でしょう。園長室にあった机の落書きに気がつきましたか？」

「落書き？　窓際に机があったのは覚えていますが……」

「机の脚に彫刻刀で名前らしきものが彫られていました。子供の悪戯にしても、園長室に忍び込んで彫ったとは思えません。たぶんどこかで使用していた机を再利用しているのでしょう。名前は元々彫られていたんですよ。ふつう園長用の机に、そんなものは使いません。倹約の一環だと思います」

「それは気がつかなかったな……」

「あの方の手を見ても、形だけの園長でないことは明らかです。荒れていたし、爪は短かった。水仕事や雑用を率先してやっている手でした」

五代は所轄刑事の顔を見つめた。その観察眼に驚いたのだ。

視線の意味に気づいたか、山尾は照れ臭そうに手を振った。

「癖なんですよ。自分も何か質問しなきゃいけないと思って、あちらこちらを見てしまうんです。いわばネタ探しです。大抵の場合、何の役にも立ちませんがね」

「いや、あの施設の状況や園長の人柄を推し量る発見だと思います」

「そういっていただけると同行した甲斐があります」

「ただ、人の心理はわからない。思いがけないことで逆恨みし、まるで関係のない人間に怒りの矛先を向けても不思議ではありません。施設に悪感情を抱いていた人間がいないわけではなさそうだし」

「入居児童の親の中に、例の声明文を出した人間がいるかもしれないと？」

「その可能性が消えたとはいえないでしょう。場合によっては入居児童の親全員について、洗ってみる必要があるかもしれません」

山尾の表情が曇った。「それは……なかなか大変ですな」

「この話を特捜本部に持って帰ったら、間違いなく主任から苦い顔をされるでしょうね」

バスが到着したので、乗り込んだ。車内は混んでいて、空いている席はなかった。五代は吊り革に摑まり、車窓の外に目を向けた。しかし景色を見ているわけではない。犯行声明文に考えを巡らせていた。

今日は十一月一日だ。犯行声明文に記されていた、取引に応じるかどうかへの回答期限は過ぎた。もちろん回答はしていない。桜川が榎並香織にそのように提案したところ、すべてお任せします、といって指示に従ったらしい。

目下のところ、犯人からの反応はない。だが五代は朝から落ち着かなかった。犯人は次にどんな手を打ってくるだろうか。

バスが駅前に到着した。多くの客に続いて、五代たちも降り立った。

駅に向かって歩きかけた時、スマートフォンに着信があった。筒井からだった。途端に胸騒ぎがした。

「はい、五代です」

「筒井だ。今、どこにいる?」

「西東京のあたりです。『春の実学園』での聞き込みを終えました」

「収穫はあったか?」

「さあ、それは何とも……」言葉を濁した。

「まあいい。その足で元代々木に向かってくれ」

「元代々木ということは……」

「榎並夫妻のマンションだ。すでに係長が向かっている」

「係長が?」

緊張の糸が、ぴんと張った。桜川が直々に出向くのだから、余程の事態だ。

「何かあったんですか」

「おおありだ。榎並香織さんのスマートフォンに犯人からメールが届いた」

「メールっ」

胸の内側で心臓が跳ねた。犯人から榎並香織に直接メール――全くの予想外だった。

「どういう内容ですか」

「俺も詳細は見ていない。向こうに行ってから、自分の目で確かめろ。メールには画像が添付されていたらしい」

「画像？　何の画像ですか」

「子供の写真だ」

「こども？」

どの子供だ、誰の子だ――五代は懸命に思考を巡らせるが、正解には辿り着けそうになかった。

8

元代々木のマンションに着くと、共用玄関でインターホンを鳴らした。すると応答がないままオートロックのドアが開いた。

エレベータで十階に上がり、一〇〇五号室のチャイムを鳴らした。またしても返事はなく、ドアが開いた。開けたのは後輩の若手刑事だった。桜川たちに同行してきたらしい。神妙な顔をしている。

「係長は？」

「居間で御夫妻と話を」

五代は靴を脱ぎ、部屋に上がった。後ろから山尾もついてくる。

リビングルームのドアを開けると、ソファに桜川や榎並夫妻が座っているのが見えた。所轄の相沢《あいざわ》という刑事課長の姿もある。

桜川が五代のほうに顔を向け、手招きした。さらにテーブルに置かれたノートパソコンの画面を向けてきた。「これを見ろ」

五代は榎並夫妻に会釈してからテーブルに近づき、パソコンの画面を覗き込んだ。そこに映っているのは白黒の画像だった。体内を撮影したエコー画像だと、すぐにわかった。黒い空洞があり、その中に映っている灰色の像の正体にも見当がついた。自分には縁がないが、同じようなものを何度か見たことはある。

「これは奥様の……」呟きながら榎並夫妻を見た。

香織は無言で俯いている。彼女の代わりに榎並が口を開いた。

「おなかの子供です。妻によれば第十週のものだそうです」

そういうことか、と五代は合点した。筒井がいっていた子供の写真とは、このことだったのだ。たしかに子供には違いない。

桜川がパソコンのキーボードを操作した。画面にはテキストが表示された。次のような文章だった。

『榎並香織様
このメールは藤堂康幸のタブレットから送信している。いたずらでないことは、メールアドレスを確認すれば明白だと思う。

連絡した理由はほかでもない。あなたに、このタブレットを買い取ってもらいたい。

金額は三千万円である。あなたの御主人の財力を考えれば高額とはいえないだろう。

支払いの意思がある場合は、本日午後六時までにこのメールに返信してもらいたい。その時刻を過ぎても返信がない場合は契約不成立とみなし、今後は一切連絡しない。このタブレット内のデータが流出し、あなた方がどのような被害に遭おうとも、自業自得である。

データの存在を示すため、興味深い画像データを添付しておく。せっかくＮＩＰＴで陰性が証明されたのだから、この子の将来のためにも、こちらの要求を受け入れることをお勧めする。』

五代は香織を一瞥してから桜川のほうを向いた。「このメールが奥さんのスマホに？」

桜川は頷いた。

「今日の午後二時過ぎに届いたそうだ。すぐに御主人に相談し、御主人から警察署に連絡があった、というわけだ」

五代は腕時計を見た。午後三時半になろうとしていた。

「犯人の正体は不明だが、なかなか狡猾な奴だ」桜川が憎々しげにいった。「よりによって、こんな画像を添付してくるとはな。夫妻に心理的なプレッシャーをかけるのが狙いだろう」

「この画像データが藤堂都議のタブレットに入っていたのは確かなんですね」

「クリニックで撮影した当日、香織さんが江利子夫人に送ったそうだ。それを夫人が藤堂康幸氏に送ったものと思われる。NIPTというのは出生前診断の一種らしい」

「NIPTのことは聞いています。ええと、それで――」五代は再び夫妻を見てから桜川に顔を戻した。「御夫妻はどのようにすると？」

「我々の指示に従うといってくださっている。犯人逮捕に繋がるならば、取引の金を用意してもいいと」

「三千万を？」

ああ、と桜川は答えた。

どうやら犯人の指摘は的中しているようだ。榎並夫妻にとって三千万円は、すぐにでも用立てできる金額なのだろう。

妻は、と榎並がいった。

「本当は払いたくないといっています。私に迷惑をかけたくないという気持ちもあるようですが、それ以上に殺人犯のいいなりになどなりたくないと」

隣にいる香織が顔を上げ、五代たちに真剣な眼差しを向けてきた。

「父のタブレットにどんなものが入っていたのかはわかりません。もしかしたら私たちのプライバシーに関わるようなものもあるかもしれません。そういうのがネットに流出するかもしれないと思ったら、いい気持ちはしません。正直、怖いです。でも父を殺した人間にお金を払うぐらいなら、我慢します。流出して困るようなものなど何もないと信じていますし。だけど、ここで取引を断ったら、犯人との繋がりはなくなってしまうわけですよね。それなら、犯人逮捕のためにお金を出すのも仕方ないかなと思ったんです」香織は声を震わせながらいった。その目からは強い覚悟が感じ取れた。

五代は桜川と相沢を交互に見た。「係長たちの判断は？」

「何らかの応答を犯人に返すべきだろう、と相沢さんと話していたところだ」桜川が答えた。「香織さんがおっしゃった通り、犯人との繋がりを断ちたくない。特に前の時と違い、今回はメールという双方向での連絡手段がある。小刻みにやりとりをしているうちに、向こうがぼろを出してくれるかもしれない」

「なるほど」

ただし、と桜川が腕時計に目を落とした。

「上層部がどう判断するかはわからない。取引といっても、所詮は脅迫だ。脅迫に屈して金を払うという方針は、警察としては選びづらい。今、管理官が捜査一課長や刑事部長らと相談しているはずだ」

その回答を待っている、というのが現在の状況らしい。

「五代、おまえ、どう思う？」桜川が訊いてきた。「これまでの犯人の行動には、いろいろと引っ掛かっているところがあるんだろ？　藤堂都議事務所に犯行声明文を送ってきたかと思ったら、今度はこのメールだ。何か気になる点はないか？」

「気になる点……ですか」

五代はパソコンの画面を改めて睨んだ。

「一番気になるのは藤堂康幸氏のタブレットを使って連絡してきたことです。ロックをどうやって解除したのか……。それにメールを送信したからには、警察に送信元を突き止められるおそれがあります。犯人は、そのリスクを考えなかったんでしょうか」

「康幸氏のタブレットが自分の手元にあることを示すには、最も有効だと考えたんじゃないか。それに今は無料Wi-Fiを利用できる場所がいたるところにある。送信元を突き止められる程度のことはどうってことないと考えたんだろう」

「康幸氏のタブレットはセルラーモデルですか。もしそうなら——」

五代の言葉を制するように桜川が広げた右手を出してきた。

「いいたいことはわかっている。セルラーモデルらしい。つまり携帯電話の回線を使った通信が可能だ。したがって電源を入れていれば、基地局情報が得られる。だが携帯電話会社からの情報によれば、過去二十四時間、タブレットは電波を発していない状態のようだ。犯人はWi-Fiを使ってメールを送ったと考えられる」

五代は吐息をついた。「そういうことですか」

さすがは桜川だ。部下が思いつくようなことは、すでに処理済みというわけだ。

「ほかに気づいた点はないか」

五代は再びモニターを見つめた。

「次に引っ掛かるのは、金額が変わっている点ですね。事務所に届いた犯行声明文で要求してきたのは三億円でした。それが今回は三千万円とは……」

「一気に値引きしてきたな。なぜだと思う？」

五代は首を傾げ、思考を巡らせた。

「犯人としては、元々事務所との取引は成立しないだろうと踏んでいたんじゃないでしょうか。責任者不在の状態ですからね。だから金額なんかはどうでもよかった。しかし今回は榎並御夫妻が相手です。プライバシーの漏洩《ろうえい》を恐れたお二人が取引に乗る可能性は大いにあると考え、妥当な金額に下げた、というのはいかがでしょうか」

「ふん、タブレット端末一台に三億円は高すぎる、というわけか。案外、そんなところかもしれんな」桜川は仏頂面を上下させた。「だがそれなら、最初から御夫妻相手に取引を持ちかければよかったんじゃないか。事務所に文書を送る必要はなかった。それとも、取引に乗ってきたら儲けもの、とでも考えていたのか」

「そうかもしれませんが、この犯人はもっとしたたかな気がします。事務所に送った文書には、別の目的があったんじゃないかと思うんです」

「別の目的とは？」

「端的にいえば捜査の攪乱です。あの文書によって誰が影響を受けたかといえば、我々捜査陣です。あそこに記されていた、藤堂夫妻の非人道的行為という文言によって、それが何を指しているのかを突き止めるため、連日あらゆるところへ聞き込みに行きました。今日だって、俺と山尾警部補は『春の実学園』に行ってきました。残念ながら収穫はありません。江利子夫人が施設の人々から厚い信望を得ていたと確認できただけです。的外れだった、というのが率直な感想です。そこで思ったんです。我々は犯人に振り回されているだけではないのか、と」

つまり、と桜川が引き継いだ。

「藤堂夫妻の非人道的行為などというものは、そもそも存在しなかった——そういいたいわけか」

はい、と五代は答えた。

「もし存在するのなら、その証拠がタブレットに入っていることを書いてくるはずです。エコー画像なんかを添付するより、はるかに脅迫効果があります」

桜川が眉根を寄せた。

「言葉に気をつけろ。妊娠中の女性が、突然自分の胎内画像を送られてきたらどれだけショックを受けるか、想像がつかないのか」

あっ、と声を漏らし、五代は夫妻に頭を下げた。「失礼しました」

「しかし五代君のいっていることには妥当性があります」刑事課長の相沢がとりなすようにいった。「あの文書のおかげで、ずいぶんと時間と人員を使いました。捜査の攪乱が狙いだとすれば、まんまと引っ掛かったことになる」

「それはたしかに……」

呟いた桜川の顔が不意に険しくなった。内ポケットからスマートフォンを取り出し、操作してから耳に当てた。立ち上がり、歩きだした。ドアを開け、部屋を出ていく。廊下で話し始めたようだが、声は全く聞こえない。相手は管理官だと思われた。

しばらくして桜川が廊下から顔を覗かせ、相沢さん、と呼んだ。「ちょっといいですか」

刑事課長は腰を上げ、廊下に出ていった。何らかの相談をするのだろう。

山尾と後輩刑事は壁際で居心地悪そうに立っている。五代も間を持て余した。

ふと壁に飾られた額に目がいった。オートクチュール刺繍の作品だ。仕上げるのにどれほどの技術と労力を求められるかは不明だが、藤堂江利子が娘夫妻の幸せを祈りながら作業していたのだろうと想像すると切なくなった。

ドアが開き、桜川と相沢が戻ってきた。

「警視庁としての考え方がまとまりました」桜川が榎並夫妻に向かっていった。「犯人にメールを返してください」

「取引に応じる、と答えればいいんですか」榎並が訊いた。

「いえ、まずはこちらの要求を示していただきたいのです」

「要求……というのは？」

「タブレットのデータを今後も一切流出させないという確約です。タブレットが戻ってきたとしても、犯人が中のデータをコピーしている可能性がありますからね。言葉だけでは信用できないので、何らかの保証がほしいと書いてください」

榎並は怪訝そうな顔を桜川に向けた。

「そんな要求に応じるでしょうか。私が犯人だとしても、保証する方法なんて思いつかないのですが」

「要求をはねつけてくる公算は大きいでしょう。それに対し、それでは取引できない、金は払えないと答えるんです」

「そんなことをしたら、今すぐにタブレットの情報をネットに流す、とかいってくるんじゃないですか」榎並は顔を曇らせた。

「そうなったら時間稼ぎをしてください。考える時間がほしいと答えるんです。ここまでが第一段階です。できるだけ多くのやりとりを繰り返すことで、メールの送信場所に関する情報を集めます。さっきもいいましたが、犯人は不特定多数の人間が利用するWi-Fiを使うでしょうから一回の送信では手がかりは摑みづらい。しかし回数が増え、時刻と場所のデータが揃えば、犯人の行動パターンが見えてくるかもしれません。その場所近辺の防犯カメラ映像を解析することで、犯人を特定できる可能性もあります」

桜川の説明に、ようやく榎並の顔に納得の色が浮かんだ。

「なるほど。で、その後は？」

「その後は――」桜川は唇を舐めてから続けた。「取引に乗ると回答してください」

榎並が深呼吸をした。

「念のために訊くんですけど、三千万円を支払う、ということですね」

「まずはそのように回答するだけです。すると犯人は金の受け渡し方法を連絡してくるでしょう。どんな指示をしてくるか、それを確認してから対応を検討します」

「結局、金は用意したほうがいいんですか。それともその必要はないんですか」榎並が苛立ちを示した。

「犯人の出方次第です。受け渡し時に犯人を逮捕できる見込みがあるとなれば、お金を用意していただくことになります。その可能性がゼロの場合、取引に応じる意味がありません。どんな方法をいってくるかによります」

桜川の落ち着いた口調に、榎並も気持ちを鎮めたように見えた。わかりました、と抑えた声で答えた。

あの、と香織が遠慮がちに口を開いた。「メールは、いつ出せばいいんでしょうか」

「タイムリミットぎりぎりまで待ちましょう」桜川がいった。「犯人だって、やきもきしているはずです。リミットが近づけば、何らかの動きを見せるかもしれない。催促のメールでも送ってきたりしたら儲けものです。ただ、文面は作成しておいたほうがいいでしょう。今、書いていただけますか」

わかりました、といって香織は自分のスマートフォンを手にした。「文面は?」

「タブレットのデータを一切流出させないと確約してくれるなら取引に応じる、と書いてください。言葉だけでなく何らかの保証がほしい、とも」

香織はスマートフォンの操作を始めた。細い指先をせわしなく動かす表情は真剣そのものだ。

「これでいかがでしょうか」

彼女がスマートフォンを差し出したので、拝見します、といって桜川が受け取った。

五代も隣から画面を覗いた。次のように書かれていた。

『メールを拝受し、用件を理解いたしました。

藤堂康幸のタブレットのデータを今後も絶対に流出させない、と約束してくださるのならば取引に応じます。その約束を反故にしないという証拠もほしいです。お返事お待ちしています。』

桜川は相沢と顔を見合わせ、頷いてから香織にスマートフォンを返した。「問題ありません。大変いいと思います」

「これを午後六時になる直前に送信すればいいんですね」

「そういうことです。それまで捜査員を二名、こちらのマンションに残しても構いませんか。無事に送信したことを確認させたいので」

構いません、と榎並が答えた。

五代と山尾が残ることになった。ただし部屋ではなく、一階のエントランスホールが待機場所だ。身重の香織に心理的な負担をかけないほうがいいとの配慮からだ。

「じゃあ、よろしく頼む」共用玄関から出る前に桜川がいった。

「特捜本部に戻ったら、メールの送信場所の特定を？」

五代の質問に桜川は苦い顔で頷いた。

「今回は使用されたメールアドレスは故人のもので、遺族の許可を得ている。いつもはプライバシーの保護にうるさいプロバイダーも、協力してくれるんじゃないかと思う。どれだけのことがわかるかは微妙だが、やるべきことはやらなきゃいけない」

「そうですね」

「何かあったら連絡してくれ」そういい残し、桜川は相沢たちと出ていった。

高級マンションだけあって、エントランスホールには立派なソファが並んでいた。五代は山尾と共に腰を下ろした。

「思いがけない展開だ」五代はため息交じりにいった。

「驚きましたね」

「まさか康幸氏のタブレットでメールを送ってくるとはね。犯人の奴、大胆なことをしやがる。しかも三千万か」

「五代さんは、前回の脅迫は単なるはったり、と考えておられるんですね」

五代は所轄の刑事の顔を見た。「同意できませんか？」

いえいえ、と山尾は首を横に振った。

「同意できないどころか、大いに納得しました。私も五代さんと同様、藤堂夫妻の悪事を探すことに徒労感を覚え始めていましたのでね。しかし今回は犯人も本気で金を奪いにきている、というわけですか」

「そうじゃないかと思うんです。三千万という金額にリアリティを感じます」

「事実、榎並夫妻は、ぽんと用意できるような口ぶりでしたものねえ。住む世界が違う人種というやつだ。まあ殺人事件絡みでなきゃ、たかがタブレットに、あの人たちも大金を出すことはないんでしょうが」

「たかがタブレット……ですよね」

「ええ。それが何か？」

「火災現場からは藤堂夫妻のスマートフォンが見つかっています。なぜ犯人は、その二つを残していったんでしょうか。タブレットと一緒に持ち出すことも可能だったはずです。スマートフォンの中には、タブレット以上に重要なデータが入っていた可能性も高い」

「ロックがかかっていたからじゃないですか。ロックを解除できないんじゃ、持ち出しても意味がありません」

「でもそれはタブレットにもいえることです。スマホのバックアップとして使っていたぐらいだから、ロックをかけていなかったとは思えません。犯人はどうやってロックを解除したのか……」

「IT機器に詳しく、解除する特殊な技術を持っていた、とか？」

「それなら藤堂夫妻のスマホも持ち去ったはずです。タブレットのロックを解除できるなら、スマホも可能でしょう」

「おっしゃる通りだ。すると考えられることはひとつですね。犯人は元々ロック解除のパスワードを知っていた」

「そうなります。では、なぜ知り得たのか」

「本人が他人に教えるわけがありませんからね。操作しているところを盗み見た、というところでしょうか」

「だとすれば、そんなことのできる人間はかぎられてきます」

「康幸氏のかなり近くにいる人物、ということになりますね。たとえば、あの望月という秘書なんかはどうでしょう。盗み見するチャンスはあったんじゃないですか」

「大いに考えられることですが、あの秘書にはアリバイがあったはずです。それに動機がない。むしろ康幸氏が亡くなって、先行きが怪しくなっている一人です」

「たしかにそうですな」

山尾は眉根を寄せ、少しの間考え込む顔をしていたが、やがて苦笑を浮かべた。

「すみません。私にはさっぱり見当がつきません。お役に立てず、申し訳ない」

「いや、山尾さんに謝っていただくのは変です。やめてください」五代は顔の前で手を振った。

この所轄のベテラン刑事は、低姿勢すぎてやりにくくなることがある。

「じつは、もう一つ、引っ掛かっていることがあるんです」

「何でしょう?」

「前回犯人は、藤堂都議事務所に封書で脅迫状を送ってきました。わざわざ奈良県まで行って投函しています。なぜ今回のようにメールで送ってこなかったんでしょう?」

「たしかにそうですね。もしかすると、先程の五代さんの説と同じ理由ではないですか。捜査の攪乱を狙ったわけです。あの文書のおかげで、捜査員が二人ほど奈良県に派遣されましたからね。案の定、何の成果も得られなかったみたいですが」

「捜査の攪乱……か」

その可能性は否定できない。しかし五代は釈然としないものを感じずにはいられなかった。居場所を特定されないために郵便物を自分とは無縁の地で投函する、というのはよくある手だが、防犯カメラや目撃情報など、リスクが生じるのも事実だ。多少捜査を攪乱できるにしても、そんなリスクを冒すほどの価値があるだろうか。

午後五時半を過ぎたところで五代は桜川に電話をかけた。

「何か変わったことはあったか」

「御夫妻からは何もいってこられません。状況に変化はないと思われます」

「わかった。メールを送信してもらってくれ」

了解です、といって電話を切った。

榎並夫妻の部屋を訪ね、メール送信を依頼した。

香織は改めてスマートフォンの画面を五代たちに見せた。「この文面で送信します」

よろしくお願いします、と五代は頭を下げた。

香織は真剣な顔つきでスマートフォンを操作した後、送りました、といった。

五代は再び桜川に電話をかけ、メール送信が無事に終わったことを伝えた。

「よし。すぐにでも犯人側から何らかの応答があるかもしれない。おまえたちは、しばらくそこで待機させてもらってくれ」

「わかりました」

五代は電話を切り、桜川からの指示を榎並夫妻に話した。もちろん部屋にいてもらって構わない、と二人は答えた。

「ところで奥さんにお尋ねしたいことがあるのですが」五代は香織を見ていった。「康幸氏のタブレットですが、ロック解除のパスワードを御存じですか」

「私がですか？」香織は意表を突かれた顔で自分の胸を押さえた。「いいえ、知りません」

「江利子夫人はどうだったでしょう？　御存じだったと思いますか」

「母がですか。さあ……もしかしたら知っていたかもしれませんけど、そういう話をしたことはありません」

「知っていたかもしれない人物に心当たりは？」

香織は青ざめた顔を横に振った。

「ありません。そもそも最近、父とはゆっくり話したこともありませんし」

「そうですか……」

ああそうか、と榎並が呟いた。

「タブレットにはロックがかかっていたはずですからね。犯人がどうやって解除したのか、という点が問題なわけだ」

「そういうことです。ロックを解除できなければ、メール送信もできないし、例のエコー画像を取り出すこともできなかったはずです」

五代の言葉に榎並は無言で頷いた。

あのう、と香織が躊躇いがちに口を開いた。

「送られてきたメールのことで、ひとつ、気になっていることがあるんですけど」

「何でしょう？」

「ＮＩＰＴのことを書いてましたよね。せっかく陰性が証明されたんだから、この子のためにも要求を受け入れろって。どうして犯人は、私がＮＩＰＴを受けたことを知っているんだろうと思って……」

「それはタブレットのメールか何かを見たんじゃないでしょうか」

「でも私、父には出生前診断としか説明していません。だってＮＩＰＴといったって、何のことかわからないに決まってますから。母にしてもそうで、父には話してなかったと思います。

だからその言葉がメールに残っているはずがないんです」

「……そうなんですか」

香織の言葉には妥当性があると思えた。たしかに家族間で話す場合、アルファベットを並べた専門用語より、出生前診断といったほうが伝わりやすい。相手が妊娠に関する知識に乏しい男性なら尚のことだろう。

「ＮＩＰＴのことを御家族以外に話されたことはありますか。御友人とか」

「いえ、話してません」香織の返答はきっぱりとしていた。「出生前診断って、賛否があるじゃないですか。強い抵抗を示す人も少なくありません。だから人には話さないようにしていました。――あなたにも、そうお願いしたわよね」夫のほうを見た。

「わかっている。だから誰にも話してないよ」

「でも本庄雅美さんは御存じでした。江利子夫人が話されたようです」

「本庄さんは特別です。私のことを実の娘みたいに思ってくださってますから。でも母も本庄さん以外の人には話してないと思います」香織は確信に満ちた口調でいいきった。

五代は考え込んだ。ではなぜ犯人はＮＩＰＴのことを知っていたのか。香織の話を聞いているうちに、些細な疑問とはいえないような気がしてきた。

重たい沈黙がしばらく続いた後、スマートフォンが着信を知らせた。桜川からだった。

「犯人から反応はあったか？」

「いえ、まだありません」

「そうか。そちらに捜査員を差し向けるから、交代して戻ってこい」

「わかりました」

それから約三十分後、二人の刑事が到着した。五代と山尾は彼等に後を任せ、特捜本部のある警察署に戻った。

特捜本部では桜川と筒井が深刻な顔つきで話し合っているところだった。桜川が五代を見て、手招きした。

「御苦労だった。何か報告すべきことはあるか」

「一点、香織さんから疑問が提示されました」

犯人がメールでＮＩＰＴに触れていることについて五代はいった。

「主旨はわかるが、疑問とまではいえないんじゃないか」筒井がいった。「誰にも話してないつもりでも、無意識のうちに口に出しているなんてことはよくある。江利子夫人が康幸氏に出生前診断について詳しく説明した時、その言葉を使ったかもしれない」

「香織さんは、それはないと思うとおっしゃってましたが……」

「わからんよ、そんなことは」筒井は肩をすくめた。

「ほかには？　何かあるか」桜川が訊く。

「個人的には、タブレットのロックが気になっています」

「どうやって解除したか、だろ。そんなことはこっちでも議論済みだ。可能性は四つある。一つ目は元々ロックが設定されていなかったということだが、これは考えにくい。二つ目は、犯人が現場でタブレットを見つけた時、たまたまロックが解除された状態だった。しかしこれも可能性は低い。一定時間操作しなければ、タイマーが働いてロックされただろうからな。三つ目は何らかの方法でロックを解除したということだが、素人がやったのでは、通常データは消えてしまうから意味がない。そこで考えられるのは専門業者に持ち込んだ可能性だ。明日以降、複数の捜査員に業者を当たらせる。ただ鑑識に確認したところ、康幸氏のタブレットは機種から考えてセキュリティが万全で、データを消すことなくロックを解除するのは業者でも無理ではないか、とのことだった。残る可能性はひとつだ」

「犯人はロック解除のパスワードを知っていた」

「それだろうな」桜川は人差し指を立てた。「康幸氏が、どこで、あるいはどういう局面でタブレットを使用していたかを徹底的に調べ上げる。犯人がパスワードを覗き見したとすれば、その時に近くにいたわけだからな」

「わかりました。明日からの捜査では、そのことも頭に入れておきます」

五代は立ち去ろうとしたが、机に置かれた一枚の書類が目に留まった。『アクセスタイム14:13:28　帝都グランドホテル』と印字されている。

「これはもしかすると……」

「犯人からのメールが送信された場所だ。宿泊客なら誰でも利用できる無料Wi-Fiを使ったらしい。だからといって犯人が宿泊したとはかぎらない。『帝都グランドホテル』では、ここ数年Wi-Fiのパスワードを変えていない。過去に利用した際に入手したパスワードを使ってアクセスした可能性もある。客室内だけでなく、レストランやカフェでもWi-Fiは使えるそうだからな」

「『帝都グランドホテル』ですか……」

五代はため息をついた。都内でも最大級のホテルだ。防犯カメラの映像から犯人を見つけだすのは不可能に近いだろう。

「もう一つ、情報がある」筒井が別の書類を手にした。「こちらのほうが脈がある。携帯電話会社からのものだ。康幸氏のタブレットの電源が切られた日時が判明した。十月十五日の午前零時四十七分だ」

「事件があった夜ですね」

「そうだ。位置情報が残るのを防ぐために電源を切ったんだろう。基地局から考えて、藤堂邸内にいる時だと考えられる。興味深いのは、ここからだ。事件から二日後の十七日の午前十時過ぎ、タブレットの電源が入れられている。この時に犯人は、初めて何らかの操作を行った」

「位置は特定できているんですか」

「基地局はわかっている。それが何と――」筒井は左手の指先で空中に円を描いた。「この近辺らしい」

五代は一瞬息を呑んだ。「犯人が、この近くにいたと？」

「そういうことだ。基地局は、ここから約三百メートルのところにある。その基地局と電波のやりとりをしたというわけだ」

「この近くに……」五代は呟き、桜川を見た。「どういうことでしょう？」

「さあな。筒井は犯人の挑発じゃないかというんだが」

「挑発？」

「位置を知られるのが嫌ならば、電波の届かない場所で電源を入れればいい。ＳＩＭカードを抜くという手もある。敢えて位置情報を残したのなら、挑発以外に考えられない」

筒井の説明に、なるほど、と五代は頷いた。

その時、桜川がスマートフォンを取り出した。着信があったらしく、耳に当てた。

「桜川だ。……そうか。まずは俺と筒井のほうに転送してくれ。……ああ、頼んだぞ」電話を終えてから桜川は険しい目を五代たちに向けてきた。「犯人からメールが届いたそうだ。すぐに送られてくる」

その直後、桜川と筒井のスマートフォンがほぼ同時に反応した。二人は同じようにスマートフォンを操作し始めた。五代は筒井の横から画面を覗き込んだ。

転送されたメールの文面は以下のようなものだった。


『要求金額を支払えば、データを流出させる気はない。その言葉を信用するかしないかは、そちらの自由だ。

誤解があるようなので警告しておく。

そちらは取引に条件をつける立場にない。次に何らかの条件を提示してくれれば、その時点で取引は終了、以後連絡を完全に断ち切る。

回答を待つ。次の期限は今夜零時だ。』

9

間もなく午前九時になろうとしていた。やや小さめの会議室で五代が桜川と待機していると、次々に幹部たちが入ってきた。警視庁本部からは捜査一課長と管理官が、警察署側からは署長と副署長、そして刑事課長の相沢が出席するようだ。

全員が着席するのを確認した後、桜川が立ち上がった。

「すでにお聞き及びだと思いますが、昨日、『都議夫妻殺害及び放火事件』の犯人と思われる人物から藤堂夫妻の長女榎並香織さん宛てにメールが届きました。その内容は藤堂康幸氏のタブレット端末を三千万円で買い取れというものでした。回答期限が午後六時だったため、時間稼ぎのため、データを流出させないという保証があれば取引に応じる、という主旨のメールを香織さんに送信してもらいました。間もなく犯人側から応答がありましたが、何らかの譲歩を示すものではなく、最終期限を午前零時と告げるものでした。そこで香織さんには、取引に応じる、と回答してもらいました。すると本日の午前七時二十分、犯人から香織さんにメールが届きました」

桜川がいい終えるのを待ち、五代は手元のキーボードを操作した。

大型の液晶画面にテキストが表示された。

『取引に応じるとの回答を受け取った。賢明な判断だ。
本日、正午までに三千万円を以下の口座に振り込め。
三経東洋銀行　旭川支店　普通６５８９７４１　ヨコヤマカズトシ
全額の引き出しが終了すればタブレットを返却する。終了する前に口座が凍結されたり、引き出した者が逮捕されたりすれば、契約違反とみなし、返却しない。』

桜川が改めて口を開いた。

「榎並夫妻に確認したところ、正午までに三千万円を用立てることは可能だそうです。インターネット・バンキングを使用する場合、一日の利用限度額は一千万円ですが、夫妻は三つ以上の口座を持っており、それらから一千万円ずつを振り込むことはできる、とのことでした。では我々としてはどう対応すべきか、皆さんの御意見をお聞かせいただけたらと思います」

遠慮がちに手を挙げたのは署長だ。「その口座がどういうものかはわかっているのかな」

桜川が五代のほうに顔を向け、目で促してきた。

五代は小さく咳払いをした。

「銀行に問い合わせたところ、この口座は八年前に開設されたものでした。その手続きに特に問題はなく、開設されてから二年ほどは通常の利用がなされていました。しかし、その後不自然な入金と出金があり、ここ三年間は放置の状態でした。現在、ヨコヤマカズトシなる名義人への連絡手段はなくなっているようです。住民票は北海道《ほっかいどう》の旭川《あさひかわ》市内にありますが、そこにあったアパートは取り壊され、本人の行方は摑めておりません。おそらくこの口座は名義人が他人に売ったもので、過去の不自然な入金と出金は、振り込め詐欺などに使用された形跡だと思われます」

「今回の犯人が過去に振り込め詐欺をしていたと？」署長が訊いた。

「いえ、それはそうとはかぎらないでしょう」桜川が答えた。「むしろ無関係だと思われます。かつて振り込め詐欺に使われていた口座が、巡り巡って犯人の手に渡ったと考えるのが妥当です」

なるほど、と署長は納得顔で頷いた。「その口座から犯人を突き止めるのは無理だね」

「現時点では不可能だと思います」桜川が断言した。

「引き出した者が逮捕されたりすれば……とあるね」縁なし眼鏡をかけた管理官が徐《おもむろ》にいった。

「つまり犯人は、この口座から金をどこかへ移すのではなく直接引き出すつもり、ということだろうか」

「そうではないか、と考えています。当該口座について調べてもらいましたが、暗号資産の取引などに使える設定にはなっておりません。インターネット・バンキングの契約もしていないようです。とはいえ、犯人自身が銀行の窓口で手続きをするとは思えません」桜川が再び五代のほうを見た。あとはおまえが説明しろ、ということのようだ。

「銀行口座が売買される際、多くの場合、キャッシュカードもセットになっています」五代はいった。「今回の犯人もカードを持っていて、それを使い、ＡＴＭで引き出すつもりだと思われます。もちろん犯人自らではなく、インターネットなどで募ったバイトを使う可能性が高いです。振り込め詐欺などで出し子と呼ばれる闇バイトです」

「メールでは、そのバイトを逮捕するな、と警告しているわけだね」管理官が訊く。

「そうだと思います」五代は答えた。「ATMでは一日に出せる金額に限度があり、三経東洋銀行の場合は五十万円です。三千万円をすべて下ろすには最低でも二か月が必要となります。キャッシュカードは一枚しかありませんし、出し子のバイトを何人も雇うのは大変なので、同じ人間が繰り返しATMを使用することになるでしょう。その姿は当然防犯カメラの映像に残るわけで、逮捕するチャンスも出てきます」

「だから三千万円をすべて下ろすまでは手を出すなってことか」管理官は口を歪めるような笑みを浮かべた。「警察としちゃあ、そんなバイトを逮捕したって意味がない。どうせ犯人に繋がる情報は持ってないだろうからな」

「どういたしましょうか」桜川が少し身を乗り出し、皆の顔を見回した。「金を振り込むよう榎並夫妻に連絡しますか」

桜川君、と低い声で呼びかけたのは捜査一課長だ。「君の考えは？」

桜川は五代のほうをちらりと見てから捜査一課長に顔を戻した。この会議に入る前、どうすべきかについて、筒井を交え、三人で話し合ったのだ。

「入金すべきではないか、と考えております」桜川が答えた。

「その理由は？」

「犯人の動きを見るためです。金が振り込まれれば、まずは闇バイトで雇われた出し子が動くだろうと思います。五代から説明があったように、何回かに分けて引き出すでしょうから、身元を突き止めるのは難しくないはずです。それが判明した時点で身柄を拘束します。管理官の御指摘通り、その者から犯人に辿り着くのは至難かもしれませんが、何らかの手がかりを得られる可能性はゼロではないと考えています。無論、それによって犯人はタブレット返却を拒むでしょうが、大きな問題ではありません。元々、犯人が約束を守る保証はなかったからです。犯人が報復行為に出ることは考えられますが、タブレットのデータが流出することは受容するとの了承を榎並夫妻から得ております。むしろ、その報復内容によっては犯人像を絞れるかもしれません。それに対し、入金しなければ犯人は繋がりを遮断し、今後一切連絡してこない可能性が高いです。以上の理由から、まずは入金すべきではないかと考えた次第です」

桜川の説明を聞き終えた捜査一課長は低く唸り、どう思う、と管理官に意見を求めた。

管理官は少し考える顔をした後、「都議が殺害された大事件ですから、迷宮入りは何としてでも避けたいところです」といった。「桜川君がいうように、犯人との接点は維持しておきたいですね」

「しかし犯人側にまんまと金をせしめられるおそれもあるわけだろ」

「三千万円すべてを奪われる可能性は低いと思います」桜川が答えた。「出し子が三回か四回動いた時点で、身元を突き止められるのではないかとみています。身柄拘束と同時に口座も凍結してもらいます」

「一日の限度額は五十万といったな」捜査一課長が呟いた。「五十かける四で二百万円か。マスコミに漏れても叩かれる金額ではないな……」

五代は捜査一課長の思案顔を見て、何と些末なことを心配しているのか、と呆れる気持ちにはならなかった。警察には様々な抵抗勢力がいる。それらからの追及の矢面に立つのも、上層部の大きな仕事なのだ。

「そちらのお考えはいかがですか」管理官が地元警察の署長たちに訊いた。

署長が副署長と刑事課長の相沢のほうに身体を捻った。「私は、今、話があった方針に異論はありませんが……」

副署長が頷いた。「私も同意見です」

「相沢君はどう?」署長が訊いた。

「それでいいと思いますが……」相沢は桜川のほうを見た。「闇バイトの出し子が東京在住とはかぎりません。地方の場合、うちでは対応が難しいと思われます」

「その場合はこちらで引き受けます」管理官が即答した。「各道府県警に協力を要請する段取りは任せていただいて結構です。——桜川君、それでいいだろ?」

お任せください、と桜川が頭を下げた。

IO

インフォメーションカウンターにいる女性に用件を伝えると、間もなくどこからかスーツ姿の男性が現れた。年齢は三十代半ば、といったところか。

「ええと、警察の……」男性は五代と山尾を交互に見ながら問いかけてきた。

はい、と五代が返事をした。「吉村《よしむら》さんですか?」

「はい、吉村です」

「五代です。先程は電話で失礼しました。お忙しいところ、申し訳ございません」

「とんでもないです。ええと、これから御案内するということでよろしいですか」

「もちろんです。お願いいたします」

ああそうだ、といって吉村が持っていたクリアファイルから一枚の書類を取り出した。

「これが面会者のリストです。電話でも申し上げましたが、お取り扱いにはどうかくれぐれも御注意を」

「重々承知しております。ありがとうございます」五代は頭を下げ、書類を受け取った。

ではこちらへ、といって吉村は歩きだした。

五代たちは南青山《みなみあおやま》にある総合病院に来ていた。一年ほど前、藤堂康幸が虚血性腸炎で十日ほど入院したことがある、という情報を摑んだからだった。入院中、藤堂は頻繁にタブレットを使っていたらしい。

藤堂康幸が入院していたのは最上階にあるＶＩＰ用の個室だ。そのフロアまでエレベータで上がるには、特別なＩＤカードが必要になる。エレベータに乗り込むと、吉村は持っていたカードを操作盤のセンサに感知させてから階数ボタンを押した。

五代は先程受け取った書類に目を通した。面会者は受付で名前と連絡先を記すというのが、この病院のルールだ。ＶＩＰフロアに向かう者の情報は特に厳格に管理され、半永久的に記録が残されるらしい。

書類によれば藤堂康幸が入院していた間、ほぼ毎日のように見舞い客が来ていたようだ。当然のことながら圧倒的に頻度が高いのは秘書の望月だ。妻の江利子も多い。榎並夫妻の名前もあった。藤堂の後援会長である垣内達夫も訪れている。そのほか、捜査会議等でも五代が目にしたことのない名前がたくさん並んでいた。政治家というのは病気で入院していてもベッドでゆっくり寝ているわけにはいかないのだな、と藤堂康幸に同情する気持ちが湧いた。

間もなく最上階に着いた。すぐ目の前にナースステーションがある。数人の看護師がいて、吉村はそのうちの一人に何やら話しかけた後、五代たちのところに戻ってきた。

「そちらに談話室がありますから、そこで待っていてほしいとのことです」

吉村が指差した先に、ソファの並んでいるスペースが見えた。

「わかりました。ありがとうございます」

VIPたちが利用するだけあって、談話室も豪華だった。ソファも安っぽくない。窓からは高級住宅地を眺められ、ここが病院であることを忘れてしまいそうだ。

やがて三人の看護師がやってきた。最も年嵩《としかさ》と思える小柄な女性が、看護師長の井上《いのうえ》です、と挨拶してきた。三人とも胸に名札を付けている。

「警視庁の五代です。このたびはお忙しいところ、捜査に御協力していただきありがとうございます」

「藤堂先生が入院しておられた時に担当した看護師は、今日、来ている者の中ではこちらの二人になります」井上は横の二人を見た。「横野《よこの》と大北《おおきた》です」

紹介された二人は、どちらも緊張の面持ちだった。横野は背が高く、長い髪を後ろでまとめている。大北は眼鏡をかけていた。

「いくつかお尋ねしたいことがあります」五代はいった。「藤堂さんが入院中、タブレットを使っておられたことを御存じですか」

横野と大北は顔を見合わせた後、小さく頷きながら五代のほうを向いた。

「よくお使いになってました」大北がいった。

「どんなことに使っておられましたか」

「動画をよく御覧になっていたと思います。——ねえ？」

大北に同意を求められ、横野が無言で顎を引いた。

「どんな動画でしたか」

さあそれは、と大北は苦笑した。「たぶん映画だったと思うんですけど、詳しいことはわかりません。イヤホンをお使いになっておられたし」

そうそう、と隣で横野も頷いた。

「動画の視聴以外にはどうですか。仕事なんかにも使っておられたのではないですか」

二人は揃って首を傾げた。

「よくわかりません」大北がいった。「患者さんがスマホやパソコンをお使いになっている時、画面を覗くなんてことはないですから。それに私たちが病室に入るのは、すべきことがある時です。その用が済んだら、さっさと退室いたします」生真面目な性格を感じさせる硬い口調だった。

「ではタブレットを使い始める際、パスワードを入力するところを見たことはありますか」

パスワード、と意外そうに呟いてから大北が先に首を横に振った。「ないと思います」

「私もありません」横野が答えた。

「そうですか」五代は肩を落としたくなるのを堪《こら》え、二人に笑顔を向けた。「藤堂さんがタブレットを使っている時、何か印象的なことはありませんでしたか。画面を見ていて急に不機嫌になったとか、落ち着きがなくなったとか」

この質問の意図は、タブレットが藤堂康幸にとってどれほどの存在だったかを明かすことにある。都議生命に関わるような情報をやりとりしていたのであれば、画面に向かっていて態度や表情に表れないはずがない。

二人の看護師は再び顔を見合わせ、どちらからともなく顔を横に振った。

「私が担当していた時にはなかったと思います」

大北の言葉に、私の時もです、と横野が同調した。「むしろ、楽しそうにしている時が多かったです」

「楽しそう？」五代は横野の瓜実顔《うりざねがお》を見返した。「どんなふうに？」

「どんなふうって……うまくいえないですけど、たぶんゲームをしておられたんじゃないかと思うんです」

「ゲームですか」思いがけない情報に五代は少し当惑した。「どういうゲームだったか、覚えておられますか」

「それはちょっと……。画面を見ていたわけじゃないですから。ただ、こんなことをおっしゃってました。最近は電車の中で本を読んでいる人なんてほとんどいなくて、ゲームをしている人が多いけれど、その気持ちはわかるって」

「ゲームをねえ……」

五代は意表を突かれた思いだった。都議とゲーム――結びつけたことはなかった。

「あの、刑事さん」今まで横で黙っていた看護師長の井上が遠慮がちにいった。「もうそろそろいいでしょうか。二人には仕事があるんですけど」

「すみません。では最後に一つだけ。藤堂さんが入院中、たくさんの方が見舞いに来たようですが、何か印象に残るようなことはありませんでしたか。印象に残った人、でもかまいません」

五代の問いかけに、看護師長を含めて三人がお互いの表情を窺った。全員が戸惑っている顔つきだった。

「なかったと思います」井上が代表していった。「そもそもお客様がいらしている間、基本的に看護師は病室に入りません。だから何かあったとしても、患者さんから聞かされないかぎり知りようがありません。もし何らかのトラブルがあったのなら私のところに報告があるはずですが、そういうことがあったという記憶もございません」

「そうですか……」

彼女たちの表情を見るかぎり、いっていることは事実なのだろう。

「わかりました。質問は以上です。ありがとうございました」

五代が礼を述べると看護師たちは会釈してから踵《きびす》を返した。彼女たちを談話室の入り口まで見送ろうと思った時、五代のスマートフォンに着信があった。筒井からだった。

「今、大丈夫か？」筒井が訊いてきた。

「ちょうど看護師さんたちから話を聞き終えたところです」

「そうか、御苦労。そちらが一段落したなら、なるべく早めに本部に戻ってくれ」

「何かありましたか」

「羽田《はねだ》空港の防犯カメラ映像が届いた。手分けして確認しているところだが、映像が多すぎて、今いる人員だけではとてもさばききれない状態だ。集中力を切らさないために、定期的に交替する必要もある」

「わかりました。こちらが終わったら、すぐに戻ります」

電話を終えて入り口のほうを見ると、山尾が一人の看護師と話しているところだった。横野のほうだ。五代が近づいていく前に横野は立ち去った。

「あの看護師さんと何の話を？」

山尾は苦笑して肩をすくめた。

「犯人はまだ捕まらないんですかと訊かれてたんです。担当していた患者さんのことは、親戚のように気になるといってましたね。鋭意捜査中です、とお決まりの答弁をしておきました」

「そうですか」

難航しています、と正直に答えるわけにもいかない。辛いところだ。

筒井からの用件を山尾に話すと所轄のベテラン刑事は嘆息した。

「また防犯カメラ映像とにらめっこですか。あれは年寄りにはなかなか酷な作業なんですが、仕方ありませんなあ」

これまでに犯人は、タブレットを使って榎並香織に三度メールを送っている。最初は『帝都グランドホテル』の無料Wi-Fiが使われた。夜に二通目のメールが届いたが、その時に使われたのは東京駅構内の無料Wi-Fiだった。そして金の振込先を指定してきた最後のメールは、羽田空港の無料Wi-Fiを使って送られてきた。

いずれも利用した時刻は判明している。そこでそれぞれの場所に設置されている防犯カメラの映像を取り寄せ、同じ人間が映っていないかどうかを確かめようということになった。『帝都グランドホテル』と東京駅構内の映像については昨夜から確認作業が始まっているが、まだそれらしき人間は見つかっていない。そこへさらに羽田空港の映像が加わったらしい。だが筒井がいったように、その数は膨大なのだろう。まさに藁《わら》の中から針を捜すようなものだ。五代は想像するだけで気持ちが重くなった。

犯人が指定してきた銀行口座に三千万円が振り込まれたのは一昨日の午前十一時過ぎだ。それから丸二日が経つが、犯人側に動きはなかった。口座からは、まだ一円たりとも引き出されていない。

犯人の狙いは一体何なのか――五代は考え続けているが、これといった答えを見つけ出せずにいた。

特捜本部に戻ると異様な光景が広がっていた。大小様々な液晶モニターに映像が表示され、その前に捜査員たちが陣取っている。

五代は集団から少し離れた席にいる筒井のところへ行き、病院での成果を報告した。

「ふうん、都議がゲームをねえ。そりゃまあ都議だって人間だから、タブレットで遊びたくなることもあるだろうが、もう少し貫禄ってものがほしいね」そういいながら筒井は見舞い客のリストを手にした。「これはまた結構な数だな」

「一日平均三組の見舞い客が訪ねてきたようです」

「三組？　何だ、そりゃあ。多忙といっても過言じゃない。病人をそんなに働かせても大丈夫なのか。虚血性腸炎って、どんな病気なんだ。手術とかしなきゃいけなかったんじゃないのか」

「いえ、手術はしなかったそうです。ただ、基本的に絶食治療とか」

「絶食？」筒井の目が丸くなった。「食わないのか」

「栄養補給は点滴でやるらしいです」

これらの話は、今朝、吉村に電話をかけた際に聞いていた。

「絶食し、点滴しながら一日三組の見舞い客の相手か……」筒井は顔を横に振った。「さっきの言葉を訂正する。ゲームでストレス解消、大いに結構だ。政治家は大変だな、やっぱり」

「見舞い客への聞き込み、どうしますか？」

「やらないわけにはいかんだろう。だがまずは藤堂康幸氏との関係を調べてみよう。それはこちらでやる。とりあえずおまえたちは、あっちを手伝ってくれ」筒井は液晶モニターに向かっている連中のほうを指した。「ＳＳＢＣからも応援が来てくれているが、いつものリレー方式とは話が違う。仮に関係者の中に犯人がいるなら、鑑取り捜査をしているおまえたちのほうが見つけられる可能性がある」

「わかりました」

ＳＳＢＣは警視庁刑事部に所属する部門で、正式名称は捜査支援分析センターという。主に防犯カメラ映像の解析などを行う専門部署だ。リレー方式とは事件現場周辺の防犯カメラ映像から犯人の足取りを追う手法のことで、今や捜査の基本として確立されている。

ただし今回は犯人の容姿が把握できていない。ホテル、東京駅、空港の三つの映像を確認し、それらすべてに映っている人物、あるいは事件関係者を探し出そうというわけだ。映像解析の専門チームでも難題に違いなく、筒井がいったように鑑取り捜査班が当てにされるのも頷けた。

だが実際に映像を目にし、五代は気が遠くなった。場所は三箇所だが、それぞれに数十台のカメラが設置されている。三十分ほど画面を見つめているだけで頭が痛くなってきた。

何の成果も得られないまま二時間ほどが経った頃、スマートフォンに着信があった。病院の吉村からだった。

「五代です。昼間はありがとうございました」

「いえ、お役に立てたのならよかったです。じつは看護師長の井上から連絡がありまして、本日の夜勤の看護師に、藤堂先生を担当した者がいるそうなんです。今夜でしたら比較的時間に余裕があるとかで、もし話を聞きたいということであれば来てもらってもいいといっているのですが、いかがされますか」

「それはありがたいですね。是非お願いします。これから伺ってもいいんでしょうか」

「大丈夫です。では七時頃に先程と同じところで待ち合わせ、ということでどうですか」

「結構です。よろしくお願いいたします」

電話を切り、助かった、とほくそ笑んだ。おそらく大した話は聞けないだろうが、モニターを睨み続けているよりは神経が疲れない。

山尾を目で捜したが、すぐには見当たらなかった。五代は上着を手にし、立ち上がった。看護師ひとりから話を聞くだけだ。所轄のベテラン刑事に同行してもらうまでもない、と判断した。

タクシーを使い、病院に向かった。到着したのは七時より十分ほど前だったが、インフォメーションカウンターに行くとすでに吉村の姿があった。

「わざわざすみません」五代は詫びた。

「いえ、これも仕事ですから」吉村は神妙な顔つきでいった。「少しでも早く犯人が捕まってほしいという気持ちは我々も同じです。あの藤堂先生の命が奪われるなんて、本当にひどい世の中になったものです」

「藤堂都議とは関わりが？」

「関わりというほどでもありませんが、健康診断のお手伝いなどをさせていただいておりました。昨年御病気になられた時も、私が手続きを。退院の際には、わざわざ職場まで挨拶に来てくださいまして、大変感激いたしました」

「そうなんですか。退院の時に……」

窮屈な入院生活からようやく解放され、ふつうならば一刻も早く家に帰りたいところだ。藤堂康幸の義理堅さを象徴するエピソードだと思った。

昼間と同じように最上階のフロアへ行くと、ナースステーションの前でひとりの看護師が待っていた。紺色の制服は夜勤であることを示しているらしい。

小倉《おぐら》、と彼女は名乗った。名札にも、そう記されている。

五代は吉村に礼をいい、小倉と二人で談話室に移動した。

談話室で腰を下ろすと、横野や大北たちに投げた質問を繰り返した。つまり、藤堂康幸がタブレットを使っていたのを覚えているか、その際、藤堂の様子はどうだったか、といったものだ。

よく覚えています、と小倉は明言した。「スマートフォンは画面が小さいから、病室で使うにはタブレットのほうがいいとおっしゃってました」

「どんなことに使っておられましたか」

「電話以外の作業はタブレットを使っておられたんじゃないかと思います。電話で話しながらタブレットで作業をする、という感じでした」

「その作業の内容は……」

「そこまではちょっと」小倉は苦笑し、かぶりを振った。「横野からお聞きになったと思いますけど、ゲームも結構しておられました」

「そうらしいですね。意外でした」

「入院していると移動できないからつまらない、とこぼしておられたのを覚えています」

「移動できないから？」五代は首を傾げた。「それはどういう意味ですか？」

「『イノウ・メモリーズ』のことですけど……」

「イノウ？　すみません。何のことかわかりません。説明していただけますか」

「ゲームアプリの名前です。日本中を旅して、駅やバス停を繋いでいって、ほかのゲーム参加者と競うというものです。藤堂先生は、そのゲームにハマっておられたみたいなんです。イノウって、初めて日本地図を作った人から取ったそうですけど」

どうやら伊能忠敬《いのうただたか》のことらしい。そこまで話を聞き、五代の頭に閃《ひらめ》いたものがあった。

「そのゲームって、位置情報を使っているんじゃないですか」

「そうだと思いますけど……」

「藤堂都議は、そのゲームをタブレットで楽しんでいたわけですね？」

「そうです」

五代は自分の体温が上昇するのを感じた。小倉の話が本当なら、とてつもなく重大な情報だ。

あの、と小倉が上目遣いに窺ってきた。「この話なら、昼間に横野がしたはずですけど」

「横野さんが？」五代は長身の看護師の顔を思い浮かべた。

「藤堂先生がどんなゲームをしておられたか刑事さんに訊かれて、その時には咄嗟《とっさ》に答えられなかったけれど、後から『イノウ・メモリーズ』のことを思い出したので、もう一人の刑事さんに話したっていってましたけど……」

あの時か、と思い当たった。五代が筒井と電話で話している最中、山尾が横野と話していた。だが山尾は、単に捜査の進捗状況を訊かれただけだといった。

「私、何か変なことをいったでしょうか？」小倉が不安そうに尋ねてきた。

「とんでもないです。大変参考になりました。ありがとうございます」五代は早口で礼をいい、エレベータホールに向かった。じっとしていられなかった。

特捜本部に戻り、筒井を目で捜した。ちょうど桜川と差し向かいで話しているところだったので、足早に駆け寄った。「ちょっといいですか？」

「どうかしたか？」桜川の目が鋭くなった。部下が獲物を摑んできたのを察知したらしい。

五代が小倉看護師から聞いたことを話すと、どちらも息を吞む表情になった。

「藤堂都議が位置情報ゲームを？――本当なら大収穫です」筒井が興奮した口調で桜川にいった。

「どこのゲーム会社だ？　情報共有の提携をしているのなら話が早い」

「これから確認してみます」筒井は席を離れた。

あまり知られていないことだが、警視庁はスマートフォン向けの位置情報ゲームを運営しているいくつかの会社と提携を結んでいる。大手の携帯電話会社に情報提供を求める際には令状が必要だが、それらの会社の場合は不要なのだ。彼等は個人の位置情報を過去数か月分まで保管していることが多く、しかもそれらはGPSによるものなので、基地局情報などよりはるかに高い精度で位置を特定できるというメリットがあった。

ただしこの捜査手法はあまり大っぴらにはできない。いうまでもなく、プライバシーの侵害に抵触するおそれがあるからだ。だが今のところこれらの情報の取り扱いについて明確な基準はなく、法的な整備も行われていない。そういう動きもない。寝た子を起こすな、というのが警察の立場だ。

それにしても――五代は本部内に視線を走らせた。捜したのは山尾の姿だが、見当たらなかった。

なぜ山尾は、これほどまでに大きな情報を得ていながら五代に話さなかったのか。忘れたとは思えない。位置情報の大切さを知らない刑事はいない。

すると山尾が入り口から、のっそりと現れた。彼は五代に気づくと愛想笑いを浮かべながら歩み寄ってきた。

「五代さん、どこに行っておられたんですか」

「私用です。腹ごしらえも兼ねて」そう答えながら、夜勤看護師に会ったことは捜査会議で話しにくくなったな、と五代は思った。

11

五代のスマートフォンに筒井から着信があったのは、山尾とタクシーで移動している時だった。今日は一日、藤堂康幸の見舞い客に会って話を聞くことになっている。すでに三人から話を聞いたが収穫といえるものは皆無だった。

五代が電話に出ると、「今、どこにいる?」と筒井が抑えた口調で訊いてきた。

「タクシーで次の参考人宅に向かっているところです」

「山尾警部補と一緒だな」

「そうです」

「だったら後は山尾さんに任せて、おまえは本部庁舎に向かってくれ。警務部からお呼びがかかったとでもいえばいい。会議室の場所は後でメールしておく」

「わかりました」

電話を切り、筒井から指示された通りに山尾に説明した。

「警務部から？　何でしょうね」山尾は意外そうな顔をした。

「どうせ何か文句をいわれるんじゃないですか。事情聴取の際の態度が威圧的でクレームが来た、とか」

「そんなクレームが来たこと、あるんですか？」

「ありますよ。最近は会話を録音している人も多いですから」

「そりゃ大変だ」

もっともらしい顔で話を合わせているが、桜川の係だけで集まる算段だということは山尾もわかっているはずだった。警視庁本部と所轄の間には確執があるというのはテレビドラマ向けの空想にすぎないが、組織ごとに思惑が違うのは当然で、お互いそんなことをいちいち気にしていたらきりがない。

交差点の信号が赤になったタイミングで五代はタクシーから降り、道路の反対側に渡った。警視庁本部は逆方向だからだ。運良く空車がやってきたので手を挙げて止めた。

本部庁舎に着くと、メールで指定されていた会議室に向かった。行ってみると、すでに半分以上のメンバーが揃っていた。筒井の顔もある。いつも以上に緊張して見えた。

しばらくすると桜川が入ってきて、室内を見回した。「全員いるのかな？」

います、と筒井が答えた。

桜川は頷き、「説明してやってくれ」と筒井にいった。

筒井が皆のほうに顔を向けた。

「昨日、五代が貴重な情報を入手してきました。藤堂康幸氏が、『イノウ・メモリーズ』という位置情報ゲームを楽しんでいたというものです。そのゲームを知っている人はいますか?」

若手の何人かが頷き、聞いたことはあります、と答えた者もいた。

「すでに報告されていますが、藤堂康幸氏のタブレットの電源が切られたのは十月十五日の午前零時四十七分です。事件があった夜で、犯人が切ったと思われます。次に電源が入れられたのは、事件から二日後の十七日の午前十時十三分です。この二回についてゲーム運営会社に捜査関係事項照会を行い、詳細な位置情報を提供してもらいました。タブレットの電源が切られたのは、やはり藤堂邸内においてでした。そして十七日に電源が入れられた場所も判明しています。住所を述べるより地図を見てもらったほうが話が早いので、モニターに表示させます」

そういって筒井は傍らのノートパソコンを操作し、画面をくるりと回転させた。「ここでした」

全員が身を乗り出し、画面を見つめた。次の瞬間、ほぼ全員が驚きの声を発した。

「これは……警察署じゃないですかっ」

「ついさっきまでいたところだ。どういうことだ?」

五代は言葉を失っていた。画面に表示されているのは、特捜本部が置かれている警察署に間違いなかった。

「まずは落ち着いて、席についてくれ」桜川が重々しい口調でいった。「筒井、説明を続けてくれ」

はい、と筒井は答えた。

「携帯電話会社からの情報で、タブレットの電源が入れられた時、警察署の近くの基地局が電波をキャッチしたことは判明していました。その理由については不明でしたが、これではっきりしたと思います。電源を入れた者は、タブレットがセルラータイプであることに気づいていなかった可能性が高いです。さらに位置情報ゲームのアプリが入っていて、常にGPS情報を発していることも知らなかったと思われます。その後はSIMを抜くなどして携帯電話の電波を使用しなくなったようですが、この時の記録だけはゲーム運営会社のデータに残ったというわけです」

「さて、そこで問題だ」桜川がいった。「タブレットの電源を入れたのは何者か？」

指揮官は部下たちの顔を見回したが、発言する者はいない。もちろん意見がないわけではなく、むしろ全員が同じことを考えているに違いなかった。ただ、あまりに穏やかでない話なので、迂闊には口に出せずにいるのだ。

「当たり前のことをいうようですが」沈黙を破ったのはベテラン刑事だった。「その時、警察署にいた人間……でしょうね」

「だろうな」桜川が片頰だけで笑った。「では外部の人間が、わざわざ警察署に侵入して電源を入れたのだろうか？」

だが誰も答えない。そんなわけがない、と全員の顔に書いてあった。

「勿体《もったい》ぶった言い方はやめよう」桜川が小さく手を振った。「タブレットを操作したのは警察内部の人間だろう。ところで電源が入れられたのは十七日の午前十時十三分だが、その日、我々はどこで何をしていただろう？」

五代は記憶を辿り、はっとした。「あの日の午前中も、我々はこちらにいましたね」

「その通りだ」桜川は満足そうに頷いた。「科捜研と鑑識が作ってくれた３Ｄの現場画像を確認するために、うちの係だけはこっちに来ていた。つまりここにいる者たちにはアリバイがある。逆にいえば、ほかの者にはアリバイがない」

「所轄の人間が犯人だと？」ベテラン刑事が訊いた。

「犯人かどうかはわからない。しかしタブレットを操作したことは疑いようがない」

室内の空気がずっしりと重くなった。なぜ今日、自分たちだけが集められたのか、五代にもわかってきた。

今ここにいない人間のことは全員疑え――指揮官はそう告げているのだ。

「以上の話を聞いて、何か意見のある者はいるか？　反論でも結構だ」

はい、と刑事の一人が手を挙げた。

「この情報は所轄には一切流さないんですか？　署長や副署長にも内緒ですか」

「そこが難しいところだ。幹部だから疑わない、というのはおかしいしな。だが署長のスケジュールを調べたところ、十七日は朝から外出していた。シロだろう。副署長についてはスケジュールを確認中だ。署内にいたとしても会議などに出席していたらタブレットの操作は不可能だ。嫌疑が晴れれば情報を共有する。向こうの協力は不可欠だからな」

別の刑事が挙手した。

「警察内部の者だとしても、特捜本部に参加している警察官だとはかぎらないんじゃないですか。加わっていない警察官も多いし、警察署内には一般職員もたくさんいます」

「同感だ」桜川は頷き、ほかの者たちを見た。「それについて、何か意見のある者」

はい、と五代が発した。

「断定はできませんが、特捜本部に参加している者である可能性が高いと思います」

「その根拠は？」

「藤堂都議事務所に送られてきた文書です。現場の見取り図が添付されていましたが、捜査会議で提示されたものに酷似していました。差出人は、あの図を参考にしたのではないでしょうか」

「文書の差出人が藤堂夫妻殺害の犯人なら、見取り図を描けて当然だ。さほど複雑な絵ではなかったし、似たのはたまたまだとは考えられないか」

「でも用語まで一致しているのは不自然だと思うのですが」

「用語？」

「点火棒です」五代はいった。「床に落ちている棒状のものを矢印で示し、『点火棒』と記してありました。あの器具は商品名で呼ぶのがふつうで、俺も点火棒という名称は今回初めて知りました。そんな特殊な用語を使ったのは、捜査会議で使われたのを聞いていたからではないか、と思うのですが」

この意見には賛同する者が多いらしく、ほかの刑事たちも首を縦に揺らした。

「いい指摘だ。断定するのは危険だが、参考意見として聞いておこう。――ほかに何かあるか？」桜川は室内を見回した。「ないようなら、とりあえず解散だ。この話は口外無用とする。所轄の人間を疑うことには抵抗があるだろうが、事態は深刻で、悠長なことはいっていられない。気づいたことがあれば、即座に報告してくれ。どんな些細なことでも構わない。しっかり頼む」

締めくくられた言葉に、はい、と部下たちは声を揃えた。

ドアが開け放たれ、刑事たちは会議室を出ていく。だが五代は残り、「ちょっとお話が」と桜川と筒井にいった。

「まだ何かあるのか」桜川が鋭い視線を向けてきた。

「まずはお二人にだけ、と思いまして」

桜川は小さく頷いた。「筒井、ドアを閉めてくれ」

筒井が出入口に行き、外の様子を窺ってからドアを閉め、戻ってきた。「大丈夫です」

桜川が、話せ、とばかりに顎を突き出した。

「話というのはほかでもありません。山尾警部補のことです」

「おまえが組んでいる刑事だな。あの人物がどうした？」

「不審な点がいくつかあります」

「たとえば？」

「例の『イノウ・メモリーズ』ですが、山尾警部補は意図的に情報を伏せていた可能性があります」

五代は、昨日の昼間の時点で、山尾が横野看護師から話を聞いていたはずであることを桜川たちに話した。

「それは……臭いますね」筒井の顔も険しさを増した。

「ほかには？」

「これは捜査の初期から感じていたことですが、山尾警部補は以前から、藤堂夫妻についてかなりよく知っていたのではないかと思います。藤堂都議の活動に詳しいですし、江利子夫人の女優時代についてもよく覚えているようです。ところがそのことを隠しているふしがあります」

「おまえの気のせいじゃないのか」

「女優時代を知らないといっておきながら、しばらくして香織さんのことを、若い頃のお母さんにそっくりだといいました」

「それは……たしかに怪しいな」

「もう一つあります。前にもいいましたが、香織さん宛てのメールで犯人がＮＩＰＴに触れているのは、どう考えても腑に落ちません。なぜＮＩＰＴのことを知っていたのか。香織さんが最後に江利子夫人と話した時、それが話題になったとかで、そのことは俺が捜査会議で報告しました。ただしその時も俺は、ＮＩＰＴという言葉は出していません。出生前診断としかいっていません。議事録を確認しましたから間違いありません。つまり仮に犯人があの時の捜査会議に出席していたとしても、その言葉は知らないはずなんです。知っていたのは、俺以外にはひとりだけです」

「それが山尾警部補だといいたいんだな」

「そういうことです」

桜川は眉間に皺を寄せ、顎を撫で始めた。その手を止めてから筒井を見た。「山尾警部補を鑑取り班に入れた理由は？」

「相沢刑事課長からの提案です。特に理由は聞きませんでした」

「そうか……」桜川はまた少し考え込んだ後、顔を五代たちに向けてきた。「山尾警部補の経歴を調べたほうがよさそうだな。とにかく捜査一課長に相談してみよう。いずれにせよ事件に警察官が関わっているとなれば、警務部を巻き込むのも時間の問題だ。手を打つなら早いほうがいいからな。ただし、方針が決まるまではこれだ」人差し指を唇に当てた。「うちの係の者にも話すな」

わかりました、と五代は答えた。

桜川を警視庁本部に残し、五代は筒井と共に特捜本部に戻ることにした。タクシーに乗ったが、運転手の耳があるので車内ではどちらも無言だ。

五代は憂鬱だった。山尾と顔を合わせた時、どんな態度を取ればいいのか。無論、疑っていることを気取《けど》られてはならない。警察官生活は二十年近くになるが、こんな経験は初めてだ。

特捜本部に戻ると、昨日と同じ光景が広がっていた。多くの捜査員たちは液晶モニターを睨んでいる。ほかの者たちは机に向かって報告書を作成している。だがその表情は浮かない。徒労感と焦燥感が滲み出ている。

山尾の姿はなかった。ひとりで見舞い客のところへ聞き込みに行っているのかもしれない。あのベテラン刑事が事件に関わっているのだとしたら、どんな思いで捜査に参加しているのだろうか。腹の内をまるで想像できず、五代は寒気を覚えた。

五代、と筒井がスマートフォンを片手に呼んだ。「係長が早速、例の人物の履歴書を送ってくれたぞ。採用センターにある資料らしい」

例の人物とは山尾のことだろう。五代は差し出されたスマートフォンの画面を見た。山尾の警察学校に入るまでの履歴が並んでいる。

どきり、としたのは卒業した高校名を見た時だった。思わず筒井の手からスマートフォンを奪い取りそうになった。

「おい、なんだ。どうした？」筒井が口を尖らせた。

「すみません、つい……」五代は自分のスマートフォンを取り出し、操作を始めた。気が急いているので、指がうまく動かない。

ようやく目的のページが開いた。インターネットで、『双葉江利子』を検索したのだ。

「やっぱりそうだ……」

「何を調べてるんだ？」

五代はスマートフォンの画面を筒井に見せた。

「山尾警部補と江利子夫人は同じ高校を卒業しています。都立昭島高等学校です。しかも卒業年も同じ。つまり二人は同級生だったんです」

12

新宿《しんじゅく》駅から『あずさ13号』に乗ったのは午前十時ちょうどだった。二十五分後に到着した立《たち》川《かわ》駅でＪＲ青梅《おうめ》線に乗り換え、それからさらに約十分後には、五代は昭島駅のホームに降り立っていた。

駅には北口と南口があるようだ。改札口を出た後、スマートフォンで周辺地図を確認し、南口と表示されたほうに向かった。

階段を下りていくと、ロータリーに面した広い歩道の脇に緑色のポストのようなものが立っていた。その上にはカッパの像が飾られている。何だろうと思って近づいてみると、給水器だった。水筒やカップなどに無料で給水できるらしい。市によるサービスのようだ。飲んでみたいと思ったが、容器を持っていないので断念した。

歯医者や薬局、不動産屋などが並ぶ歩道を進み始めた。タクシー乗り場があるが、目的地までは約六百メートル、徒歩でもせいぜい十分ほどだ。

江戸街道と呼ばれる幹線道路に出た。銀行や小売店がちらほらと現れるが、通り沿いに大きな商業施設はなく、背の高い建物といえばマンションぐらいだ。さらに五分も歩けば、商店などはすっかり見当たらなくなった。ガソリンスタンドや駐車場付きのファミレスなどが目立つから、クルマは生活の必需品なのだろう。

その通りから脇道に入り、少し進んだ先に学校らしき建物が見えた。五代は歩幅を少し大きくした。

都立昭島高等学校の門は煉瓦《れんが》製だった。正門は閉じられているが、横の通用口は開いていた。五代はそこをくぐり、敷地内に入った。

左に守衛室があり、制服を着た男性が窓越しに視線を向けてきた。五代が近づいていくと、警備員は窓を開けた。

「五代という者です。経営企画室の安岡《やすおか》さんとお約束させていただいているのですが」

中年の警備員は手元のパソコンに目を落とした後、小さな紙を出してきた。受付票、とある。

「これに記入してください」

そこには氏名、職業、連絡先を記す欄があった。五代は職業欄には『地方公務員』と書いて警備員に差し出した。

受付票と交換で手渡された来校者証を首からさげ、守衛室から離れた。警備員によれば、経営企画室は校舎の一階にあるらしい。

グラウンドでは、体操着姿の男子たちがバスケットボールの練習をしていた。体育の授業だろう。共学なのに女子の姿が見当たらないのは、体育館にでもいるからかもしれない。

今から四十年ほど前、この学校に二人の男女が通っていた。藤堂江利子と山尾陽介《ようすけ》だ。前者は『都議夫妻殺害及び放火事件』の被害者であり、後者はその捜査に携わっている警察官だ。

それは単なる偶然なのか。

そんなことはあり得ない、と五代は断言できる。もしそうなら、山尾が何もいわないのはおかしい。藤堂江利子が昭島高校の出身だということは、垣内達夫との会話にも出てきた。意図的に隠していたとしか思えない。

山尾には不審な点がほかにいくつもある。藤堂康幸のタブレットを警察署内で起動させたのは、おそらく彼だろう。

だがその事実は、当面ほかの捜査員たちには伏せられることになった。現職の警察官、しかも捜査に当たっている警部補が被疑者となれば、世間を大きく騒がせるのは間違いない。決定的な証拠が見つかるまでは、逮捕は無論、取り調べに当たるのも慎重になれ、というのが上層部からの指示だった。何よりまずいのは情報が外部に漏れることで、ごくかぎられた人員だけで捜査を進める必要があった。

そうした事情から五代は、山尾の高校時代の人間関係、特に藤堂夫妻との繋がりについて調べるよう命じられた。もちろんそのことを知っているのは上司の桜川や筒井たちだけで、同僚の刑事にさえも伏せられている。今日から五代は特捜本部には行かないわけだが、インフルエンザに罹患《りかん》したから、ということになっていた。

クリーム色の校舎に入ると正面に窓口があり、その向こうで女性が何やら作業をしていた。後ろにも数名の職員がいて、それぞれの机に向かっている。

五代が近づいていくと受付の女性が顔を上げた。

「五代といいます。安岡さんはいらっしゃいますか」

声が届いたのか、すぐそばにいた男性が振り返り、腰を上げた。「ああ、私です」

男性はドアを開け、廊下に出てきた。年齢は四十歳ぐらいか。眼鏡をかけ、ワイシャツの袖を肘のあたりまでまくり上げている。

五代は警察手帳を提示してから名刺を差し出した。「先程は突然失礼しました」

「電話でも申し上げましたが、大した資料はありませんよ」安岡は受け取った名刺を手に、慎重な物言いをした。

「ええ、承知しております。お忙しいところ、申し訳ありません」五代は頭を下げた。捜査に協力してほしいことがあり、これから訪ねてもいいか、と予《あらかじ》め電話で問い合わせた。

最初に電話に出たのは女性だったが、五代の話を聞くと、少々お待ちください、といって安岡に替わったのだった。

安岡は用件の具体的な内容を知りたがった。何も答えないのでは協力を得られないと思い、最近起きた事件の被害者が昭島高校の元教諭と卒業生なのだと打ち明けた。氏名を問われたので、藤堂康幸・江利子夫妻だと答えた。

すると安岡の反応に変化があった。どういう事件なのか気づいたようだ。ワイドショーで大々的に取り上げられたし、妻が元女優の双葉江利子だということも報じられたから、出身校で話題になっていたとしても不思議ではない。

来校してもらっても構わないが、二人が本校にいたのはずいぶん前のことだから大した資料はない、とその時にいわれた。

五代が案内されたのは資料室と記された部屋だった。壁の書棚にはファイルや書籍がぎっしりと並んでいる。部屋の中央に小さめの会議机があり、その上に大判の冊子が置いてあった。

「藤堂江利子さんの旧姓は『深水《ふかみず》』ですね？」安岡が確認するように尋ねてきた。

「そのはずです」

安岡は頷き、机から冊子を手に取った。「深水江利子さんたちの代の卒業アルバムです」

どうぞ、といって差しだしてきた。冊子の表紙には、『想い出　第三十六期生』と印刷されている。事前に見つけておいてくれたらしい。

「拝見します」

五代は卒業アルバムを受け取り、ページを開いた。

「教職員の一覧が五ページ目にあり、そこに藤堂元教諭の写真もあります。深水江利子さんは三年二組だったので、そのページに載っています」安岡が事務的な口調でいった。前以《まえもっ》て調べておいたようだが、親切心からというより、警察に見せても問題ないかどうかを確認したのだろう。

五ページ目を開くと、安岡がいったように教諭たちの顔写真が並んでいた。藤堂康幸は若々しく精悍な顔で朗らかに笑っていた。『社会科担当　三年一組副担任』と記されている。それ以外の情報は見当たらない。

五代は三年二組のページを開いた。まずは集合写真があり、その後に各自の顔写真が五十音順に並べられていた。男子は詰め襟の制服で、女子はセーラー服だ。

深水江利子の名前は最下段の右から二番目にあった。何となくけだるいような表情で、正面を見つめている目には憂いのようなものがあった。もちろん化粧などしていないが、大人びた雰囲気が漂っている。目鼻立ちのバランスがよく、街でスカウトされたというのも頷ける。おそらく好意を持っていた男子生徒も少なくなかっただろうと想像させられた。

五代は榎並香織の顔を思い出した。山尾がいっていたが、たしかによく似ている。

その山尾の顔写真は二組にはないようだ。五代はページを戻り、一組を確認した。しかしそこにも山尾の名前はない。それではと三組のページを開こうとした時、安岡からの強い視線を感じた。

どうかしましたか、と五代は訊いた。

「何を調べておられるのかなと思いまして」安岡が無表情のままでいった。「藤堂元教諭と深水江利子さんの写真は確認されたみたいだから、もうその卒業アルバムには用がないんじゃないですか」

「いや、そんなことはありません。詳しい事情は申し上げられませんが、今度の事件に藤堂夫妻が高校にいた頃の出来事が関係している可能性が出てきたんです。そこでこうしてお邪魔することになったわけです。で、せっかく卒業アルバムを見せていただけるのだから、もしかするとこの中に事件関係者がいるかもしれないと思い、一応確かめておこうと思った次第です」

安岡が警戒する目つきになった。「当時の在校生や教職員の中に犯人がいると?」

いえいえ、と五代は笑顔を作った。

「あくまでも念のためです。今のところ、おっしゃったような疑いは何ひとつ浮かび上がってはおりません」

「そうなんですか。念のため、ねえ……」安岡は曖昧に相槌《あいづち》を打つが、納得している顔ではない。

五代は卒業アルバムに目を落としたが、依然として安岡の視線が気になった。

「今いったようなわけで、もう少し時間がかかると思います。お仕事の邪魔をするのは心苦しいので、どうぞ本来の業務にお戻りになってください」

だが安岡は小さく首を振った。

「関係者以外の方をこの部屋で一人きりにすることは禁じられているんです。個人情報に満ち溢れていますから。これも仕事なので、お気になさらず」

自分が認めた資料以外は勝手に見せてなるものか、という気負いが感じられた。どうやら思った以上に役人気質のようだ。考えてみれば公立高校の職員は地方公務員なのだった。

「そうですか。わかりました」

五代は諦め、卒業アルバムに視線を戻した。

三年三組のページを見渡し、はっとした。山尾陽介という文字を見つけたからだ。

短髪で目つきの鋭い若者が、こちらを向いていた。真一文字に結ばれた唇に正義感の強さが表れているように見えるのは、後に警察官になることを知っているせいか。

五代はページをめくった。クラブ活動の記録を載せたページがあった。部員たちが記念写真を撮っている。文化部や運動部のそれらを五代は丹念に見ていった。深水江利子と山尾が同じクラブに所属していた可能性もあるのではないか、などと考えた。

若き山尾の姿を発見したのは、山岳部というクラブの記録を見ている時だ。リュックサックを背負った格好で、ほかの部員たちと写っていた。紹介文によれば、山岳部といっても日本アルプスのような険しい山を登るわけではなく、近郊の山を日帰りで往復するだけのようだ。

五代は並んでいる活動記録写真を睨んだ。しかし深水江利子らしき姿は見当たらなかった。彼女は部員ではなかったようだ。

当てが外れたか、と諦めかけた時、部員リストの隅に目を留めた。そこには、『顧問　藤堂康幸教諭』とあった。

運動部の顧問と部員――。

藤堂康幸と山尾の間に新たに接点が見つかったといえる。こうなってくれれば、山尾が藤堂康幸とは面識がなかったとか、母校の教師だとは知らなかった、などという言い訳は通らなくなる。あの所轄の警部補は明らかに嘘をついている。少なくとも自分と藤堂夫妻との関係を意図的に隠していたのは明白だ。

五代はスマートフォンを取り出すと、カメラモードにした。だがレンズを山岳部の部員リストに向ける前に安岡のほうを見た。「この部分を撮影しても構いませんか」

安岡が怪訝そうに卒業アルバムを覗き込んできた。「何のためにそんなものを？」

「藤堂康幸さんが山岳部の顧問をしておられたようだからです。当時、部員だった人たちからも話を伺いたいと思いまして」

「でも、そこには名前しか記載されていませんよね。もし、各自の連絡先を教えてほしいといわれても、こちらとしては御要望にはお応えできかねますが」

「記録はない、ということでしょうか」

「卒業名簿は保管してあるので、それを見ればわかるかもしれませんが、迂闊には外に出せないきまりです。どうしてもということでしたら、それなりの手続きを踏んでいただきませんと」

令状を持ってこい、ということらしい。

「わかりました。連絡先は結構ですから、この部員リストだけ撮影させてください」

安岡は鼻の穴を膨らませてゆっくりと呼吸した後、「まあいいでしょう」と答えた。

五代がリストを撮影している間も、安岡は目を離そうとしなかった。ほかの部分を撮られることを警戒しているようだ。

その後、五代は改めて卒業アルバムを最初のページから開いていき、深水江利子と山尾陽介、そして藤堂康幸に関する情報を得ようとした。しかし三人を繋ぐものは新たには見つからなかった。深いため息をつき、卒業アルバムを閉じた。

「終わりましたか」安岡が訊いてきた。

「藤堂康幸さんがこちらの学校で教鞭を執っておられた頃のことを知りたいのですが」

安岡が目元を曇らせた。

「具体的には、どのようなことですか」

「どんなことでも構いません。勤務実績記録……という言葉があるのかどうかは知りませんが、教諭時代の勤務内容を記録したものがあれば、是非見せていただきたいです」

「こちらに残っているとすれば、何年度にどれだけの授業時間をこなしたかとか、担任だったか副担任だったか、クラブの顧問をしたか、あるいは何らかの役職についたか、といったことぐらいだと思いますが」

「それで十分です。見せていただけますか」

安岡は考え込む表情になった。渉外に関する様々なルールを思い出し、この申し出を受けてもいいかどうかを慎重に吟味しているようだ。

「わかりました」ようやく安岡が口を開いた。「では、先程の受付の前でお待ちになっていてください。資料をコピーしてお持ちいたします」

「いや、わざわざそこまでしていただかなくて結構です。資料を見せていただければ、必要な部分はメモしますので」

安岡は薄い笑みを浮かべ、かぶりを振った。「部外者にすべてをお見せするわけにはいきませんので」

学校にとって見られたくないものが含まれているおそれもある、というわけだ。

「了解しました。ではお手数ですが、よろしくお願いいたします」

五代は資料室を後にし、ひとりで受付の前まで戻った。廊下の端に椅子が並んでいるので、その一つに腰を下ろした。

それなりに収穫はあった。山尾陽介と藤堂康幸の繋がりが見つかったのは大きい。当時の部員たちに当たれば、ふたりの関係性なども判明するかもしれない。問題は、どうやって見つけだすかだが、あの部員リストがあれば何とかなるのではないか、と五代は考えていた。山尾と同世代ならば存命中の可能性が高い。運転免許証を取得している者も多いだろう。氏名と生年で絞れば、本人の現住所を特定するのは難しくないはずだ。

ただ、藤堂江利子——旧姓深水江利子と山尾陽介の関係は摑めたとはいえない。高校時代には関わりはなかったが、藤堂康幸を通じて繋がりができた可能性はある。

チャイムが鳴り、俄《にわか》に周囲が騒がしくなった。昼休みらしい。どこからか現れた生徒たちが廊下を行き交い、大声で話している。受付の前に座っている中年男など目に入らぬ様子で、五代のことを一瞥すらしない。

存在している世界の次元が違うのだろう、と五代は思った。同世代の人間にしか興味がなく、歳の離れた人間と情報を共有することなど論外なのだ。

しかし彼等が特別なのではない、自分たちもそうだった、と五代は二十年以上も昔のことを振り返った。親や教師を含め、大人たち全般に反発していた。その理由は、自分たちは蔑《ないがし》ろにされている、という意識ではなかっただろうか。いじめや虐待、ＤＶなどは昔からあった。表面化しなかったのは、大人が子供たちに目を向けなかったからにほかならない。政治家たちの目は選挙権のある成人、特に懐柔しやすい老人にしか向いていないように思えた。若者たちが反抗的になるのは当然だ。

たぶん深水江利子や山尾陽介たちも同様だったはずだ。当時高校生だった彼等が何らかの闇を抱えたまま年月が経ち、それが今頃になって殺人事件として形をなした可能性は大いにある。よく見ると、多くの生徒たちがスマートフォンを手にしていた。学校への持ち込みが禁止されていた時代は、遠い過去になったようだ。便利になった反面、縛られることも増えたのではないか、と五代は想像した。若者たちが抱える心の闇も、時代と共にアップデートされているはずだ。

そんなことを考えていると、廊下の奥から安岡が歩いてくるのが見えた。五代は立ち上がった。

「お待たせしました」安岡はクリアファイルを差し出してきた。「藤堂元教諭の勤務記録をプリントしてきました。お断りしておきますが、機械的に作業をしただけで中身を確認したわけではありません。役に立たない代物だと思われるかもしれませんが、どうか御了承ください」

「もちろんそれで結構です。お手間を取らせ、申し訳ありませんでした」五代はクリアファイルを受け取り、書類を引き出した。細かい数字が並んでいるが、勤務日数や休暇日を細かく記してあるだけのようだ。

最後の書類に記載されているのも退職までの日程のみだった。一九八七年というのは、深水江利子や山尾陽介が卒業した翌年だ。

「藤堂さんが退職された理由は何だったのでしょうか。具体的な理由は記載されていないようですが」

「それは私に訊かれても困ります」安岡は肩をすくめた。「私は記録にあることを印刷しただけですから。どうしても知りたいということなら、都の教育委員会に問い合わせたらいかがですか」

「なるほど。わかりました。そうしてみます」

「御用意できる資料は以上です。今後、こちらに来ていただいても、私共にお手伝いできることはあまりないと思います」眼鏡の向こうの目が、だからもう二度と来るな、と語っていた。

御協力ありがとうございました、といって五代は丁寧に頭を下げた。

13

昭島高校を出てから五代が向かった先は、藤堂江利子が育った町だ。青梅線の北側にある。住所を地図アプリで確認したところ、距離は二キロ弱で歩くには少し遠いようだ。だが生憎《あいにく》空車のタクシーを見つけられず、仕方なくスマートフォンを手に歩き始めた。

航空機事故で両親を亡くした藤堂江利子は、母親の弟夫妻に引き取られた。本庄雅美によれば、江利子が幼かった頃なので、中学に上がるぐらいまでは彼等を実の両親だと思っていた、とのことだった。引き取られる前の名字は上村《うえむら》だ。彼女は二度、姓が変わっているわけだ。双葉という芸名を加えれば三度ということになる。

彼女を引き取った叔父の名前は深水照雄《てるお》といい、生きていれば八十七歳だが、十二年前に亡くなっていた。妻の秀子《ひでこ》も二年前に八十三歳で他界している。秀子は夫の死後、市内にある老人ホームに転居しており、その際に自宅も処分していた。

地図アプリを頼りに辿り着いたところは住宅地の真ん中だった。文化通りという道路から脇道に入ってすぐの場所で、俗にテラスハウスと呼ばれる二階建ての集合住宅が建っていた。十二年前、この土地の一部には深水夫妻の家があったわけだから、建てられたのはそれ以後だろう。

五代は周囲を見回し、一軒の家屋に目を留めた。その家が最も年季が入っているように思えた。敷地面積も広そうで、この区域では古株ではないかと推測した。カーポートにはシルバーグレーのボルボが止められていた。門から玄関までは数メートルのアプローチがある。門柱には『岡谷』と彫られた表札が埋め込まれていた。そのすぐ下にあるインターホンのボタンを押した。

少ししてから、はい、と返事があった。女性の声だ。

「突然申し訳ございません。警察の者ですが、少しお時間をいただけないでしょうか」

相手が絶句する気配があった。いつものことなので慣れている。インターホンにカメラが付いていれば警察手帳を提示する局面だが、見当たらなかった。

「お宅様には全く関係のないことなので、どうか御安心ください」五代は言葉に誠意を込めた。

「御近所に住んでいた方について伺いたいだけです。決して長い時間は取らせません。御協力いただけると助かります」

近頃は振り込め詐欺グループが警察官を騙《かた》るケースもあり、そのことを知っている住民ならば、この五代の台詞《せりふ》さえも疑う可能性は大いにあった。

だがどうやら演技とは思われなかったようだ。わかりました、という声が返ってきた。

五代が門の前で待っていると間もなく玄関のドアが開いた。姿を見せたのは、薄いブルーのセーターを着た七十歳前後と思われる小柄な女性だった。

女性が玄関から出てきたので、五代は両手を脇につけ、お辞儀をした。さらに内ポケットから警察手帳を出した。「お忙しいところ、申し訳ございません」

「別に忙しくはないんですけど、どういった御用件でしょうか」老婦人は門扉の向こうから尋ねてきた。その口調は柔らかく、気品を感じさせた。

「失礼ですが、こちらにはいつ頃から住んでおられますか」

「うちですか？　私がここへ嫁いできたのは四十五年ほど前ですけど、この家自体は建ってから七十年ぐらいは経つと思います。主人の父親が建てたと聞いています」

「すると、このあたりではお顔が広いんじゃないですか」

老婦人は首を少し傾げつつ、小さく顎を引いた。

「まあ、新しく越してきた人たちはともかく、昔から住んでいる方なら大抵は存じています。主人が町内会長をしていたこともありますしね」

どうやらこの家に当たったのは正解のようだ、と手応えを感じた。

「あそこのテラスハウスですが」五代は斜め後方を振り返り、指差した。「いつ頃建ったか、御存じありませんか」

「ああ、あの建物ね。さあ、いつ頃だったかしら。十年ぐらい前だと思うんですけど」そこまでしゃべってから老婦人は胸の前で両手を小さく振った。「ごめんなさい。あまり当てにしないでください。あそこにいる人のことはよく知りません」

「御心配なく。知りたいのは、あの建物ができる前のことです。以前、あの土地に深水さんという家があったらしいのですが、御記憶にないでしょうか」

老婦人の薄い唇が、ふかみずさん、と呟いた。やがて彼女は首を縦に振り始めた。その動きが一層大きくなった後、五代のほうを向いた。

「やっぱりその話だったんですね。急に警察の人が訪ねてくるなんて何事かと思ったんですけど、もしかしたら江利子ちゃんについてかもしれないとは思いました」

江利子ちゃん、という呼び方で五代の胸は高鳴った。

「事件のことを御存じで？」

「それはもう」老婦人は全身で肯定の意を表した。「テレビで何度も報道されましたからね。女優をお辞めになってからは、近所の人たちとの話題に上ることもなくなりましたけど、それまではみんなで、すごいわねえとよく話していたんです。あの江利子ちゃんが女優さんになって、しかもテレビドラマで主役級の扱いだなんて、人生って何があるかわからないって。芸能界から引退すると知った時にも驚きました。残念でしたけど、議員さんと結婚すると聞き、それなら仕方ないんだろうなと思いました」

「深水さんの家とは親しくしておられたんですか」

「特に深い関わりがあったわけではありませんけど、御近所ですから、それなりに付き合いはありました。うちの人なんか、よくお店に行っていて、そのたびにずいぶんとサービスしてもらったみたいです」

「お店というのは、深水さん御夫妻が経営していたスナックですね」

「そうです。御主人が商売上手な方でしてね、市内で三軒も経営されてたんですけど、どこも結構繁盛していたという話です。うちの主人も通ってました。奥さんは若い頃には新宿のクラブで働いていたとかで、水商売には慣れておられたみたいです」

この話が事実なら、深水夫妻はかなり裕福だったようだ。姪を引き取るにあたり経済的な問題はなかったのかもしれない。

「江利子さんについてはいかがですか。何か印象に残っていることはありますか」

「私が嫁いできた時は、中学生ぐらいだったと思います。その頃からもう、はっとするほど奇麗でした。でもすましたところなんか全然なくて、顔を合わせればきちんと挨拶してくれました。いい子でしたよ」

老婦人の口調は自然だった。誇張はなく、率直な思いを語っているのだろう。

「江利子さんが深水さんたちの実のお子さんでなかった、ということは御存じでしたか」

初耳ならかなりの驚きを示すはずだが、老婦人の反応は鈍かった。

「存じておりました。といっても御本人たちから伺ったわけではなく、私は主人から聞いたんですけど」老婦人は少し迷う表情になり、玄関のほうを振り向く仕草をした。「もしそういうことをお知りになりたいのなら、主人にお尋ねになったほうがいいかもしれません。訊いてきましょうか？」

「御主人、今日は御在宅で？」

「おります。少々お待ちください」老婦人は踵を返してアプローチを進み、玄関ドアの向こうに消えた。

それから少しして再びドアが開いた。老婦人がやってきて門扉を開けてくれた。

「深水さん宅のことなら自分が話したほうがいいだろう、と主人が申しております。どうぞ、お入りになってください」

「そうですか。ありがとうございます」

老婦人によって、玄関から屋内へと案内された。通されたのは畳敷きの部屋だった。しかしガラステーブルと籐椅子が配置され、洋室の使い方がなされている。

そこで待っていたのは、グレーのポロシャツの上から黒いベストを着た老人だった。見事な白髪を短く整えている。年齢は八十歳を超えていると思われた。

五代は自己紹介をしながら警察手帳を提示し、名刺を差し出した。

「私は今や、こんなものしかお渡しできません」老人も名刺を出してきた。名前は岡谷《おかや》禎一《さだかず》で、肩書きは某市民団体の名誉顧問となっていた。実際には形だけなのだろう。

岡谷によれば、妻との間には息子と娘がいるが、どちらもとうの昔に独立しているとのことだった。

「家内から聞きましたが、深水さんについてお知りになりたいことがあるとか」岡谷老人が本題に入った。

「深水さんが経営していた店をよく御利用になったそうですね」

「あの方は店を三軒持っておられましたが、それぞれ特徴が違ったんです。一軒はなかなかの大店《おおだな》で、女の子をたくさん雇っていました。クラブといったほうがいいでしょうな。駅近くの一番いい場所に構えていました。もう一軒はスナックと呼ぶのがふさわしい店で、女の子が二、三人いるだけでした。最後の一軒はカウンターバーで、接客用の女性はいませんでした。そのかわりにカクテルや珍しいお酒を出してくれて、ひとりで入っても落ち着ける店でした。私が通っていたのは、もっぱらそのバーです。深水さん自身も愛着があったらしく、大店のクラブやスナックの仕切りは奥さんに任せて、大抵はそのバーにおられました。店名はええと、何といったかな……」岡谷は腕組みをし、唇を噛んだ。

「大丈夫です。調べればわかると思いますから」

「いや、ちょっと待ってください。これもぼけ防止です」そういってから岡谷は、ぱっと目を大きくした。「思い出した。『キュリアス』だ。キュウリと覚えていたんです」

五代は手帳に『バー・キュリアス』と書き込んだ。

「その店で親しくしておられたわけですか」

「よく話はしましたね。何しろ御近所さんですから」

「江利子さんのことなんかも?」

岡谷は白髪交じりの眉尻を下げた。懐かしさと悲しさの混ざった顔だった。

「深水さんがあの子を引き取ったのは、最初の店を開業してから三年目だったそうです。それなりに借金もあったから不安だったけれど、あんな小さな子を見放すわけにはいかなかったといっておられました。たしかに飛行機事故で両親を亡くすなんて、悲劇としかいえません。深水さんにとっては唯一の肉親だから、元々大層かわいがっていたんだそうです。あそこの夫婦には子供ができませんでしたしね。とはいえ、そういう話を深水さんから聞いたのは、ずいぶん後になってからです。それまでは私も実の子だとばかり思っていました。江利子ちゃんが中学生に上がった頃じゃないかなあ、そういうことを深水さんから打ち明けられたのは」

五代は自分の認識が少しずれていたことを知った。江利子を引き取った当時、深水夫妻は決して裕福ではなかったのだ。

「何かきっかけがあって、打ち明けられたんでしょうか」

「きっかけというかね、当時、深水夫婦は江利子ちゃんへの接し方に悩んでおられたんです。中学生といえば、ぼちぼち反抗期でしょ？　それで、そろそろ本当のことを話したほうがいいんじゃないかってことで、養女だったことを教えたみたいなんです。それがよかったのかどうかわからなくて悩んでいる……と、まあそんなことを話されてましたね。それ以来、子育てについて相談されたりもしました。とはいえ、うちにしても小さな子供を二人抱えて悪戦苦闘していた時期だったんですけどね」

「本当の子供ではなかったと知って、何か問題でも起きたんでしょうか」

岡谷は首を捻り、低く唸った。

「問題というほどのことはなかったと思います。ただ、江利子ちゃんの態度が少しよそよそしくなったような気がする、とはいっておられましたね」

「江利子さんの高校時代についてはいかがですか。何か記憶に残るような出来事はなかったですか」

「記憶に残る……ねえ」岡谷は妻のほうを向いた。「何かあったかな？」

「その頃ぐらいからじゃなかったかしら。江利子ちゃんが急に大人びて、奇麗になったのは。あなた、バーで江利子ちゃんが手伝っているのを見たといってたわよ」

「ああ、そうだ。そんなこともあったなあ」岡谷が二度三度と頷いた。

「バーの手伝いを？」

「そうなんですよ。奇麗なお給仕さんがいると思ったら江利子ちゃんでした。化粧なんかしてましてね。いくら親が経営している店だからって、未成年者をこんなところで働かせていいのかなあと思っていたんですが、深水さんによれば、本人がどうしても手伝いたいといいだしたんだそうです。だめならよその店でバイトする、というので仕方なく手伝わせてるってね。どうやら、実の娘でもないのに養ってもらってるってことに引け目を感じてるようだ、と深水さんはいってました」

「つまり、恩返し？」

「まあ、そんなところです。でも店にとっても悪いことではなかったように思います。江利子ちゃんに変なことをする客はいませんでしたが、店の雰囲気が明るくなったのは事実でしたからね」

「江利子さんが悪い仲間と付き合っていた、というような話は聞いてませんか」

「悪い仲間？」岡谷が眉根を寄せた。「不良とかですか」

「そうです」

「いやあ、どうだったかな?」岡谷は妻に尋ねた。

「そんな話は聞いたことがありません」妻は言下に答えた。

「うん、私も知らないな。深水さんからも聞いてません」

「そうですか……」

五代は腑に落ちなかった。本庄雅美の話と食い違っている。彼女によれば、高校時代はグレていた、と江利子自身がいっていたらしいのだ。それとも酒場で働いていたことを卑下していったのだろうか。

「恋愛問題とかはどうだったんでしょう? それだけの美貌だったなら、いい寄ってくる男の子も多かったと思うんですが」

「もちろんモテたみたいですよ」岡谷の表情が急に和んだ。「交際を申し込まれることも多かったみたいです。実際、同じ高校に付き合っている男子生徒がいたようなことを深水さんから聞きました」

「その男子生徒の名前とかは……」

岡谷は顔をしかめ、手を振った。「そこまでは知りません」

そうだろうな、と五代も思った。

「高校卒業後についてはいかがですか。どんな些細なことでも結構ですから、御記憶にあることを話していただけるとありがたいのですが」

「卒業後のことはあまり知らないなあ。その頃は、もう店を手伝ったりもしていなかったのでね」そういって岡谷は、また妻のほうを見た。「何かあったかな？」

「江利子ちゃん、家を離れたんじゃなかったかしら」妻が記憶を辿る顔でいった。「その頃から見かけなくなったのよ。それで奥さんに尋ねてみたら、専門学校に通うために都心で暮らしている、という話を聞いたような気がするんだけど……」

「ああ、そうだったかな。いやあ、よく覚えてない」

夫婦共々、あまり自信のある口ぶりではない。無理のない話ではある。何しろ四十年近くも前なのだ。

「芸能界入りしたということは、いつ頃お知りになりましたか」

「それは最初にテレビに出た時だと思います」妻が答えた。「そんなこと、深水さんはひと言もおっしゃってなかったので、本当にびっくりしました。その後で奥さんと顔を合わせた時にお尋ねしたら、じつは街でスカウトされたんですって、少し照れ臭そうに話しておられました」

「そういうことですか」

どうやら深水江利子の高校卒業後から芸能界デビューまでの間は、岡谷夫妻にとって空白期間であるらしい。

「ありがとうございました、大変参考になりました」

丁重に礼を述べ、五代は岡谷家を辞去した。

時計を見ると午後二時近くになっていたので、昼食を摂ることにした。駅に向かって歩きながらスマートフォンを操作し、駅の南口の近くに蕎麦屋《そばや》があるのを見つけた。

店に入り、注文した鴨せいろが出てくるのを待っているとスマートフォンが着信を告げた。筒井からだった。店の外に出てから電話を繋いだ。「はい、五代です」

「どうだった、昭島高校での聞き込みは？」

「けんもほろろ、というやつです。見せてもらえたのは卒業アルバムだけ。卒業名簿がほしければ令状を出せと」

くっくっく、という含み笑いが聞こえた。

「どうせそんなことだろうと思った。学校ってのは、そういうところだ。特に公立はな。それに、令状を取ってまで大昔の名簿を手に入れたところで大して役にも立たん。振り込め詐欺グループなら、ありがたがるだろうけどな。そこでおまえのために、とびきりの情報を仕入れてやったぞ」

「どんな情報です」スマートフォンを握る手に力が入った。

「昭島高校の三十六期生が七年前に同窓会を開いていて、その時の様子をSNSに上げた者がいた。そこから同窓会の幹事役だった人物が判明した。幸い、現在も昭島市に住んでいるようだ」

「それは助かります。情報を俺のスマホに送ってください」

「いわれなくても、もう送った。ほかに調べてほしいことはあるか」

「あります。山尾警部補の、高校時代の部活仲間の名前が判明しました」

五代は、山尾陽介が山岳部に所属していたことや、その顧問が藤堂康幸だったことを筒井に話した。

「それは大いに引っ掛かる話だな。すぐに免許証の照会を依頼しよう。判明したら、即座に送る」

「よろしくお願いします。ところで、そちらに何か進展はありましたか」

「残念ながらめぼしい成果はない」筒井は素っ気なく答えた。「振り込まれた三千万円はそのままだ。犯人側からの新たな連絡もない」

「あっちはどうですか。藤堂氏のタブレットが署内で起動された日のアリバイですけど」

「署長に続き、副署長や課長連中のスケジュールも把握できた。いずれもシロだろうという見立てだ。しかしそれ以下の人間となると確認は難しい。各自それぞれに尋ねないかぎり無理だろう」

「訊くんですか、各自に？」

「そんなこと、できるわけがないだろう」筒井は即座に否定した。「皆が疑心暗鬼になるだけだ。ただし、署長たちにいつまでも隠しておくわけにはいかない。今夜にも、係長と管理官が署長に説明するようだ」

「署長、驚くでしょうね」

「血の気が引くだろうな」

「山尾警部補が怪しいということは……」

「それはまだ明かさない。警視庁本部でも、その情報は捜査一課長のところで止まっている。何らかの決め手が見つかった時点で刑事部長に報告するという話だ。ただしそこまでいったら後はノンストップだ。間違ってました、ごめんなさい、じゃ済まされない」

「絶対的な証拠が必要、というわけですね」

「そういうことだ。つまり――」少し間を置いてから筒井は続けた。「おまえにすべてがかかっている」

五代は唾を呑み込んだ。「脅かさないでください」

「脅しじゃない。応援をつけてやりたいが、回せる人間がいない。何人もインフルエンザに罹《かか》ったというんじゃ、さすがに変に思う人間が出てくる。大変だと思うが、こちらでできるかぎりバックアップするから、がんばってくれ。じゃあ、いい報告を待っている」そういって筒井は一方的に電話を終えた。

五代は吐息をつき、山岳部の部員リストの画像を筒井に送った。続いてメールを確認すると筒井から届いていた。七年前に開催された同窓会の幹事役だった人物の氏名と現住所だ。『寺内博子』とあるから女性のようだ。地元に残っていると聞き、てっきり男性だろうと思っていたので意外だった。

店に戻るとテーブルに鴨せいろが運ばれていた。五代は席につき、割り箸に手を伸ばした。蕎麦を口に運びながら、次の聞き込み相手に対する質問の段取りを考えた。

14

蕎麦屋を出る時には午後二時半を過ぎていた。寺内博子《てらうちひろこ》の連絡先は不明なので、直接家を訪ねることにした。仮に本人は外出していたとしても、家族に挨拶しておけば再訪した際に話がスムーズに進む。

タクシーに乗ると十分足らずで到着した。閑静な住宅地の角地に、純和風の家屋が建っていた。庭には立派な松の木が植えられている。四角い石を積み重ねたような門柱に『寺内』の表札が付いていた。

門扉もなく、訪問客を導くように飛び石が並んでいた。それに従って進んでいくと玄関があった。引き戸の横にインターホンが付いている。五代がボタンを押すと、屋内でチャイムが鳴るのがかすかに聞こえた。

だが反応はない。もう一度押してみたが同じことだった。

五代は小さく肩をすくめた。どうやら誰もいないようだ。

出直すかと思って踵を返しかけた時、「どちらさま？」と声をかけられた。

五代が見ると、家屋と塀の間に女性が立っていた。サンバイザーが付いた帽子を被り、ウインドブレーカーを羽織っている。両手には軍手を嵌《は》めていた。年齢は推し量りにくいが、五十歳は過ぎているだろう。

「寺内博子さんでしょうか」

「そうですけど……」女性は警戒する目になっている。

五代は警察手帳を提示し、自己紹介した。

途端に寺内博子は臆する表情を示した。「あの子が何かやりました？」

「あの子？」

「タカヒロのことですけど」

「その方は息子さんですか」

「そうです。今、大学三年で……」そこまでしゃべってから女性は訝《いぶか》しげな顔で五代を見た。

「あの子のことじゃないのかしら」

五代は苦笑し、手を小さく横に振った。

「あなたにお会いしたかったんです。昭島高校時代のことをお訊きしたくて」

「高校の？」寺内博子はさらに怪訝な顔になった。

「寺内さんは、元女優の双葉江利子さんと同級生だったと聞きましたが」

ふたばえりこ、と呟いた後、寺内博子は目を見開いた。「もしかして、あの事件のこと？

夫婦が殺されて、家を焼かれたっていう」

五代は小さく頷き、頭を下げた。「御協力いただけると助かります」

「そうかあ。それで警察がこんなところまで……。えっ、それで、私にどんなことを訊きたいんですか」

「ですから高校時代のことです。今、お忙しいということでしたら出直しますが」

「別に忙しいなんてことありません。裏庭の手入れをしていただけです。もう終わりましたし」寺内博子は早口でいいながら軍手を外した。「そういうことなら立ち話というわけにはいきませんよね。むさくるしい家ですけど、よかったら中で話しません？」

「ありがとうございます。お言葉に甘えさせていただきます」

寺内博子は玄関の引き戸を開けた。施錠していなかったようだ。

案内された部屋は洋室で、年代物と思われる革張りのソファが並んでいた。

「私、着替えてきますので、こちらで待っていてくださる？」

「ええ、ごゆっくりどうぞ」

寺内博子を見送った後、五代は大きな肘置きの付いたソファに腰を下ろし、周りに目を向けた。壁には額に入った油絵が飾られ、その下にはアップライトのピアノがあった。典型的な昭和の応接間だな、と五代は思った。岡谷家とは違った風情がある。おそらくここも親から受け継いだ家だろう。

間もなくパーカー姿の寺内博子が現れた。片手で電気ポットを提げ、もう一方の手で急須と茶碗を載せた盆を持っていた。

「お待たせしました。新しい茶葉を見つけるのに手間取っちゃって」

「どうかお気遣いなく」

「気にしないでください。私が飲みたいんです。野良仕事の後は喉が渇きますから」寺内博子は急須にポットの湯を注ぎ始めた。その顔を見て、口紅が奇麗に塗られていることに五代は気づいた。肌も先程より張りがあるように見える。どうやら着替えるついでに化粧を整えたようだ。茶葉を見つけるのに手間取ったというのは嘘だろう。何歳になっても女性は大変だな、と思った。

「息子さんがいらっしゃるということですが、御主人はお仕事ですか」

「ええ、大学で教えています。環境学とか気象学とか、まあそのあたりのことを」

「大学の先生ですか。それはすごい」

五代がいうと寺内博子は顔をしかめて小さく手を振った。

「別にすごくなんかありません。うちの人は婿養子なんです。若い頃から貧乏学者。心配した私の親が、寺内家を継ぐのなら結婚を認めてやるといったので、おとなしくそれに従ったというわけでしてね」

寺内博子によれば、夫の給料は大したことがなく、親が残してくれた不動産が主な収入源らしい。

「両親が亡くなって、息子も出ていっちゃったので、今は夫と二人だけ。毎日、裏に造った家庭菜園の世話をして暮らしています」

どうぞ、といって寺内博子は五代の前に湯飲み茶碗を置いた。緑茶の香りが鼻をくすぐった。いただきます、といって五代はひとくちだけ啜《すす》り、茶碗を茶托に戻した。

「寺内さんは七年前に同窓会の幹事をされたようですね」

「そうです。よく御存じですね」

「SNSに書き込んだ人がいたんです。それで寺内さんのことを知りました」

「そういうことですか」寺内博子は茶碗を両手で持ったまま頷いた。「怖いですね、ネットって」

「幹事役を引き受けられたぐらいだから、お顔が広いのかなと思ったんですが」

「どうでしょう。それなりにってところですかね」寺内博子は満更でもない顔つきだ。

「その同窓会に藤堂江利子さんは出席されてなかったんですか」

寺内博子は渋い顔をして顎を引いた。

「案内は送ったんです。でも来てくれませんでした。私も含めて、みんな楽しみにしていたんですけどね。彼女が芸能界入りしてからは、誰も会っていなかったので」

「寺内さんは藤堂……いや、この場合は深水さんと呼んだほうがいいのかな。深水江利子さんと同じクラスになったことはあるんですか」

「二年生の時に一緒でした。親友とまではいきませんでしたけど、まずまず親しくはしていました」

「どういう生徒さんでしたか」

寺内博子は首を傾げ、うーんと唸った。

「群れたりするタイプではなかったですね。我が道を行くって感じでした。お昼休みなんかでも、ひとりで本を読んでたりしていることが多かったように思います」

「特に仲が良かった人とかは?」

「どうかなあ。仲が良い人も、逆に悪い人もいなかったんじゃないでしょうか。ただし男子たちの中には、彼女を苦手にしていた人が多かったかもしれません」

「苦手? どういうことですか」

「どういえばいいのかな。ほら、高校生ぐらいになると、急に大人びてくる女子っているじゃないですか。その中でも深水さんは特に目立ってたんです。お高くとまってるとか、すましてるとかではなかったんですけど、男子としては、何となく近寄りがたい雰囲気を感じてたんじゃないかと思います。外見にも圧倒されていたでしょうし」

「外見?」

「ええ。とにかく美人でしたから」

五代は、江利子がバーを手伝っていた、という岡谷の話を思い出した。酔客の相手をしていたぐらいだから、同級生の男子など幼く見えていたに違いない。

「すると交際していた相手とかはいなかったんですか」

「とんでもない」寺内博子は大きく目を見開き、手を振った。「いなかったどころか、常に誰かと付き合っていたように思います。彼女を苦手にしていた男子は多かったですけど、憧れていた男子はもっと多かったですからね。だけど、いつも長続きはしなかったみたいです。誰それと付き合ってるという噂が流れたと思ったら、すぐに別れて、いつの間にかまた別の男子とくっついているんです。で、しばらくしたらまた別れる。そんなことが何度もありました。だから女子の中には、あれは蝶だって陰口を叩いている者もいました。男子という花に次々と飛び移っていく蝶だって」

発展家ということか。晩年の藤堂江利子の評判からは想像しにくい話だった。

「深水江利子さんが付き合った相手の中で、特に印象に残っている人物はいませんか」

「そんな相手いたかなあ」寺内博子の眉間に皺が刻まれた。「強いていえば、三年生の時に付き合ってた男子でしょうかね。秀才で東大合格確実、なんていわれてました。その秀才が深水さんと付き合いだしたと聞いて、驚いたもんです。しかも本人自らが周りに吹聴してるって話でした。それを聞いて、蝶に選んでもらえてよっぽど嬉しいみたいだねって、陰で笑っていたのを覚えています」

「その生徒さんの名前は？」

「何といったかなあ。変わった名字だったような気がするんだけど……」寺内博子は腕組みをし、考え込む顔になった。

「山尾、という名字ではなかったですか」

「ヤマオ？」

「山尾陽介という人です。山岳部に入っていたようですが」

「山岳部……ごめんなさい。記憶にありません」

「そうですか」

五代は密かにため息をついた。深水江利子と山尾が交際していたのなら大きな収穫だと思ったが、どうやら当てが外れたようだ。

「あのう、刑事さん」寺内博子が覗き込むような目を向けてきた。「例の事件、私たちの高校時代と関係があるんですか」

答えづらい質問だった。しかし寺内博子が問いたくなる気持ちは理解できた。

「まだ何ともいえません。捜査は難航しており、動機を突き止めようとしているところです。そこであらゆる可能性を探っているわけで、藤堂夫妻の共通点である昭島高校時代についても調べ直すことになったのです。面倒をおかけして申し訳ないのですが、御理解いただけますと幸いです」

「面倒だなんて、そんなことはないです」寺内博子は首を横に振った。「私なんかでお役に立てるのなら、何でもお話しいたします。遠慮なさらないでください。どうせ暇ですし」

「ありがとうございます。助かります。では藤堂康幸さんのことをお尋ねしても構いませんか。

当時、社会科の先生だったらしいのですが」

寺内博子は首を大きく上下させた。

「藤堂先生のこともよく覚えています。いい先生でした。若くてバイタリティがあって、所謂熱血漢というタイプです。生徒からも人気がありました。政治家一族だとは知らなかったんですけど、都議選に立候補したと聞いた時には応援しました。そういえば――」何かを思い出したように手を叩いてから続けた。「藤堂先生にも同窓会の招待状を送ったんですよ。都議なら選挙対策のためにも来てくれるんじゃないかって期待して。残念ながらそっちも空振りでした。選挙区が違うと、やっぱりだめですね」

現職都議と元女優の夫婦が同窓会に揃って参加していたなら、さぞかし盛り上がったことだろう。寺内博子たちの落胆ぶりが目に浮かぶようだった。

「藤堂さんと深水江利子さんが結婚したことは、どのようにお知りになりました？」

どうだったかな、と寺内博子は顔を傾けた。

「ずいぶん昔なのでよく覚えてないですけど、たぶんテレビで知ったんだと思います。双葉江利子が議員と結婚すると聞いてびっくりし、その議員が藤堂先生だと知り、さらにびっくりしました」

「在校中、ふたりの関係を疑うような噂が流れたりはしませんでしたか」

「なかったと思います。少なくとも私は聞いたことがありません。じつは同窓会でもそんな話になったんです。片や熱血真面目教師、片や相手を取っ替え引っ替えしている女王様。そのふたりが結婚なんて驚いたよねって、みんないってました。でも考えてみたら、あり得ない話ではないんです。さっきもいいましたけど、深水さんは大人びていて美人だったから、彼女を女性として見ていた教師だっていたと思います。当時は若かった藤堂先生がそうだったとしても不思議ではないです」

「しかし在校中には、ふたりの間には何もなかっただろう、と？」

ええ、と寺内博子は頷いた。

「もしその頃から関係があったのなら、深水さんが卒業したらすぐに結婚していたんじゃないか、と思いますし」

「たしかに」

五代は藤堂の後援会長である垣内達夫の話を思い出していた。垣内によれば、ふたりが再会したのは深水江利子の卒業から何年も経ってからだということだった。

とはいえ、といって寺内博子は小首を傾げた。

「教師と生徒という以前に、男と女ですからね。ふたりの間に何があってもおかしくないとは思いますけど」

この言葉に五代は、はっとした。特に深い考えがあっての呟きではないだろう。しかし五代の耳には、今度の事件の本質に触れているように聞こえた。

テーブルの隅に置かれていた、寺内博子のスマートフォンがメロディを奏でた。電話がかかってきたらしい。彼女は手を伸ばすと、ちょっと失礼、といって部屋を出ていった。

五代は湯飲み茶碗を口に運んだ。少しぬるくなった日本茶で喉を潤してから、自分もスマートフォンを取り出した。筒井からメールが届いていた。

内容は山岳部員たちの運転免許証情報を列挙したものだった。山尾の同期は五人いたようだが、そのうちの四人の情報が入手できた模様だ。ただ一人、『永間和彦』という人物については空欄になっている。四人の住所を見て、五代は落胆した。昭島市に留まっている者はいなかった。それどころか三人の情報には、他県の住所が記されている。都内に住んでいるのは、『本村健三』なる人物だけだった。しかも大田《おお た》区となっているから、ここからはずいぶんと遠い。ただし、なぜかこの人物だけは携帯電話の番号が付記されていた。

五代は筒井に電話をかけてみた。幸い、すぐに繋がった。

「メール、見たか？」

「見ました。ありがとうございます」

「残念ながら東京在住は一人だけだ」

「そのようですね」

「その本村《もとむら》という人物は四年前に交通事故を起こしていた。だから電話番号も判明した」

「そういうことでしたか。ところで同期は五人いたようですが、ひとりだけ記録がありませんね。永間《ながま》和彦《かずひこ》という人ですが」

「データベースにないようだから免許証は持ってないんだろう。念のため逮捕歴にも当たってみたが該当者はいなかった。本村氏なら連絡先を知っているんじゃないか」

「わかりました。本村さんに会えたら永間さんのことも尋ねてみます」

「ああ、頼む」

五代が電話を終えた直後、寺内博子が部屋に入ってきた。

「貴重なお話をありがとうございました」五代は腰を上げた。「大変参考になりました。またお伺いすることもあるかもしれません。その時にはどうぞよろしくお願いいたします」

「ええ、それはいいんですけど……今、永間さん、とおっしゃいました？」

「はい、永間和彦さんの名前を出しました。あっ、もしかすると御存じですか」

寺内博子は大きく頷いた。

「知っています。さっき、深水さんと交際していた秀才の話をしたでしょう？　その生徒が永間君です」

15

目的の店は長いアーケード商店街を抜けた先にあった。ＪＲ蒲田《かまた》駅からだと四百メートルほどか。マンションの一階部分に並ぶ店舗の一つだった。看板に『珈琲専門』の文字があった。ガラスドアを開ける前に腕時計で時刻を確認した。約束の午後六時半より五分ほど早く、五代は安堵した。

中に入ると忽ち《たちま》コーヒーの香ばしい匂いが鼻孔を刺激した。店内は奥に広く、壁に沿ってテーブルが並んでいる。決して古臭くはないが、内装にレンガが使われていたりして、昔ながらの純喫茶の趣があった。

客の姿がちらほらとある。ひとりの男性客が隅のテーブルでスマートフォンを触っていた。

長身で髪をオールバックにしている。六十前後に見えた。その客が顔を上げ、五代のほうを向いた。さらに視線を少し下げた。五代は左手に丸めた週刊誌を持っている。それが目印だった。男性は小さく会釈してきた。

五代はテーブルに近づいていった。「本村さんですね?」

そうです、と相手は答えた。電話で聞いたのと同じ声だった。

「五代です。このたびは無理をいって、申し訳ございません」

五代が名刺を差し出すと、本村健三《けんぞう》も立ち上がって自分の名刺を出してきた。それによれば、勤務先は大田区内にある電子部品メーカーのようだ。

「お待ちになりましたか」

「いや、ついさっき来たところです」

ふたりが向き合って座ったところでウェイトレスがコーヒーを運んできた。本村が注文したらしい。同じものを、と五代はウェイトレスにいった。

寺内博子の家を出た後、すぐに本村に電話をかけたのだった。警察だと聞き、本村はかなり強い警戒感を示した。どうやら詐欺を疑ったらしい。だが藤堂夫妻が殺害された事件を調べているというと一気に態度を軟化させた。寺内博子もそうだったが、やはり昭島高校の卒業生たち、特に深水江利子の同期たちは事件に関心を持っているようだ。

「いい雰囲気の店ですね」ウェイトレスが置いていったおしぼりで手を拭きながら、五代は店内を眺めていった。「よく利用されるんですか」

「休日に来ることが多いです。この店はナポリタンがうまいんです。食後にコーヒーを飲みなから本を読むのが好きでして」

「それはなかなか優雅ですね」

「優雅どころか」本村は苦笑を浮かべた。「家だと落ち着かないんです。大学生の息子と高校生の娘がいて、父親の居場所なんてありません」

だからこの店を指定したのか、と五代は合点した。自宅ではゆっくりと話せない、ということらしい。

ウェイトレスがコーヒーを運んできた。五代はミルクを少し垂らし、スプーンでかき混ぜた。

本村が腕時計に目を落とし、真顔に戻った。

「そろそろ本題に入ってもらえませんか。この店はラストオーダーが七時半なんです」

「七時半？　それは大変だ。わかりました」五代はコーヒーをひとくちだけ飲み、手帳とボールペンを出した。「本村さんは高校時代、山岳部に所属しておられたようですね」

「おっしゃる通りです。そして——」本村は周囲を一瞥し、声をひそめて続けた。「顧問は藤堂康幸先生でした」

五代が戸惑いの表情を示すと本村は訳知り顔で頷いた。

「あの事件の捜査で私のところに警察から連絡がきた理由を考えたところ、真っ先に思い当たったのが高校の山岳部のことです。藤堂先生が顧問だった頃の話を訊きたいのだろうと思いました」

「御明察です。ただお断りしておきたいのですが、決して昭島高校や山岳部が今回の事件に関係していると考えているわけではありません。殺害された藤堂夫妻が昭島高校時代の教師と生徒だったということから、念のために当時の様子を把握しておけと上から命じられただけです」

本村は、それも了解しているとばかりに何度も頷いた。

「たとえ無駄だとわかっていても、虱潰《しらみつぶ》しに当たっていくのが警察のやり方なんですよね。承知しています。知り合いに警察官がいて、そういう話を聞かされました」

「知り合いというのは？」

「山岳部時代の仲間です。山尾という男です」

いきなりキーパーソンの名前が飛びだしてきた。五代は懸命に狼狽を隠した。

「山尾さん……ですか」

「彼も警視庁ですが、御存じないでしょうね。警察官なんて何万人もいるんだから」本村はカップを持ち上げ、コーヒーを啜った。「藤堂先生は、いい教師だったと思います。どんな生徒に対しても分け隔てなく接してくれました。私なんて成績がいいほうじゃなかったし、特に社会科は苦手だったんですけど、それについて何かいわれたことはありません。そのかわり、部活で足を怪我した時にはこっぴどく叱られました。私自身の不注意が原因だったからです。そういう先生でした」

五代としては山尾について尋ねたいところだったが、本村のほうが話を先に進めてしまった。やむをえず合わせることにした。

「高校を卒業後、藤堂康幸さんとお会いになりましたか」

「いえ、一度も会ってません」

「電話や手紙は？」

「それもありません。年賀状は書きましたけど、たぶん一度か二度だけです。藤堂先生は教師を辞めたと聞きましたし」

「すると近況なども御存じないわけですね」

「残念ながら全く知りません」

「藤堂さんと連絡を取り合っていた、という方に心当たりは？　山岳部のＯＢとかで」

「どうかなあ」本村は首を捻った。「いるかもしれませんが、私は知りません。捜査のお役に立てなくて申し訳ないんですが」

「お気になさらず。では深水江利子さんについてはいかがですか。高校時代、何か印象に残っている出来事はありませんか。どんな些細なことでも結構です」

「いやあ、そっちの質問もなかなか難しいな」本村は苦笑を浮かべた。「彼女とはクラスが別だったんです。だからまともに話したことがありません。もちろん名前は知っていました。校内一の美人でしたからね。でも向こうは、こっちのことなんか眼中になかったんじゃないかな。たまに街中で出くわすことがあったんですが、挨拶さえしてくれなかった。印象に残っていることといえば、そんなところですね」

自虐的な冗談交じりのエピソードだが、リアリティがあった。

「御承知の通り、藤堂康幸さんと深水江利子さんは結婚されたわけですが、高校時代に予兆のようなものはあったんでしょうか」

本村は、ゆらゆらと首を振った。

「私は全く気づかなかった。ふたりが一緒にいるところを見た記憶さえありません。もしかするとお互いに意識ぐらいはしていたのかもしれませんが、あの時点では何もなかったんじゃないかな。深水さんは、うちの部員と付き合っていたこともありますしね。みんな、派手なタイプが好きなんだなあと思いました。私なんかは苦手でしたが」

「何という方ですか」

「えっ？」

「深水江利子さんと付き合っていた部員さんです」

「ああ……」

なぜか本村は躊躇う気配を示した後、「永間という部員です」と答えた。「我々と同じ学年でした」

五代は手帳に目を落としてから顔を上げた。「永間和彦さんですね」

「そうです」

どうやら寺内博子の記憶は正しいようだ。

「その方の連絡先はわかりますか」

「連絡先……ですか」当惑したように本村の視線が不安定になった。

「最近はあまり連絡を取っておられないんですか」

五代が訊くと、本村は再び逡巡する表情を見せた後、意を決したように口を開いた。

「永間はね、亡くなったんです」

意表を突かれ、五代は思わず、えっと声を発した。「いつですか」

「我々が高校を卒業してから間もなくです。まだそんなに暑くなかったから、六月頃だったかもしれません」本村は少し身を乗り出してきて、自殺です、といった。「自宅のマンションのベランダから飛び降りたんです」

「原因は？」

「遺書があったわけじゃないから断言はできませんが、大学受験に失敗したからだろう、といわれています。永間は成績が抜群に優秀で、東大を目指していました。担任の先生からも、絶対に大丈夫だ、といわれていたそうです。私たちも、たぶん合格するだろうと思っていました。そうなれば山岳部の株が上がるぞ、なんて呑気《のんき》なこともいっていたぐらいです。不合格だと聞いた時には驚きました。その頃には山岳部は引退していたので、顔を合わせる機会がなくて助かった、と思いました。会っても、どんなふうに慰めていいかわかりませんからね。会った者の話によれば、憔悴《しょうすい》しきった感じで声をかけづらかったそうです。私は大学進学と共に地元を離れたので、それ以後のことはよく知らなかったんですが、ある日、飛び降り自殺をしたという知らせが山岳部の連絡網で回ってきたんです。俄には信じられませんでした」

試験に落ちた程度のことで自殺か、と五代は違和感を抱いたが、約四十年前ならあり得たのかもしれないと思い直した。昭和の後期には受験地獄という言葉があったと聞く。

「その頃、深水江利子さんとの仲はどうだったんでしょう？　まだ交際は続いていたんですか」

「いや、それはとっくに終わっていたみたいです。受験勉強に集中するため、正月前には別れていたそうです。永間のほうからいいだしたとか。それぐらい受験にすべてをかけてたってことなんでしょうね」

「その永間さんと一番親しかったのはどなたですか。本村さんですか」

「いや、私はそれほどでもありません。部活以外では関わりがなかったですから。仲が良かったといえば山尾じゃないかな」

五代は一瞬息を止めた。「山尾さん……」

「先程話した、警察官になった奴です。ええと、あいつの連絡先は誰が知っていそうかなあ……」

「御心配なく。警察官なら、こちらで調べられます」

「ああ、そうか。そりゃそうですよね」

五代は息を整えてから口を開いた。

「その山尾さんという方が永間さんと仲が良かったということですが、どの程度に?」

「どういえばいいのかな。とにかく、よく一緒にいました。登山の時、二人一組で行動することがあるんですが、彼等はいつも組んでました。それに……そう、永間が死んだ時の山尾の落ち込み方はひどかったです。我々もショックを受けていましたけど、あいつの様子は半端じゃなかった。友達なのに永間の自殺を止められなかったことを悔いていたようです。おまえのせいじゃないよって、みんなで慰めましたが」

五代は意外な思いで本村の話を聞いた。表情に乏しく、どこか得体の知れない雰囲気を醸し出す現在の山尾からは想像できないエピソードだった。無論、長い月日が経っているのだから人間性が変わっても不思議ではない。

「本村さんは、最近、山尾さんとは連絡を取っておられないのですか」

「取ってないですね。最後に話したのは、たぶん二十年以上前です。私が結婚した時、山岳部の仲間がお祝いをしてくれたんですが、それが最後だと思います。だからもしかすると、警察は辞めているかもしれません」

「大丈夫です。その場合でも追跡できると思います」

「それならよかった。山尾にもお会いになるんですか」

「まだ何ともいえませんが、そうなるかもしれません」

「もしお会いになったら、よろしくいっておいてください。本村は二人の臑《すね》かじりを抱えているので、まだ当分は働かされるみたいだと」

「覚えておきます。それで本村さん、これは念のために申し上げるのですが、今後仮に山尾さんと連絡をお取りになった場合、今日、こうして私と会ったことは伏せておいていただけますか。といいますのは、山尾さんに余計な先入観を持っていただきたくないからです。いろいろと支障が生じますので」

「ああ、そういうことですか。わかりました。それに、おそらく山尾と話すことはないでしょう。そもそも連絡先を知りません」

「そうですか。それならいいのですが」

「ところで刑事さん」本村が周りを気にする素振りを見せてから、再び少し身を乗り出してきた。「実際のところはどうなんですか。あの事件、解決しそうですか」目に好奇の光が宿っている。

五代はコップの水を飲み、間を取った。

「解決のために全力で捜査に当たっているところです」

こういう場合の常套句だ。相手が納得しないことはわかっている。案の定、本村は不満そうに口元を曲げた。

「どちらが目的だったかは判明しているんですか」

「どちら、とは？」

「藤堂都議と双葉江利子、犯人の狙いはどっちだったと警察では考えているわけですか」

「そういうことはちょっと……」

本村は渋い顔をし、身体を後ろに反らせた。

「これだけ捜査に協力したんだから、それぐらいは教えてくれてもいいでしょう？」

「御協力には感謝します。かつての恩師や同級生が被害者とあらば、関心を持つなというほうが無理だろうと承知しています。しかし捜査には情報を集めることと同程度に、情報を漏らさないことも重要なのです。どうか御理解ください」

「よそでしゃべったりしませんよ」

「そうだろうと思います。しかし例外を作るわけにはいきませんので」

本村は吐息を漏らし、コーヒーカップを持ち上げた。

「わかりました。そういうことなら仕方がない。諦めます」

「御期待に沿えず、申し訳ございません」

「まあ、いいです。捜査、がんばってください」

「ありがとうございます。全力を尽くします」そういって頭を下げ、五代はテーブルの伝票に手を伸ばした。

店を出ると駅に向かいながら筒井に電話をかけた。

「何か収穫はあったか」筒井はいきなり訊いてきた。

「収穫といえるかどうかはわかりませんが、耳寄りな話を聞きました」

五代は永間和彦という人物の自殺について話した。

「それはたしかに気になる話だな。わかった。こちらで調べたら、連絡する。今日これからの予定はどうなっている？　まだ聞き込みをするのか」

「未定です。今は蒲田にいますから、本部庁舎で打ち合わせをするということなら、すぐにでも向かいますが」

「馬鹿なことをいうな。インフルエンザで休んでいる奴が本部庁舎なんかをうろちょろしていて、万一特捜本部の連中に見られたら面倒だろうが。聞き込みが一段落しているなら自宅に戻れ。打ち合わせはリモートでやる」

「了解です」

電話を終え、スマートフォンをしまってから周囲を見回した。まだアーケード商店街の途中にいる。『とんかつ』と書かれた暖簾《のれん》が目に入った。

今日は歩き回ったせいで腹が減っている。大盛りのライスを注文するか、と思いながら店に向かって足を踏み出した。

16

『氏名　永間和彦（一八）　都立昭島高等学校八六年卒
通報日時　一九八六年五月三十日（金曜日）　午前一時二十三分
現場　昭島市玉川町二丁目一〇番　サニーマンション（六階建て）東側駐車場
通報者　永間広和（会社員　五三）　珠代（妻　四五）　同マンション五〇三号室
状況　部屋からいなくなっていることに気づいた両親が周囲を捜し、駐車場でうつ伏せになって倒れているのを見つけた。救急車で病院に運んだが、頭の骨を折って、すでに死亡していた。
検証結果　自宅ベランダ（本人用個室の外）の手すりに本人指紋
　転落が原因と思われる以外の外傷はなし
遺書　なし』

「内容の乏しい情報だと御不満だろうが、実際、それぐらいしか記録が残っていなかった」パソコンの画面に映っている筒井がいった。「行政解剖も行われたようだが、薬物摂取などの不審な点はなく、自殺ということで処理されている」

「自殺した動機についてはどうですか」

「一応、両親たちから話は聞いている」筒井は手元の資料に目を落とした。「大学受験に失敗し、落ち込んでいたのは事実らしい。しかしそれも次第に収まって、五月に入った頃には再び勉強に励むようになっていた、ということだった。ところが急に暗い顔で考え込んだり食事を摂らずに部屋に閉じこもったりして、どうしたのかと心配していたらこんなことになってしまった、と嘆いていたようだ」

「その話を聞いたかぎりだと受験失敗だけが原因ではなさそうですね」

「しかしそれ以外に思い当たることはない、と両親はいっていたようだ。これが中学生だと、いじめとかも考えられるんだろうが、十八歳で、しかも高校卒業後となれば可能性は低いんじゃないか」

筒井の説は妥当だ。五代は黙って頷いた。

「両親は生きているのか」今まで黙っていた桜川が訊いた。このリモート会議は、五代を含めた三人だけで行われている。五代は自宅にいるが、ネクタイを締めたままだった。桜川と筒井は警視庁本部庁舎の会議室にいる。

「どうでしょう。生きているとすれば、父親は九十歳を超えています。厳しいかもしれません」筒井が答えた。「でも母親は八十代前半ですから、存命中の可能性は高いです」

「明日、当たってみます」五代はいった。「住所が変わってなければいいんですが」

「さっき確認したが、マンション自体は残っているようだ。一応、運転免許証を確認してみようか」

筒井の問いかけに、お願いします、と五代は答えた。

「約四十年前の自殺事件か」画面に映る桜川が思案の表情を見せた。「それが今回の事件に関係しているとなれば大発見ではあるが……」

「まだ何ともいえません」五代はいった。「ただ、関係者との繋がりを考えれば見逃せません。高校時代、江利子夫人は永間和彦さんと交際していました。その永間さんと山尾警部補は山岳部の仲間であり、親友同士でした。さらに山岳部の顧問は当時教師だった藤堂康幸氏。これを単なる偶然で片付けるのには抵抗があります」

「その点は同感だ。しかし彼等を繋ぐ糸がどんなふうにもつれれば、何十年も経ってから殺人事件に発展するのか、どうにも想像がつかん」

桜川が呻《うめ》くようにいった台詞は、五代の感想でもあった。

「山尾警部補から話を聞ければ一番手っ取り早いと思うんですが」

「それができたら苦労しねえよ」筒井がげんなりした顔を作った。

「さっき、管理官と俺とで、警察署内に事件関係者がいる可能性を署長や副署長たちに説明した」桜川が冷めた口調でいった。「しかし捜査一課長からの指示で、我々が山尾をマークしていることは、まだ話していない。焦った署長たちに勝手に動かれたらまずいからな。山尾が事件に関与しているという決定的な証拠を摑めたなら打ち明けよう、ということになっている」

「ずいぶんと慎重なんですね」

「当然だ。現職の警察官を取り調べたとなれば、世間は大いに騒ぐだろう。身内に甘いといわれないためには、その時点で確実に逮捕状を取れるよう準備しておく必要がある。だから、情報が外部に漏れることだけは絶対に避けなければならない。ところが署長なんか、今にも署員たち全員のアリバイ確認を始めそうな狼狽《うろた》えぶりだ。そんなことをして万一特捜本部に詰めている記者たちに嗅ぎつけられでもしたら元も子もない。署長には、あわてても意味がないし捜査員たちを混乱させるだけなので少し我慢しましょう、といってどうにか納得してもらった」

「かなり逼迫《ひっぱく》しているみたいですね」

「その通りだ。だからあまり時間はない。こちらで可能なかぎりのバックアップをするから、山尾と藤堂夫妻の繋がりについて徹底的に調べてくれ」

「わかりました。まずは明日、永間和彦の周辺人物を当たってみます」

「了解、よろしく頼む」

桜川の言葉を締めくくりに三人でのリモート会議は終わった。ノートパソコンを閉じ、五代はふっと息を吐いた。時刻は午後十時を過ぎている。長い一日だった。しかし明日は、もっと長く感じることになるかもしれない。

冷蔵庫の缶ビールでも飲もうかと腰を浮かした時、スマートフォンに着信があった。表示を見て、どきりとした。山尾からだった。

電話を繋ぎ、はい、と応えた。

「どうも、山尾です。今、大丈夫ですか」低く抑えた声で訊いてきた。

「はい、大丈夫です」

「夜分にすみません。インフルエンザだと聞き、気になっちゃいましてね。お加減はいかがですか」

「大したことはありません。それより、みんなが大変な時にこんなことになってしまい、申し訳なく思っています」

「いやあ、インフルエンザなんてものは、どんなに注意していても罹る時には罹ってしまうもんです。どうかお気になさらず、ゆっくりと養生してください」

「本当に申し訳ありません。山尾さんに御迷惑がかかってなければいいのですが」

「そんな心配は無用です。元々五代さんの補助役みたいなものですから、五代さんがお休みとなれば開店休業状態です。文句をいう者はおりません。しかし何もしないわけにもいかないので、少しでもお役に立てればと思い、こうして電話した次第です。五代さん、何か私にできることはありませんか。遠慮なくおっしゃってください」山尾の口調は快活だ。ずいぶんと張り切っているようにさえ聞こえる。

「ありがとうございます。今すぐには思いつきませんが、いずれ提案させてもらうかもしれません」

「了解です。指示を待っています。しかし安心しました。急に寝込まれたと聞き、心配していたんです。でも声を聞いたかぎりではお元気そうだ」

「熱は出ましたが、さほど辛くはありません。本当は休みたくないのですが、三日間は安静にし、人との接触は避けるようにといわれていますので」

「わかります。五代さんのことだから、さぞかし歯痒《はがゆ》いでしょう。それで部屋に籠もっているのに嫌気がさし、気分転換を兼ねて外出されたというわけですね」

「えっ、外出？」

「外にいらっしゃるんでしょ？　さっき、クルマのクラクションが聞こえましたが」

五代は一瞬返答に詰まった。そんなものが鳴っただろうか。

「いえ、自分の部屋にいます」

「じゃあ、窓が開いていて、外の音が聞こえたのかな」

「窓は閉まっていますけど……」

「そうですか。単なる私の聞き間違いかもしれませんね。すみません、変なことをいってしまいました。いや、お休みのところを失礼いたしました。お元気そうだといいましたが、油断は大敵です。どうか全快されるまで、無理はなさらないでください」

「そういっていただけると少し気が楽になります。なるべく早く復帰するつもりですから、その時にはよろしくお願いいたします」

「こちらこそお願いします。では、これで失礼します。お大事に」

ありがとうございます、といって五代は電話を終えた。スマートフォンを持ったまま、ベランダのほうを見た。窓はきちんと閉じられている。

ここは幹線道路から少し外れている。クラクションを鳴らすクルマがあったとしても、その音が室内に届いたことがあっただろうか。少なくとも気になったことはない。

山尾は五代の病欠に疑念を抱いていて、じつは自宅にいないのではと鎌をかけてきたのではないか。

その可能性は大いにある、と五代は思った。あの人物は想像以上に狡猾だ。そしておそらく手強い——。

17

翌朝、五代は八時四十二分新宿発の快速電車に乗った。特急に比べて止まる駅は多いが、途中で乗り換えずに済む。通勤ラッシュの時間帯だが、多くの乗客が新宿で降りるため、ゆったりと立っていられるし、少し待てば座席が空くことも期待できた。

その希望が叶い、次の駅が近づくと、すぐ前に座っていた大柄な若者が立ち上がった。五代は周りを見たが、高齢者や体調の悪そうな客はいないようだ。遠慮なく腰を下ろすことにした。昭島は遠い。

軽く腕を組み、捜査開始当初からの記憶を辿った。

第一回捜査会議の後、山尾が挨拶しに来た時のことを思い出した。捜査員の役割分担を決めるのは筒井たち主任クラスだが、所轄の係長や刑事課長とも相談する。筒井によれば山尾を鑑取り班に入れるよう提案したのは相沢刑事課長らしい。その理由はわからないようだ。だが現時点で相沢に尋ねるわけにはいかない。山尾に疑いがかかっていることを悟られてしまう。

もしかすると山尾のほうからいいだしたのかもしれない、と五代は思った。山尾は生活安全課の警部補だから係長クラスだ。特捜本部への参加を打診された際、さりげなく要求した可能性は大いにある。

だとすれば、なぜ鑑取り班に入りたかったのか。捜査の進捗状況を摑むためだけなら、別の班でもよかったはずだ。やはり被害者夫妻が自分と関わりのある人物だから、と考えるのが妥当だろう。彼等の人間関係や過去が明かされていく様子を確認したかったのではないか。

問題は、被害者夫妻と自分との関係を隠している点だ。相勤《あいきん》の五代にさえも話そうとしない。その理由は、彼自身が何らかの形で事件に関わっているから、としか考えられない。

では、どう事件と関わっているのか。

最もシンプルな答えは、山尾が真犯人、というものだ。彼が藤堂夫妻を殺害し、邸宅に火をつけた――。

その動機は何だろうか。やはり高校時代まで遡ることになるのか。四十年近くも前の萌芽が、今になって悪の実を生《な》したというわけか。

永間和彦の名前が五代の頭に浮かぶ。高校時代の親友の自殺が今回の事件に関係している可能性はどの程度だろうか。無論、具体的な数字で表せるものではないが、仮に表すとしても常識的には低いような気がした。五代にも高校時代に仲のよかった者が何人かいるが、今では殆ど連絡を取っていない。社会人になれば、多くの者は勤務先をはじめ数々のネットワークに人間関係を支配される。それらに圧倒され、旧友との付き合いなどはどうしても優先度が低くなる。結婚し、子供が生まれたりしたら尚更だ。

もちろん決めつけは禁物だ。山尾は数少ない例外かもしれない。

警視庁の採用センターに保管されている山尾の履歴書によれば、彼は昭島高校を卒業した後、都内にある私立大学に入っている。工学部金属工学科だった。警察学校に入るまで柔剣道の経験はなく、大学ではワンダーフォーゲル部にいたようだ。

警視庁に入ってからの経歴も判明している。いくつかの署の地域課に属し、交番勤務やパトカー勤務をした後、警視庁本部の保安課に異動した。その後、所轄の生活安全課に配置されるようになり、今の署に移ったのが九年前で、以後、異動をしていない。

家族は両親だけで、どちらも他界していた。十年前と四年前に慶弔休暇の届けが出されている。先に母親が亡くなり、その六年後に父親が続いたようだ。

そんなことを考えていたら内ポケットのスマートフォンに反応があった。周りの目を気にしながら確認すると筒井からメールが届いていた。

『運転免許証データベースに永間和彦の母親（珠代）の記録はない。ただし父親（広和）に更新手続きの連絡書を送った時の記録が見つかった。今から五年前で、宛先不明で戻ってきた形跡はない。ただし、その際に更新手続きがなされていないから、亡くなっていた可能性は高いと思われる。』

記されている住所を見て、五代は瞬きした。『昭島市玉川町二丁目一〇番　サニーマンション五〇三号室』とあった。永間和彦が自殺したマンションだ。つまり五年前の時点で、永間広《ひろ》和《かず》の免許証の登録住所は一九八六年のままだったということになる。

九時三十分よりも少し前に、快速電車は中神《なかがみ》駅に到着した。昭島駅の一つ手前だ。駅の南口から外に出ると、細い道路に面して小さな商店が並んでいた。居酒屋やスナックといった飲食店の看板が多い。最初の角を曲がると少し開けた雰囲気になり、洒落た外装の郵便局の先には有名なファストフード店があった。その向かいはパチンコ店だ。どうやらこの付近は地元の人々の憩いの場らしい。

幹線道路に出て、東に向かった。しばらく歩くと斜め前方にマンションが建ち並んでいるのが見えてきた。いずれもさほど高い建物ではない。せいぜい五階か六階といったところか。

五代は地図アプリで現在地を確認しながら進んだ。目的地は昭島市玉川《たまがわ》町二丁目一〇番だ。筒井によれば、『サニーマンション』は現存しているということだった。

脇道に入り、少し歩き回ったら見つかった。外壁がベージュ色のタイルで仕上げられた建物だった。築四十年を過ぎているわりには古びた印象はないと思ったが、近づくとさすがに汚れや劣化が目についた。

正面玄関から中に入ると左側に管理人室があり、グレーの作業服を着た男性が座っていた。年齢は六十代半ばか。顔を上げて五代のほうを見たが、すぐに興味をなくしたように視線を落とした。

奥に共用ドアがあり、その手前に古いタイプのインターホンが設置されていた。五代は5、0、3のボタンの後、呼び出しボタンを押した。

しばらく待ったが反応はなかった。もう一度同じ作業を繰り返したが結果は同じだった。どうやら留守のようだ。

五代は管理人室を見た。管理人は老眼鏡を鼻に載せ、手元を見ている。近づいていき、ちょっとすみません、と声をかけた。管理人は鼻眼鏡のまま怪訝そうに見上げてきた。

「五〇三号室は永間さんのお宅ですよね」

管理人は仏頂面をして手を振った。「そういうことには答えちゃいけないことになっとるんで」

五代は内ポケットから警察手帳を取り出し、提示した。「お仕事中、申し訳ありません。御協力いただけると助かります」

途端に管理人の表情が変わった。「永間さんが何か？」

「確認したいことがあって訪ねてきたのですが、お留守のようです。お心当たりはありませんか」

「どこかにお出かけになったんでしょう。行き先はわかりません」管理人の口調は硬い。

「連絡先はわかりませんか。携帯電話とか」

「ケータイ……ですか」管理人は当惑する顔になった。

「部屋の水漏れが起きた場合などを考えて、連絡先は控えてあると思うのですが」

「あー、ええと、それはまあ一応、伺ってはいます。ただ、御本人の許可なくお教えするわけには……」

「教えてくださる必要はありません。そのかわりに電話をかけていただけますか。警察の人間が来ている、何か尋ねたいそうだ——そのようにいっていただければ結構です」

「今すぐに、ですか」

「お願いします」五代は丁寧に頭を下げた。

管理人は少し迷った様子を見せた後、そばの小さな書棚からファイルを抜き取った。ページを開き、固定電話の受話器を取り上げた。老眼鏡の位置を直し、ボタンを押している。

やがてその表情から電話が繋がったのがわかった。

「ああ、永間さんですか。私、『サニーマンション』の管理人です。……いいえ、こちらこそ。ええとですね、じつは今、警察の方がみえているんです。永間さんに何やら尋ねたいことがあるとかで。……いや、詳しいことは聞いておりません。電話をかけてくれといわれただけで」

五代は手帳を開き、『事務的なことです』とボールペンで書いて管理人のほうに向けた。

「ええと、事務的なことだとおっしゃっています。……ああ、そうですか。ちょっと待ってください」管理人は受話器から顔を離し、五代のほうを見た。「今、公民館におられるそうです。待っててもらえるなら、これから帰るとおっしゃっています」

「もちろん待たせていただきます」

管理人は頷き、受話器を耳に当てた。「待っているそうです。……わかりました」受話器を元に戻した。「十分ほどで帰ります、とのことです」

「ありがとうございます。お手数をおかけしました。――ところで」五代は手帳をポケットに戻した。「永間さんは独り暮らしですか。同居しておられる方はいらっしゃらないんですか」

「旦那さんが亡くなってからは、ずっとお一人です。たまに女性が訪ねてこられますが、一緒に住んでいるわけではないはずです」

やはり夫は死んでいるらしい。妻の名前は珠代《たまよ》だったか。

「すると永間さんの身に何かあった場合、どちらに連絡することになっていますか。それともこちらでは、緊急の連絡先を把握していないのですか」

「賃貸の部屋なら、不動産業者とか部屋のオーナーさんになります。分譲では、入居時に任意で緊急連絡先を提出してもらっています」

「永間さんのところはどうですか」

「永間さんは分譲で……」管理人は再びファイルを開いた。「緊急連絡先は旦那さんのお兄さんになっていますね。でもこの人、もう亡くなってるんじゃないかな」

夫本人が生きていれば九十歳過ぎだから、その兄となれば百歳近いだろう。たしかに生きている可能性は低い。

「連絡先は更新されてないわけですね」

「そうみたいです」

管理人は呑気な顔をしているが、笑い事ではない。分譲マンションで独り暮らしをしていた入居者が亡くなり、部屋は放置されたままで管理費などの滞納が続く、という事例が日本中で増えている。

「こちらには、いつ頃からお勤めですか」

「私ですか？　ええと、かれこれ八年ほどになりますかね」

年齢から察すると、定年退職後に得た仕事なのかもしれない。

「その頃、永間さんの御主人は御存命だったんでしょうか」

「いらっしゃいました。でも、お元気だったとはいえませんね。御病気で、しょっちゅう病院に通っておられました。どこかの癌だったんじゃないかな。最後は看取り施設にお入りになったんですが、それからすぐにお亡くなりになったらしく、奥さんが挨拶に来られました。六年ぐらい前です」

「永間さんとは、よく話をされるのですか」

「よくってほどではないですけど、たまに話します。大きな荷物を運ぶ時に手伝ったりしますからね。あの方は律儀で、その後で必ずお菓子とか果物を持ってきてくださるんです。いい人です」

「お子さんについて、何かお聞きになってますか」

「お子さん、ですか」管理人は気まずそうな顔になり、無精髭が伸びた顎を撫でた。「ええと、これ、話しちゃってもいいのかなあ」

「何ですか」

「いやあ、その、管理会社から、あまり外部の人間には話さないようにいわれていることがあるんですけど、それが永間さんのお子さんに関係していまして……」

「御長男が亡くなった件ですか」五代は声を落として訊いた。

「なんだ、知ってたんですか」管理人は拍子抜けしたような声を発した。「でも、そりゃそうか。警察だもんね。そんなこと、知ってて当然か」

「ずいぶん昔の出来事ですが、どのように聞いておられますか」

「どのようにって、そりゃ、そのままです。永間さんの息子さんが部屋のベランダから飛び降りて亡くなった、と聞いています。まだ高校生だったそうで、お気の毒なことです」

正確には高校を卒業した直後なのだが、訂正する必要はないだろう。

「そのことについて永間さんと話をされたことは？」

管理人は口元を曲げて手を振った。「話せるわけないでしょう」

「では今の入居者で、当時のことを御存じの方はいらっしゃいますか」

「転居せず、ずっと住んでいる方なら知ってるんじゃないですか。ああでも、その人たちの名前を私からお教えするわけにはいきません」

「ええ、わかっています。個人情報ですからね」

「そういうことです」管理人はファイルを書棚に戻した。だがその後、五代のほうを向き、少し身を乗り出してきた。「誰とはいえませんが、そういう人たちの中には永間さんのことを良く思っていない人もおられます」

「どうしてですか」

そりゃあ、と管理人は胸を反らした。

「資産価値が下がったと思っているからですよ。バブルの頃、このあたりの不動産でさえ馬鹿みたいに値上がりしたそうですが、このマンションだけは周囲に比べて少し安かったとか。その原因が永間さんのところの飛び降り自殺にあったと思っているようです」

「ああ、なるほど……」

「そういう人たちばかりではないですけどね。永間さんが引っ越さなかったのは、事故物件で売りにくかったこともあるだろうけれど、悪い噂を残して自分たちだけが逃げるのは申し訳ないという気持ちがあったからじゃないか、と話す人もいます」

いろいろな人がいます、と締めくくった顔には、集合住宅の住人たちを見続けてきた者が持つ、冷めた色が浮かんでいた。

その顔が玄関に向けられた。「ああ、お帰りですよ」

五代が見ると、小柄な老婦人が入ってくるところだった。セーターの上から薄い上着を羽織っている。彼女は一旦管理人に向けた視線を、五代のほうに移してきた。その目は不安げに揺らいでいる。警察が何の用だろう、と訝しんでいるに違いない。

五代は笑みを作り、近づいていった。「永間珠代さんですね」

「そうですけど……」

「突然申し訳ございません。警視庁の五代といいます。お伺いしたいことがありますので、少しお時間をいただけませんか」そういって名刺を差し出した。

「構いませんけど、どういったことでしょうか。管理人さんからは事務的なことと伺いましたけど」

「それは、ここではちょっと」ちらりと管理人室を一瞥してからいった。

興味深そうに二人を見ていた管理人が、ばつが悪そうに横を向いた。

「部屋で、ということかしら?」老婦人は提げていたバッグに手を入れた。

「それでも構いませんし、ほかの場所でも結構です。どこか落ち着いてお話しできる喫茶店などが近くにあればいいのですが……」

「いえ、部屋に来てください。歳なので、何度も外出するのは疲れます」

「わかりました。では、お部屋にお邪魔します」

「狭いし、散らかっていて申し訳ないんですけど」永間珠代はバッグから取り出した鍵で共用ドアを開けた。

『サニーマンション』の五〇三号室は角部屋だった。LDKと呼ぶには少々狭い空間に、こぢんまりとしたダイニングセットとソファが並んでいた。ただしソファは二人掛けが一つあるだけだ。永間珠代は、こちらにどうぞ、といってダイニングチェアを勧めてきた。

五代が座ると、彼女はカウンターキッチンの向こうでお茶を淹れ始めた。どうかお構いなく、と五代がいおうとした時、カリカリという音が耳に入った。足元から聞こえてくる。見ると薄茶色の猫が餌を食べていた。青色の首輪を付けている。

「猫を飼っておられるんですね」

「知り合いからもらったんです。飼い猫が子供を産んだというので見に行ったら、かわいくてたまらなくなって」永間珠代は急須で茶を注ぎながら肩をすくめた。「このマンション、本当はペット禁止なんですけどね」

「何歳ですか」

「間もなく六歳です。でも人間でいうと中年なんですって。がっかりしちゃう」

管理人によれば、夫の永間広和が死んだのが六年ほど前ということだった。一人きりになり、寂しさを紛らわせるために飼い始めたのかもしれない。

永間珠代がトレイに二つの湯飲み茶碗を載せ、テーブルにやってきた。どうぞ、と一方の茶碗を五代の前に置く。恐れ入ります、と五代は頭を下げた。

「それで、どういった御用件でしょうか」席についてから永間珠代が訊いてきた。

五代は茶をひとくち啜ってから茶碗を置き、背筋を伸ばした。

「お尋ねしたいのは、息子さんについてです」

老婦人の顔が一瞬強張り、すぐにふっと戻った。同時に表情が消えた。

「和彦のことですか」

「そうです。どうしても伺いたいことがありまして」

永間珠代は、はあっと息を吐いた。「四十年も前ですよ。今さら何を訊きたいんですか」

「まず動機についてです。大学受験の失敗が原因ではないかといわれたそうですが、お母様もそのように受け止められたのでしょうか」

おかあさま、と呟き、永間珠代はほんの少し唇を緩めた。

「そんなふうに呼ばれたのは何年ぶりかしら。最後はたぶん十三回忌の時……」

「すみません。思い出すのはお辛いだろうと察しつつ、お尋ねしています」

「五代さん、でしたね。どうして今頃そんなことをお訊きになるの？」永間珠代は少女のように小首を傾げた。

五代は細かい皺に囲まれた老婦人の目を見つめた。

「私は現在、ある事件の捜査に携わっています。その過程で永間和彦さんの自殺に行き当たりました。今回の事件と繫がりがあるかどうかはまだわかりません。おそらく無関係でしょう。しかし無関係だと確認することも捜査には必要なんです。どうか御理解ください」改めて頭を下げた。

永間珠代は何度か瞬きを繰り返した。

「最近起きた事件の捜査で、息子の自殺に行き当たったんですか。どんなふうに？　何度もいうようですけど、四十年も前のことですよ」

「申し訳ありませんが、それにはお答えできません。捜査上の秘密なので」

重要参考人があなたの息子の親友だった人物なのだ、とはいえない。

永間珠代が吐息を漏らした。するとそれが合図だったかのように、床にいた猫がぴょんと彼女の膝に跳びのった。老婦人は薄い笑みを浮かべ、猫の背中を撫で始めた。

「どうして息子があんなことをしたのか……」薄い唇が動きだした。「正直なところ、それは今もわかりません。夫とも何度も話しましたけど、答えを見つけられませんでした。大学受験に失敗したことにショックを受けていたのは事実です。でもそれは乗り越えてくれたと思っていました。ただ、そう思っていたのは私たちだけで、本人はずっと苦しんでいたのかもしれません。もしそうなら、気づいてやれなくてかわいそうだったと思います」

「当時の記録によれば、和彦さんは自殺する直前、急に暗い顔で考え込んだり食事を摂らずに部屋に閉じこもったりしていた、と話しておられますね。大学受験の失敗以外に思い当たることはありませんか。人間関係に悩んでいた、とか」

永間珠代は猫を撫でながら遠くを見る目になった。

「まだ十八歳でしたからね。大人なら割りきったり、切り替えたりできることでも、あれこれと一人で悩んでしまうってことはたくさんあったと思います。しかもそういう悩みを、なかなか親には打ち明けてくれません。おっしゃる通り、少し様子が変だったんです。何かあったのかなと考えたりもしました。でも、下手に干渉しすぎるのもよくないと思って気づかないふりをしていたらあんなことになってしまって……。あの時にどうして問い詰めなかったんだろうって未だに後悔します」

「御両親が把握しておられる範囲では、誰かとトラブルになっていたり、揉めていた形跡はなかった、ということですね」

「何も気づきませんでした。母親として失格です」低いトーンで呟くように発した言葉は、自らの無力さを嘆いているように聞こえた。

「高校時代、息子さんには交際している女性がいた、という話を聞いているのですが」

五代がいうと、永間珠代の口元がかすかに綻《ほころ》んだ。しかしその表情は冷めている。

「双葉江利子さんのことでしょう？　やっぱり、今でもそんな古い話を覚えている人がいるんですね」そういってから彼女は不意に驚いた顔になり、見開いた目を五代に向けてきた。「そういえば、あの方、殺されたんですよね。少し前にニュースで見ました。御主人と一緒に殺されたって。もしかするとあなたが捜査しているのは、あの事件なんですか」

どうやら気づかれてしまったようだ。ここでごまかしても無駄だと思い、はい、と五代は答えた。「その通りです」

「そうだったんですか。だからうちに……」永間珠代は得心したように頷いた後、次は首を横に振り始めた。「でも、あの子の自殺は事件とは関係ないと思います」

「私も同感ですが、先程も申し上げたように確認が必要なんです」

永間珠代は、しげしげと五代の顔を見つめてきた。「大変なんですね、刑事さんって」

嫌味ではなく、率直な感想を述べたように聞こえた。

「恐縮です」

老婦人の膝の上で猫が体勢を変えた。さらに丸くなり、気持ちよさそうに目を閉じた。

「あの人……深水さんが女優としてデビューしたと知った時には、正直いってショックでした」永間珠代は改めて口を開いた。「和彦があんなことになったというのに、この人は華々しい世界で輝いている、神様は何と不公平なのかと恨みました。もちろん、八つ当たりだってことは重々わかっていたんですけど」

「ふたりの交際はどのように始まったんでしょうか」

「和彦のほうから申し込んだんだと思います。三年生で受験を控えているのにそんなことをしていていいのかしらと思ったんですけど、あまりに嬉しそうにしているので注意はしませんでした。勉強はしっかりやると約束してくれましたし。和彦が深水さんを家に連れてきたことがあったんですけど、こんなに奇麗な子がガールフレンドになってくれたのなら浮かれるのも無理ないな、と思いました」

「交際期間中、何か印象に残っているようなことはありませんか」

永間珠代は小さく唸った。

「じつをいうと、二人がどんなふうに付き合っていたのか、よく知らないんです。映画館や遊園地に行っていたみたいですけど、息子は詳しいことを話してくれませんでした。ただ、それほど深い付き合いではなかったんじゃないかしら。少なくとも一線を越えるようなことはなかったはずです」

肉体関係のことをいっているようだ。

「といいますと？」

永間珠代は猫を撫でる手を止め、窺うような目を向けてきた。

「母親の勘、といったらお笑いになるでしょうか」

「笑いません」五代は即答した。「よく聞く話です」

「おそらく和彦は未経験でした。もし深水さんと何かあったのなら、あの年齢ですから一度きりでは済まず、きっと暴走していたことでしょう。そうなっていれば、傍目からも明らかだったと思います」

　勘に基づいているとはいえ、論理的で冷静な分析だった。十分に説得力がある。

「それに母親の勘といいましたけれど、女の勘でもあるんです。深水さんの息子に対する気持ちはそれほどでもなかったんじゃないかと思っています」

「そうなんですか」五代は少し身を乗り出した。興味深い見解だ。

「和彦に好意は持ってくれていたでしょうけれど、所詮その程度だったんだろうと思います。二人はよく電話で話していましたけど、深水さんからかかってきたことは殆どありませんでした。デートするにしても、いつも和彦のほうから誘うばかりで、その逆はなかったんです。どうやら我らが息子だけがのぼせ上がっているみたいよ、と主人に報告した覚えがあります。そうこうするうちに別れたと聞いて、やっぱりなあと思いました」

「交際の解消は息子さんからの提案だったと聞いていますが……」

「本人も、そのようにいっていました。でも、それはちょっと怪しいな、というのが正直な気持ちです。あの子は本当に深水さんのことが好きで、交際を続けたかったんじゃないかと思います。深水さんからやんわりと交際の解消を仄《ほの》めかされて、だったら別れようと息子が結論を下した――せいぜいそんなところではなかったでしょうか。それなりにプライドの高い子でしたから」

　これまた冷静な分析だ。あの世の永間和彦が聞いていたら、母親の子に対する洞察力とは怖いものだと感じるに違いない。

とにかく今の話を聞いたかぎりでは、深水江利子との交際や破局が永間和彦の自殺に繋がったとは考えにくい。

「和彦さんは高校では山岳部に所属しておられましたね」五代は話題を変えた。「顧問は藤堂康幸さんだったとか」

「おっしゃる通りです。息子は藤堂先生のことをとても慕っていました。元々、そんなに運動神経がいいほうではなかったんです。だから高校で運動部に入るとは思っていなかったので、山岳部に入ったと聞いた時には少し驚きました。息子によれば、いくら勉強ができても体力がないと受験戦争にだって勝ち残れないぞって、藤堂先生に強く勧められたそうです」

昭和の教えだな、と五代は思った。だが当時は、その言葉が若者の胸に響いたのだろう。

「山岳部での活動以外でも、和彦さんは藤堂氏と交流があったんでしょうか」

「詳しくは知りませんけど、あったと思います。部員仲間と先生の部屋へ行って、ラーメンを御馳走になった、という話をしていたことがあります。ちょっとした相談事なんかを聞いてもらっていたんじゃないでしょうか」

運動部の顧問と部員たちの良好な関係が窺えるエピソードだ。殺人事件の萌芽が生じていたとは思えない。

「息子さんの自殺後、藤堂氏のほうから連絡は？」

「特になかったと思います。葬儀も身内だけで済ませましたので、お線香をあげていただく機会もありませんでした」

自分が顧問をしているクラブの部員が、卒業後に自殺をした。自分ならどうするだろう、と五代は考えた。葬儀の案内が来れば、おそらく参列する。だがそれがなければ、こちらから連絡を取るのは躊躇われるかもしれない。やがてそのまま疎遠になってしまうというのは大いにあり得ることだと思った。

「部員仲間とおっしゃいましたが、特に仲の良い友人などはいたんでしょうか」

「ああ、それなら山尾君です」永間珠代の口から、あっさりと重要な名前が出た。「山尾……陽介君といったんじゃなかったかしら。よく一緒に遊んでいました。ここへも何度か来たことがあります」

「どういう青年でしたか」

「いい子でしたよ。社交的で愛想がよくて、私たちにも気さくに話しかけてくれました。和彦は内気というほどではないんですけど、初対面の人は苦手だったりしたので、山尾君のおかげでずいぶんと世界が広がったはずです」

五代は山尾の顔を思い浮かべた。腰が低くて、会話も下手ではない。狡猾さを隠した仮の姿だろうと思っていたが、多少は持って生まれた性分でもあるのか。

「和彦が自殺した何日か後に、山尾君が来てくれました。といっても、この部屋を訪ねてきたわけではなく、駐車場の入り口に立っているのを偶然私が見つけたんですけど」

「駐車場？」

「飛び降りた息子が倒れていた場所は、警察の人が囲いを作って、立入禁止になっていました。それをぼんやりと眺めていたんです。声をかけたら逃げようとしたので、よかったら線香をあげてほしいといいました。山尾君は迷いつつも部屋に来て、線香をあげてくれました」

「その時の様子は？」

永間珠代は視線を遠くに向けた後、ふっと息を吐いた。

「とても辛そうでした。和彦の遺影を見て、涙をぽろぽろこぼしていました。それで、つい訊いてしまったんです。山尾君、和彦が自殺した理由を知っているのって」

「山尾君は何と？」

「わかりません、何も知りません、の一点張りでした。その時には単に息子の死を悲しんでくれているだけだと思ったんですけど、ずいぶん後になってから、もしかしたら山尾君は何か知っていたのかもしれない、と考えたりもしました」

「山尾君に確認しなかったんですか」

「今いったでしょ、ずいぶん後になってからだって。その時には彼もこの町を離れ、連絡が取れなくなっていました。それに何だか怖いような気もしたんです」

「怖い、とは？」

「真実を明らかにするのが、です。もしかしたら息子は途方もない秘密を抱えていて、その状況に耐えられずに命を絶ったんじゃないか――そんなふうに思うと、何もわからないままにしておいたほうがいいのかもしれないって思うんです。そのくせ、やっぱり未だに気になっていて、誰か真相を突き止めてくれないかと期待してみたり」永間珠代は苦笑を浮かべた。「矛盾していますよね……」

「お気持ちはよくわかります」五代は本心をいった。自殺の真相など、親にとって辛いだけのものに違いない。しかし知らないままで済ませたくもない。親心は複雑だ。

老婦人の膝で気持ちよさそうに丸くなっていた猫が、ぴょんと床に飛び降りた。四肢を伸ばした後、小さなソファに移動した。その姿を永間珠代は優しい目で眺めている。

五代は腕時計で時刻を確かめた。

「貴重なお話をありがとうございました。最初に申し上げた通り、息子さんの死が捜査中の事件に関係していると決まったわけではありませんが、本日のことは内密にしていただけると助かります」

「ええ、わかっております。人に話したりはしません」

五代は茶碗に残っていたお茶を飲み干し、腰を上げた。玄関に向かいながら室内を見回した。築四十年を超えているだけに内装の劣化が目立つ。壁紙は明らかに変色していた。

「引っ越しはお考えにならなかったのですか」

永間珠代は顔をしかめた。

「そんなお金、どこにもありません。この部屋を売ろうとしたこともあったんですけど、息子の事件を理由に安い値段をいわれたりして、結局そのままになりました。私が死んだら、この部屋は姪に譲る気でいます。近くに住んでいて、時々様子を見に来てくれるんです。管理費ばかりかかるから、相続放棄されてしまうかもしれませんけどね」

管理人がいっていたように、やはり曰く付きの物件と見なされていたようだ。

五代は靴を履き、改めて老婦人のほうを向いた。「ではこれで失礼させていただきます」

「あの、五代さん」永間珠代が躊躇いがちにいった。「息子の部屋、御覧になられます？」

五代は目を見張った。「部屋、残してあるんですか」

「いずれ処分しようと思いながら、四十年近くが過ぎてしまいました。きっかけがなかったこともありますけど、年寄り二人では部屋数が足りておりましたから。いかがでしょうか。捜査の参考にはならないと思いますけど」

「拝見させてください」五代は再び靴を脱いだ。

永間和彦の部屋は六畳ほどの洋室だった。机と書棚、そしてベッドが並んでいるという典型的な勉強部屋だ。奇麗に掃除がなされており、ベッドに布団やシーツがない点を除けば、今も誰かが使っていそうだった。

ガラス戸の外が小さなベランダだった。銀色の手すりを見て、若者がそこから宙に舞った様子を五代は思い浮かべた。

「遺書はなかったんですよね」

はい、と永間珠代は頷いた。「あちこち調べましたけど、見つかりませんでした」

「そうですか」五代は机や書棚を眺めた。約四十年前の、何の変哲もない高校生の日常を感じさせた。

「何か気になるところがあれば、どうぞ遠慮なくお調べになってください」永間珠代がいった。

「抽斗《ひきだし》でも戸棚でも、開けてくださって結構です」

「いえ、それには及びません。見せていただけただけで十分です」

今ここで何か重大なヒントが見つかるとは思えなかった。

改めて玄関へ行き、靴を履いた。丁寧に礼を述べた後、五代は『サニーマンション』の五〇三号室を辞去した。

駅に向かって歩きながら、永間珠代とのやりとりを反芻《はんすう》した。

いろいろな話を聞けたが、収穫といえるかどうかはわからない。しかし、永間和彦の自殺の理由を山尾は知っていたのではないか、という話がやはり気になった。とはいえ、約四十年も経ってから殺人事件に繋がったとの仮説は、非現実的としか思えない。

腕時計を見ると、間もなく正午になろうとしていた。昼食を摂りながら次の聞き込み先を考えようと思い、飲食店の看板を物色していたらスマートフォンに着信があった。筒井からだった。

「五代です」

「筒井だ。今、話せるか？」

「ちょっと待ってください」五代は周囲に人がいないことを確かめ、シャッターの下りている商店のテント下に立った。「はい、どうぞ」

「先に尋ねる。そっちから至急の報告事項はあるか」

「急を要するものはありません」

「わかった。じつは動きがあった。榎並夫妻が振り込んだ金の一部が引き出された」

五代は息を呑んだ。「いつですか？」

「一時間ほど前だ。上野《うえの》駅のそばにあるコンビニのＡＴＭだ。金額は二十万円。すでに引き出した人間の画像がこちらに届いている。マスクを着けているので顔は確認できないが、服装などは判明している。現在、周辺の防犯カメラの映像が集められているところだ」

「どうして急に動きだしたんでしょう」

「それはこっちが教えてほしい。とにかくそういうことで、五代も特捜本部に戻せ、と係長から指示された」

「今日、戻ってもいいんですか。インフルエンザってことになってますけど」

「医者の許可が出たといえば、誰も変だとは思わんだろう。それより山尾警部補だ。あの人物の行動を見張るためには、やっぱりおまえが必要だ」

監視役として戻ってこい、ということのようだ。

「わかりました。これから戻ります」

電話を終え、スマートフォンをしまいながら改めて周辺の飲食店に目を向けた。残念ながら、ゆっくりと昼食を摂っている余裕はなさそうだ。ラーメン屋の看板を見つけると、足早に向かった。

18

特捜本部の慌ただしさは、廊下を歩いている時から五代の耳に伝わってきた。単なる喧噪ではなく、緊張感を伴った言葉の応酬だと感じられた。

室内に入ると想像通りの光景が繰り広げられていた。多くの捜査員たちが行き来する中、特に目立っているのは複数のモニターを睨んでいるグループだった。警視庁捜査支援分析センターの係官を中心とした映像解析班だ。コンビニのATMで金を引き出した人物の行方を、周辺に設置された防犯カメラの映像の中から見つけようとしているのだろう。

五代はさっと視線を走らせたが、山尾は見当たらなかった。

桜川が複数の捜査員たちに何やら命じていた。その声は、いつも以上に張りがあった。手応えを感じ、気合いが入っている証拠だ。

少し離れた場所に筒井の姿があった。ノートパソコンに向かっている。五代が近づいていくと気配を感じたらしく顔を上げ、無言で頷いてきた。

「係長、殺気立ってますね」

「あれからまた動きがあった」筒井が抑えた声でいった。「ついさっき、新橋《しんばし》のコンビニで金が引き出された。今度も二十万円だ。画像から、上野駅のそばで引き出したのと同一人物だと思われる。立て続けに動くのは、こちらが手を出さないと見越しているからだろう。おかげで防犯カメラの映像が、さらに手に入るはずだ。映像解析班の連中は、お得意のリレー方式で行方を追跡中だ。このぶんだと思った以上に早く、引き出し係の身元を特定できるかもしれない」

一日の引き出し限度額は五十万円ということだった。一方、コンビニATMでは一回に二十万円までしか下ろせない。すると引き出し係は、今日中に残りの十万円を下ろすつもりなのだろうか。

五代、と呼ばれた。桜川が小さく手招きしている。

駆け寄ると、「体調は大丈夫か」と見上げてきた。周囲の人間に対するポーズだろう。

平気です、と五代は答えた。「医師のお墨付きをもらいました」

「それなら結構だ。金が引き出されたことは筒井から聞いてるな？」

「聞きました」

「いよいよ犯人側が動きだしたというわけだ。そこでおまえたちの出番だ。榎並夫妻のところへ行って、状況を説明してきてほしい。何しろ奪われているのはほかでもない、夫妻の金だからな。防犯カメラの映像などから引き出し係の特定に努めていること、特定でき次第逮捕する可能性があることも伝えてくれ。その場合のリスクについてもな」

「タブレットの情報流出ですね」

「その通りだ。すでに了承は得てあるが、今一度確認しておく必要がある」

「わかりました。指示は以上でしょうか」

すると桜川は神妙な顔つきになり、さらに近づくよう指先を動かした。五代は机越しに身を乗り出した。

「これまでと同様、山尾警部補と二人で行ってくれ」桜川は声をひそめていった。「今まで通りに接するんだ。余計なことは考えなくていい。ただし、山尾警部補からは極力目を離すな。今後、警部補のことは『別件』を符丁とする」

五代は上司の意図を察した。榎並夫妻への報告は口実にすぎないのだ。真の狙いは山尾の行動を監視せよ、ということらしい。

「噂をすればだ」桜川が視線を動かさずに低い声でいった。「『別件』が入り口から現れた。おまえがいることに気づいた様子で、こっちを見ている。待て、振り返るな。怪しまれる。じゃあ、頼んだからな」

「了解です」

五代は桜川の席から離れると、筒井のところへ戻りながら、ゆっくりと周りに顔を巡らせた。

山尾と目が合ったので一旦足を止め、表情を和ませながら近づいていった。

「やあ、どうも。御迷惑をおかけしました」

「五代さん、もういいんですか。昨日の電話では、二、三日は様子を見なきゃいけないようなことをおっしゃってましたが」

「そうだったんですが、今朝起きてみたら身体が軽いし、熱もないんです。それで医者に診てもらったら、ほぼ治っているみたいだし、これなら人にうつす心配もないだろうってことで、復帰が認められました。やれやれです」

「それはよかった。しかし、さすがですね。近頃の若い警官の中には、医者の診断書を手に入れたら、天下御免とばかりにぎりぎりまで休もうとする者もいるんですが、即座に現場復帰されるとは」そういってから山尾は顔をしかめ、自分の額を叩いた。「失礼しました。捜査一課のエリートをぼんくら警官と一緒にしちゃいけませんでした」

「大層にいわないでください。大きな進展があったと聞き、じっとしていられなくなったんです」

「そのようですね。とうとう例の金が引き出されたとか」山尾の口調に緊張感は乏しい。まるで他人事のようだ。

「これから榎並夫妻のところへ報告に行きます。山尾さん、付き合っていただけますか」

「もちろんです。喜んでお供します」山尾は目を細めたが、そこに宿る光に温かみは感じられなかった。

榎並家に向かう前に連絡を入れることにした。すぐに電話が繋がり榎並健人が出た。これから自宅を訪ねたい旨を告げると、それならば自分も急いで帰る、と榎並はいった。

榎並家には電車で向かうことにした。駅までの道すがら、山尾はインフルエンザのことをあれこれと尋ねてきた。どんな薬を飲んだのかとか、どういう症状だったか、などだ。診断を受けた時点で、じつは回復に向かっていたようだと説明すると、ようやく山尾の質問は止まったが、満足している顔ではなかった。

電車の中では五代も山尾も無言だった。公共の場で事件について話すのは御法度だ。昭島で知り得たことが頭の中で渦巻いている。今や五代にとって山尾は最大の鍵となる人物だ。ぶつけたい質問が山ほどある。しかし今はまだできない。

山尾は吊り革に摑まり、薄く目を閉じている。じつは彼のほうにも、もっといろいろと五代に訊きたいことがあるのではないか。こちらの手の内を知ろうと、あれこれと策を巡らせているように見えなくもない。

五代は将棋の千日手を思い出した。下手に動いたほうが不利になるので、どちらも延々と同じことを繰り返している状況だ。しばらくは我慢比べを続けるしかない。

目的の駅に着いた。榎並夫妻のマンションまでは徒歩で五分とかからない。

エントランスホールでインターホンを鳴らすと榎並の声が返事をした。電話を終えるなり病院を出たのだろう。

部屋には榎並夫妻だけがいた。五代たちがリビングルームの立派なソファに座ると、榎並香織がコーヒーを運んできたので恐縮した。

「刑事さんたちは毎日大変でしょうから、せめてもの労《ねぎら》いです。どうか、御遠慮なく」そんなふうにいう香織の顔色は、以前よりも格段によくなっていた。両親を失ったショックからは立ち直ったようだ。

「それで今日はどういった御用件で？」榎並が尋ねてきた。

五代は背筋を伸ばし、彼のほうに身体を向けた。

「重大な動きがありました。例のお金が引き出されたんです」

隣にいる香織の表情が一気に引き締まった。「いくらですか？」

「まず上野のコンビニで二十万円、その後、新橋のコンビニでさらに二十万円が引き出されました」

五代の言葉を聞き、榎並は不可解そうに眉をひそめた。

「そんなふうにコツコツと引き出すつもりなんでしょうか。三千万円のすべてを？」

「そのつもりだと思いますが、もちろん我々だって指をくわえて見ている気はありません。防犯カメラに、引き出した人物の姿が映っていました。現在、周辺に設置されているあらゆる防犯カメラの映像が集められ、当該人物がどこから来て、どこへ去ったのか、さらにその先まで足取りを追っているところです。リレー方式と呼ばれる捜査手法で、次の目的地や潜伏先を突き止められる可能性もあります」

「突き止めたら逮捕するんですか」

「まずは行動を監視します。次にＡＴＭで引き出すところを確認した時点で確保となるはずです」

なるほど、と榎並は頷いた。

あの、と香織の口が動いた。「お金を引き出している人は、両親を殺した犯人ではないんですよね」

「断言はできませんが、おそらく違うでしょう」

「共犯者……ですか」

五代は小さく首を傾げた後、かぶりを振った。

「その可能性も低いと申し上げておきます。御両親の殺害には全く関与しておらず、単に現金を引き出すためだけに雇われた闇バイトだと思われます」

「振り込め詐欺などで使われる手口ですね」榎並がいった。「じゃあ、そんな人間を逮捕したって意味がないのではありませんか。所謂、トカゲの尻尾切りというやつで……」

「振り込め詐欺は組織で動いていますから、おっしゃる通り首謀者を突き止めるのは困難です。しかし今回の場合、闇バイトを雇ったのは犯人自身だと思われますから、何らかの繋がりは得られるはずです。身元は明かしていなくても、どこで知り合ったのか、引き出した金を犯人に渡す手筈はどうなっているのか、ということだけでも大きな手がかりになると期待できます」

榎並は納得した様子で、小さく首を縦に揺らした。

「そこでお二人に確認なのですが」五代は夫妻の顔を交互に見た。「もし引き出し役の人間を逮捕した場合、それを知った犯人が何らかの報復に出ることが予想されます」

ほうふく、と榎並が呟いた。隣の香織は少し青ざめたように見えた。

「最も可能性が高いのは、藤堂康幸さんのタブレット内の情報をネット上などに流出させることです。それらには個人情報も含まれるでしょう。以前奥様は、流出は不愉快だけれども、それで困るような情報などはないはずだとおっしゃいました。今もそのお考えに変わりはございませんか」

香織は一瞬不安げな顔になったが、何かを確認するように夫と見つめ合うと、意を決した表情を五代に向けてきた。

「はい、覚悟はできております」落ち着きのある、しっかりとした口調だった。

「わかりました。では、そのように上に報告させていただきます」

ちょっと失礼、といって五代は立ち上がった。山尾のほうを見ず、ドアに向かった。

廊下に出ると筒井に電話をかけ、情報流出のリスクについて夫妻から許諾を得られたことを話した。

「わかった。係長に伝えておこう。ところで、ちょうどよかった。映像解析班が、金を引き出した男の素顔が映っている画像を見つけだした。喫煙所の防犯カメラだ。かなりはっきりと顔を確認できる。静止画を送るから、榎並夫妻に見てもらってくれ。たぶん知らないとおっしゃるだろうけれど念のためだ」

「了解です」

「その際、『別件』の様子にも注意するように」

符丁をいわれ、どきりとした。

「わかりました。よく観察しておきます」

よろしく頼む、といって筒井は電話を切った。

そのまましばらく待っているとスマートフォンにメールが届いた。画像データが添付されている。映っているのは黒いパーカーを羽織った若い男の姿だった。マスクを顎まで下ろし、煙草をくわえている。喫煙所に防犯カメラが付いていることに気づかなかったのだろう。

五代はリビングルームに戻った。榎並夫妻は沈んだ表情で黙り込んでいる。山尾は手帳を眺めていた。

「お二人に見ていただきたいものがあります」五代は画像が表示されたままのスマートフォンをテーブルに置いた。「引き出し役と思われる人物の顔写真が手に入りました。この男に心当たりはありませんか」

夫妻は画面に顔を近づけ、凝視した。

すぐに榎並が首を横に振った。「知らない男です」

「私も知りません」

「やはり、そうですか」五代はスマートフォンに手を伸ばした。

夫妻が画像を見ている間、山尾は平静に見えた。狼狽の気配は微塵も感じられない。もし事件に関わっているのならば、引き出し役の顔が明らかになったことで内心焦っているはずだ。この落ち着きが真の態度なのか、あるいは老獪《ろうかい》な演技なのか、五代には判断がつかなかった。

当初の目的は果たせたので引き揚げることにした。夫妻に礼をいい、五代たちはマンションを後にした。

「さすがですね、あの女性」歩きだして間もなく、山尾がいった。

「香織夫人のことですか」

はい、と山尾は答えた。

「個人情報が流出するかもしれないなんて、相当に不安なはずです。それにもかかわらず、あれだけ毅然とした態度を取れるのは、心に通っている芯ってやつが余程強いからだと思います。いや、大したもんだ。さすが、あの女性の娘だけある」

「あの女性」五代は足を止めた。「藤堂江利子さんのことですね」

「もちろんそうです」

「以前、あまりよく知らないようにおっしゃってたと思うんですが」

「おや、そうでしたっけ？　だとすれば申し訳ありません。深く考えずに受け答えをしてしまったようです。じつは双葉江利子時代にはファンだったんです。活躍したのは短期間でしたが、いい女優さんでした」

今になってぬけぬけとこんなことをいいだす態度に、五代は言葉を失った。だが山尾はどういうつもりなのか、にやにやしている。単純に機嫌をよくしているだけなのか、五代を翻弄して悦に入っているのか、ここでも迷わされた。

「どうしました？　早く本部に戻りましょう」山尾は軽快な足取りで歩き出す。五代は複雑な思いを抱えたまま、後を追った。

特捜本部に戻ると雰囲気ががらりと変わっていた。捜査員たちがいくつかの班に分かれて打ち合わせをしている。全員の顔に緊迫感が漂っている。

「何かあったようですね」山尾がいった。

「ちょっと訊いてきます」五代は筒井のところへ向かった。

筒井はワイシャツの袖をまくり、ノートパソコンの画面を睨みながら若手刑事に何やら指示を出していた。それが一段落したところで五代のほうを見た。「おう、ごくろうさん」

「進展がありましたか」

筒井はノートパソコンを半回転させた。画面に男の顔写真が表示されている。運転免許証の写真ではない。犯歴のデータベースから転載したものと思われた。氏名は『西田寛太』とある。年齢は二十八歳のようだ。

「顔認証で、ほぼこの男に間違いないだろうってことになった。現在の居場所を特定しているところだが、突き止めるのは時間の問題だろう」

「どういう前科ですか」

「大したことはやっていない。ダフ屋行為、ナイフの不法所持、マジックマッシュルームの所持――細かい仕事で小遣い銭を稼ぐタイプだな」

五代は首を傾げた。

「闇バイトに手を出す者には、手っ取り早く大金を手にしたがる連中が多いイメージですが……」

「仕事の内容によるだろ。そういう奴らが請け負うのは窃盗や強盗だ。ＡＴＭの出し子となれば、手を挙げる人間の顔ぶれも変わるんじゃないか」筒井は一瞬だけ遠くに視線を投げ、再び五代を見た。「『別件』さんの様子はどうだ？　焦ってる様子はあったか」

「それがよくわかりません。妙に上機嫌なところがあって不気味です。今になって双葉江利子のファンだった、なんてこともいいだすし」

「なんだ、そりゃあ」筒井は眉根を寄せた。「そういえば、おまえは今朝も昭島で聞き込みをしていたんだったな」

「例の自殺した、永間和彦という人物の母親に会ってきました。それで少々気になる話も聞けました。ただあまりに古い話なので、今回の事件に関係しているかどうか、判断がつきかねています」

「わかった。後で聞こう。とりあえず榎並夫妻とのやりとりを報告書にまとめてくれ。それが済んだら、今日は自宅に帰れ」

えっ、と五代は筒井の顔を見た。「もう帰っていいんですか？」

「病み上がりの人間に無理をさせられない、というのが係長からの指示だ」筒井は周りを見回してから顔を寄せてきた。「追って連絡する。リモートで打ち合わせる準備をしておいてくれ」

そういうことか、と納得した。たしかにここでは極秘の話し合いはやりにくい。

「わかりました。ところで係長は？」

「署長室にいる。引き出し役の身元が判明し、署長はいても立ってもいられないようだ。警察署内に事件関係者がいるのだとすれば、何としてでも自分たちの手で捕まえ、真相を究明したいと考えているらしい。だけど、今ここで下手なことをして、勘づいた犯人に逃げられたりしたら元も子もない」

「頭に血が上っている署長を懸命になだめている、というわけですか」

「そういうことだ」筒井はパソコンを自分のほうに向けた。

五代はその場を離れた。山尾を捜すと、彼は所轄の刑事と何やら立ち話をしているところだった。五代に気づくと話を切り上げ、近寄ってきた。

「聞きましたよ。引き出し役の男、身元が特定できたそうですね」

「ええ、前科があるみたいです」

「それなら逮捕は時間の問題ですね。問題は、雇った人間を明らかにできるかどうかですが、五代さんはどう思われますか」山尾は探るような目を向けてきた。

さあ、と五代は首を捻った。

「最近の闇バイトは、情報の痕跡が残らないテレグラムなどの特殊なアプリを使っているケースが多いですから、一筋縄ではいかないかもしれませんね」

「ああ、そうですねえ。かなり解析技術が進んだとはいえ、やっぱりテレグラムは厄介だと聞いたことがあります」

「朗報を待つしかないでしょう」五代は腕時計に目を落とした。「すみません。自分はこれから報告書を仕上げなきゃいけないので……」

「ああ、失礼。私も妙な書類の提出を命じられたところです」

「妙な書類？」

「特捜本部が立ち上がった日から今日までの活動内容を、時刻や場所なども極力細かく書け、とのことです。今後、同様の規模の事件が起きた際に参考にするのだとか。副署長の発案らしいですが、忙しい時に面倒なことをいいだしたものです」

署員たちのアリバイを確認するためだ、と五代は気づいた。おそらく署長がいいだしたことだろう。

「お互い大変ですね」五代はいった。

「全くです」山尾は肩をすくめた後、離れていった。その泰然自若とした後ろ姿を見送っていると、この人物が事件に関わっているというのは的外れな妄想にすぎないのではないか、という気にもなった。

19

午後八時ちょうどに、ノートパソコンのモニターに三つの画面が表示された。例によって五代と桜川、そして筒井によるリモート会議の開始だ。

「まずは報告がある」桜川が切りだした。「西田寛太《にしだかんた》の居場所が判明した。江戸川区西葛西《えどがわくにしかさい》にあるアパートだ。新橋で金を引き出した後、西田はタクシーに乗った。そのタクシーを追跡し、降りた場所の付近に設置されている防犯カメラの映像から、映像解析班が突き止めた。アパートに帰る途中、コンビニに寄り、十万円を引き出したことも確認済みだ。現在、捜査員が交替で見張っている」

「アパートは西田本人が借りているんですか」五代が訊いた。

「わからん。本人に気づかれるとまずいから、余計な聞き込みはするなと現場には命じてある。

肝心なことは、次に金を引き出すタイミングだ」

その現場を押さえたら、そのまま警察署に引っ張るということらしい。

「俺からは以上だ。ほかに質問がなければ、昭島での成果を聞こうか。自殺した人物の母親に会ってきたそうだな」

「はい。永間和彦さんの母親、珠代さんから当時のことを伺いました」

五代は自分の手帳を見ながら、永間珠代から聞いた内容をできるかぎり正確に上司たちに話した。途中、二人は殆ど言葉を挟んでこなかった。

「以上が、永間珠代さんから聞きだした話のすべてです」そういって五代は締めくくった。

モニターに映る桜川は考え込むように視線を落としていたが、やがて険しい顔を上げた。

「山尾が永間和彦さんの自殺の理由を知っていたんじゃないか、というのは、たしかに気になる話だな。そういう時の母親の勘ってやつは馬鹿にできない」

同感です、と五代は答えた。

「しかし四十年という時間が、どうしても引っ掛かる。十代の男子にとって親友の自殺は大事件だっただろうが、五十代後半になって未だに引きずっているとは思えない。少なくとも殺人の動機にはなり得ないんじゃないか」

「それもまた……同感です」

「あり得るとすれば、山尾警部補が永間和彦さんを自殺に追い込んでいた場合じゃないでしょうか」筒井がいった。

「どういう意味だ？」

「うまくいえませんが、山尾警部補が自殺の原因を作ったとします。そのことは絶対に誰にも知られたくなかった。ところが四十年近く経ち、その秘密に気づいた人物がいた」

「それが藤堂夫妻だったと？」

「非現実的でしょうか」

桜川はしばらく黙考した後、カメラに目を向けてきた。「五代、どう思う？」

ひと呼吸置き、五代は顎を引いた。

「可能性はあると思います。秘密の価値観や重要度は人それぞれですから」

たしかにな、と桜川は再び目を伏せた。

その時、テーブルに置いてあった五代のスマートフォンが鳴りだした。電話の着信だ。表示を見て、はっとした。山尾たちと山岳部で同期だった本村健三だ。

「ちょっと失礼します。情報提供者からです」モニターに向かってそういい、五代はスマートフォンを手にした。「はい、五代です」

「ああ、私、昨日お会いした本村という者ですが……」

「もちろんわかっております。お忙しい中、ありがとうございました」

「いえ、あの……今よろしいでしょうか」

「構いません。どうかされましたか」

「それがですね、昨日おっしゃってたことなんですが、山尾のことで……」

「何かありましたか」

「じつは昨夜遅く……午後十時ぐらいだったかなあ、山尾から電話がかかってきたんです」

「えっ……」五代は身体が一瞬にして熱くなるのを感じた。「それで？」

「警察の人間が来なかったかって訊かれたんです。驚いて返事に困っていると、口止めされているかもしれないけど、その必要はなくなったから正直に答えてほしいといわれました。そうなると嘘をつくのも気が引けたので、五代さんと会ったことを話しました。そのことをお知らせしておいたほうがいいかなと思い、こうしてお電話したというわけです」

「そうでしたか……」

「特に問題ないですよね？」

「大丈夫です。ええと、それで山尾さんは何と？」

「思った通りだといってました。藤堂先生と双葉江利子が殺されたと知った時、警察は昭島高校時代の知り合いにも当たるかもしれないと予想していたと。いずれ自分のところにも刑事が来るだろうといってました」

「ほかには？」

「そんなところです。自分は管轄外なので事件についてはよく知らないといっていました」

「そうですか……。わかりました。わざわざありがとうございました」

五代は電話を終えると、本村とのやりとりを桜川と筒井に説明した。どちらの顔つきも一層険しくなった。

「山尾は、自分に疑いの目が向けられていると気づいているわけか」桜川が眉間の皺を深くしていった。

「さっきお話ししませんでしたが、昨夜、山尾警部補から電話があったんです」五代はいった。

「こちらの体調を気遣う内容でしたが、どうも何かを探っているような気配がありました。その後、本村氏に電話をかけたと思われます」

「何で気づいたのかな」筒井が首を捻った。「おまえ、山尾警部補を疑うような素振りを見せたんじゃないのか？」

「そんな覚えはありませんが、無意識に何かをやらかしたんじゃないかといわれれば、きっぱりとは否定できません。あの人を疑っているのは事実ですから」

「その無意識の何かで勘づいたってことか？　あのおっさん、さほど鋭そうには見えないんだけどな……」

「いや、もし山尾が事件に関与しているのなら、いつ自分に疑いがかかるか、鵜《う》の目鷹の目で警戒していたはずだ」桜川が重たい口調でいった。「五代がインフルエンザで休んだと知り、ぴんときたのかもしれん。だとすれば、少々軽率だったか……」

係長、と五代は呼びかけた。

「西田に金を引き出すように命じたのは山尾警部補でしょうか？」

「その可能性はあるだろうな」

「山岳部時代の仲間に電話をかけ、自分が捜査一課から疑われていると知った上で西田を動かした……」筒井が呟く。「どうしてそんなことを？」

「わからん。五代、おまえ、今日は山尾と一緒だったんだろ？　印象はどうだ？」

五代は低く唸り、首を傾げた。

「筒井さんにも話しましたが、不可解としかいいようがありません。引き出し役の身元が判明しそうだというのに、浮き足だったところは感じられませんでした。逆に、気分が高まっているようにさえ見えました」

今になって山尾が双葉江利子のファンだったと告白したことを話すと、桜川も呆気にとられた顔になった。「一体、何を考えているんだ、あの男……」

「山尾警部補は、今夜は署に泊まり込みですか」

「そのはずだ。念のため、木原《きはら》と川村《かわむら》に見張らせている」

どちらも桜川の部下、つまり五代の同僚だ。

「二人には山尾警部補に疑いがかかっていることを話したのですか」

「詳しいことはいっていない。捜査情報漏洩の疑いがあるとだけ説明してある。しかし奴らも馬鹿じゃないから、勘づいているかもしれん。おまえのインフルが特捜本部を離れるための口実だってこともわかっているだろうしな」

「明日、俺はどのように行動すればいいですか」

「いつも通りに出勤し、捜査会議に出ろ。西田の行動次第では、臨機応変に動いてもらうことになる」

「その場合でも山尾警部補と組んだままですか」

「当たり前だ。それがおまえの仕事だ」パソコンから聞こえる桜川の声はさほど大きくはなかったが、その言葉は重々しく響いた。

20

翌朝、五代は桜川の指示に従い、いつも通りに特捜本部に出た。多くの捜査員たちは泊まり込んでいるので、すでに各自がそれぞれの業務に取りかかっている。五代は本部内をさっと見渡した。山尾の姿はない。そのかわりに筒井と目が合った。指先で、こっちへ来い、と呼び寄せている。

「『別件』を捜しているんだろ?」筒井は小声でいった。

「そうですが、見当たりませんね」

「昨夜遅く、自宅に帰ったらしい」

「昨夜?」

「熱が出た、インフルエンザかもしれないから帰宅して様子を見たい、といったそうだ」筒井は唇の端を曲げ、笑い顔を作った。「おまえの仮病を逆手に取ったつもりかもな」

「見張りは?」

「もちろんつけてある。自宅のマンションに帰った後は動きがない」

木原と川村は大変だな、と同情した。おそらく部屋の入り口を交替で見張っているのだろう。マンションの外にいたのでは、裏口などから抜け出されたら気づけない。

「何のために帰ったんでしょう?」

さあな、と筒井が首を捻った時、少し離れたところに集まっていた連中からどよめきが起きた。何人かが慌ただしく駆けだし、外へ出ていった。

「西田が動きだしたようだな」筒井が立ち上がり、近づいていった。

そのグループを仕切っている警部補と少しやりとりをした後、筒井は戻ってきた。

「やっぱりそうだ。西田がアパートを出て、近所の喫茶店に入ったらしい。ただし一人じゃなく、女連れのようだ。部屋は、その女が借りているみたいだな」

「西田はヒモってことですか」

「大いにあり得るだろう。定職に就いているなら、闇バイトの出し子なんてしない」

それから間もなく、桜川が刑事課長の相沢らと一緒に外から入ってきた。脇目も振らず、西田寛太の動向を追っているグループのほうへと向かう。立ったままで部下からの報告を聞いている桜川の眼光は鋭い。

そこへどこからか連絡が入ったらしく、緊張感がさらに高まったのが傍から見ていてもわかった。コンビニ、という言葉が五代の耳にも届いた。

筒井、と桜川が呼びかけてきた。筒井が駆け寄っていくと、耳元に何やら話しかけている。

筒井は頷いた後、五代のところに戻ってきた。「ちょっと一緒に来てくれ」そういって足を止めずに出入口に向かっていく。五代は後を追った。

筒井は廊下に出ると、そばの階段を上がった。踊り場で立ち止まり、振り返った。

「係長からの指示だ。今すぐに山尾警部補に電話をかけてくれ。体調を尋ねるなりして、様子を窺うんだ」

五代は指示の狙いを察した。西田の動きをコントロールしているのが山尾なら、このタイミングでの電話は煩わしいはずだ。

スマートフォンを取り出し、電話をかけた。もしや出ないのではないかとも思ったが、すぐに繋がった。「はい、山尾です」のんびりとした声がいった。

「五代です。熱が出たと聞いたのですが、体調はいかがですか」

「いやあ、面目ない。五代さんのことを心配していたら、今度は私ですからね」

「病院には行かれたんですか」

「いや、まだです。でも解熱剤を飲んだら、ずいぶんと楽になりました。どうやらインフルエンザではなさそうです」

筒井が両手で何かを伸ばすしぐさをした。話を引き延ばせ、という意味だろう。

「素人判断はよくありません。病院には行ったほうがいいです。その近くに、すぐに診てもらえそうな病院とかクリニックはないんですか」

「小さな医院ならありますが、行ったことはないです。何しろ健康だけが取り柄なので、風邪程度で医者に診てもらったりはしません。少し休んでいれば大丈夫だと思います」

「しかし万一インフルエンザだったら面倒じゃないですか。とりあえず診てもらったらどうですか。インフルエンザではない、という確証を得ておかないと、現場にだって戻りにくいわけだし」

ふふん、と鼻先で笑ったような声が聞こえた。

「やけに心配してくださるんですね。所轄の老いぼれのことなんて、どうでもいいと思うんですが」

「そんなことはありません。自分のインフルエンザがうつったんだとしたら申し訳ないなと思っているんです」

「心配無用です。それに五代さん、お忙しいんでしょう？　私なんかと話していたら時間の無駄です。もちろん私のほうは、いくらでもお付き合いいたしますが」

ぎくりとした。この電話の目的を見抜いている口ぶりだ。

「熱がある時に長電話はよくありませんでしたね。気が利かず失礼しました。これで切ります。どうかお大事になさってください」

「ありがとうございます。お気遣いに感謝します」

五代は電話を切り、思わず深いため息をついた。

「どんな様子だった？」

「落ち着いていました。余裕すら感じられました。すでに西田に指示を出した後だったのかもしれませんが……」

「それにしても裏で糸を引いているのなら、西田の引き出しがうまくいったかどうか、首尾が気になるはずだ。上の空で会話が途切れる、なんてこともなかったんだな」

「全くありません」

「そうか」

苦い顔で首を傾げた後、筒井は階段を下り始めた。

特捜本部に戻ると緊張感が一段と増していた。西田の動向を追っていたグループは解散し、各自が忙しそうに動き回っている。

五代は筒井と共に桜川のところへ駆け寄った。桜川は上着を脱ぎ、ワイシャツの袖まくりをしているところだった。

「係長、何か動きが？」筒井が訊いた。

「西田がコンビニのＡＴＭで金を引き出した」桜川が早口でいった。「尾行していた連中に指示し、キャッシュカードの名義を確認した上で現行犯逮捕させた。間もなく、こちらに連行されてくる」

「誰に雇われたか、吐きますかね」

「雇い主の身元を知っているなら吐くだろう。隠す理由がないからな。しかしそれは期待できない。だから西田のスマホに尋ねるしかない。それより――」桜川は周りを一瞥してから五代のほうを見た。「『別件』さんはどうだった？」

それが、といって五代は山尾とのやりとりについて話した。

桜川は得心のいかない顔で顎を撫でた。

「余裕があった、か。振り込め詐欺などの場合、闇バイトがうまく仕事をやり遂げるかどうかを監視しているものだが……」

「そういうふうには感じられませんでした」

「そうか。わかった」指揮官は浮かない顔で頷いた。

それから少しして、西田寛太が警察署に連行されてきた。所持していたスマートフォンは没収され、解析班に回されることになった。

だが結果的に、この解析班の出番は不要となった。その後の取り調べで、西田寛太は闇サイトなどで雇われたわけではないと判明したからだ。彼を雇った人物は、直接電話をかけてきたらしい。

五代たちの耳に入ってきた西田の供述内容を整理すると次のようになる。

西田のスマートフォンに知らない番号からの着信があったのは十月十九日の夕方だ。出てみると相手は西田のことを知っていて、「覚えてないと思うが、昔、バイトであんたを雇ったことがある。またちょっとした仕事を頼みたいので会えないか」といってきた。低い声の男性で、アベと名乗った。

怪しいバイトは過去に何度もやっていた。アベの名に心当たりはなかったが、どうせ偽名だろうと思った。

どんな仕事かと訊くと、現金の保管だ、とアベは答えた。まとまった金が入っている銀行口座があり、そこから引き出した金を一定期間保管してくれたら謝礼を払う、というのだった。

奇妙な仕事だな、と西田は思った。単なる出し子なら、引き出した金をすぐに別の人間に渡さねばならない。それとは違うようだ。

金がなく、キャバクラで働くセフレの部屋に転がり込んだところだった。とりあえず会ってみることにした。危ない話だと思えば断ればいい。

その夜、東京タワーの下にある公園でアベと会った。アベは黒いジャケット姿で、マスクを着け、ニット帽を被っていた。手袋も嵌めていた。

手渡されたキャッシュカードは三経東洋銀行のもので、名義は『ヨコヤマカズトシ』とあった。

「金を引き出すタイミングは、こちらから指示する。暗証番号は、その時に教える。引き出す場所はどこでも構わない。十日ほどしたら連絡するので、それまでにできるかぎり引き出してほしい。謝礼は引き出した金の二十パーセントだ」アベは淡々とした口調でいった。

悪くない話だった。一日に五十万円ずつ十日間引き出せば五百万円になる。その二十パーセントなら百万円だ。

問題はアベという人物の正体だったが、大丈夫だ、と西田は直感した。声に聞き覚えがあったからだ。顔は思い出せないが、昔、バイトで西田を雇ったことがあるという話は本当だと思った。

そして昨日の朝、アベから連絡があった。今日から金を引き出してくれといって、カードの暗証番号を知らせてきた。西田は半信半疑ながら上野に出て、駅の近くにあるコンビニに入った。おそるおそるATMにカードを入れて操作すると、問題なく現金二十万円を下ろせた。さらに画面に表示された残高を見て、声をあげそうになった。三千万円近い金額だった。

誰かに見張られているのではないか、今にも警察官が駆けつけてくるのではないか、とびくびくしながら歩いた。だが異変は起きなかった。

気づけば日本橋や銀座を通り過ぎ、新橋の近くまで来ていた。それならと思い、目についたコンビニに入り、さっきと同じようにATMを操作した。現金は問題なく出てきた。口座は凍結されていない、つまり銀行も気づいていないということだ。

安心すると急に気が大きくなった。歩きすぎて疲れていたこともあり、タクシーを拾った。

セフレのアパートに戻る途中、もう一軒コンビニに寄り、一日の限度額の残金十万円を引き出した。五十万円を引き出せたから、これですでに十万円の報酬は約束された。

それにしても、これは一体どういう金なのだろうか。三千万円とは大金だ。自分が五百万円ほどを引き出した後、残りの金はどうなるのか。そのことばかりが気になっていた。


西田寛太が署に連行されてから約八時間後、五代は京王線笹塚駅《けいおうせんささづかえき》の近くに来ていた。甲州街道《こうしゅうかいどう》沿いに立ち、スマートフォンで電話をかけた。

「はい、山尾です」もはや聞き慣れた声がいった。

「五代です。その後、お加減はいかがですか」

「おかげさまで、かなり良くなりました。そろそろ現場に戻れそうです。御迷惑をおかけして、本当に申し訳ありません」

「それはよかった。ええとですね、じつは今、笹塚駅の近くにいるんです」

えっ、と戸惑うような声が聞こえた。「どうしてそんなところに?」

「新たに参考人が見つかり、事情聴取を命じられたんです。その人物の住所が渋谷《しぶや》区笹塚なんですが、山尾さんの自宅が近いと聞き、もしお元気そうなら一緒にどうかと思い、連絡させていただいたというわけです」

「新たな参考人……とは、どういう人物ですか」

「詳しいことは不明ですが、藤堂夫妻と確執があったという噂があります。いかがですか。体調が万全でないということなら、無理なさらなくて結構ですが」

山尾からの返答はない。明らかに警戒している。今日はやめておく、と答えることも十分に考えられた。

「わかりました」ようやく山尾がいった。「そういうことなら、是非御一緒させていただきます。ただ、十分ほど待っていただけますか。身支度をしたいので」

「もちろん構いません。自分が今いる場所は――」五代は、近くの交差点の名をいった。すぐ上を陸橋が通っている。

電話を切り、二十メートルほど離れたところにあるコインパーキングを見た。一台のワゴンが止められているが、車内が無人でないことを五代は知っていた。

やがて交差点の先に山尾が現れた。スーツ姿だが、ネクタイは締めていない。特に足早になることもなく、のんびりとした足取りで近づいてくる。五代に気づいたらしく軽く手を振ってきたので、五代は会釈で応じた。

その直後、スマートフォンが震えた。画面を確認すると、『同行を求めよ』とメッセージが表示されていた。

信号が変わり、山尾が交差点を渡ってきた。顔に笑みを浮かべている。「どうも、お待たせしました」

「お休みのところ、わざわざすみません」

「とんでもない。で、笹塚のどのあたりですか。この近くなら、地図がなくても大抵わかりますが」

「それが急遽《きゆうきよ》予定が変わって、山尾さんには別の場所に行っていただきたいのです」

山尾の目が鈍く光った。「どういうことです?」

「『都議夫妻殺害及び放火事件』についてお話を伺いたく、署に同行を願います。もちろん拒否は可能ですが、正当な理由のない場合は、別の手段を取らせていただくことになります」

山尾の顔から表情が消えた。その肩越しに、コインパーキングから出たワゴンが、ゆっくりと近づいてくるのが見えた。

21

パソコンのキーを打つ五代の手の動きは鈍かった。多くの警察官たちと同様、報告書の作成はあまり得意ではない。だが簡単な定型文を打つのにさえ手こずってしまっているのには、今夜にかぎっては別の理由があった。気持ちをまるで集中させられないのだ。

特捜本部の片隅で作業をしつつ、すぐに手を止めては腕時計を見てしまう。現在時刻は午後九時十二分だった。

山尾陽介の事情聴取が始まってから、すでに二時間以上が過ぎていた。聴取に当たっているのは桜川だ。所轄の刑事課長である相沢も同席しており、署長や副署長、管理官らは別室でモニターを見ているということだった。

特捜本部は二十四時間態勢で動いている。しかし今夜は、なるべく早く帰宅するようにとの指示が、特に泊まりを続けている捜査員たちに対して出されていた。だが引き揚げる者は殆どいない。理由は明白だ。皆、五代と同様、取調室からどのような結果がもたらされるかが気になっているのだ。

だがそれに関して言葉を交わす者はいない。到底、気安く話せる雰囲気ではなかった。何しろ、今まで一緒に捜査に当たってきた仲間が事件の最重要人物かもしれないのだ。結果次第では、警察全体を揺さぶる大問題に発展するおそれさえあった。誰が責任を取ることになるにしても、その余波は必ず組織の下部にも及ぶ。真相解明に近づいたと単純に喜んでいられる空気ではなかった。

この件に関しては、すでに徹底した箝口令《かんこうれい》が敷かれていた。昨日まで捜査に携わっていた人間を参考人聴取したことが外部に漏れれば、報道陣が騒ぎ出すのは明白だった。

それにしても、あの人物がやはり関わっていたとは――報告書の作成に集中せねばと思いつつ、五代の思考は別のところへ飛んでしまう。

あの人物とは、もちろん山尾のことだ。

西田寛太の供述で最も重要なポイントは、彼を雇ったアベと名乗る人物の正体だった。

西田のスマートフォンの着信履歴から、アベの電話番号は判明していた。通信事業者に問い合わせたところ、名義人の住所は千葉県内にあるマンションの一室だった。ところがその部屋は空き家で、名義人も偽名だと判明した。

飛ばしスマホを作製するのに数年前から増えている手口が使われた、と推定できた。まず適当な空き家を見つけると、そこの住所を記載した運転免許証を偽造する。それと不正入手した他人のクレジットカード情報を合わせて格安スマートフォンの通信事業者と契約し、ＳＩＭカードを購入するのだ。ＳＩＭカードは宅配業者に空き家に届けさせた後、そこに侵入して回収する。こうして入手した架空名義のＳＩＭカードを、ネットなどで入手した中古のスマートフォンにでも挿入すれば、忽ち飛ばしスマホの出来上がりだ。そういうＳＩＭカードや飛ばしスマホは、闇サイトなどで売買される。主な購入者は特殊詐欺グループだが、身元を完全に隠した状態で使えるスマートフォンを求める人間はいくらでもいる。アベもその一人だと考えられた。つまり電話番号やクレジットカード情報からアベの正体を突き止めるのは不可能というわけだ。

ではほかにアベの正体を突き止められるものはないか。

西田は逮捕された時点ではアベについて、過去に自分を雇った人物らしい、ということ以外、何も知らなかった。声や話し方に聞き覚えはあったが、いつどこで会ったのかは思い出していなかった。

ところが意外なところに手がかりがあった。

西田によれば、今回逮捕されて強面《こわもて》の取調官と対峙した瞬間、「突然嘘みたいに」記憶が蘇ったらしい。その内容はあまりに突拍子もないもので、取調官を愕然とさせた。

西田は、アベは過去に仕事を依頼してきた人間などではなく、以前自分を取り調べた警察官だ、といいだしたのだ。

ふざけるなと取調官は注意したが、嘘でも冗談でもないと西田は真顔で主張した。

西田によれば、それは十年ほど前のことらしい。知り合いの女子高生に、金を持っていて気の弱そうな男性を探してほしいと頼まれた。その男性を買春に誘い、最終的には金を強請《ゆす》るつもりだと聞き、分け前を交渉した上で引き受けた。ところがたまたま声をかけた相手が所轄の警察官で、その場で現行犯逮捕された。警察署で取り調べを受けたが、アベはその時の取調官と声や目元がそっくりだった、というのだ。

突拍子もない話ではあるが、嘘や冗談でいっているとは思えなかった。そんな作り話をする理由もない。

早速、当該事件の捜査記録が調べられた。その結果、西田の取り調べを担当した警察官の氏名が判明した。

それが山尾陽介だった。当時、その署の生活安全課に所属していて、階級は巡査部長だった。この事実を受け、特捜本部の捜査幹部たちによる緊急会議が開かれた。警視庁からは管理官だけでなく捜査一課長もやってきて、対応策が練られた。署長は今回の事件に署員が関わっていることは承知していたし、管理官や捜査一課長は桜川からの報告で山尾のことは頭に入っていた。西田の供述は見逃せないというのが幹部たちの共通認識だった。

その会議で出された結論は、山尾を出頭させ、参考人として事情聴取するというものだった。ただし、一つだけ条件があった。西田寛太に面通しをさせ、山尾がアベなのかどうかが確認できたなら、というものだ。西田は取り調べで、「アベはマスクを着けていたけれど、顔を見れば本人かどうかはわかると思う」といったらしい。

そこで五代に指示が出された。山尾の自宅の近くまで行き、何らかの口実を作って彼を外出させせよ、とのことだった。

山尾のマンションの近くには、西田を乗せたクルマが止まっていた。マンションから出てきた山尾を見て、アベに間違いない、と西田は断言した。こうして山尾に任意同行を求めるよう五代に指示が下されたのだった。

あの時の情景が五代の脳裏に蘇る。

唐突な展開にも拘《かか》わらず、山尾の動揺は乏しいように五代には見えた。顔の表情を消したまま、わかりました、と淡泊な声で答えただけだ。そばで停止したワゴンから降りてきた捜査員たちに従い、抵抗することなく乗り込んでいった。その間、一度も五代のほうを振り返らなかった。

もしかすると山尾は、五代からの不自然な呼び出し電話を受けた時から、自分が連行されることを予想していたのではないか。それどころか、任意同行から逮捕となることも覚悟しているのかもしれない。そう考えると珍しくネクタイを締めていなかったことにも合点がいく。留置場に入れられる際には、自殺防止のためにネクタイは取り上げられるからだ。スーツ姿だったが、ベルトはしていなかったかもしれない。ベルトも同様の理由から没収の対象となっている。

五代は腕時計を見た。午後九時二十五分。先程から十分少々しか経っていない。

果たして桜川は山尾に対し、どのように事情聴取を進めているのだろうか。事件への直接の関わりを示すものといえば、やはり西田との繋がりだ。その点をまずは追及するのではないか。だが山尾が簡単に認めるとは思えない。西田による面通しの結果を聞かされたとしても、他人の空似で押し通すかもしれない。

とはいえ、もし山尾が事件に関わっているのであれば、どこかに痕跡が残っているはずだ。

たとえばスマートフォンの中身を解析すれば、多くの情報が得られる。位置情報もその一つで、西田との接触が確認できるかもしれない。それでも事件との関わりが証明されない自信が山尾にはあるのか。

桜川は、藤堂夫妻との個人的な関係についても問い詰めるはずだった。山尾にはいろいろと不審な点があるが、五代が最も奇妙だと思っているのが、夫妻との繋がりを一切話さないことだ。夫の藤堂康幸は高校時代の恩師で、妻の江利子は同級生——忘れていたとか、事件解決には無用だと思った、という言い訳は通用しない。

そこまで考えたところで、外から誰かが入ってきた。筒井だった。室内をぐるりと見回した後、険しい顔つきで五代のところへやってきた。

「一緒に来てくれ」小声だが口調は鋭かった。

この場で用件を尋ねられる雰囲気ではなかった。はい、と五代は答えて立ち上がった。

足早に廊下を移動している間も筒井は無言だった。山尾の事情聴取がどうなったのかを知りたいが、五代は控えた。訊かなくても、これから知らされるのだろうと予想した。

会議室の前で筒井は足を止め、ドアをノックした。どうぞ、と声が聞こえた。

室内で待ち受けていた人物たちを見て、体温が少し上昇するのを五代は感じた。捜査一課長や管理官、鑑識課長、署長、副署長といった上層部の面々が並んで座っている。桜川の姿は一番手前にあった。どの顔にも暗く深刻そうな色が滲んでいた。

座ってくれ、と桜川がいった。すぐそばにパイプ椅子があったので、失礼します、といって五代は腰を下ろした。

「まずはこれを見てくれ」桜川はノートパソコンの画面を五代のほうに向けた。

そこに映っているのは、小部屋で向き合っている桜川と山尾の姿だった。事情聴取の模様を撮影したらしい。

「断っておくが、ほかの捜査員たちに見せる予定はない。つまり口外無用だ。わかったな」

わかりました、と答える声が少しかすれた。

よし、といって桜川がキーを叩くと動画の再生が始まった。

「先月十九日の夜、あなたはどこにおられましたか」画面の中で桜川が尋ねている。十九日というのは西田がアベと会った日だ。

さあ、と山尾は首を傾げた。

「どうでしたかね。最近は五代刑事と行動を共にしていることが多かったんですが……」

「五代によれば、その日は聞き込みから戻ったのが午後七時前で、それから後は別行動だったそうです。報告書を作成していたので、あなたがどこにいたのかは知らないといっています。それとも五代が思い違いをしているのでしょうか」

「いや、そういうことなら、五代刑事が正しいんでしょう。うん、そうですね。その時間なら、たぶん夕食に出かけていたと思います」

「どちらの店ですか。スマホを見れば思い出せるということでしたら、どうぞ遠慮なくお使いください」

「いえ、そんな必要はありません。ええと、どこに行ったんだったかな」山尾は額に手を当てて考え込むしぐさをした後、ぽんと机を叩いた。「そうだ、思い出しました。店を探して歩き回ったんですが、結局食欲がないことに気づき、署に戻ったんです」

「何も食べずに？」

「ええ。最近、胃の調子が悪くて」山尾は薄笑いを浮かべている。夕食を摂らないことで責められるいわれはない、とでもいいたいようだ。

桜川は小さく頷いた。

「まあいいでしょう。その点については、後でもう一度詳しくお尋ねします。ところであなたは昭島市の御出身ですね」

「そうです」心なしか山尾の顔が引き締まった。

「今回の事件の被害者である藤堂江利子さんも高校卒業までは昭島市に住んでおられたようなのですが、御存じでしたか」

山尾は少し沈黙した後、小さく顎を引いた。「ええ、知っていました」

「いつからですか。今回の捜査を通じて知ったとか？」

いえ、と山尾は否定した。「前から知っていました。彼女とは高校が同じでしたから」

五代は、どきりとした。これまで隠していたことをついに自分から告白したのだ。

「そのことを特捜本部の誰かに話しましたか」

「いいえ、話しておりません」

「なぜですか」

「その必要はないと思ったからです。捜査に私情を挟むのはよくないと判断しました」

「しかし被害者が育った環境や人となりなどは貴重な情報です。捜査に役立つかどうかは不明でも、とりあえず報告すべきだとは考えなかったのですか」

「高校が同じだったというだけで、彼女について特に何かを知っているわけではありません。しかし自己判断で報告しなかったのは軽率だったかもしれません」

「彼女について、とおっしゃいましたね」桜川の声が少し大きくなった。「では藤堂康幸氏についてはいかがですか。個人的な繋がりは何ひとつありませんか」

山尾は唇を結び、冷めた目を桜川に向けた。様々な考えを巡らせ、最も適切な回答を模索している顔だ。

あの方は、と山尾がいった。「高校時代に所属していた山岳部の顧問でした」

「あの方、とは？　氏名をいっていただけますか」

「藤堂康幸さんです」

「山岳部だったとのことですが、藤堂氏と一緒に山に登ったことは？」

「何度かあります」

「どんな先生でしたか」

山尾は視線を少し下げ、吐息を漏らしてから口を開いた。

「頼もしくて面倒見がよく、信用できる先生でした。私を含め、部員たちの多くが慕っていたと思います」

なるほど、と桜川は頷いた。

「それだけ被害者のことをよく知っていたのに、なぜ御自身との関係を黙っていたのですか。五代にすら話さなかったそうですが」

「それは……何となく、です」

「何となく？」

「自分でもよくわかりません。何となく話したくなかったんです」

桜川は低く唸り、腕組みをした。「その供述に説得力があると思いますか」

「ないかもしれませんが、仕方がありません。それが事実なんですから」

「事実……ね」

ふうーっと息を吐き、桜川は手元の資料に目を落とした。さらに腕組みを解くと、少し前屈みになった。

「さっきの話の続きをしましょう。十九日の件です。あなたは夕食を摂るために外出したが、結局どこの店にも入らずに警察署に戻ったとおっしゃった。しかし署から数十メートル離れたところに設置されている防犯カメラの映像に、タクシーに乗り込むあなたらしき人物の姿が映っているんです。それについては、どのように説明されますか」

山尾は視線を宙に向けた。

「タクシー……ですか。さあ、覚えがない」

「無論、映っているのは、あくまでもあなたらしき人物であって、あなただと確認されているわけではありません。ただ、今後特定に至る可能性は大いにあります。タクシー会社を突き止めれば、車内防犯カメラの映像も入手できるでしょう。そのあたりをふまえ、慎重に答えていただきたい。あの夜、あなたはタクシーに乗りましたか」

山尾は首を横に振った。「わかりません。覚えていません」

桜川は山尾の顔をじっと見つめた後、手元から一枚の顔写真を出した。「この人物を知っていますか」

山尾は写真を一瞥してから顔を上げた。

「今回、金の出し子に雇われた男でしょ。名前は西田……だったかな」

「面識は？」

「私が？　いいえ、ありません」

「そうですか。しかしあなたは西田に会っています。十一年前、前の職場にいた時です。美人局《つつもたせ》に加担した西田を取り調べています」

山尾の胸が大きく上下した。呼吸を整えると同時に、気持ちを落ち着かせようとしたように五代には見えた。

「はっきりと覚えてはいないのですが……」山尾は徐にいった。「そういわれれば会ったかもしれません。仕事柄、数多くの人間と会います。被害者から話を聞くこともあれば、被疑者を取り調べることもあります。その中の一人だったといわれれば、ああそうですかと答えるしかありません」

「最近、西田と会ったことは？」

「ありません」

「それはおかしいな。西田の話と食い違っている」

「西田は何といってるんですか」

「その質問にはお答えできません。では、次にこれを見てください」桜川が別の紙を山尾の前に置いた。やはりカラー画像をプリントしたもののようだ。「西田がアベなる人物と会ったという公園周辺にも防犯カメラがいくつか設置されていて、これはその一つによって撮影されたものです。ここに映っているのは、西田と別れた直後のアベの姿です。単刀直入にお尋ねしますが、この人物はあなたではありませんか」

画像をちらりと見てから山尾はかぶりを振った。「違います。全く覚えがない」

「そうなんですか。説明するまでもないと思いますが、この画像は動画の一部です。実際の映像では、アベの歩く姿がはっきりと確認できます。歩容認証システムでの解析に十分なレベルだというのが専門家の意見です」桜川は落ち着いた口調でいった。

人間の歩く姿には個別の特徴があり、コンピュータによって映像を解析することで個人の特定が高い精度で可能だ。その解析プログラムを歩容認証システムといい、警察でも捜査に導入されている。

「ほかの防犯カメラの映像からは、アベの容貌を確認できるものも見つかったと聞いています。顔認証による照合も可能ではないか、とのことです」桜川は、ゆっくりとした口調でいった。「山尾さん、もう一度お尋ねします。ここに映っているのは、あなたではありませんか」

冷めた表情で画像を見つめる山尾から、狼狽や焦燥の気配は感じられなかった。

西田に、と彼はいった。「西田に面通しをさせたんですか」

桜川は机に片肘をつき、少し身を乗り出した。「それが気になりますか」

「先程の画像によれば、アベという男はマスクを着けていたし、ニット帽も被っていたようです。面通しをさせてもわからないんじゃないかと思いましてね」

桜川は小さく肩を揺すった。

「マスクを着けていても人の顔を見分けられることは、コロナ禍の時、日本人全員が再認識したはずです」

ふん、と山尾が鼻を鳴らした。「面通しの結果、西田は何と？」

「知りたいですか」

「是非」

「本来は教えるわけにはいかんのですが、まあいいでしょう。西田によれば、あなたに間違いない、とのことでした」

なるほど、と山尾は口元を緩めた。

「この画像に映っているのはあなたですね」桜川は改めて訊いた。

山尾は瞼を閉じた。そのまま動かなくなった。だが桜川は急かすようなことはしない。ここが勝負所だと感じているのかもしれない。将棋の達人が相手の指し手を待っている姿に似ていた。

長い沈黙の後、山尾がゆっくりと目を開けた。ふっと息を漏らしてから頷き、はい、と低く答えた。

五代は愕然とした。今、たしかに山尾は肯定する返答をした。

「改めて確認します」桜川の口調は、さすがに少し硬くなっていた。「この画像に映っているのはあなただと認めるわけですね」

「認めるしかなさそうですね」逆に山尾のほうは穏やかな声で答えた。

「この日のことを覚えていますか」

「ええ、覚えています」

「では、この画像の日時と場所をいっていただけますか」

「先月の十九日の夜八時頃です。場所は東京タワーの下にある公園ですが、正式な名称は知りません」

「何のために、そんなところに行ったのですか」

「西田寛太と会うためです」

「会って、どうしましたか」

山尾は少し間を置いてから答えた。「西田にキャッシュカードを渡し、現金の引き出しを依頼しました」

「カードの名義人はあなたですか」

「違います」

「では誰の名義ですか。フルネームでお答えください」

「ヨコヤマカズトシです」

そこで動画が止まった。桜川がキーを押したからだ。画面には少し脱力したような山尾の姿が静止画となって映っている。

「どう思う？」桜川が訊いてきた。

五代は乾いた唇を舐めてから口を開いた。「とても驚きました」

「それは我々も同様だ。だが君は誰よりも早くから山尾警部補に疑いの目を向けていた。驚きよりも、やはりそうだったのか、という気持ちのほうが強いんじゃないか」

「おっしゃる通り、山尾警部補にはずっと不信感を抱き、何らかの形で事件に関与しているのではないかと疑っていました。しかし、これほど直接的に関わっていたとは思いませんでした。警察官という立場を利用し、犯人側に捜査情報を流しているとか、その程度だと考えていました。もちろん、それでも十分に背信行為ではあるのですが……」

「ほかに気づいた点はあるか」

「気づいたというより、こんなにあっさりと自供したのは予想外でした」

「もっと粘るんじゃないかと？」

「そう思っていました」

「その理由は？」

「任意同行を求めた際、余裕があるように感じました。それ以前にも、自分が疑われていることに勘づいていた気配がありましたが、焦りや狼狽えといったものを一切示しませんでした。だから取り調べでどんなに追及されたとしても、かわす自信があるのではないか、と考えていました」

「虚勢、あるいは開き直りだとは思わなかったのか」

「そういうタイプの人物ではないと思いました」

「長い付き合いがあるわけでもないのに、山尾警部補の人間性を把握しているというのか」

「そんなことはいいませんが……」

あの男はね、と口を挟んできたのは署長だ。

「そういう奴なんだよ。何を考えているのか、よくわからない。しかし妙に腹の据わったところがある。連行される時に余裕があるように感じたということだが、内心では、覚悟を決めていたんじゃないか。あっさりと自供したのは桜川警部の追い詰め方が見事だったからだ。無駄なあがきをするようなみっともないところは見せたくなかったんだろう。それだけのことだと思う」ややぶっきらぼうにいい放った後、署長の顔は捜査一課長のほうに向けられた。「とにかくこうなった以上は、一刻も早く次の手を打つべきだと思いますが」

だが捜査一課長からの返答はない。眉間に皺を寄せ、険しい表情で虚空を睨んでいる。署長が自分の首を気にしているに違いないのと同様、捜査一課長なりに今後の対応策で頭がいっぱいなのかもしれない。

五代、と桜川がいった。

「山尾警部補の供述で、ほかに気づいたことはないか。これまでの言動との矛盾とか、逆に腑に落ちた点とか」

「そういうものはありませんが、藤堂夫妻との関係を認めたのは意外でした。黙秘する手もあったと思いますから」

「観念したってことだよ」また署長が呟いた。

桜川は頷き、五代を見た。「わかった。御苦労。行っていい」

用は済んだから出ていけ、ということだ。五代は立ち上がり、失礼します、と幹部たちに一礼してから踵を返した。

会議室から出て、歩きだそうとしたところで肩を叩かれた。振り向くと筒井が神妙な顔をしていた。「お疲れさん」

筒井が一緒にいたことをすっかり忘れていた。どうも、と首を小さく上下させた。

「えらいことになったな。お偉いさんたちは、今夜は眠れないんじゃないか」筒井は歩きながら小声で話しかけてきた。「おそらく情報は刑事部長にも伝えられているだろう。警視総監にもな。公表されたらマスコミが大騒ぎするぞ」

「捜査のほうは、これからどうなりますかね」五代も周囲に気を配りながら応じた。

「西田を使って金を引き出させたことは認めているから、まずは山尾を窃盗で逮捕ってことになるだろう。送検し、身柄を拘束した後は、殺人への関与を追及する。そんなところだと思う」

先程の動画には、山尾が西田に出し子を依頼したことを認めたところまでしか映っていなかった。とりあえずあの時点で供述調書を作成し、本人に署名させたと考えられる。それがあれば逮捕状の請求が可能になるからだ。

「勝負は明日ですね」

五代の言葉に筒井は頷いた。

「山尾の取り調べと並行して、俺たちは裏取りに追われることになりそうだ。家宅捜索にも駆り出されるだろう。お偉いさんたちとは逆で、ゆっくり眠れるのは今夜だけだと覚悟しておいたほうがいい」

筒井の言葉に五代は複雑な思いを抱いた。ほかの刑事はともかく、自分は今夜から安眠できそうにないと思った。

22

筒井が予言した通り、翌日は朝から山尾の部屋を捜索することになった。最近の山尾をよく知っているということで、五代にも参加の指示が出された。ほかの捜査員と共に、大量の段ボール箱を抱えて踏み込んだ。

部屋の間取りは1LDKだった。テーブルと椅子、ベッド、書棚以外に家具はない。だが乱雑に物が散らかっているわけではなく、日用品などはクロゼットに整理してしまわれていた。五十代後半の男が独り暮らしを続けてきた部屋とは思えないほど簡素だった。まるで断捨離をした直後のようだ。目に入る物品を段ボール箱に収めながら、山尾は家宅捜索されることを予期していたのではないか、と五代は思った。

捜索の目的は、いうまでもなく事件との関わりを示すものを発見することだった。具体的には、藤堂康幸のタブレットや藤堂事務所に送られてきた文書を作成したパソコン、プリンターなどだ。しかし室内をざっと調べたかぎりでは、それらは見つからなかった。パソコンやプリンターはともかく、タブレットは決定的な証拠だから別の場所に隠してある可能性が高く、特に意外ではなかった。

だがその代わりに気になるものがクロゼットから出てきた。ハンディタイプのディスクグラインダーだ。金属の切断や研磨に使用する工作機器で、見たところ新しかった。

日曜大工を趣味にしている人間なら、そんなものを持っていても不思議ではない。しかし山尾の部屋からは、ほかに大工道具らしきものは見つからなかった。

山尾はディスクグラインダーを何に使ったのか。取り付けられている切削《せっさく》用ディスクには使用の跡があった。金属粉が付着していたのだ。詳しい成分は、まだわからない。

家宅捜索を率いているのは、証拠品捜査担当の浅利《あさり》という警部補だ。当然浅利もグラインダーについて気に掛かっている様子で、「どうしてこんなものがあるんだと思う？」と五代に意見を求めてきた。

「何らかの証拠隠滅に使ったのかもしれませんね」

「たとえば？」

「例の藤堂氏のタブレットです。粉々にして処分した、とか」

浅利は目を剝いた。「まさか」

「俺も、それはあり得ないと思います。だから、たとえばの話です」

浅利は室内を見回した。「山尾に模型作りとかの趣味があったとか聞いてないか」

「聞いてません。日曜大工をするという話も」

「だけどグラインダーなんて、素人が簡単に扱えるかな」

「山尾は素人じゃありません」

「えっ？」

「大学では金属工学を学んでいます。金属の加工には慣れていたかもしれません」

「そういうことか」浅利は口元を歪めた。

それから間もなくだった。キッチンを調べていた捜査員が浅利を呼んだ。不審なゴミ袋があるというのだった。

中を覗き込んだ浅利は、五代を手招きした。「ちょっと見てくれ」

ゴミ袋に入っていたのは、細かい金属片や樹脂のかけらだった。ガラス片も交じっている。明らかに電子部品と思われるものもあった。

「これですね」五代はいった。「グラインダーを使って、切り刻んだんでしょう」

「元は例のタブレットかな」

「そうかもしれませんし、飛ばしスマホかも」

「飛ばし？」

「山尾は飛ばしスマホを使い、西田に連絡したそうです。その中身を解析されないために破壊した――違うでしょうか」

浅利は大きな音をたてて舌打ちをした。

「完璧な証拠隠滅というわけか。とりあえず鑑識に回すしかないな。とはいえ、さすがにこれじゃあ科捜研でも復元不能だろうが」

やはり山尾は早晩自分が連行されることを予想していたのだ、と五代は確信した。発熱を装って帰宅したのは、家宅捜索に備え、証拠隠滅をするためだったに違いない。

山尾にはずっと見張りがつけられていた。マンションに帰ってからも、張り込みの刑事たちは部屋の入り口を監視していたらしい。証拠隠滅のためにはスマートフォンを破壊するしかなかったのだ。ハンディタイプのディスクグラインダーをたまたま持っていたとは思えない。万一のことを考え、事前に購入していたのではないか。

押収品を段ボール箱に詰め終えると、捜査員たちは引き揚げることになった。ワゴンで所轄に戻る途中、五代のスマートフォンに着信があった。筒井からだ。

「はい、五代です」

「家宅捜索はどうなった？」

「終わりました。署に戻っているところです」

「手応えは？」

「それは何とも……」言葉を濁した。

「そうか」成果が乏しいことを察したらしく筒井の声が沈んだ。「係長から連絡があった。今後、刑事部長が捜査の指揮を執ることになった」

「刑事部長が……」

「山尾の身柄が検察から戻ってきたら、警視庁本部で取り調べをするらしい。俺も向かっているところだ。押収品の整理が一段落したら、おまえも本部庁舎に来てくれ」

「わかりました」

電話を切り、スマートフォンを内ポケットに戻した。同乗している捜査員たちが息をひそめている。今のやりとりを聞いていたに違いなかった。

山尾の取り調べは警視庁本部で行われることになった、と五代は明かした。

捜査員たちからため息が漏れた。

「上層部じゃ、山尾が犯人だってことで話が進み始めているみたいだな」

「そりゃあそうだ。西田に金を引き出させてるんだから、事件に無関係ってことはない」

「現職の警察官が殺人犯か。これが報道されたら、どえらい騒ぎになるだろうな」

「このところ警察官の不祥事がなくて、世間からの風当たりも弱くなってたんだけど、また当分の間は針の筵《むしろ》だな」

誰かが言葉を発するたび、車内の空気は重たくなっていく。五代は口を開かなかった。

署に到着すると、押収品を詰めた段ボール箱は特捜本部に持ち込まれた。皆で手分けして、事件に関連するものがないかどうかをチェックしていく。五代は書類を担当したので、郵便物やノート類だけでなく、書籍や雑誌、名刺、チラシといった、山尾の部屋にあった紙という紙をすべて調べることになった。ちょっとしたメモや走り書きが手がかりになるかもしれないからだ。

だが作業を続けながら、これもまた徒労に終わるのではないかと五代は考えていた。グラインダーを使ってまで証拠隠滅を図ろうとしたのだから、事件に繋がる書き込みなどを残しておくわけがない。あの山尾は、もっと用意周到だ。

それだけに、簡単に自供したというのが解せなかった。桜川の追及は見事だったが、弁明の余地はあったのではないか。それとも防犯カメラに姿を捉えられていたというのが誤算だったのか。

五代、と名前を呼ばれた。浅利が小さく手を挙げている。一緒にいるのは女性の鑑識課員だった。五代は席を立ち、二人に駆け寄った。

「あのゴミ袋の中身は、藤堂氏のタブレットを切り刻んだものではないようだ」浅利がいった。

「粉々だったが、元の製品の大きさは推定できるらしい。タブレットではなく、たぶんスマホだろうってことだ。しかも二台」

「二台？」五代は思わず眉根を寄せた。

鑑識課員が画像がプリントアウトされた紙を五代のほうに向けた。ゴミ袋に入っていた破片が映っている。

「筐体《きょうたい》、つまりスマートフォンの外装が二種類交じっています。一方は赤色で、もう一方はシルバーのようです。電源コネクタも二つ確認できます。明らかに二台のスマートフォンを破壊したものと思われます」女性の鑑識課員はいった。

「山尾は飛ばしスマホを二台持っていたと？」五代は浅利を見た。

「飛ばしかどうかはわからんが、処分したいスマホが二台あったということだろうな」

五代は鑑識課員に顔を戻した。「機種は特定できますか」

「少し時間はかかりますが、できると思います。ただ、手がかりになるかどうかはわかりません。データの復元は不可能ですし、ＳＩＭも破壊されていましたから」

「ああ、そういうことか……」

スマートフォンの機種だけがわかったところで、データやＳＩＭがなければ何の足しにもならない。本体だけなら、好きな機種をネットで買える。

それにしても、なぜ二台なのか。飛ばしスマホの入手ルートを持っていれば、複数台を買うのも可能だろうから、念のために予備を入手しておいたということか。

浅利たちから離れ、元の席に戻ろうとしたところでスマートフォンが鳴った。またしても筒井からだ。何となく胸騒ぎを覚えた。

「はい、五代です」

「筒井だ。こっちには来なくていい。そちらで待機していてくれ」筒井の声から緊張感が伝わってきた。

「何かありましたか」

五代の問いかけに筒井は少し間を置いた。

「状況が変わった。山尾が自供した」

「自供？　それならすでに――」

「窃盗なんかじゃない。殺人のほうだ。藤堂夫妻殺害を認めたんだ」

23

警視庁本部庁舎で刑事部長による記者会見が開かれたのは、午後八時過ぎのことだった。詰めかけた大勢の報道陣の前で、刑事部長は厳しい表情を一時たりとも崩さず、「先月十五日に起きた『都議夫妻殺害及び放火事件』に関し、本日、警視庁警部補山尾陽介を殺人と放火の疑いで逮捕しました。現職警察官が極めて凶悪で重大な事件を起こしたことに衝撃を受けており、警察全体の信頼を揺るがす事態になり、治安を預かる責任者の一人として慚愧《ざんき》に堪えません」というコメントを読み上げ、同席した捜査一課長と共に深々と頭を下げた。警視総監や副総監に次ぐポストの人間が、特定の刑事事件に関して逮捕容疑を説明するのは異例の対応といえた。

おびただしい数のフラッシュを浴びた後、刑事部長と捜査一課長は記者からの質問を受けた。警察官が複数人を殺害した後、その捜査に携わっていた例はあるか、との質問には両者とも、自分の知るかぎりはないし過去にも例はないと思う、と答えた。

しかし逮捕の決め手などについては、「すでに送検していた窃盗事案について取り調べを行っていたところ、本件への関与を認めたので逮捕に至った次第」とだけ述べ、「詳細に関しては捜査中なのでコメントは差し控えさせていただく」と明言を避けた。

この会見の模様を、五代は筒井や同僚たちと一緒に警視庁本部捜査一課のテレビで見た。会見が終わった後も、しばらくは誰も言葉を発しなかった。

「おまえたち、特捜本部に出入りする時には気をつけろよ」最初に口を開いたのは筒井だった。「すでにマスコミの連中が張り込んでいる。連中に何か訊かれても、絶対にしゃべるな。ひと言でも発したら、それが記事になる」

真剣な言葉に五代たちは黙って頷く。筒井にいわれるまでもなく、情報に飢えたマスコミ関係者から質問攻めにされることは容易に予想できた。顔見知りの記者だったりしたら尚のことだ。すでに五代のスマートフォンにも、そうした人物からの着信が相次いでいる。ほかの刑事たちも同様だろう。

だが仮に沈黙を命じられていなくても、記者たちの質問に答えられる刑事はいないのではないか、と五代は思った。五代にしても、山尾が自供に至った経緯をまるで知らないからだ。

山尾が自供したという筒井からの連絡を受けてからしばらくして、捜査一課の刑事たちは警視庁本部に呼ばれた。今後の捜査方針を伝えるためだということだったが、まだ何の指示も出ていない。しかし五代だけは刑事部長の部屋に呼ばれた。そこでは刑事部長はもちろんのこと、捜査一課長に理事官、そして管理官と桜川が待ち受けていた。

「山尾警部補について君に尋ねたいことがある」捜査一課長が口火を切った。「君は訊かれたことにだけ答えればいい。君からの質問は受け付けない。了解したかな？」

了解しました、と五代は答えた。

捜査一課長は頷き、手元の書類に視線を落とした。

「君は『都議夫妻殺害及び放火事件』の捜査開始直後から山尾陽介と行動を共にしていたらしいが、それまでに警部補と面識はあったのかな？」

「いえ、今回の特捜本部で初めて顔を合わせました」

「会った時の印象は？」

「……特にありません。生活安全課のベテランだと聞き、地元の治安情報には精通しているんだろうと思っただけです」

「報告書によれば、山尾に対して最初に疑念を抱いたのは君のようだ。その根拠について説明してもらいたい」

「根拠というか、きっかけは些細なことです」

五代は、山尾が双葉江利子という女優についてよく知らないといっておきながら榎並夫妻と会った直後には矛盾する発言をしたことや、藤堂康幸の政治活動を把握している点に不自然さを感じたことを話した。

「さらに藤堂氏が位置情報ゲームを趣味にしていたことを意図的に隠していた気配があり、タブレットが警察署内で起動させられていたことなどもふまえ、不審である旨を桜川係長に進言した次第です」

五代の説明に首脳陣たちの反応は薄い。すでに知っている事柄だからだろう。

「なぜ君は疑念を抱いた時点で、すぐに山尾本人に問い質さなかったのかね」捜査一課長が訊いた。「榎並夫妻に会った直後、尋ねることもできたはずだ」

「大したことではないかもしれない、と思ったからです。自分が気にしすぎているだけだろうと……」

「しかしもし君がその時点で質問していたなら、山尾は何らかの答えを発していたはずで、それによりさらに何かに気づけた可能性があったのではないかな」

「それはそうかもしれませんが……」

「そもそも山尾の言動には、ほかにもっと不自然なものがあったんじゃないだろうか。自分が関与した殺人事件の遺族に会うのだから、心穏やかでいられるとは到底思えない。妙に落ち着きがないとか、あるいは興奮しているとか、そういう異変には気づかなかったのか」捜査一課長の口調は冷たく硬質だった。

「全く気づきませんでした。あの時には、榎並夫妻から重要な証言が得られるのではないかという考えで頭がいっぱいで、相勤である山尾警部補の態度に気を配っている余裕などはありませんでした。まさか警部補が今回の事件に関与しているなんてことは夢にも思っていなくて……」五代は捜査一課長の顔を見返して続けた。「あの、本当に山尾警部補は自供しているんでしょうか。自分が藤堂夫妻を殺害したと」

全員の顔が一斉に五代のほうに向けられた。その目は鋭く、暗かった。

「最初にいったはずだ。君からの質問は受け付けないと。忘れたのか？」捜査一課長が声を低く響かせた。

申し訳ございません、と五代は頭を下げた。

それからの質問も同じような調子で続けられた。どうやら警視庁の幹部たちが知りたいのは、山尾が事件に関わっていると察知できた機会がもっと早くになかったか、ということのようだった。現職の警察官が殺人事件に関与していたのは重大事だが、その人間が特捜本部内にいながらすぐに気づけなかった点も見逃せない、ということらしい。

上役たちから解放され、席に戻ってからも五代は落ち着かなかった。自分や係長が責任を取らされるのだろうか――幹部たちとのやりとりを反芻し、憂鬱な想像を働かせた。

そんなふうに考えを巡らせていると、着信があったらしく筒井が電話に出た。二言三言話すと電話を切り、周りを見回した。

「係長から指示があった。全員、移動してくれ。場所は――」会議室名を続けた。

雰囲気が一層重くなった。誰もが無言で移動を始めた。警視庁全体がただならぬ事態に陥っているのだ、と五代は実感した。

会議室で待機していると、程なくして桜川が入ってきた。その表情には明らかに疲労の色が浮かんでいる。

「これからの方針について説明する」桜川は座ることもなくいった。「みんなも承知しているように、『都議夫妻殺害及び放火事件』の被疑者に逮捕状が出た。その自供内容の裏付けを取ることが捜査の主眼となる。現在、証拠品担当班と映像解析班が中心になって情報を整理しているところだ。それが終わり次第、役割分担と共に具体的な指示を出す。起訴が正式に決まるまで、徹底した捜査を行うつもりだから、諸君らの負担もそれなりのものになると思う。各自そのつもりでいてくれ」

これまで以上に多忙になるから覚悟しておけ、ということのようだ。

ただし、と桜川は言葉を繋いだ。

「特捜本部は所轄に置かれたままだが、起訴に向けての作業や情報の管理は、刑事部長の下、捜査一課が主導する。つまり実際の対策本部は警視庁本部内に置かれることになった。今後、すべての情報は、まずは各主任か俺に報告してほしい。所轄の捜査員と行動を共にすることもあるだろうが、彼等と情報を共有する必要はない」

桜川の口調は淡々としているが、発せられた内容は冷徹だ。もはや上層部の人間たちの思考は、前代未聞の警察官による不祥事をいかにして鎮静するか、ということに占められているようだ。

「というわけでお疲れだと思うが、まずは特捜本部に戻ってもらいたい。浅利が中心になって証拠品や資料をまとめているはずだから、それらを今夜中にこちらに移動させるんだ。何か質問はあるか？」

桜川の問いかけに応える者はいなかった。

「なければ解散とする。ただし筒井と五代は、そのまま残ってくれ」

同僚の刑事たちが会議室から出ていくのを五代は見送った。

ずっと立ち続けていた桜川がネクタイを緩め、身体を投げだすように椅子に腰を下ろした。

「やれやれ、参ったな。ひどい一日だ」

「お疲れ様です」

五代がいうと桜川は口元を曲げて苦笑した。

「おまえも疲れただろ。さっきは御苦労だった。連日、お偉方の前に引っ張り出されて、とんだ災難だな」

「それはいいんですが……」五代は語尾を濁した。

「何かいいたいことがあるようだな」

「いいたいというより、わけがわからなくて戸惑っているというのが正直なところです。山尾警部補が犯行を自供したそうですが、その詳細もさっぱり伝わってきませんし」

「下っ端は余計なことを知らないほうがいいんだ」筒井が横から口を挟んできた。「そういうことですよね、係長」

桜川は苦い顔をし、顎を擦った。

「今から話すことは、よそには決して漏らすな」

五代は筒井と顔を見合わせた後、はい、と答えた。

桜川は吐息をつき、険しい顔を向けてきた。

「たしかに山尾は藤堂夫妻殺害への関与を認めた。だけどあれを自供といっていいのかどうか、判断が難しい」

筒井が眉をひそめた。「どういうことですか」

「窃盗で送検され、戻ってきた山尾を取り調べたのは俺だ。しかしそう簡単にはいかないだろうと覚悟していたから、すでに自白している窃盗の詳細を詰めていこうと考えた。他人名義のキャッシュカードや架空名義の携帯電話をどうやって入手したのか、といった点からだ。ところが山尾は、そういった質問には答えられないといった。無関係な人間を巻き込みたくないというんだ。そこまではまあいい。想定内だ。キャッシュカードや飛ばしスマホの入手経路の確認は、どうせ一筋縄ではいかんし、わかったところで事件の直接証拠にはなり得ない。そこでキャッシュカードの銀行口座について問い詰めてみた。例の『ヨコヤマカズトシ』名義の口座は、榎並香織さん宛てのメールに記されていた振込先と一致している。それはどういうことか、と」

「山尾は何と?」筒井が訊いた。

「御想像にお任せします――奴はそういった」

「御想像にって……」五代も当惑した。

「だからこういってやったんだ。我々は、あなたが藤堂康幸氏のタブレットを使い、榎並香織さんにメールを送ったと想像しているんだが、それでいいのかって。すると奴は、仕方ありません、想像は自由ですから、なんてことをいいやがった。しかも平然とした顔でな。こっちを馬鹿にしているのかと思い、事実と違うのなら否定してください、そうしないと取り返しのつかないことになりますよ、と脅してみた。奴の答えはこうだ。いいえ、否定はしません――」

筒井が唸り声を漏らした。「どういうつもりでしょう?」

「全く得体の知れない奴だよ」桜川は吐息交じりに呟いた。

その後のやりとりは次のようなものだったらしい。

桜川は山尾に、もし榎並香織さんにメールを送ったのがあなたならば、藤堂氏のタブレットはあなたの手元にあることになる、いつどうやって手に入れたのか、と質問した。それに対する山尾の答えは先程と同じく、御想像にお任せします、だった。

事件発生の夜にタブレットが藤堂邸にあったことは位置情報によって確認済みだから、そのタブレットを持っているのは、事件に関与した人間だけだ。その点を桜川が指摘すると、おっしゃる通りだと思います、とまるで他人事のように山尾は答えた。

そこで桜川は核心に触れた。藤堂夫妻が殺害された事件に関与したことを認めるのか、と尋ねたのだ。

山尾の答えは、否定はしません、だった。

どう関与したのか、と桜川が訊くと、御想像にお任せします、と山尾は答えた。

「暖簾に腕押しというやつで、まるで真意が摑めん。そこで俺は、さらに踏み込むことにした。我々は、あなたが藤堂夫妻を殺害したのではないかと疑っている。こちらの想像に任せるというのなら、あなたが犯行を自供した形で調書を作成する。そこにあなたは署名するのか、と訊いてみた。奴は何といったと思う？」

五代は筒井と顔を見合わせた後、かぶりを振った。「わかりません」

「それがお望みならば――そういったんだ」

まさか、と五代は発した。

「本当にいいんですか、あなたも警察官だから知っていると思うが、一旦供述調書に署名したら、その内容を翻すことは難しく、裁判では真実として受け止められます、それでいいんですか、と念を押した」

「それでいい、と山尾警部補は答えたんですね」

そうだ、と桜川は険しい顔で頷いた。

「だったら犯行内容を詳しく話してほしい、といってみた。すると例によって、御想像にお任せします、だ。あなた方が想像した内容を供述調書に書いていただければ、黙ってそこに署名しますってな」

なんて奴だ、と筒井がいった。

「何を考えているのか、全くわからん。しかし形の上では犯行を認めているわけだから、管理官と相談した後、捜査一課長を通じて刑事部長に報告することになった。その後の刑事部長の判断は早かった。即刻、殺人で逮捕状を請求せよという指示が出された」

そういうわけか、と五代は納得した。

ただ、と筒井が首を傾げた。

「今の話を聞くかぎりだと、具体的なことは何もいっていないわけですね。それに物的証拠も現時点では見つかっていません」

「その通りだ。だからじつをいうと、俺や管理官は逮捕状請求には消極的だった。捜査一課長にしても、あわてる必要はないという考えだった。だが刑事部長としては、後に証拠が出てきた時、本人が関与を認めているのになぜさっさと逮捕しなかったのか、という非難が世間から持ち上がることを気にしたようだ。少しでも後手に回ったら、身内を庇《かば》おうとしたんじゃないかと叩かれるからな」

「検察には相談したんでしょうか」

五代の質問に、問題はそこだ、と桜川はいった。

「筒井がいったように、確たる証拠があるわけじゃない。公判で、いきなり違うことをいいだす可能性もある。刑事部長の顔を立てて逮捕には賛同してくれたが、現時点では否認事件と同等の扱いにしたほうがいいというのが検察の見解らしい」

「否認事件……ですか」

「したがって裏付け捜査と物証の確保が喫緊の課題となる。そこがクリアされないかぎり、検察は起訴に踏み切らないかもしれない。対策本部をこっちに置くのも、そのためだ。だが、それで本当に事件の真相を解き明かせるのかというと、俺には疑問がある」

「というと？」筒井が訊いた。

「検察でも取り調べが行われるわけだが、あの調子では山尾は自分からは何も話さないんじゃないかと思う。例によって、御想像にお任せします、を連発するような気がする。特に問題なのは――」

もったいをつけるように少し間を置いてから、動機だ、と桜川は続けた。

「山尾と向き合っているうちに俺は感じた。この男は何かを隠しているってな。それは自分が逮捕されるかどうかよりも重大なことで、犯行動機に関わっているに違いないと確信した」

「俺も動機が知りたいですね」五代はいった。

「所轄では署長が中心になって、生活安全課をはじめ、署員たち全員から山尾に関する聞き取り調査を始めたそうだ。金銭トラブルや男女トラブルの有無といったところを探っているらしい。だけどそんなものをいくら調べたところで、今回の事件に結びつくとはとても思えん。もし何らかの繫がりがあるのなら、これまでの捜査で見つかっていたはずだ」

同感です、と五代が答え、隣で筒井も頷いた。

「そこでおまえたちの出番だ」桜川が二人を睨んできた。「証拠固めや裏付け捜査は、ほかの者たちに任せていい。おまえたちは徹底的に山尾と藤堂夫妻の関係を洗い直せ。必要とあらば応援をつけてやる。もしかすると、いや、たぶんとんでもない何かが出てくるはずだ」

24

その店は麻布十番《あざぶじゅうばん》駅から徒歩で数分のところにあった。賑やかな商店街から少し外れた細い道に面しており、古民家を模したような入り口には、ひっそりとした佇まいがあった。目立つ看板はなく、予め場所を確認しておかなければ通り過ぎてしまうところだった。

時刻は午後四時過ぎだから、まだ開店前だ。入り口の引き戸には準備中の札さえ出ていない。一見客《いちげんきゃく》を徹底的に排除したいのだろう。

五代が引き戸を開けると正面に細い通路があり、左側に個室の戸が並んでいた。すみません、と奥に向かって声をかけた。

間もなく現れたのは、濃紺の割烹着に身を包んだ小柄な女性だった。五代は警察手帳を示した上で名刺も出し、自己紹介をした。「先程は電話で失礼しました」

女性は店の女将《おかみ》だった。五代の名刺を大事そうに両手で受け取った。

「場所を用意してございますので、そちらに御案内いたします」女将は愛想のいい笑みを浮かべ、どうぞ、といって引き戸を開けた。用意してある場所とは、この店内ではないようだ。五代は会釈してから外に出た。

案内されたのは店の隣にあるビルの二階で、バーのようにカウンターとソファが並んでいた。ただし壁の棚に洋酒の瓶が並んでいるわけではない。看板もなかった。

「こちらは、食事を終えた後、少し雰囲気を変えてお酒を飲みたいというお客様のための部屋なんです」女将がいった。「お食事前の待ち合わせ場所としてお使いいただくこともございます」

一般庶民と交わることを嫌う人種たち専用の空間、ということだろう。ネットの情報によれば、ひとり最低でも三万円はするらしい。おそらく自分には一生縁のない店だ、と五代は思った。

「藤堂康幸都議が、よく利用されていたと聞きましたが」

五代の問いに女将は少し悲しげな表情で頷いた。「時々お使いいただきました」

「会食の相手は、仕事絡みの方が多かったんでしょうね」

「そうだったと思います」

「プライベートで利用されることもあったんでしょうか」

女将は苦笑を浮かべた。

「それは何とも申し上げられません。お客様同士の関係は、私共には窺い知れませんので」

五代はスマートフォンを取り出し、操作してから画面を女将のほうに向けた。

「この男性が藤堂都議と一緒に来たことはありませんか」

映っているのは山尾の顔だ。女将は画面を見つめた後、首を縦に揺らした。「何度かいらっしゃいました」

「最初に来たのは、いつ頃ですか」

「ずいぶん前です。十年近く前だったかもしれません」

「最近は？」

「たしか去年の秋にいらっしゃいました」

「藤堂都議と二人で食事を？」

「さようでございます」

「いつもですか？　ほかに誰かが同席したことはありませんか」

「なかったと思います。もしそういうことがあれば、記憶に残っているはずですから」

この女将ならそうだろうな、と五代は思った。客に干渉はしないだろうが、無関心でいるはずがない。

「二人はどんな話をしていましたか。断片的なことでも結構ですから、何か覚えていることがあればありがたいのですが」

さあ、と女将は考え込む顔になった。

「個室にいらっしゃいますし、料理をお出しする際にも、お話に聞き耳を立てるようなことはいたしません。ただ、どちらも穏やかに話しておられたように記憶しております。藤堂先生にとって大切な方なんだなと思った覚えがございます」

「大切な方？　どんなところから、そう感じたんですか」

「先生がお会計をしておられましたし、何より、先生御自身が予約をお取りになっていました。いつもは秘書の望月さんから電話をいただいていたので、初めての時には少し驚きました」

「藤堂都議が自ら？　そういうことは、ほかにはなかったのですね」

「ございません。その方とお会いになる時だけです。だから先生にとってどういう方なのか、私共も少し気にはなっておりました」

「そのことについて藤堂都議から説明は？」

「古い付き合い、とだけです。そういわれれば、こちらからはお尋ねできません」

「そうですか。わかりました。お忙しいところ、申し訳ありませんでした。御協力に感謝します」五代は腰を上げた。

あの、と女将が顎を上げた。「先程の男性のこと、教えていただけないのでしょうか」

すみません、と五代は顔をしかめた。「捜査上の秘密なので」

「そうですよね。失礼いたしました」女将は丁寧に頭を下げてきた。

建物から外に出ると、五代は麻布十番駅に向かいながら思考を巡らせた。藤堂康幸と山尾は、あの店でどんなことを話していたのだろうか。女将の話を聞いたかぎりでは、会食の場をセッティングしたのは藤堂康幸のようだ。どんな用件があったのか。

いずれにせよ、二人は密かに会っていた。その点について、山尾は嘘をついていない。

送検後の山尾の態度は、誰もが全く予想しないものだった。検察での取り調べにおいても山尾は何も話さないのではないか、という桜川の読みは完全に外れた。伝わってくる話によれば、話さないどころか、担当検事の質問にむしろ積極的に答えているというのだ。

動機についても語っている。ただしその内容には、五代も唖然とした。山尾は、「ひと言でいえば嫉妬です」と語ったらしい。

「私はもう少ししたら定年です。きょうだいはいないし、親も死にました。一度も結婚せず、当然のことながら子供もいません。今時の孤独な中年男のなれのはてです。このまま生きていても、いずれは多くの独居老人と同様に孤独死するんでしょう。このところ、毎晩毎晩、そんなことばかりを考えていました。そのたびに虚《むな》しさがこみ上げてきます。一体自分は何のために生まれてきたんだろう、全く何の意味もない人生だったんじゃないかってね。わけもなく叫び出したくなることもしばしばです。するとあの夜、ふと藤堂夫妻のことを思い出したんです。そして不意に怒りがこみ上げてきました。自分と比べて、あの二人は何と恵まれているのか、何と幸せなのか、と。考え始めると止まらなくなりました。今すぐにでも彼等の生活を壊したいと思いました。後はあまりよく覚えていないのですが、気がつくと部屋を出ていました。二人を殺してどうするつもりだったかとか、それを訊かれても困ります。私自身にもわからないのですから。どうかしていたとしか思えません。一時的に頭がおかしくなっていたんでしょうね。藤堂夫妻とは四十年来の付き合いがあります。その間にはいろいろなことがありました。いい思い出もあれば悪い思い出もあります。強く好意を抱くこともあれば、逆に憎悪を膨らませることもあります。そんな複雑な思いがごった煮みたいに混ぜ合わさった挙げ句、今度の事件を起こしてしまった。そんなふうに捉えていただければと思います」

こんな供述に担当検事が納得するわけがなく、それならば四十年来の付き合いについて詳しく話せと山尾に迫った。夫妻とは、いつどこでどんなふうに会ったか、これまで夫妻との間で話したこと、起きたことを逐一説明しろと命じた。

いちいち覚えていないという山尾に対し、では最近会った時のことを話せと検事はいった。それとも会っていないのか、それなのに殺意が芽生えたのか——。

するとようやく山尾は具体的なことを話した。藤堂康幸と会い、食事をしながら昔話を交わしたという。その場所が麻布十番にある先程の高級料亭だった。その情報を得て、五代が裏を取りに訪れたというわけだ。

担当検事と同様に、五代も山尾の犯行動機には首を捻らざるをえない。リアリティが全く感じられず、重大なことを隠すための作り話としか思えなかった。その意味では桜川の読みは当たっている。本当の動機を見つけだすことが真相解明に繋がるのだ。

藤堂康幸と山尾は何の用があって密会していたのか。気になるのは、いつも二人きりだったという点だ。藤堂江利子がいなかったのはなぜか。高校時代の恩師と教え子が旧交を温めていたというのなら、同席するのがふつうではないか。

いくつもの疑問を抱えたまま地下鉄に乗った。麻布十番からだと桜田門《さくらだもん》まで十五分ほどで着く。特捜本部は所轄に置かれたままだが、先日桜川がいっていたように、山尾の起訴に向けての裏付け捜査は本部庁舎内に設置された対策本部で主導している。

対策本部にあてられている会議室に行くと、桜川が筒井や浅利たち警部補クラスと話し合っているところだった。

「五代、どうだった？」桜川が尋ねてきた。

「山尾の供述通りです。例の料亭で藤堂都議と会っていたようです」

五代は女将から聞いた話を報告した。

「かなりの高級料亭でした。かつての教え子と昔話をするためだけに利用するには、少々ハイグレードすぎるんじゃないかという印象です。それが政治家の感覚だといわれれば反論できませんが」

「二人の間で何か重大な密談が交わされていた、と考えられるわけか。しかしその内容がわからないのではどうしようもないな」桜川は苦々しそうに唇を噛んだ。「御苦労だった。引き続き、山尾と藤堂夫妻の関係を洗い直してくれ。ほかの者たちは、さっきの打ち合わせ通りだ。どこに思いがけない証拠が潜んでいるかわからんから、先入観を捨て、細かいことも見逃さずに作業に当たってくれ」

はい、と部下たちが声を揃えて返事をし、散会となった。

ほかの者と同様に浮かない顔つきの筒井と目が合った。筒井は口元を曲げ、肩をすくめた。

「残念ながら事態は一向に変わらず、だ」

「これといった成果はなしですか」

「幽霊を追いかけてるような話だからな」

「幽霊？」

筒井は持っていた書類を五代のほうに差し出した。「読んでみろ」
五代は書類を受け取り、目を落とした。そこに印刷されているのは、山尾の供述内容を記したものだった。しかも犯行内容に関する部分だった。

『十四日の夜、笹塚のマンションを出て藤堂邸に向かいました。電車を使い、駅からは歩きました。なるべく人目を避けたはずですが、どこを通ったか、はっきりとは覚えていません。藤堂邸に着いたのは午後十一時過ぎだったと思います。インターホンを鳴らすと、江利子夫人が出ました。藤堂先生に会いたいというと、すぐに開けてくれました。夫人の服装は覚えていません。藤堂氏はまだ帰っておらず、リビングルームのソファに座り、夫人と世間話などをしました。その時点で二人の殺害を決意していたかどうかは自分でもよくわかりません。何度も申し上げているように、あの二人には好意と憎悪の両方を抱いていたのです。あの夜も会話の流れによっては、何事もなかったかもしれません。ところが夫人のちょっとした言葉が、私の精神に強いショックを与えました。どんな言葉だったかは思い出せません。ただ、ひどくプライドを傷つけられたことは確かです。気がつくと私は夫人の首を絞めていました。何を使って絞めたかは覚えていません。事前に用意したものではなく、そのへんにあった紐を使ったのだと思います。紐ではなく電気コードだったかもしれません。その後、夫人の遺体をバスルームに運び、洗濯ロープを使い、首つり自殺に偽装しました。すぐに見抜かれる可能性が高いですが、もしかするとうまくいくかもしれないと思ったのです。そこまでの作業を終えてリビングに戻ったところで、帰宅したばかりの藤堂氏と鉢合わせしました。私は無我夢中で襲いかかり、夫人を殺した時と同様、手元にあった紐で首を絞めました。体力のある藤堂氏ですが、突然のことに対応できなかったようです。間もなく息絶えたのがわかりました。このままでは証拠が残ると思い、屋敷に火をつけることにしました。灯油の入ったポリタンクがあったので、藤堂氏の遺体をソファに横たわらせた後、灯油をまきました。ポリタンクがどこにあったのか、記憶がはっきりしませんが、キッチンだったような気がします。点火棒を見つけたのも、キッチンだったと思います。それを持ってバスルームへ行き、夫人の指紋を付けてからリビングに戻りました。その後、火をつけ、裏口から逃走しました。鍵を見つけてあったので、ドアには施錠しました。夫妻のスマートフォンを燃やしたのは、何らかの証拠が残っていてはまずいと思ったからです。藤堂氏のタブレットは、鞄から見つけました。以前、藤堂氏と話している時、たまたまパスワードを聞いていたので、何かの役に立つかもしれないと思い、持ち出しました。位置情報が残るとまずいと思い、その場で電源を切りました。』

書類から顔を上げた五代に、「どう思う?」と筒井が訊いてきた。

「信じがたい、というのが正直な感想です。本当に、こんなふうに供述したんですか」

「供述調書には山尾本人の署名がある」

「だとしても、真相を語っているとはかぎりません。あまりに不自然な点が多すぎます。何を使って首を絞めたかわからないとか、首つり自殺の偽装がうまくいくかもしれないと思ったとか」

「だけど矛盾とまではいえない」

「それはそうですが……」

「ほかの話もそうだ。ところどころ記憶の曖昧な部分があるが、無我夢中での行動だったということだから、むしろそういうところがあったほうが自然だともいえる。そして具体的に話している点については、すべて筋が通っている。現場検証の結果とも大きな矛盾はない」

「しかし、いずれも犯人以外は知り得ない情報――秘密の暴露とはいえません」

「問題はそこだ。犯人でなくても、捜査担当者なら知っていても当然のことばかりだ。捜査資料に書かれているからな」

「つまり裁判資料として役に立たない」

「そういうことだ」筒井はため息をついた後、周りを見てから声を落として続けた。「映像解析班の連中も頭を抱えているようだ」

「どうしてですか」

「山尾の足取りについて、供述の裏が取れない。笹塚から藤堂邸に至るまでのあらゆる経路について、防犯カメラの映像の分析を進めているが、未だに山尾の姿を見つけられないらしい。しかもスマホに残っている位置情報によれば、事件当夜、笹塚のマンションから動いていない。山尾の供述によれば、記録が残るのを避けるため、スマホを部屋に置いたままにしたってことだ」

「辻褄は合っているわけですね」

「だから厄介だ。映像解析班が頭を抱えるのもわかる。足取り確認は裁判の重要な証拠だからな」

五代は改めて書類に目を落とした。

「タブレットを持ち出したことも認めているようですが、どこにあるのかは白状していないんですか」

「捨てたといっているらしい」

「捨てた？」

「グラインダーを使って粉々にし、甲州街道の道路脇に捨てたってな」

「しかし見つかってはいない……わけですね」

「例によって山尾は、記憶が曖昧で正確な場所は覚えていないといっている。おかげで交通課まで動員して捜すことになったそうだが、空振りのようだ」

話を聞けば聞くほど事態が混沌としているのが五代にもわかってきた。

「さっき筒井さんは、幽霊を追いかけてるようだとおっしゃいましたよね。この状況のことをいったんですか」

「そうだ、元々存在しないものを捜し回っているような虚しさを感じるという意味でな」さらに筒井は桜川のほうをちらりと見た後、声を落として続けた。「ふっと思うことがあるんだよ、俺たちは架空の犯人に振り回されているんじゃないかって」

「架空の犯人……」

「もちろん、大きな声じゃいえないけどな」筒井は人差し指を唇に当てた。

25

液晶モニターに洋風建築の邸宅が映し出された。以前にも見たＣＧによって再現された藤堂邸だが、相変わらず、まるで実物を撮影したかのようにリアルだ。

「すごいな。前に見せてもらったものより、さらにクオリティが上がったんじゃないか」桜川が感嘆の声を漏らした。

「あれから少し手を加えました。この屋敷が完成した時に撮影した画像などが新たに手に入りましたから」説明するのは、前回と同様鑑識課の広瀬だ。

警視庁本部庁舎内にある小会議室の中だ。桜川以下、彼の部下数名が集まっている。

桜川は頷き、五代のほうを見た。

「山尾は正面玄関から入ったといっていたんだったな。この時点で何かチェックすべきことがあるか」

五代は手元の資料に目を落とした。これまでに山尾が供述した内容を整理したものだ。

「調書によれば、インターホンを鳴らしたそうです。その際に手袋を嵌めたという供述はありません。素手でボタンを押した、ということだと思います」そういってモニターに映っている藤堂邸の玄関を指差した。

桜川は広瀬に顔を向けた。「インターホンのボタンから指紋は？」

「見つかっていません」広瀬は手元のタブレットを見ながら即答した。「拭き取られたのか、消火活動の影響かどうかは不明です」

ふん、桜川は小さく鼻を鳴らした。

「念のために訊くんだが、屋内からも山尾の指紋は一切見つかっていないんだな？」

はい、と広瀬は乾いた声で答えた。

「そもそも殆どの場所が焼け焦げており、山尾のものにかぎらず指紋自体があまり残っておりません。唯一、大きな被害を免れたのがバスルームですが、そこからも山尾の指紋は見つかりませんでした。念のために付け加えますと、ＤＮＡや毛髪についても同様です」

桜川が部下たちを見た。

「みんな、今の話を聞いたな？　ここから先、山尾の指紋やＤＮＡ、毛髪のことは忘れろ。――五代、次に進んでくれ」

はい、といって五代は再び書類を見る。

「山尾がインターホンを鳴らすと江利子夫人が出たそうです。藤堂氏に用があるといったら、あっさりと中に入れてくれたとか」

刑事のひとりが手を挙げた。

「明らかに不自然じゃないでしょうか。昼間ならともかく、午後十一時過ぎです。いくらかつての同級生だといっても、女性が一人きりの時、簡単に男の客を招き入れるでしょうか。主人はいつ帰宅するかわからないので日を改めてほしい、というのがふつうだと思うのですが」

「その点は俺も引っ掛かった」桜川が応じた。「だが非常識な時間に訪ねてくるからには、余程火急の用があるのだろうと思いこんだ可能性はある。夫人と山尾の関係性が不明な以上、決めつけは禁物だ」

質問した刑事は納得顔で、わかりました、と答えた。

「ほかに意見はあるか？」

誰も発言しないのを確認し、桜川は五代に目配せしてきた。

「山尾はリビングルームに通され、ソファに座って夫人と世間話をしたそうです」

五代の話に合わせ、広瀬がキーボードを操作した。モニターの画像が動き、藤堂邸のリビングルームを映し出した。テーブルとソファが並んでいる。

「夫人の服装は覚えていない、と山尾はいっています」

桜川は広瀬を見た。「遺体発見時の夫人の服装は？」

「シルバーグレーのブラウスに黒のスラックスです」広瀬が答え、タブレットの画面を桜川のほうに向けた。「こういうものです。肌着も身に着けていました。また、スラックスと同じ生地の燃え残りがダイニングチェアから見つかっています。こちらは上着のようです。つまり、スラックスと合わせて上下のスーツだったと思われます」

「あの日、夫人は会食があったんだったな。それでスーツ姿だったわけか。そして帰宅してから上着だけを脱いだということか。ブラウスに黒のスラックス……。山尾の記憶に残っていないとしても不自然ではないか」桜川は思案顔で顎を撫でた。「で、この後、犯行に及んだわけだな」

「夫人のちょっとした言葉が、私の精神に強いショックを与えました。どんな言葉だったかは思い出せません。ただ、ひどくプライドを傷つけられたことは確かです。気がつくと私は夫人の首を絞めていました。何を使って絞めたかは覚えていません。事前に用意したものではなく、そのへんにあった紐を使ったのだと思います。紐ではなく電気コードだったかもしれません――」手元の資料を読み上げてから五代は顔を上げた。「以上です」

「そのへんにあった紐、か」桜川は顔をしかめ、画像を見た。「現場に紐や電気コードは落ちてなかったんだな」

「見つかっておりません」広瀬が答えた。「確認できたのは藤堂康幸氏の首に巻きついていたものだけです」

「それがどういう紐なのかは、まだわからないのか？」

「木綿製で長さが一メートルほどの布を紐状に捻ったものだと判明しました。布には平織りという技法が使われており、断定はできませんが、手ぬぐいの類いではないかとみています」

「手ぬぐいか……」桜川はため息をついた。「キッチンならわかるが、リビングルームにそんなものがあるかな。ところが山尾は、何を使って絞めたのかさえ覚えていない、といっている」

「覚えていないのではなく、知らないんじゃ？」筒井が呟くようにいった。

桜川が、じろりと筒井を睨んだ。「安易に結論を出すな」

「でも、それしか考えられないですよ」

「決めつけは禁物だといっただろ。明らかな矛盾が見つかるまでは、山尾の供述は真実だという前提で考えを進めるんだ」

筒井は少し首をすくめ、はい、と小声で答えた。

桜川は渋面を画面に向け、黙り込んだ。その横顔には苛立ちの色が漂っている。

山尾の逮捕から一週間が経とうとしている。だが捜査陣は彼が犯人だという決定的な証拠を摑めずにいた。供述の裏は取れているが、事件発生当初から捜査に加わっていた山尾が、捜査資料に基づいて述べている可能性を否定できず、秘密の暴露とはいいきれない。加えて、破壊して投棄したという藤堂康幸のタブレットは未だに見つからず、笹塚のマンションと藤堂邸を結ぶあらゆる経路の防犯カメラを調べても、どこにも山尾の姿は映っていなかった。

勾留期限は迫っている。延長は可能だが、このままでは検察は起訴に踏み切らないのでは、という見方が捜査陣でも強くなってきた。今のところ証拠といえるのは、西田寛太を使って金を引き出させたという事実だけだ。ところがそれだけでは弱いと検察は考えているらしい。西田にキャッシュカードを渡した人物が山尾だという絶対的な証拠がないからだ。西田は面通しで山尾に違いないといったが、人違いをした可能性があると弁護側から反論された場合、今のままでは対抗措置がない。山尾のスマートフォンの位置情報記録を調べたところ、その夜は警察署から動いていなかったのだ。藤堂夫妻殺害時と同様、わざと持ち出さなかったようだ。

西田と会っていた男の映像を歩容認証システムで解析したところ、山尾との一致確率はかなり高い数値を示した。しかし裁判では参考資料程度の扱いにしかならない。顔認証のほうはシステムにかけられるほどの鮮明な映像が見つからなかった。またあの夜に山尾が乗ったタクシーはわかったが、車内防犯カメラの映像は保管期間が過ぎていた。

物証がないことも問題だが、それ以上に検察が懸念を抱いているのは動機の点だった。

四十年来の複雑な思いが混ぜ合わさった挙げ句、では、あまりに漠然としていて現実的ではない、というのだ。

やがて浮かび上がってきたのが、山尾は本当に事実を語っているのか、との疑問だ。供述調書には嘘が隠されているのではないか。

そこでCGによる再現画像を使い、山尾の供述内容と照合してみることになったのだ。

桜川が再びため息をつき、五代を見た。「いいぞ、先に進めてくれ」

「その前に、俺から一つ、いいですか」

「何だ？」

「もし本当に江利子夫人が山尾を招き入れたのなら、飲み物ぐらいは出すんじゃないでしょうか」

「飲み物？」桜川は眉根を寄せた。

「コーヒーとかお茶とか、もっと気心が知れていたのならアルコールとか。夫の帰宅を待っている間、妻が来客に飲み物すら出さないってことがあるでしょうか」

桜川は画面を見た。「テーブルには夫妻のスマホが載っていただけか……」

「現場から飲み物のカップ類は見つかっておりません」広瀬がいい添えた。

「その点について山尾は何と？」桜川が五代に尋ねてきた。

「飲み物のことは供述調書にはひと言も出てきません」

桜川は考え込む顔になった。

「唾液や指紋から身元が発覚するのを防ぐため、犯行後に片付けたか……。供述調書に出てこないのは、単に失念しているせいかもしれない。もしそうなら、それについて山尾に問い質す価値はある。犯人しか知り得ない秘密の暴露に繋がる可能性があるからな」

「でも、その供述の裏を取れますか」筒井が訊いた。「たとえば、江利子夫人はお茶を出してくれた、使った湯飲み茶碗は犯行後に片付けた、と山尾がいったとして、どうやってそれが事実だと確認するんです？」

「どこかに何らかの痕跡がないでしょうか」五代は画面を指した。「たしか、流し台に食器が残っていたんじゃないですか」

「グラスがひとつだけありました」広瀬がタブレットを見ながら答えた。「かすかにですが、藤堂康幸氏の指紋が確認されています」

「使った食器を片付けたとしたら食器棚だろう」筒井がいった。「あるいは例の豪華なカップボードに戻したか」

「いや、それはないと思います」五代は言下に反論した。「他人の家ですよ。使った食器をどこにしまえばいいか、筒井さん、わかりますか？　俺には無理です」

「そういわれたら、俺だって無理だけどさ。じゃあ、おまえならどうする？」

筒井に問われ、五代は広瀬を見た。

「前回、食洗機があったという話を聞いたと思うんですが」

「ええ、食洗機はありました」

「中にはどんな食器が入っていましたか」

「ちょっと待ってください」広瀬はタブレットを操作した。「ティーカップが二つです」

「ほかには？」

「カップとセットだと思われるソーサーが二枚とスプーンが二つ。それだけです」

「指紋は？」

広瀬は首を横に振った。「付いていなかったようです」

五代は桜川のほうを向いた。「そのティーカップじゃないでしょうか」

桜川は釈然としない表情ながら、小さく首を縦に揺らした。

「わかった。藤堂邸で飲み物を出されたかどうかを山尾に確かめてみよう。もしそのティーカップを片付けたのが山尾なら、まさか記憶にないなんてことはないだろう」

ようやく一歩だけ進んだな、と五代は思った。

この後も画像と供述内容との照合は続いた。藤堂江利子の遺体をバスルームに運び、首つり自殺に偽装するくだりでも、いくつかの疑問が刑事たちから発せられた。

「長く警察にいた人間ならば、そんな偽装が通用するかもしれないなんてこと、いくら混乱していたとしても考えるわけがないのでは？」

「逆にそれほど混乱していたのなら、どこかに指紋のひとつぐらいは残っていると思う」

「なぜわざわざバスルームに運んだのか。証拠を消したいのなら、むしろ燃えやすい場所のほうがよかったのではないか」

いずれの疑問も妥当なものだと五代は思った。しかし山尾の供述が嘘だという決め手にはならない。痒いところに手が届かないもどかしさだけが堆積していく。

その状況は、藤堂康幸殺害の場面においても同様だった。

「いくら不意をついたといっても、体力のある藤堂氏を襲うのは容易ではない。しかも紐ではなく手ぬぐいを捻ったもので、首に二重以上巻かれていたらしい。咄嗟にそんなことが可能だろうか」

「点火棒に、わざわざ江利子夫人の指紋を付けている。無我夢中だったわりに、この時だけやけに冷静なのは不自然だ」

疑問は次々に出てくるが、だからといって矛盾といえるほどのものではない。

だが一つだけ、これは明らかに変ではないかという指摘が挙がった。灯油入りのポリタンクだ。山尾は、「ポリタンクがどこにあったのか、記憶がはっきりしませんが、キッチンだったような気がします」と述べている。火を使うことの多いキッチンに、そんなものを置いておくだろうか。

「そもそも何のための灯油だ？　藤堂邸には石油ストーブでもあったのか？」桜川が広瀬に訊いた。

「一階の物置に石油ファンヒーターが入っていました。冬場、それを使うためだと思います」

広瀬が答えた。

「物置というのは、どこにある？」

「裏口の近くです」広瀬がキーボードを操作すると画面が動きだした。リビングルームからダイニングルームへ。さらにキッチンを通り抜けて廊下に出る。バスルームとは反対の方向に進んだ先に裏口があった。その手前にドアがある。ここです、と広瀬が矢印のポインタでドアを示した。「中のものは、ほぼ燃えていましたが、焼け残ったファンヒーターが確認されていまありません」

「ふつうに考えれば、ポリタンクもここにあった可能性が高いんじゃないですか」筒井がいった。「まだファンヒーターなんて使う時季ではないし、そもそもキッチンに置いておく理由がありません」

「この物置にか……」

す」

この意見に何人かが頷いた。五代も同意見だった。

「単なる山尾の勘違い、ということも考えられる」桜川は慎重だった。「記憶がはっきりしない、といっているしな」

「そんな大事なことを勘違いするかな」筒井は呟き、首を捻った。その言葉が耳に届いているはずだが、桜川は何もいわなかった。

結局、今回の検証はここまでとなった。解散後、五代は後片付けをしている広瀬に歩み寄った。「ティーカップの画像はありますか」

ティーカップ、と口の中で繰り返してから広瀬は了解した顔になった。

「食洗機に入っていたカップですね。あるはずです」タブレットを操作し、これです、といって画面を向けてきた。

そこに映っているのは二組のティーカップとソーサーだ。白地に小さな花柄が描かれていて、縁は上品な金色だ。

「高級品みたいですね」

五代の率直な感想に、でしょうね、と広瀬も合わせてきた。

「この画像、いただけますか」

「ええ、いいですよ」

データをスマートフォンで受け取ると、五代は礼をいって広瀬から離れた。

会議室を出ると筒井が寄ってきた。五代を待っていたようだ。

「山尾が、屋敷に火をつける前にティーカップを食洗機に入れた、とでも供述してくれたら万々歳なんだがな」

「その可能性は低い、といいたそうですね」

「そうはいわないが、期待外れに終わることも覚悟しておいたほうがいい。山尾の供述には絶対に裏がある」

五代は周囲を見回し、聞き耳を立てている者がいないことを確認した。

「やっぱり、山尾は犯人ではないと思うんですか」

「事件には関わっていると思う。だけど実行犯じゃない。係長だって、そのセンが濃いと思っているはずだ。だからこそ迂闊には口に出さない」

「だとすれば、なぜ山尾は自供を？」

「問題はそこだ。順当に考えれば、真犯人を庇ってるってことになるが……」

「身代わりになったわけですか。でも罪状は殺人ですよ。しかも二人を殺害している。有罪判決が出たら死刑だってあり得る。そんな重罪を肩代わりするからには、命がけで守らなきゃならない人間が山尾にはいるってことになります」

「そんな人間がいるなら、とっくの昔に捜査線上に上がってきてるはずだといいたいんだろ。

その点については反論の余地がないが……」

「もう一つ、疑問があります」五代は人差し指を立てた。「山尾が誰かの身代わりになっているとすれば、当然真犯人を知っているわけです。その人物から犯行の一部始終を聞いていなければおかしい。そのわりには供述内容に曖昧なことが多すぎると思いませんか。たとえば夫妻の首を絞めるのに用いた凶器について、もっと具体的に答えられるはずではないでしょうか」

筒井は天を仰いだ後、ゆらゆらと頭を振った。

「それをいわれると説得力のある答えは出せねえな。じゃあ山尾が真犯人なのか？　あれだけ不自然なことが多いのに」

「俺だって、あれが真相だとは思っちゃいません。どこかに嘘をひっぺがす取っかかりがあるはずです。必ずそれを見つけだしてみせます」

「その心意気はいい。だけど残されている時間が少ないってことも忘れるな」

「勾留期限ですね。今のままでは起訴は無理でしょうか」

「検察は消極的らしい。万一、山尾が公判で供述を翻した時、対抗できる武器がないからな。とはいえ藤堂一族は検察や警察官僚とも繋がりが深い。易々と不起訴にはできないだろう。喉から手が出るほど物証がほしいから、こっちにやいのやいのいってくる。大逆転のネタでも見つけてきたら表彰状ものだぞ」

「そんなものはいらないですけど、絶対に見つけてみせます」五代は言葉に力を込めた。

対策本部が置かれている会議室に戻ると、捜査員たちが輪を作っていた。中心にいるのは浅利だった。

「何かあったのか」筒井が浅利に訊いた。

「おう、ちょうどよかった。おまえたちにも知らせようと思っていたところだ」浅利がノートパソコンから顔を上げた。「山尾のスマホの解析結果が一部出てきた。消去されたデータの中に面白いものがあったぞ」

「面白いもの？」

「画像データだ」浅利はパソコンの画面を向けてきた。

表示されている画像を見て、五代は息を呑んだ。若い女性が笑っている画像だ。二十代半ばと思われる。くっきりとした目鼻立ちは、街中にいても目を引いたことだろう。ほかでもない、藤堂江利子の若い頃だ。いや、双葉江利子と呼ぶべきか。

「同じような画像がほかに五点ほど見つかっている。すべてを復元できたわけではないそうだから、もっと入っていた可能性がある」浅利がいった。「山尾が双葉江利子のファンだったというのは本当のようだ」

「単なるファンでしょうか」

五代の言葉に筒井と浅利が顔を向けてきた。

「どういう意味だ？」筒井が訊いた。

「江利子夫人が女優として活躍していたのは大昔です。その頃のグラビア写真をスマホに入れているのは、特別な感情を持っていたからじゃないかと思うんですが」

二人の警部補は顔を見合わせた。どちらも無言だが否定する表情でもない。

「あの話を聞いたか」浅利がいった。「山尾が今の警察署に配属になった経緯だ」

「知らない。何かあるのか」筒井が問い質した。

「前の署長が藤堂都議から要請されたらしい。気心の知れている人間が所轄にいると安心だから引き抜いてほしい、と」

筒井が呼吸を止める気配があった。

「山尾が藤堂夫妻のそばで勤務していたのは偶然ではなかった、ということか」さらに、どう思う、と五代に振ってきた。

「藤堂都議と山尾の間に強い結びつきがあった、と解釈するしかなさそうです」

「どんな結びつきだ？　高校のクラブ活動で顧問と部員の関係だったというだけで、それほど強い絆が形成されるか？」

筒井の問いに五代は答えられない。

「あっちはどうだった？　３Ｄの藤堂邸を見ながら供述内容を見直したんだろ」浅利が話題を変えた。「何か収穫はあったのか」

「収穫……といえるのかねえ」筒井が浮かない顔を五代に向けてきた。

五代はティーカップのことを浅利に説明した。

「なるほど、山尾がそのティーカップについて供述するかどうかは、かなり重大だな」浅利は深刻な声を発した。

「今頃は、山尾の取り調べが行われているはずだ。いい結果が出ることを祈るしかない」筒井の言葉が重々しく響いた。

それから約二時間後、取り調べの結果が五代たちのところに伝わってきた。藤堂邸を訪れた際に江利子夫人から飲み物を出されたか、という取調官の質問に対する山尾の回答は、「飲み物はどうかといわれたが、藤堂さんがお帰りになるまで待ちますといって断りました」だった。

26

翌日の午前十時過ぎ、五代が榎並夫妻の部屋を訪れると夫の榎並健人も待ち受けていた。その表情はこれまで以上に硬くて険しい。

「まず説明していただきたいことがあるんです」五代が居間のソファに座るや否や榎並は口を開いた。「事件が起きた直後、警察があの山尾という刑事をこちらに寄越したのは、何らかの意図があってのことだったんでしょうか」頬が引きつっている。

五代はゆっくりと首を横に振った。

「あの時点では、我々は何も知りませんでした」

「それは、あなたには何も知らされていなかった、という意味ですか。上層部の人間たちは勘づいていたけれど……」

「違います。捜査陣の誰ひとりとして、山尾が事件に関与していることなど想像さえしていなかったんです。彼が逮捕され、最も驚いているのは我々です。信じてください」五代は口を真一文字に結び、榎並健人の目を見つめた。

しばらくして榎並のほうが顔をそらした。

「進捗状況を教えていただけますか。あの人物は、いつ起訴されるんです？　被害者参加制度を利用しようと考えているので、準備を進めたいんです」

「それは検察が決めることなので自分たちには何とも……。現在は起訴に向け、証拠固めをしている段階です。そこで今日も、奥様に御意見をいただきたく伺ったというわけです」

「そうですか……」榎並は腕時計を見て、腰を浮かせた。「病院で大事な用があるので、私はこれで失礼させていただきます。とにかく我々が求めるのは、一刻も早く真相が明らかになることです。どうかよろしくお願いします」

「よくわかっております。全力で真相究明に努めます」五代は立ち上がり、深々と頭を下げた。

榎並健人が出ていった後は、五代は榎並香織と向き合うことになった。

「じつは奥様に確認していただきたいものがあるんです」五代はスマートフォンを操作し、例のティーカップの画像を表示させた。「この食器に見覚えはありますか」

差し出したスマートフォンの画面を覗き込み、香織は首を傾げた。

「私は見たことがありません。母が購入したとすれば私が家を出てからだと思います」

「来客用のものか、普段使いのものかはわかりませんか」

「何ともいえませんけど、来客用じゃないでしょうか。自分たちが飲むだけならマグカップを使うはずです。ソーサーなんて面倒なだけだし」香織の答えは、五代が予想したものだった。

「藤堂さんのお宅には立派なカップボードがあり、ティーカップだけでも何種類もありました。その中でもこのティーカップを使う時というのは、どんなお客さんが来た場合だと思いますか」

香織は改めて画面を見つめ、さあ、と再び首を傾げた。

「たしかに母は趣味でいろいろなティーカップを揃えていました。相手によって使い分けていたのかもしれませんけど、どういう基準で選んでいたのかは聞いたことがないのでわかりません。ただこのカップはオーソドックスなデザインだから、どういう相手でも使えたんじゃないでしょうか」

「そうですか」五代は頷き、スマートフォンを手元に戻した。これ以上の話は聞き出せそうにないと思った。

食洗機に入っていたティーカップについて、山尾は何も供述しなかった。彼の話を信用するならば、ティーカップは事件とは無関係だということになる。しかし五代は引っ掛かっていた。では二つのティーカップは、誰によって使われたのか。一方は藤堂江利子だろう。もう一人は誰か。来客があったとして、それはいつのことか。

食洗機には、ほかには何も入っていなかった。ティーカップとソーサー、そしてスプーンだけを残してほかの食器をすべて片付けたのではなく、空の状態の食洗機にティーカップ等を入れたと考えるのが妥当だ。

当日、藤堂江利子は会食で出かけた。彼女は家を出る前に、食洗機に残っていた食器を片付けたのではないだろうか。帰宅後、来客があった。そこで飲み物を出すことにしたが、その際に使われたのが問題のティーカップではないか。

そう考えれば納得できることがひとつある。藤堂江利子の服装だ。スーツの上着だけを脱いだ状態だったという。会食から帰宅したら、ふつうはすぐにでも部屋着に替えたくなるはずだ。

来客があったのでその機会がなかった、と考えれば筋が通る。

そうした考えから、意見を求めるために榎並香織に会いに来たのだった。

「わかりました。お忙しいところ申し訳ありませんでした」

五代が礼を述べて辞去しようとすると、「ああ、そうだ」と香織は何かを思い出したように手を叩いた。「そういうことなら、あの方にお尋ねになったらいいかもしれません」

「あの方？」

「東都百貨店の外商で、本庄さんの担当をしている人です」

五代は首を縦に振った。

「その方なら本庄さんのお宅で会いました。今西さん……だったかな」

「母もお世話になっていたとかで、私は会ったことがないんですけど、とてもよく気のつく方で、細かなことでもいろいろと相談していたと聞いています。来客用のティーカップなんかも選んでもらっていたかもしれません」

「なるほど……。ありがとうございます。大変参考になりました」

五代は頭を下げ、丁重に礼を述べてからマンションを後にした。

榎並香織からのアドバイスはありがたいものだった。いわれなければ思いつかなかっただろう。早速スマートフォンで連絡先を調べてみた。東都百貨店外商部員の電話番号は今西美咲の名で登録してあった。

電話をかけてみると、留守番電話に切り替わった。五代は名乗り、連絡がほしい旨をいって電話を切った。

するとすぐに電話がかかってきた。今西美咲からだった。「すみません、電話に出られなくて」と彼女は謝った。未登録の番号には迂闊に出ないようにしているのだろう。

「お忙しいところを申し訳ありません。じつは藤堂江利子さんに関してお尋ねしたいことがありまして」

短い時間でいいので会ってもらえないかというと今西美咲は快諾してくれた。ちょうど今時間が空いているということなので、一時間後に銀座で会う約束をした。

スマートフォンを戻そうとしたら着信があった。表示を見て、はっとした。永間珠代からだった。小柄な老婦人の顔が浮かんだ。すぐに電話を繋ぎ、はい、と応えた。

「もしもし、あの、五代さんの携帯でよろしかったでしょうか」

「五代です。永間さんですね。先日はありがとうございました」

「いいえ、こちらこそ……こういう言い方をしたら変なのですけど、何だか懐かしかったです。息子の話をするのは久しぶりだったので」

「御迷惑でなかったのならよかったです。ええとそれで永間さん、どうかしましたか」

「ああ、いえ、どうかしたというのではなく、ニュースを見て気になったものですから」

「ニュース？」

「あの事件の犯人が捕まったというニュースです。山尾陽介って、もしかするとあの山尾君じゃないんでしょうか」

そのことだったか。たしかに永間珠代としては気になって当然だ。五代が会いに行った時、彼女は山尾が警察官になったことも知らなかった。

「捜査中なので詳しいことはお話しできませんが、永間さんがおっしゃっていた人物のようです」

「やっぱり……。あの山尾君が藤堂先生たちを殺したってことなんですね？」

「その疑いがかかっています」五代は慎重に言葉を選んだ。

「とても信じられません。どうしてそんなことになったんでしょうか。息子のことと、何か関係があるんでしょうか」

「申し訳ありません。今もいいましたが捜査中なので、何もお話しできないんです。どうか、御理解ください」

「ああ、そうですね。すみません、無理なことをいってしまって……。ただ、前にいらっしゃった時に、もっといろいろと御相談できたらよかったかなと思ったものですから」

「事件が一段落しましたら、御挨拶に伺います。その時に御説明できればと」

「わかりました。お忙しいところ、申し訳ありませんでした」

「いえ、では失礼いたします」

電話を切り、五代はスマートフォンを見つめて吐息を漏らした。事件が一段落――いつのことやら。そんな日が果たして来るのだろうか。

銀座での待ち合わせ場所は、中央通りに面した喫茶店だ。少し早めに着いた五代が待っていると、数分して今西美咲が現れた。

「わざわざすみません」五代は立ち上がって詫びた。

いいえ、と小声でいってから今西美咲は席についた。それを見て五代も腰を下ろした。

ウェイトレスを呼び、飲み物を注文した。どちらもコーヒーだ。

「報道で知ったんですけど、大変なことになっているみたいですね」今西美咲が遠慮がちにいった。

ええまあ、と五代は曖昧に応じた。

「警察の人が逮捕されたと聞きました」

「我々も驚いています。ショックを受けている、というのが正直なところです」

「そうでしょうね。あの……お知り合いですか」

「えっ？」

「逮捕された人ですけど……五代さんの知っている方だったんでしょうか」

山尾とは本庄雅美の家で会っているのだが、どうやら覚えていないようだ。それならば余計なことはいわないほうがいい。

「それはノーコメントということにさせていただけますか。先入観があると、お互いのためによくありませんので」

「あっ、そうですね。ごめんなさい」今西美咲は、ぺこりと頭を下げた。

飲み物が運ばれてきた。コーヒーカップは純白だった。

「焼き物には陶器と磁器がありますが、このカップは磁器のようですね」五代はいった。

「そうみたいですね」今西美咲は相槌を打ちながら、なぜ刑事がそんなことをいいだすのだろうか、という顔をしている。

「じつは、あなたに見ていただきたいものがあるんです」

五代はスマートフォンを操作し、例のティーカップを表示させてから、これなんですが、といって差し出した。

今西美咲は切れ長な目で画面を見つめ、何度か瞬きした。

「ティファニーですね」

「ティファニー？　これが？」

はい、と今西美咲は頷いた。「間違いありません。何度か扱ったことがございます」

「藤堂さんのお宅から見つかったのですが、もしかするとあなたが？」

「おっしゃる通りです。私が御用意させていただきました」

「やっぱりそうでしたか」

「あの品物がどうかしたんでしょうか」

「詳しくはいえませんが確かめたいことがあるんです。江利子夫人は、どんな時に使っていたと思いますか。どういう来客があった時、といったほうがいいかもしれません」

「どういう来客……」今西美咲は戸惑った顔をしている。あまりに質問が漠然としているからだろう。

「ティーカップを探すにあたり、藤堂さんから何か条件は出されなかったんでしょうか。友達と気軽にお茶を飲むためのものとか、コレクションとして珍しいものとか」

ようやく意図が伝わったのか、今西美咲は納得した顔で顎を引いた。

「条件というほどではありませんけど、どんなお客様に対しても恥ずかしくないものを揃えておきたいとおっしゃったので、あのセットをお薦めしました」

「その言い方から察すると、特別な来客向け、と受け取れますね」

「人それぞれですけど、あまり気安くは使えない品だと個人的には思います。決してお安くない品物ですから」

「いくらぐらいするものですか」

今西美咲は少し首を傾げた。「二客セットで八万円弱だったと思います」

「八万円っ」五代は思わず声のトーンを上げた。「そんなんじゃ落ち着いて飲めないな。自分は、これぐらいで十分です」コーヒーカップを取り、口に運んだ。

「私も、あまり華奢《きやしや》な食器は苦手です」今西美咲も微笑《ほほえ》みながらコーヒーカップを持ち上げた。

彼女の形のいい指を見て、五代は小さな記憶を喚起された。前に会った時に見せられた星形の指輪だ。オートクチュール刺繡という言葉を初めて知った。この女性は、あの指輪を今日もバッグに忍ばせているのだろうか。

「どうかされましたか？」視線に気づいたのか、今西美咲が訊いてきた。

美しい指に見とれていた、とはいえなかった。

「いや、もし自分がそんな高級ティーカップを持っていたら、どんな時に使うだろうと考えていたんです。うっかり落としたりしたら大変なので、飾っておくだけかもしれない」

今西美咲は柔らかく頰を緩めた。

「気安く使えないのは辛いですよね。先程のティファニーのティーカップにも、いろいろと禁止事項がございますし」

「禁止事項？　たとえば？」

「食洗機は不可です。そのことを藤堂様に申し上げたら、あらそうなのって少し残念そうにしておられました」

「えっ、ちょっと待ってください」五代は右手を出していた。「食洗機は不可……使えないってことですか」

「はい、電子レンジも不可です」

五代は驚き、混乱した。咄嗟には次の言葉を出せなかった。

「私、変なことをいいました？」今西美咲が心配そうに尋ねてきた。

「確認ですが、そのことを江利子夫人に話したというのは間違いありませんか」

「そのはずですけど……」

五代は口元に手をやった。頭の芯が痺れたようになっている。

「あの、五代さん……」

「すみません、何でもありません」五代はコーヒーカップに手を伸ばした。ひとくち飲んだが、味わっている余裕などなかった。すぐにカップを置いた。「本日はお忙しいところ、申し訳ありませんでした」

「えっ、もういいんですか？」

「結構です。とても参考になりました。御協力に感謝します」いい終えると伝票を手にし、立ち上がった。

店を出ると、多くの人々が行き交う中央通りを歩きながら、五代は思考を展開させた。

あのティーカップは食洗機不可だという。そのことを知っている藤堂江利子が食洗機の中に入れるわけがない。では誰が入れたのか。

誰にせよ、藤堂江利子に無断ではできないし、仮に確認していれば食洗機で洗ってはいけないといわれていただろう。つまり食洗機にティーカップが入れられた時点で藤堂江利子はこの世にいなかった、ということではないのか。

順当に考えれば、ティーカップを食洗機に入れた人物こそが真犯人である可能性が高い。

夜遅くに訪れたにもかかわらず、藤堂江利子が高級ティーカップでもてなすほどの特別な客——それは一体誰なのか。その人物はなぜ夫妻を殺害したのか。

いうまでもなくそれは山尾ではない。おそらく彼はティーカップが使われたこと自体を知らない。真犯人を庇い、身代わりになって自供しただけだ。

対策本部に戻ると、深刻な雰囲気が漂っていた。桜川が数人の警部補たちと何やら話し合っている。その中には筒井の姿もあった。筒井は五代に気づき、輪から離れて近寄ってきた。

「どうかしたか？」

「ティーカップについて重大なことがわかりました」

筒井は怪訝そうに眉根を寄せた。「ティーカップ？」

「食洗機に入っていたティーカップです」

五代が今西美咲から聞いたことを話すと、途端に筒井の顔つきが険しくなった。ちょっと待ってろ、といって元の場所に戻り、桜川に耳打ちしている。桜川は鋭い目を五代のほうに向けながら立ち上がり、足早に近づいてきた。しかし立ち止まることなく、ついてこいとばかりに顎を小さく動かし、ドアに向かった。筒井も後に続いている。

対策本部になっている部屋から少し離れたところにある小会議室に入った。パイプ椅子に腰を下ろすなり、説明しろ、と桜川がいった。

五代は筒井に話した内容を繰り返した。

桜川は大きく深呼吸した後、どう思う、と筒井に訊いた。

「看過できない事実だと思います」筒井は答えた。「これまでのところ、事件当日はもちろんのこと、その前日に藤堂邸を訪れたという人間も見つかっておりません。にもかかわらず、賓客相手にしか使わないようなティーカップが出ていたこと自体、注目に値します。しかもそれを江利子夫人以外の人間が片付けたとなれば、事件に関わる人物の仕業としか思えません。しかもそれは山尾ではない」

桜川は低い唸り声を漏らした。「検察の判断は間違っちゃいないかもしれないな……」

「検察が何か？」五代は訊いた。

だが桜川は答えず、椅子から立ち上がった。

「御苦労だった。このことは、まだほかの者には話すな」そういうと大股でドアに向かい、出ていった。

筒井はため息をついた。「検察が裁判所に鑑定留置を請求し、認められたらしい」

「鑑定留置ですか……」

「現時点では起訴するには証拠が弱すぎると判断したようだ」

鑑定留置とは、被疑者に刑事責任能力があるかどうかを医学的に判定するための措置だ。身柄を一定期間拘束する点では勾留と変わらないが、強制的な取り調べはできない。

「裁判所がよく認めましたね」

「ポイントになったのは犯行動機だ。四十年来の複雑な思いが混ぜ合わさった挙げ句、ある日突然殺害を思い立った――その供述が事実なら頭がどうかしているとしか思えない。裁判所が精神鑑定が必要と判断したのは妥当だ」

「留置の期間は？」

筒井は無言で指を三本立てた。

「三か月ですか……」

鑑定留置としては平均的な期間だ。

「検察の狙いは単なる精神鑑定だけじゃないだろう。その間に起訴するのに十分な証拠を揃えようという腹なんだと思う」

「時間稼ぎというわけですか」

五代の問いに筒井は頷いた。

「それでうまく何か見つかればいいが、何も見つからないとなれば大問題だ。無駄に時間だけが過ぎたことになる。三か月後、もしも不起訴にでもなったらどうする？　一から再捜査か？　冗談じゃないぞ。時間が経てば経つほど事件は風化していく。目撃証言なんか、全く得られなくなるだろう。下手すりゃ迷宮入りだ」

五代は鳥肌が立つのを覚えた。「考えたくない話ですね」

「まあ、今からあれこれ心配しても仕方ないんだけどな。とにかくやるしかない。それにしても、山尾も山尾だよな。誰かの身代わりになって罪を被る覚悟があるなら、もっと強いネタを用意すりゃいいのに。そうすれば、こんな苦労をさせられなくて済んだ。――いやまあ、これは冗談だけどさ」

筒井が声を抑えて語った内容に、五代はぎくりとした。「筒井さん、それ……」

「冗談だといっただろ。本気にするな」筒井は顔の前で手を払った。「犯人じゃない人間を刑務所に入れるわけにはいかねえよ」

「そうじゃなくて、今の説は当たりじゃないでしょうか」

「当たり？　何のことだ」

「山尾の狙いです。事件を迷宮入りさせるために嘘の供述をしているとは考えられませんか。現役の警察官が自白したとなれば、たとえ証拠が揃っていなくても一刻も早く逮捕しなければ、と上層部は焦ります。山尾は捜査を担当していた刑事ですから、捜査資料に基づき、かなり詳細な内容を供述できます。だけど犯人にしかわからない新情報は一切しゃべらない。その結果、検察は起訴に踏みきれない。だからといって不起訴の結論を出すわけにもいかない。そこで鑑定留置。しかしそれも山尾にとっては織り込み済みなのかもしれません。このまま証拠が見つからなければ不起訴になる可能性が高い。それから改めて真犯人を捜せということになっても、三か月もの先延ばしによって再捜査は難しくなっている。山尾は自らが犠牲になることもなく真犯人を守れるというわけです」

筒井は鋭い目を五代に向けてきた。「おまえ、それ、真面目に話しているのか」

「前に筒井さんがいってましたよね。幽霊を追いかけているようだ、架空の犯人に振り回されているようだって。俺もそう思うんです。これは山尾に仕掛けられた巧妙な罠じゃないでしょうか。この罠から抜け出すには、あいつが犯人じゃないってことを証明するしかない。ところが幽霊を追うのが難しい以上に、幽霊なんかいないってことを証明するのは困難です」

筒井の顔色がみるみる変わった。だが怒っているわけではなさそうだ。

「山尾は起訴されないことを見越して、わざと逮捕されたというのか」

はい、と五代は答えた。

「ずっと引っ掛かっていることがあるんです。山尾は、なぜ西田に金を引き出させたんでしょう？　あんなことをしなければ西田が捕まることはなく、山尾の名前が出ることもなかったはずです」

「それについて山尾本人はどういってたんだっけ？」

「供述調書によれば、捜査陣を攪乱するためだったそうです」

「攪乱ねえ……。実際には山尾の逮捕に繋がっただけだが、それも奴の計算だったかもしれないといいたいんだな」

「ただ、なぜあのタイミングだったのかが気になります。山尾は明らかに自分が疑われていることに気づいていました。時間の問題で捜査の手が伸びてくることもわかっていたはずなんです」

「どうせ疑われているのなら、さっさと逮捕されたほうがいい、と考えたわけか」

「逆にいうと、逮捕が遅れると何か都合の悪いことがあったのかもしれません」

「都合の悪いことって？」

五代は唇を嚙み、頭の中で事態を整理した。あの時点で山尾への疑惑が深まりつつあったのはたしかだ。だがもし西田が動いていなければどうだったか。捜査は、どう進められていたか。

はっとした。

「もしかすると山尾は、捜査陣の関心を自分にひきつけ、肝心なものから目をそらさせようとしたんじゃないでしょうか」

「肝心なものって?」

「山尾は高校時代の友人に電話をかけ、刑事が来たかどうかを尋ねたということでした。西田に金の引き出しを命じたのは、その翌日です。警察の捜査が山尾の高校時代に及んでいることを知り、それにストップをかけるために先手を打ったとは考えられませんか」

「ということは、鍵は高校時代か」

五代は胸に引っ掛かるものを感じた。「そういえば……」

「どうした?」

「さっき永間さんから電話をもらったんです」

「ナガマ? 誰だっけ?」

「山尾の高校時代の友人が自殺していたことは話したでしょう? その友人の母親です。ニュースを見て、連絡してきたらしいのですが……」

「その人がどうかしたのか?」

「わかりません。だけどもしかしたら……」五代はゆっくりと立ち上がった。「俺はあの町に大きな忘れ物をしてきたのかもしれません」

「忘れ物? あの町って、どこだ?」

「もちろん彼等が出会った町です」

五代はスマートフォンを取り出した。青梅線の時刻表を調べるためだった。

27

『サニーマンション』の管理人は、五代のことを覚えていたようだ。顔を見て、おっというように口をすぼめた。五代は会釈し、インターホンの操作パネルに近づいた。前回と同様、5、0、3の数字ボタンに続いて呼び出しボタンを押した。

アポイントメントは取っていない。心の準備をさせないほうがいいと思ったからだ。留守の場合は出直せばいい。

スピーカーから、はい、という声が聞こえてきた。古いマンションなのでカメラは付いておらず、訪問者が誰かはわかっていないはずだ。

「突然すみません。警視庁の五代です。先程は電話をありがとうございました」

予想通り、相手からの応答はない。当惑している顔を思い浮かべながら、五代は辛抱強く待った。

やがてオートロックのドアが開いた。管理人の視線を感じながら五代は中へ入った。

五〇三号室の前に着くとチャイムを鳴らした。今度は反応が早かった。すぐに錠の外される音がしてドアが開いた。永間珠代の丸くて小さな顔が覗いた。

「突然すみません」五代は頭を下げた。

いいえ、と囁《ささや》くようにいって永間珠代はドアを手で押さえたまま身を引いた。失礼します、と五代は足を踏み入れた。

前に訪れた時と同じようにダイニングチェアを勧められた。そしてこれまた前回と同様、永間珠代はお茶を淹れようとキッチンに立った。

「飲み物は結構です」五代はいった。「見せていただきたいものがあるんです。用が済めば、すぐに引き揚げます」

永間珠代が神妙な顔つきでキッチンから出てきた。何かいいたそうだったが、口を開く前に視線を足元に落とした。彼女は腰を屈め、次に立ち上がった時には猫を抱いていた。

「何をお見せすればいいんでしょうか」永間珠代は訊いた。

「息子さんの部屋です」

老婦人の目が見開かれた。それを確かめつつ五代は続けた。

「前回、見せていただきましたが、大事なものを見逃したような気がするんです。そう思い、改めてお伺いしたというわけです。どうか、もう一度見せていただけませんか」

永間珠代は猫の身体を撫でながら、思案するように宙を見つめた。それを見て五代は、自分の直感が的中したことを確信した。やはりこの女性は、長い間大きな秘密を抱えてきたのだ。

やがて永間珠代は、わかりました、と意を決した表情でいった。「どうぞこちらへ」

永間和彦の部屋は、前に見た時と何も変わっていなかった。机と書棚とベッドが並び、きちんと清掃されている。

五代は永間珠代の顔を見た。

「前回あなたは、何か気になるところがあれば遠慮なく調べてください、抽斗でも戸棚でも開けて結構です、とおっしゃいましたよね。それは今日も変わりませんか？」

「はい、どこでもお調べになってください」永間珠代は真剣な目をして答えた。

「では遠慮なく」

五代は上着の内側から取り出した手袋を装着しながら改めて室内を見回した。

この部屋には、何かがあるはずだった。それがどこにあるのか、もちろん永間珠代は知っている。だが彼女に尋ねるわけにはいかなかった。長年、誰にもいえなかったのだ。今さら、おいそれとは答えたくないだろう。だから五代が見つける必要があった。彼女もそれを望んでいるはずだった。

まずは机の抽斗を開けていった。正面の大きな抽斗には筆記用具やメモ帳、電卓といった小物がたくさん入っていた。次に小さな抽斗の中を順に調べていった。

見つけるべきものは何なのか。日記や書簡の類いではないかと踏んでいるが、それらしきものはどこにもなかった。クロゼットの中や書棚を調べたが結果は同じだ。

おかしい、俺は見当外れなことをしているのか——自信がぐらつくのを感じながらふと永間珠代を見ると、彼女の視線はベッドに向けられていた。いや、正しくはベッドの下だ。

五代はベッドの下を覗き込んだ。すると紙袋が押し込まれている。引っ張りだし、中を確かめた。

これは——咄嗟に声が出なかった。

紙袋の中に入っていたのは登山ナイフだった。

ダイニングテーブルに戻り、永間珠代と向き合って座った。老婦人の膝には猫がいる。その背中を撫でながら彼女は話し始めた。

「あの日……和彦が飛び降りた日に見つけたんです。机の上に置いてありました。警察の人に見つかってはいけないと思い、隠してしまいました」

「どうしてそんなことを？」

「ナイフに血が付いていたからです。和彦が誰かを傷つけたんだと思いました。もしかすると殺したのかもしれないとも。馬鹿げてますよね。息子はもうこの世にいないっていうのに、罪を隠そうとするなんて」

「息子さんの自殺と関係があるとは思わなかったんですか」

「思いました。だからナイフを隠したとしても、刺された人からの訴えなどもあって、どうせいつかは発覚するだろうと思っていました。その時には正直に白状して、ナイフを警察に差し出すつもりでした」

「しかし、そんな被害者は名乗り出てこなかったんですね」

「はい。そうこうするうちにナイフのことをいいだせなくなってしまったんです。主人にもいえませんでした。だからといって処分する決心もつかず、ベッドの下に隠し続けることになりました」

「処分しなかったのは、息子さんの自殺の原因を突き止める鍵だと思ったからですね？」

「おっしゃる通りです。でも、どうしていいのかはわかりませんでした。そんなふうにして何十年も経って、ついに先日、あなたがいらっしゃったんです。これが最後のチャンスかもしれないと思いました」

「だから部屋を見せてくださったんですね。そしてナイフが見つけられるのを期待した。ところが五代という刑事は鈍感な上に無能で、そんなあなたの思惑に気づかず、ベッドの下どころか机の抽斗さえも調べようとしなかった。さぞかし歯痒かったでしょうね」

永間珠代は力のない苦笑を浮かべた。

「仕方がないと思いました。今さら部屋を調べたところで何も出てこないだろうと考えるのがふつうですから。和彦の自殺が、あなたたちが捜査中の事件と関係があるかどうかもわからないわけだし……」

「でも山尾が逮捕されたというニュースを知り、気持ちが変わったんですね」

永間珠代は猫を撫でる手を止め、真摯な目を五代に向けてきた。

「正直、とても動揺しました。あの山尾君が犯人だったなんて……。すると、和彦の自殺は本当に事件と無関係なのかどうか、気になってしまったんです。それであなたに電話をかけました」

「よかったです。あの電話がなければ、鈍感で無能な刑事のままでした」

五代はテーブルの上を見た。そこにはビニール袋に入ったナイフが置かれている。その刃には、うっすらと黒いものがこびりついていた。永間珠代がいったように、おそらく血痕だろう。

「念のためにお尋ねしますが、息子さんが日常的にナイフを持ち歩いていた、ということはありませんね？」

永間珠代は首を左右に振った。

「とんでもない。そんな子じゃありませんでした。このナイフを持っていたことは知っていました。山岳部の活動で使うために買ったと聞いていましたし、実際、それ以外の目的で持ち出すことはなかったはずです」

「ナイフに血痕が付着しているということは、誰かを襲うために持ち出し、実行に移したと考えられます。その相手の人物に心当たりは？」

「ありません。あの子がそんなことをすること自体、想像もつきません」

五代は頷き、改めてナイフを見つめた。

「あなたはこれに素手で触りましたか」

「触ってないと思います。何だか怖くて、素手では触らないように気をつけました」

「念のため、お預かりしても構いませんか？　何かわかるかもしれませんので」

「ええ、もちろん構いません」

指紋は消失しているだろうが、血痕のＤＮＡは調べられるかもしれない。

「藤堂夫妻が殺害された事件ですが、おそらく山尾は本当の動機を語っていません。供述している内容は、とても信用できないものです。我々は、永間さんが懸念されたように、やはり彼等の高校時代に何らかの原因があるのでは、と考えています。息子さんの自殺前後、何か印象に残っているようなことはありませんでしたか。人間関係で大きな変化があったとか」

「人間関係……ですか」

「誰かと仲違《なかたが》いしたとか、逆にそれまでに付き合いのなかった人物と急に親しくなったとかです」

「そういうことなら深水さんとの交際が終わったのが一番の変化だと思いますけど」

「ほかにはどうでしょう。何かありませんでしたか」

永間珠代は考え込み始めた。その表情は少し苦しげで、五代は心苦しくなった。大昔のことを持ち出されても、そう簡単に記憶は戻らないだろう。

「息子さんの死後、山尾が来たとおっしゃってましたよね」五代が前回のやりとりを思い出していった。「駐車場に来ていたのを見つけ、永間さんから声をかけたとか」

「ええ、線香をあげてもらいました」

「その後、山尾が来たことは？」

「いいえ、あれが最後でした」

「山尾以外には誰か来ませんでしたか。山岳部の元部員たちとか」

藤堂康幸から何の連絡もなかったことは、前回聞いていた。

永間珠代は右手を頬に当て、首を傾げていたが、何かを思い出したらしく、ぴんと背筋を伸ばした。

「そういえば深水さんが訪ねてこられたことがあります」

「深水江利子さんが？」

「いえ、江利子さんではなくお母様です」

「お母さん？」

「でも本当のお母様ではないんですよね。江利子さんは養女だったとか」

意外な人物の登場に五代は戸惑った。江利子の養父だった叔父については近所の聞き込みで話を聞いていたが、その妻に関してはまるで情報がない。

「いつ頃のことですか」

「冬でしたから、息子が死んだ翌年の一月か二月だと思います。線香をあげさせてもらえないかとおっしゃいました。短い間ではあったけれど、娘と仲良くしてもらっていたので、亡くなったと聞き、ずっと気になっていたんです、と」

「お母さん一人でいらっしゃったんですね。江利子さんは一緒ではなく」

「お一人でした。江利子さんは遠くに住んでいるようなことをおっしゃってたと思います」

「息子さんが亡くなったのは五月末ですよね。で、その方が訪ねてきたのが翌年の一月か二月……。どうしてそのタイミングだったんでしょう？　何かきっかけがあったとか」

さあ、と永間珠代は首を捻った。「聞いたかもしれませんけど、覚えておりません」

「どんな話をされましたか」

「それはやっぱり和彦と江利子さんのことです。ふたりがどんなふうに付き合っていたのか、私にしてもよく知っているわけではなかったんですけど、あちらはもっと御存じなかったみたいで、いろいろと訊かれました。細かいやりとりは忘れてしまいましたけど、江利子さんと別れたことが息子の自殺の原因ではないかと気にしておられるみたいだったので、それはたぶん関係ないですよ、といったのを覚えています」

「ほかにはどんな話を？」

ほかには、といって永間珠代は顔をしかめた。

「ごめんなさい。何しろ大昔のことなので……」

「そうですね。すみません、無理をいいまして。深水さん以外に、息子さんのことで訪ねてきた方はいらっしゃいませんか」

「いなかったと思います。そもそも来客の少ない家ですから」老婦人は自虐的な薄い笑みを浮かべた。

「わかりました。どうもありがとうございました。とりあえず、これはお預かりします」五代はナイフの入ったビニール袋を手に取った。「それから、息子さんの血液型を教えていただけますか」

「血液型？」

「このナイフに付着している血は、息子さんのものかもしれません。飛び降り自殺を図る前に手首を切った可能性もあります」

永間珠代は驚いたように瞬きを繰り返した。「そんなこと、少しも考えませんでした」

「息子さんの血液型は？」

「ABです。私がAで主人はBでした」

「そうですか。ありがとうございます」

そういえば、と永間珠代が顎に手を当てた。「あの方からも血液型を訊かれました」

「あの方？」

「深水さん、江利子さんのお母様です」

「どうしてそんな話に？」

「それは覚えていません。性格診断の話か何かをしていたのかもしれません。でも訊かれたのはたしかです。和彦君の血液型は何でしたかって」

28

拝島《はいじま》駅南口から約五百メートル、大小様々な住宅に溶け込むように焦げ茶色のビルは建っていた。五階建てだから近づいても威圧感はない。植え込みに囲まれた門の先に、『リリーガーデン昭島』と記された入り口が見えた。

ガラスの自動扉をくぐると左側にカウンターがあり、白いブラウスに青色のベストという出で立ちの中年女性が何やら作業をしていた。

五代は警察手帳を示しながら名乗り、「ちょっとお伺いしたいことがあるんですが」といってみた。

女性は緊張したように眉を上げた。「どんなことでしょうか」

「二年ほど前まで、こちらに入居しておられた深水秀子さんについてです。どなたか、おわかりになる方はいらっしゃらないでしょうか」

女性は、ふかみずさん、と呟いた後、「少々お待ちください」といって後方の扉から奥へと消えた。

五代はロビーを見回した。天井が高いので、昼間なら日差しがたっぷりと入って明るそうだ。応接用に置かれているソファとテーブルには清潔感があり、老いた親を預ける家族たちも安心なのではないか、と想像した。

藤堂江利子の養母だった深水秀子は、二年前までこの老人ホームにいた。榎並香織に電話で尋ねたところ、江利子は時々見舞いに訪れていたようだ。香織自身が存命中の秀子に会ったのは江利子の養父である深水照雄の葬儀が最後で、この老人ホームには一度も来なかったらしい。

「私が行くことを母は望んでいないように思ったからです。秀子さんにとって香織は血の繋がっている孫ではないから、連れていってもお互い微妙な気持ちになりそう、と母はよくいってました。私は会いたかったんですけどね」

深水秀子の葬儀は江利子が手配したそうだ。それにはさすがに香織も参列したが、ごく身内だけの密葬だったという。

奥の扉が開き、眼鏡をかけた男性が出てきた。その後ろに先程の女性がいる。

男性は石塚《いしづか》と名乗った。ここの施設長らしい。

「ええと、深水さんのことでお問い合わせとか……」石塚が訊いた。

「お忙しいところを申し訳ございません。話を聞かせていただけると助かります」

「どういったことでしょうか」

「主に深水さんの御家族についてです。娘さんが時々面会に来ておられたと聞きました。その方についてなどです」

ああ、と石塚は訳知り顔になった。「双葉江利子さんの……」

やはりそちらの名前で記憶に残っているようだ。そうです、と五代は答えた。

「そういうことなら、誰がいいかな。深水さんと個人的なことを話していた職員とかいたっけ？」石塚は隣の女性に訊いた。

「さあ、職員となると私は思いつきません」女性は首を捻りながらいった。「それよりコバヤシさんがいいんじゃないでしょうか」

「コバヤシさんか、なるほど」石塚は手を打った。

「どういう方ですか」五代は女性に訊いた。

「深水さんが親しくしておられた入居者の方です。食堂で一緒に食事をしているところなんか、何度も見ました」

「その方は、今もこちらにいらっしゃるんですね」

「いらっしゃいます。お呼びしましょうか」

「お願いします」

女性がカウンターの上にある電話機の受話器を取り上げた。館内電話らしい。

「例の事件の捜査ですか」石塚が声をひそめて訊いてきた。「双葉江利子さんが御夫婦で殺されたという……」

ええまあ、と五代は小さく頷いた。

やっぱり、と石塚は眉を八の字にした。

「ニュースで知り、私たちも驚いていたんです。ひどい事件ですよね。双葉江利子さん、いい人でしたよ。腰が低くて、私らにも丁寧に挨拶してくださいました」

「ここに来る時は、いつも一人でしたか。御主人が一緒だったことは？」

「どうでしたかね。私の知るかぎりでは、旦那さんがお見えになったことはなかったと思いますが」

電話を終えたらしく、女性が受話器を置いた。「コバヤシさん、すぐにこちらにいらっしゃるそうです」

「それはよかった」石塚がいった。「では刑事さん、あちらでお待ちになっててください」ロビーのソファを示した。

「できれば個室がいいんですが……」

「じゃあ、事務所をお使いになりますか。でも狭いですよ」

「結構です。すみません、面倒なことをいいまして」

「いやいや、大変なお仕事だってことはわかっています」

石塚がいうように事務所は狭かった。だが簡単な応接セットがあった。五代が掛けて待っていると、扉が開いて白髪の痩せた女性が現れた。薄いブルーのスウェットに身を包んでいる。

五代は立ち上がった。「コバヤシさんですか」

はい、と女性は答えた。

「突然申し訳ありません。御協力をお願いします」五代は警察手帳を示し、自己紹介した。

女性は小林靖代《こばやしやすよ》と名乗り、向かい側の席についた。

「双葉江利子さんについて聞きたいそうだと伺いましたけど、私は御挨拶した程度で、秀子さんから聞いたことぐらいしかお話しできませんよ」

「それで結構です。たとえば、どんなふうに聞いておられますか」

「どんなふうにって……政治家の妻は大変らしい、という話が多かったように思います」

「昔のことは聞いておられませんか。江利子さんがもっと若かった頃のことです」

「女優時代のことなら、いろいろと聞きました。ドラマの台詞を覚えるために台本を肌身離さず持っていたとか、ロケに行ったら必ずその土地の名物を買ってきてくれるので、秀子さんも楽しみにしていたとか」早口で話した後、小林靖代は眉をひそめた。「こんな話でいいのかしら？　つまらないことばかりしゃべっている気がするんだけど」

「そんなことはありません。参考になります。ただ、女優になる前のことなんか、何か聞いておられませんか。高校時代とか……」

「そんな前のこと……」小林靖代は虚を突かれたような顔をし、考え込んだ。「秀子さん、何か話してたかしら」

やはり少々無理な質問だったかと五代が諦めかけた時、老婦人の唇が動いた。

「思春期にはずいぶん気を遣った、ということは時々いっておられました。本当の娘ではないし、特に自分とは血も繋がっていないので、扱いに苦労したって。自分たちが水商売をしていたせいか、わざとはすっぱな態度を取ることもあって困ったとも。でもお姉さんに預けてからは、すっかり落ち着いた大人の女性になったんだそうですよ」

何気なく発せられた言葉に五代の心臓が反応した。

「お姉さん？　誰のですか？」

「秀子さんのお姉さんです。花嫁修業をさせようと思って預けた、とおっしゃってました。そうしたら街でスカウトされたと聞いて、びっくりしたって」

「場所はどちらですか？」

「場所？　スカウトされた場所ですか」

「そうではなく、深水秀子さんのお姉さんが住んでおられた場所です」興奮を抑えきれず、つい早口になってしまった。

「さあ、そこまでは……」小林靖代は当惑した顔を横に振った。「ごめんなさい。覚えてないし、たぶん聞いてないと思います」

「いえ、結構です。大いに参考になりました」

この言葉に嘘はなかった。ようやく得られた大きな手がかりに違いない、と五代は確信した。

29

朝、五代が本部庁舎の対策本部に行くと筒井と共に桜川に呼ばれた。会議室を出て、少し離れた別の空き部屋で向き合った。桜川が座らないので、五代たちも立ったままだ。

桜川は二人を見つめ、いきなり本題に入った。上司の話を聞き、五代は愕然とした。検察官から鑑定留置を告げられた直後、山尾が供述調書を訂正したい、といいだしたというのだ。

「どんなふうに訂正を？」筒井が訊いた。「まさか否認に転じたんじゃ……」

「否認じゃない。しかし肯定でもない」

「どういうことです」

「山尾は担当検事にこういったらしい。精神鑑定は自分でも必要だと思う。いろいろと考えているうちに記憶に自信がなくなってきた。すべてが自分の妄想だったような気がする。もしかすると少し頭がおかしくなっているのかもしれない。そんな状態で供述したものを裁判資料にすることには同意できないから、訂正してもらいたい――」

五代は大きく呼吸をした。まるで想定外の出来事だ。

「で、検察は何と回答を？」筒井が少し上擦った声を発した。

「鑑定留置が終わった後で検討する、と。本人もそれで同意したらしい」

「どうして山尾はそんなことを……」筒井は腕組みをした。

「検察は苛立っている。決定的な証拠を揃えられず、苦肉の策として鑑定留置を請求した途端にこれだ。留置期間が終わったら、勾留期限が迫ってくる。供述調書の自白部分が曖昧になったりしたら、絶対に起訴できない。それが命綱だからな」そういってから桜川は五代を見た。

「おまえの説、当たりかもしれんな。山尾は最初から、こういう状況になることを予想していた。というより、こうなるようにわざと自供した。奴の供述内容の裏付け捜査をするうちに時間が経過し、真犯人の犯行を立証する情報はどんどん失われていく、というわけだ。鑑定留置が終わる三か月後となれば、目撃証言が得られにくくなるだけでなく、各所の防犯カメラの映像も次々に保管期間を過ぎていくだろう」

「そのことを上層部には伝えたんですか」

「可能性の一つとして捜査一課長には話してある。刑事部長にも伝わっているはずだ。だが、まだ検察側には伝えていないと思う。元々検察は山尾の逮捕には消極的だった。警視庁としては、今さら一警察官が仕掛けた罠に引っ掛かったとはいえない。それをいえるとすれば、新たな被疑者を見つけた時だけだ」

五代は発する言葉が見つからなかった。筒井も無言だ。

「例の件、どうなっている？」桜川が五代と筒井を交互に見た。「江利子夫人が高校卒業後、花嫁修業の名目で親戚の家に預けられていたという件だ。その家は見つかったといっていたな。何かわかったのか」

「昨日、現地に行ってきました」五代は手帳を出した。「練馬《ねりま》区の大泉学園《おおいずみがくえん》です。深水秀子さんの姉、浜部清美《はまべきよみ》さんが二十一年前まで住んでいました。早くに御主人を亡くし、その後は自宅で学習塾を開いていたそうです。通っていたのは主に近所の子供たちだったとか。浜部さんが家を出たのは介護施設に移ったからで、その時に自宅も処分されました。本人は十二年前に亡くなっています」

「その家で江利子夫人が暮らしていたことは確認できたのか」

「いえ、それが……」五代は顔をしかめた。「何しろ四十年近くも前ですから、当時のことを知っている人が近所に殆どいないんです。学習塾を開いていたことにしても、通っていたという男性がたまたま見つかったのでわかりましたが、特に有名だったわけではないようです」

「その男性は江利子夫人のことを覚えていないのか」

「残念ながらその人は現在六十代で、通っていたのは五十年以上前のようです。だから時期がずれています」

「そういうことか」桜川は苦い顔をした。「で、どうする気だ？」

「近所を当たって、その学習塾に通っていたという人を捜し出すつもりです。江利子夫人が同居していた時期に通っていたのなら、姿を目撃している可能性は高いです」

「五代がひとりで当たるのか？　応援は？」桜川は筒井に訊いた。

「川村と木原を回そうと思っていますが……」筒井は若手刑事の名前を挙げた。

桜川は焦れたように首を横に振った。

「ほかの連中は何をしている？　どうせ成果の期待できない裏取りだろ。そんなものは後回しでいい。手の空いている者は、全員回せ」

気合いの籠もった指示に対し、了解しましたっ、と筒井も勢いよく答えた。

それから数時間後、五代はほかの捜査員と手分けして、大泉学園と周辺の町にある家を一軒一軒訪ね歩いていた。主な質問事項は、「四十年ほど前に『ハマベ学習教室』に通っていた人を知らないか」だ。『ハマベ学習教室』というのが、浜部清美が自宅で開いていた学習塾の名称なのだ。

人海戦術が功を奏し、塾に通っていたという者は何人か見つかった。しかし深水江利子が同居していたと思われる頃とは時期が一致しなかった。最も惜しいのは、一九八八年から通っていたという女性だ。その女性によれば、塾に通っていた二年の間に、浜部清美の同居人を見たことは一度もないらしい。深水江利子は一九八六年の春に高校を卒業している。一九八八年にはすでにいなかったとすれば、浜部清美の下に身を寄せていたのは二年未満だったということになる。その短い時期に塾に通っていた人間を見つけるのは至難といえた。

日が沈み、今日はここまでかと五代が諦めかけた時、後輩刑事から連絡が入った。一九八五年から三年間、『ハマベ学習教室』に通っていた人物が見つかった、というのだ。後輩は隣町の東大泉《ひがしおおいずみ》を回っている。

「本人に会ったのか？」五代は訊いた。

「いえ、こちらに住んでいるのはお兄さんです。その方も『ハマベ学習教室』に通っておられたそうなんですが、詳しくお話を伺ったところ、弟さんの通っていた時期がドンピシャだと判明したというわけです」

「弟さんは今どこに？」

「東銀座《ひがしぎんざ》でおでん屋を経営されているそうです。自宅は上野だとか」

「おでん屋か。店名と連絡先はわかるか？」

「もちろんです。これから送ります」

よろしく、といって五代は電話を切った。時刻は午後六時を過ぎている。

東銀座のおでん屋か——今夜の食事が決まったな、と思った。

その店はビルの地下一階にあった。階段を下りていくとガラス扉があり、明るい店内を見通せた。五代が入っていくと男性店員の威勢のいい挨拶が飛んできた。

客の入りは七割といったところか。サラリーマンが多いようだ。四人掛けのテーブルが六つ並んでいて、そのうちの四つが埋まっていた。大きなカウンター席には二組のカップルがついていた。

そのカウンターの内側に、白い上っ張りを着た大柄な男性がいた。年齢は五十歳前後か。

五代はカウンターの端の席に座り、メニューを眺めた。おでんだけでなく、刺身や焼き物、揚げ物などもあるようだ。酒の種類も豊富だった。

五代は男性に向かって小さく片手を上げた。男性が近寄ってくると、「牧山孝雄《まきやまたかお》さんですね」と訊いた。

男性の顔つきが険しくなった。「警察の？」

「はい」

「さっき兄貴から電話をもらいました。ハマベ塾のことを訊きたいとか」

ハマベ塾、というのが、当時通っていた子供たちの間での通称らしい。

「お忙しいところを申し訳ありません。手が空いた時で結構です。食事をしながら待っていますから」

「わかりました」牧山は頬を緩めた。「御注文はお決まりですか？」

「おでんセットとコロッケをください。それからライスとウーロン茶を」

「承知しました」牧山は笑顔で頷いた。

間もなく料理が運ばれてきた。五代は割り箸を手にし、食事を始めた。おでんは出汁がきいているし、コロッケは香ばしい。勤務中でなければビールを頼みたいところだった。

五代がそれらを食べ終えた頃、「今なら大丈夫です」と牧山が声をかけてきた。「奥へどうぞ」

店の奥には座敷席があった。しかし今夜は使われていないようだ。牧山に促され、五代は小上がりに腰を下ろした。

「料理、いかがでしたか」牧山が訊いてきた。

「とてもおいしかったです。おでんはもちろんのこと、コロッケが予想以上でした」

「それはよかった。子供の頃、家の近くにあった肉屋のコロッケが忘れられなくてね、その味を再現したつもりです」牧山は目を細めていった後、すぐに真顔になった。「すみません、ハマベ塾のことを聞きたいんですよね」

「覚えておられますか？」

「もちろんです。三年も通いましたから。でも思い出すのは久しぶりです。兄貴から電話をもらって、懐かしいなと思いました」

「浜部清美さんのお宅が教室だったわけですよね？」

「そうです。広い和室がありましてね、特注品と思われる細長い机がいくつか並べてありました。その机に向かい、座布団で正座して勉強するんです。一学年で生徒は十人ぐらいいたんじゃなかったかな」

「浜部清美さんは独り暮らしだったと聞いていますが、間違いありませんか」

「ええ、おひとりでした。まだお若かったんですが、旦那さんを早くに亡くされたそうです。たしか白血病じゃなかったかな」牧山は首を傾げながらいう。かなり細かく覚えているようで頼りになりそうだ。

「その家で浜部さん以外の人を見たことはありませんか。一時期、同居していた方がいらっしゃったはずなのですが」

「浜部先生以外の人？」牧山は眉根を寄せた。「いたかな、そんな人」

「一九八六年から八七年の頃です」

「八六年か。すると十一歳の時だな……」牧山は遠い記憶を探る顔をしていたが、不意に、あっと口を開いた。「思い出した。そうだ、そういえば女の人がいました。ジュースを出してくれたんだ」

「ジュース？」

「塾では途中に休憩時間があって、浜部先生が子供たちに冷えた麦茶なんかを出してくれたんです。クッキーや飴玉が配られることもありました。ところが一時期、ジュースが出されることがあったんです。しかも果物をミキサーにかけて作った、本物のフレッシュフルーツジュースです。それを出してくれたのが若い女性で、浜部先生によれば親戚だってことでした。みんな、ジュースの女の人って呼んでました。その人がいなくなったらジュースも出なくなったので、残念だったことを覚えています」

「その人の名前を御存じですか」

「名前？　いやあ、そこまでは記憶にないです。聞いたのかもしれませんが」

「ジュース以外で、その人について何か印象に残っていることはありませんか。行動でもいいし、顔とか外見的な特徴でも構いません」

「顔は全く覚えてないなあ。若い女性だったことは確かなんですが……」そういってから牧山は、自分の膝をぽんと叩いた。「そうだ、大事なことをいうのを忘れていた」

「大事なこと？」

「その女性、おなかが大きかったんです。妊娠中だったんですよ」

30

五代の報告を聞き、桜川は腕組みをしながら椅子の背もたれに身を委ねた。

「やはりそういうことだったか。五代の推理が的中していたわけだな」

「推理といえるほどのものじゃありません」五代はいった。「母親が娘の恋人だった男性の血液型を尋ねる理由といえば、娘が妊娠したケースぐらいしか考えられません。子供の父親が誰かを突き止めようとしたんでしょう」

「江利子夫人——深水江利子さん自身はどうだったのかな。父親が誰か、わからなかったと思うか？」

「それはないでしょう。交際した相手は多かったようですが、そこまで乱れた生活をしていたというのは考えにくいです」

「つまり本人はわかっていたが、敢えていわなかったわけか」

「レイプとかの可能性も低いですね」筒井が横からいった。「五代の話を聞くかぎり、江利子さん自身は妊娠を受け入れていたように思われます。堕胎時期を逸したので仕方なく出産を選んだ、というのではなさそうです」

「惚れた男の子供、ということだな」桜川が顎に手をやった。「さあて、それは誰だ。いつ、どのタイミングで関係があったか」

「深水秀子さんが永間珠代さんに会いに行ったのは一九八七年の一月か二月で、永間和彦さんの血液型を尋ねています」五代はいった。「ということは、それより少し前に出産したんじゃないでしょうか。赤ん坊が生まれなければ血液型もわかりませんから。逆算すると、妊娠に気づいた時期は高校を卒業して間もなくじゃないかと思います」

「すると性交渉があったのは、それより少し前か。卒業前かもしれないわけだ。赤ん坊の父親が永間和彦さんの可能性もあるか」

「そこが問題です。永間和彦さんと深水江利子さんは、その頃には別れていたはずです。密かによりを戻していたとしても、珠代さんは気づいたんじゃないかと思います。ふたりの間に肉体関係はなかったと思う、という母親の勘も信用したいです。それに何より、もし子供の父親が和彦さんかもしれないとなれば、深水秀子さんは改めて永間家に接触したんじゃないでしょうか。そうしなかったのは、違うと判明したからだと思います」

「ふん、つまり血液型が合わなかったわけか」

「いや、それはないでしょう」筒井が否定した。「生まれて一年以内は、赤ん坊の正確な血液型はわからないと聞いたことがあります」

「えっ、そうなのか」桜川は知らなかった様子だ。

「俺もそう聞いています」五代はいった。「だから、江利子さん自身が断言したんじゃないかと思います。子供の父親は永間和彦君ではない、と」

桜川が低く唸った。「すると父親は誰だ?」

「わかりませんが、俺は例のナイフが気になっています」

「永間和彦の部屋に隠してあったナイフか」

「そうです。あのナイフには血痕らしきものが付着していました。永間珠代さんがいうように、和彦さんが何者かを襲ったと考えるのが妥当です。しかしこれまでに聞いた話から判断すると、和彦さんは温厚で真面目な性格だったようです。そんな若者が突然ナイフを振りかざしたというのは、余程のことがあったからだと思われます。若い男性を逆上させる最も大きな動機といえば、やはり女性関係です。しかも単なる失恋とかではなく、もっと大きな怒りを誘発させる要因、たとえば意外な人物に裏切られたとか、嘘をつかれたといった感情が絡んでいるのではないかと想像します」

「その口ぶりから察すると、どうやら永間和彦が襲った相手について見当がついているようだな」桜川が三白眼を五代に向けてきた。「もったいをつけてないで、さっさといえ。相手は誰だと思ってるんだ」

五代は呼吸を整えてから口を開いた。「藤堂康幸氏だったのでは、と」

「何だと？」

「後援会長の垣内氏から聞きました。藤堂氏が教師を辞める少し前、左腕に包帯を巻いていたことがあったそうです。本人によれば生徒同士のトラブルに巻き込まれたということだったけれど、何となく嘘臭かったと垣内氏はいっていました。時期が四月か五月だったので、卒業生にでも襲われたんじゃないかと垣内氏は思ったようです。和彦さんが自殺したのは五月三十日、時期は合致します」

「その頃、すでに藤堂氏と江利子さんの間には関係があったと？」

「あり得ませんか？」

「いや、あり得ると思う」筒井が強く同意した。「教師と生徒という立場を考えれば、二人の関係を周囲に隠していたというのは、むしろ自然です」

「永間和彦は恩師を襲ったというのか」桜川が呟いた。

「恩師だからこそ、ではないでしょうか。心の底から慕い、信頼していただけに、裏切られたとわかった時の怒りは生半可ではなかったのかもしれません」

「さっきの話では、江利子さんの妊娠が判明したのもその頃だろうってことだったな。そのことを知った永間和彦が藤堂康幸氏を襲った。妊娠の相手は藤堂氏だと思ったから、ということになるのか」

「その可能性が高いと思うのですが」

「江利子さんは妊娠までしたというのに、まだ藤堂氏との関係を隠し続けたというのか」

「今さらいえない、と思ったのかもしれません」

「藤堂氏はどうなんだ。教え子を妊娠させて平気だったのか」

「その点ですが、もしかすると藤堂氏は彼女の妊娠を知らなかったのではないでしょうか。すでに別れた後だとすれば、その可能性は大いにあります。特に藤堂氏は、翌年学校を辞めた後、アメリカに渡りました」

桜川は頬杖をつき、じろりと見上げてきた。

「筋は通っている。しかし疑問がいくつかあるぞ。江利子さんの妊娠は養父母によって徹底的に隠されていた。なぜ永間和彦は知ったんだ？　その相手が藤堂氏だと確信した理由は何だ？」

「残念ながら、それらについては、まだわからないとしかいいようがありません。しかしその疑問点にこそ、今回の事件を解く鍵が隠されているんじゃないでしょうか」

桜川は沈痛な表情でしばらく黙り込んだ後、ゆっくりと自分の後頭部を撫でつけた。

「あのナイフ、鑑識ではどういっている？　永間珠代の供述は当てになるのか？　年寄りの妄想ってことはないだろうな」

「表面状態を分析したところ、指紋は完全に消失し、最低でも十年間は素手で触れられた形跡はないようです。四十年間、大切に保管していたというのは事実でしょう。把手《とって》部分からＤＮＡの採取が可能かどうかは、まだわからないとのことでした。付着していた血痕については、かなりの時間を要すると思われるがＤＮＡ鑑定は可能、という回答です」

「わかった。藤堂康幸氏のものと一致するかどうか、鑑定を依頼してみよう。だがほかにも調べることはある。仮に江利子さんが密かに出産していたのなら、生まれた子はどうなったのか。当時は赤ちゃんポストなんてものはなかったぞ」

「周囲の目を避けるために地元を離れていたとはいえ、浜部清美さんという保護者がいたのですから、正当な手順で出産したはずです。しかし江利子さんの戸籍に、その事実は記されていません。となれば、考えられることはひとつです」

筒井が指を鳴らした。「特別養子縁組制度か」

御明察、と五代はいった。「あの制度が始まったのは一九八八年一月です。江利子さんが芸能界入りした時期と重なります」

「その頃のことを調べる必要がありそうだな」桜川が舌なめずりをした。「しかし、かなり古い話だ。当てはあるのか」

「ひとりいます。海の向こうですが」五代はスマートフォンを掲げた。

31

約束の時刻から一分ほど遅れて液晶モニターに本庄雅美の顔が映った。五代は居住まいを正し、頭を下げた。「おはようございます。朝早くから申し訳ございません」

「私は構わないんですけど、そちらは眠いんじゃありません？　真夜中でしょ」

「仮眠をとったので大丈夫です。急なメールに返信してくださり、感謝しています」

「余程の用があるんだろうと思いましたから。しかもリモートで話したいことがあるなんて書かれたら、じっとしていられません。メールを返した後、大急ぎで化粧をしました」

「恐れ入ります」

実際、モニターに映った本庄雅美の顔は若々しかった。化粧のせいもあるだろうが、どうやら専用のライトが効力を発揮しているようだ。

五代は自分の部屋にいた。時刻は夜中の午前三時だ。本庄雅美にメールを送ったのは約一時間前だった。

「事件、解決したそうですね。ネットのニュースによれば犯人は警察官だったそうですけど、詳しいことはいつ発表されるのかしら」本庄雅美は探るような顔をした。

この口ぶりから察すると、その警察官が自分の家を訪れた刑事だとは気づいていない様子だが、わざわざ教える必要はないと五代は判断した。

「それが、まだ解決していないんです。警察官が逮捕されたのは事実です。しかし彼が犯人だと決まったわけではありません。依然としてわからないことが多く、それで本庄さんにも御協力をお願いした次第です」

「そうなんですか」本庄雅美は浮かない表情になった。「それで私に訊きたいこととは？」

「ずいぶん昔のことで申し訳ないんですが、江利子夫人が芸能界入りする前についてです。どこでどういう生活をしていたか、お聞きになっていませんか」

「高校を卒業した後ですね。それなら、たしか親戚の家で厄介になってたって話していたように思うんですけど……」

「その時期、何か大きな出来事があったとは聞いてないですか」

「大きな出来事？」本庄雅美は怪訝そうに首を傾げた。その表情は演技には見えなかったが、亡き友人の秘密を巧妙に隠している可能性はゼロではない。何しろ相手は元女優だ。

「これは未確認のことなので、どうか御内密に願いたいのですが」五代は唇を舐めてから続けた。「江利子夫人は芸能界入りする前、子供を出産していたのではないか、という話があるんです」

「出産？」本庄雅美の眉が上がった。「誰がそんなことを？」

「情報源は明かせません。今もいいましたが、真偽のほどは不明です。だからあなたにお尋ねするんです。そんな話を本人から聞いたことはありませんか」

本庄雅美は驚きの色を浮かべたまま、顔を左右に動かした。「ありません。初めて聞きました」

「やはり、そうでしたか」

「エリが子供を……」本庄雅美は深刻そうに眉をひそめ、視線を落とした。

「くどいようですが、事実だと決まったわけではありません」

「ええ、わかっています。ただ、もしそうだとすれば、腑に落ちるというか、納得できることがあるなあと思ったんです」

「納得？　どういったことでしょう？」

「エリ、子供が大好きだったんです。街でショッピングをしている時でも、小さな子供を見かけると足を止めて、じっと眺めたりしていました。子供の親御さんに声をかけることもありました。そのくせ、そんなに子供が好きなら早く結婚して産めばって私がいったら、自分に母親は務まらないと思うといってました」

「そんなことが……」

産んだ子を自分の手で育てられなかったことで、自らを責めていたのだろうか、と五代は思った。

「江利子夫人が一番親しくしていたのは本庄さんだ、ということは百も承知で伺うのですが、もし夫人が若い頃に出産していたとして、そのことを打ち明けていそうな人に心当たりはありませんか」五代は慎重に言葉を選んで質問した。

モニターの中で本庄雅美は考え込む表情になった。

「打ち明けていたかどうかはわかりませんけど、当時のマネージャーなら何か知っているかもしれません」

「マネージャーさん？　どういう方ですか」

「ナラハシさんという女性です。私たちより五歳ぐらい上だったと思います。同性だったので、いろいろなことを相談した覚えがあります。男性関係なんかもね」本庄雅美の顔が少しだけ緩んだ。

「その方は今も芸能界に？」

「いえ、ずっと前にお辞めになっています。結婚して、旦那さんの故郷に移ったと聞きました。だけど今も年賀状のやりとりなんかは続いているんですよ」

「すると連絡先はわかるわけですね」

「わかります。少しお待ちください」本庄雅美は視線を落とし、何やら作業を始めた。スマートフォンを操作しているらしい。やがて、どうぞ、といって彼女はスマートフォンの画面をこちらに向けた。

名前は、『島本（楢橋）祐子』となっていた。島本《しまもと》が現在の姓らしい。記されている住所は群馬《ぐんま》県邑楽《おうら》郡明和《めいわ》町だった。

午前九時過ぎ、五代はカーシェアリングで入手したクルマで出発した。電車を使うことも検討したが、予め地図で確認したところ、現地での移動にはクルマが欠かせないと思った。

首都高から東北自動車道に入り、館林《たてばやし》ICを目指した。

島本祐子《ゆうこ》に会いに行くことは、すでに桜川に電話で伝えてある。「いい土産を期待しているからな」と上司はいったが、群馬県の名産品をねだったわけでないことは五代も承知している。島本祐子本人にも連絡済みだ。五代が身分を名乗ったところ、本物の警察官なのかどうかを疑っている気配があった。この御時世、その用心深さは悪いことではない。五代が本庄雅美の名前を出すと、ようやく信用してくれた。

館林ICで高速道路を降りると、カーナビに従い、国道から県道へと入った。片側一車線の道路が真っ直ぐに延びている。周囲は見渡す限り農地だった。季節によっては緑一色なのかもしれないが、残念ながら今は茶色が目立っている。ビニールハウスもちらほらあった。

目的地周辺に到着したことをカーナビがアナウンスした。すぐそばに洋風の大きな家が建っている。道路を挟んだ農地には、柵で囲まれた果樹園らしきものがあった。幹と枝だけなので、何の樹木なのか五代にはわからなかった。

島本祐子に電話をかけると、すぐに繋がった。周囲の状況を話してみたところ、どうやらこの家に間違いないようだ。脇道に入れば駐車スペースと玄関があるそうなので、いわれた通りにクルマを移動させた。

五代がクルマから降りると、セーターにジーンズという出で立ちの女性が現れた。年齢は六十歳過ぎか。姿勢がよく、潑剌《はつらつ》とした印象だ。

島本さんですか、と五代が尋ねると、はい、と女性は答えた。

「このたびは突然無理なことをお願いして、申し訳ございません。捜査に御協力いただけると助かります」

「電話でもいいましたけど、大したお話はできないと思います。それでもよければ」

「どんなお話でも参考になります」

「そうですか。それならどうぞ」島本祐子は門扉を開けた。

案内されたのはテーブルと籐の椅子が並んだ応接間だ。ガラス戸越しに先程の果樹園が見える。

「あれはお宅の果樹園ですか」五代は訊いた。

「そうです。梨を作っています。剪定で、これから忙しくなります」急須で日本茶を茶碗に注ぎながら島本祐子はいった。

「こちらは旦那さんの故郷だそうですね」

「主人が生まれたのは隣町です。三十代まで東京で会社員をしていて、その後、梨農園を継ぐために帰ってきたんです。私は主人と交際中だったんですけど、それを機に結婚しました。芸能界での仕事は十分にやったと思いましたし」

どうぞ、といって彼女は五代の前に湯飲み茶碗を置いた。

「その仕事というのは、主に双葉江利子さんたちのマネジメントですね」

はい、と島本祐子は少し緊張した面持ちになって顎を引いた。話が本題に入ったと感じたのだろう。

「今回の事件を知り、どう思われましたか」

「どうって、それはもう……」島本祐子は眉間に皺を寄せ、首を左右に振った。「信じられませんでしたし、信じたくありませんでした。長い間、連絡は取っていなかったんですけど、エリちゃんのことは時々思い出していました。嫌な思い出なんて殆どなくて、楽しいことばかりでしたから」

「江利子さんが芸能界入りした時から、ずっとあなたがマネジメントを？」

「そうです。小さな事務所でしたから社員も少なかったんです。ひとりで何人も受け持ちました。その中でエリちゃんは出世頭で、仕事の大半が彼女のマネジメントでした」

「本庄さんによれば、仕事以外のことで相談に乗ることもあったとか」

「そういうこともありました。特に雅美ちゃんは自由奔放で、男性タレントと簡単に仲良くなったりするものだから、ずいぶんと苦労させられました」島本祐子は少し表情を和ませた。

「双葉江利子さんはどうでしたか。やはりそんなこともあったんでしょうか」

「エリちゃんは大丈夫でした。すぐに売れっ子になったせいもありますけど、身持ちは堅かったです。幼い頃に御両親を亡くして、叔父さん夫妻に育てられたということで、早く経済力をつけて自立しなきゃいけないって、よくいってました。だから歌やダンスのレッスンなんかも熱心でしたね」

「芸能界入りした当時、恋人はいなかったんでしょうか」

「いなかったはずです。もしいたら、誰かが必ず気づいたと思います。今と違い、携帯電話もありませんでしたから」

当時、深水江利子は本庄雅美らと寮住まいをしていたということだった。恋人と連絡を取るには寮の電話か公衆電話を使うしかなかったわけで、たしかに誰にも気づかれずにいるのは困難だっただろう。

でも、と島本祐子が首を傾げた。「芸能界入りする前は、深い関係になった男性がいたんだろうなと思っています」

「どうしてですか」

「これはここだけの話にしていただきたいんですけど」島本祐子は躊躇いの気配を示しつつ唇を動かした。「エリちゃん、中絶したことがあったんじゃないでしょうか」

五代は一瞬息を止めた。「……といいますと？」

「ある時、事務所に所属している女の子の妊娠が発覚したんです。もちろん未婚でした。最初に気づいたのはエリちゃんで、その子に密かに、赤ちゃんができたんじゃないのって尋ねてきたんだそうです。私は本人から打ち明けられるまで知りませんでした。結局中絶したんですけど、その子によれば、エリちゃんは妊娠や中絶に関する知識が豊富で、いろいろと相談に乗ってくれて、おかげで決心がついたといっていました。だから思ったんです。もしかするとエリちゃんも同じ経験があるのかもしれないなって。当時は今と違って情報が乏しかったですからね。エリちゃん本人に確かめたわけではありませんけど」

「なるほど、そういうことでしたか」

肝心な質問をする手間が省けた、と五代は思った。島本祐子は深水江利子に妊娠の経験があることは察していたわけだ。ただし出産したかどうかまでは把握していない。

「本庄雅美さんによれば、江利子さんは子供好きだったそうですね。そのことと関係があったんでしょうか」

五代が問うと、ああ、と島本祐子は合点したように頷いた。

「そういえばそうでした。特に、未就学の小さな子への思い入れが強いように感じました。堕ろした子のことを考えているのかな、なんて勝手に想像していたんですけど……」

「子供にまつわる思い出で、もう少し印象に残っていることはありませんか。子供向けのプレゼントを買っていた、とか」

「プレゼント？　さあ……」島本祐子は首を傾げて少し黙り込んだ後、あっと声を漏らして膝を叩いた。「プレゼントとは少し違いますけど、養護施設の子供たちをミュージカルに招待したことがあります。エリちゃんが出演していて、孤児院を舞台にした作品でした。それで同じような境遇の子供たちを是非招待したいってエリちゃんがいいだしたんです」

五代は頷いた。心当たりのあるエピソードだった。

「その施設とは『春の実学園』ではありませんか」

島本祐子が両手をぽんと叩いた。

「そうそう、そんな名前でした。西東京にある施設だったと思います」

「子供たちの招待は、江利子さんの発案だったんですね」

「そうです。招待する養護施設を決めたのも彼女だったはずです」

「施設も？」五代は思わず身体を反応させた。「江利子さんが、『春の実学園』の子供たちを招待しようといいだしたんですね。なぜその施設を選んだんでしょうか」

「なぜって、さあ……。何か繋がりがあったのかもしれません。ごめんなさい、私の記憶にはないです」

「そうですか……」五代は窓の外に目を向けた。梨の木が風に揺れていた。

32

対策本部では複数の捜査員がパソコンに向かっていた。筒井によれば、山尾のスマートフォンの解析が進み、消去されていたメールやメッセージが復元できたので、その中に事件と繋がりそうなものがないかどうかを調べているらしい。

今のところ全く何も見つからない、と筒井はいった。

「奇妙なのは、メールやメッセージだけでなく、発信記録や着信記録にさえも藤堂康幸氏と接触した形跡がないことだ。一緒に食事をしていたのだから、連絡は取っていたはずなのに、なぜなのか？」

「押収したスマートフォン以外に連絡手段を持っていた、ということでしょうか」

「おそらくそうだ。じつは藤堂康幸氏のスマホの通話記録にも山尾と連絡を取った形跡はない。二人は特殊な方法で連絡を取り合っていた可能性が高い」

「特殊な方法……」

五代は、以前女性鑑識課員から破壊されたスマートフォンの破片の画像を見せられたことを思い出した。二台分の部品が含まれている、と彼女はいった。

「二人は飛ばしスマホで連絡し合っていたというのか」五代の話を聞き、まさかとばかりに筒井は口を大きく開けた。「なぜそこまでする必要がある?」

「たしかに不可解です」

「全く、わけがわからん」筒井は頭を掻きむしった。「で、そっちはどうだった。何か土産はないのか」

「土産といえるかどうかはわかりませんが、興味深い話が聞けました」

二人で部屋の隅に移動してから、五代は島本祐子から聞いたことを筒井に話した。

「中絶か。その可能性はあるのかな」

「ゼロではないでしょうが、低いと思います。中絶したのでは、ふつう子供の血液型はわかりません。深水秀子さんが永間さんに和彦さんの血液型を尋ねたのは、仮にその時点では生まれていなくても、生まれる見込みがあったからだと思われます」

「そうだよな。いずれにせよ、江利子さんが高校卒業直後に妊娠に気づいたのは確実のようだ」

「『春の実学園』についてはどう思いますか」

「その話も気になるな。数ある養護施設の中から、なぜわざわざ『春の実学園』を選んだのか。何らかの個人的な繋がりがあったと考えるのが妥当だろう。その繋がりとは何か?」

たとえば、と五代はいった。「自分の産んだ子を預けた……とか」

筒井の鼻が膨らんだ。

「それがまず考えられるだろうな。しかしそれなら江利子さんの戸籍に記録が残るんじゃないか」

「預けられた後、その子が特別養子縁組制度でどこかの家に引き取られたなら、江利子さんの戸籍から子供の記録は消えます」

「ははあ、そういうことか」

「ただ、前に俺たちが行った際には、そんなことを園長はひと言もいってなかったのですが……」そういってから五代は首を振った。「いや、ちょっと話を聞きに来ただけの刑事に、そこまでプライベートなことを迂闊に話すわけがないか」

「だけど今は状況が違う。事情を説明すれば、先方の態度も変わるんじゃないか」

「同感です。『春の実学園』に行ってきます」五代はクルマのキーを握りしめて立ち上がった。

カーシェアリングのクルマは、近くのパーキングに止めたままだ。

だが歩き始めてすぐに足を止めた。女性捜査員が睨んでいるパソコンの画面が目に入ったからだ。そこに映っているのは六歳ぐらいの女児の顔だった。

「それは誰？」五代は女性捜査員に訊いた。

彼女は小さく首を横に振った。

「わかりません。山尾のスマホに入っていた画像データを見直しているところです。消去されたデータは復元されましたけど、これらは元々消去されずに残っていたぶんです」

復元された画像データは、先日五代も見せられた。多くは藤堂江利子が女優だった頃の写真だった。

五代は画面に顔を近づけた。カメラに向かって笑っている女児に見覚えはない。だが引っ掛かるものがあった。

どうした、と筒井がやってきた。

「この女の子、誰なのかなと思って。山尾にとって、どういう関係でしょう?」

「知り合いの子か、親戚の子か……そんなところじゃないのか」

「同じような画像がほかにあるかな」五代は女性捜査員に訊いた。

「いえ、ありません。女の子の写真はこれだけです」

「どうして、この写真だけを……」

もしや藤堂江利子が産んだ子か、という考えが浮かんだが、すぐに打ち消した。画質は鮮明で、撮影されたのは十年以内だろう。時期が全く合わない。

「考えすぎじゃないか。事件に関係しているならスマホに残しておくはずがない。双葉江利子の写真と同様、山尾が消去していただろう」

筒井の言葉はもっともだった。五代は頷き、行ってきます、といって踵を返した。

33

『春の実学園』の敷地内は賑やかだった。園庭で職員と子供たちが何やら作っている。通りかかった女性職員に尋ねると、クリスマスの準備、ということだった。

「毎年、園庭でちょっとしたパーティを開催するんです。日頃お世話になっている方を招待して。近所の人にも声をかけます」

「それは素晴らしいですね」

「ここから巣立った人たちも来ますよ」後ろから声が聞こえた。平塚園長だった。「その人たちにとって、ここは実家みたいなものですからね」

「なるほど」

「お仕事、御苦労様です」平塚園長は頭を下げてきた。「本日はおひとりなのですね」

「ええ、まあ……」

「前回、山尾さんという方が御一緒でしたよね。じつは職員から奇妙な話を聞きました。このたびの事件で逮捕された警察官が山尾という名前だけれど、もしやあの時に来た刑事さんと同一人物ではないかというのです。どうなのでしょうか」

五代としては避けたい話題だった。だが相手が気づいている以上、ごまかすわけにはいかない。「その件については、御説明したいと思います」と丁寧に応じた。

平塚園長が深呼吸をする気配があった。「わかりました。では部屋へ行きましょう」

前回と同様、園長室に案内された。

五代は、逮捕されたのは前に同行してきた山尾という刑事だ、と正直に述べた。

「ただし、あの時点では捜査陣の誰ひとりとして、彼が事件に関わっているとは思っていませんでした。私もそうです。結果的に、とても不愉快なお気持ちにさせてしまったことについては心よりお詫びいたしますが、そうした事情を酌んでいただけますと幸いです」

平塚園長は頷き、ふっと息を吐いた。

「たぶんそういうことだろうと思っていました。でも、きちんと伺えてよかったです。ずっとモヤモヤしていたものですから」

「もっと早くに御説明に伺うべきでした。申し訳ございません」

「まあ、あなた方としては、それどころではなかったのでしょうね。で、本日はどういった御用件で？　事件は解決したんでしょう？」

「いえ、まだ調べなければならないことがたくさんあるんです。前回のお話では、藤堂江利子夫人との縁が生まれたのは三十年ほど前だということでしたね。ミュージカルに招待されたことがきっかけだったとか」

「ええ、そのようにお話ししたと思います」

「我々のほうで調べたところ、養護施設の子供たちを招待することや、こちらの施設を選んだのが江利子夫人――当時の双葉江利子さんだったらしいのです。そのことは御存じでしたか」

「江利子さんが？」平塚園長は瞬きした。「いえ、初めて知りました。そうなんですか？　御本人からも、そんな話は聞いたことがないんですけど」

「信頼できる筋からの情報なので、たぶん間違いないと思います。つまり江利子夫人は、それ以前からこちらの施設を知っていた可能性が高いのです。それについて、何か心当たりはありませんか」

さあ、と平塚園長は首を大きく捻った。

「まるで思いつきません。だって、ミュージカルがきっかけだと思い込んでいましたから。本当にそうなんですか？　もしそうなら、どうしていってくれなかったのかしら……」

その表情は不思議そうだし、不満そうでもあった。知らなかったというのは嘘ではないようだ。

「たとえば、江利子夫人のとてもよく知っている子供がこちらに預けられていた、ということは考えられませんか。事情があって、そのことをあなた方に明かすわけにはいかなかった、とか」

「事情って？」

「それはわかりません。単なる憶測にすぎませんから。しかし念のため、当時の在籍児童について調べていただけるとありがたいのですが」

「児童の何を調べればいいんでしょうか」

「ですから、江利子夫人との関係の有無です」

平塚園長の眉間に深い皺が刻まれた。その目は訝しげだ。

「よくわからないんですけど」彼女は警戒する口調でいった。「そのことが藤堂御夫妻の事件にどう関係しているんでしょうか。私にはまるで見当がつかないんですけど」

「申し訳ありません。捜査上の秘密なのでお話しするわけにはいかないんです」

五代はテーブルに両手をつき、お願いします、と頭を下げた。

「仕方ありませんね」平塚園長が腰を上げる気配があった。「私だって、一刻も早く事件が解決してほしいですから。ただ、それだけ古い資料となると、捜すのに少し時間がかかります。お待ちいただけます？」

「もちろんです。ありがとうございます」五代は頭を下げたまま答えた。

平塚園長が部屋を出ていく音を聞き、姿勢を戻した。吐息を漏らし、何気なく窓の外に目を向けた。子供たちが大きなクリスマスツリーに飾り付けをしているところだった。

今年もあと一か月あまりか——。

事件発生からの日々を振り返ると、五代は目眩がしそうになる。前にこの施設に来た時に相棒だった刑事が、今や被疑者だ。しかも決め手を見つけられず、未だに翻弄され続けている。

平塚園長の疑問はもっともだ。もし藤堂江利子と深い関係にある子供がこの施設にいたとして、それが事件とどのように繋がるのか。じつは捜査上の秘密ですらない。五代自身にも見えていないのだ。

ふと思い出したことがあり、古い机に目を向けた。山尾が、脚に彫刻刀で落書きがしてあった、といっていた。よく見ると、たしかに文字のようなものが彫られている。

あの時には山尾の観察眼に感心しただけだが、もしかすると警察官としてではなく、個人的にこの施設のことが気になっていたのではないか。つまり藤堂江利子と同様、山尾にとってもここは特別な施設だったのか——。

ドアが開き、平塚園長が入ってきた。「お待たせしました」

彼女の後ろから女性の職員が続いた。ノートパソコンと分厚いファイルを抱えている。

「私ひとりでは手に負えないと思ったので、助っ人を連れてきました。問題ありませんよね?」平塚園長が訊いた。

「もちろんです。すみません、無理をいいまして。お手数だと思いますが、よろしくお願いします」五代は職員にも詫びた。

平塚園長と職員が並んで腰を下ろした。

「調べましたところ、ミュージカルに招待されたのは一九九一年の四月でした」女性職員がパソコンを見ながらいった。「そして翌月、双葉江利子さんが来園しておられます」

「当時、こちらには何人の子供が？」五代は訊いた。

「全員で四十三人です」

「その子たちの年齢はバラバラですよね。一九八六年と八七年生まれの子はいましたか」

「八六年と八七年……。ちょっとお待ちください」

職員は分厚いファイルを開いた。すべての情報をパソコンに入力してあるわけではないらしい。

しばらくファイルの中身を見つめた後、「ええ、いましたね」と職員は答えた。「八六年生まれの子が三人、八七年生まれの子が五人いたようです」

「その子たちの親の氏名や、こちらに入園した経緯なども、そこに記載してあるんですか」

「はい、それは一応……」

「ちょっと見せていただけますか」

「えっ……」女性職員は目を見張った後、不安げな顔を隣に向けた。

「五代さん、それはお断りします」平塚園長の口調が少しきつくなった。「ここに来る子供たちには、それぞれ深刻な事情がございます。過去のことだからといって、軽々に扱うわけにはいきません」

予想通りの反応だった。当然の言い分で、五代は首肯せざるをえない。

「わかりました。ではその子たちや関係者の中に、深水という名字の人物がいるかどうかだけでも教えていただけませんか」

深水江利子の産んだ子なら、一旦は彼女の戸籍に入っているはずだ。

「フカミズ？」

「浅い深いの深に、ウォーターの水です」

どうかしら、と平塚園長は職員の横からファイルを覗き込んだ。当時、双葉江利子の本名が深水江利子だったことは知らないようだ。

ありませんね、と職員が呟いた。

「ないようです」平塚園長が五代を見ていった。

外れだったか。だが入園の際に偽名を使った可能性もあるのではないか。

「ではその子たちの中に、後に特別養子縁組制度で引き取られた子はいませんか」

再び二人の目がファイルに向いたが、すぐにどちらもかぶりを振った。

「そういう子はいません。本来の親のところに戻ったか、十八歳までここにいたかのどちらかです」

「そうですか……」

「納得していただけましたか」

五代は吐息をつき、頷いた。「せざるをえないようですね」

平塚園長は職員に、御苦労様、と声をかけた。女性職員はファイルとパソコンを抱えて立ち上がり、五代に一礼してから部屋を出ていった。

「江利子さんが、うちの子供たちをミュージカルに招待してくださったことに、特に大きな理由はなかったんじゃないでしょうか」平塚園長はいった。「ずいぶん昔ですが、ここがテレビなんかで取り上げられたこともあります。たまたまそういうものを目にして印象に残っていた——そんなところだと思うんですけど」

「そうかもしれませんね」五代は話を合わせながらも釈然としなかった。

平塚園長に礼を述べると、彼女を部屋に残して廊下に出た。玄関に向かう途中、事務所の前を通ると来客用スペースに数名の子供たちが集まっていた。壁に貼られている写真を眺めているようだ。写真は二十枚以上ある。

先程の女性職員がいたので、五代は改めて礼をいってから、「あれは何の写真ですか」と尋ねた。

「クリスマスイベントの写真です」職員は答えた。「過去十年間ぐらいの写真の中から、印象的なものを選んで貼ってあります」

「ははあ、なるほど」

五代は近づいて写真を眺めた。集合写真ではなく、スナップショットだった。被写体は子供たちばかりで、サンタクロースを除けば大人は殆ど写っていない。

平和な光景だな——そう思って離れかけた時、その写真が目に入った。

赤い服を着た五歳ぐらいの少女が背後から抱き上げられている写真だ。少女は両腋《りょうわき》を摑まれているからくすぐったいのか、顔をくしゃくしゃにして笑っている。日付を見ると十年前だ。

その顔に五代は見覚えがあった。数時間前に見たばかりだから記憶に新しい。

すみません、と女性職員を呼んだ。「この子は、今もここにいるんですか」

職員は写真を見て、ああ、と合点顔になった。

「その子は違います。その子のお母さんが、ここの出身者なんです。クリスマスだから子連れで遊びに来ていたんです」

「お母さんが……」五代は急速に口の中が乾くのを感じた。「その方のお名前は？」

職員は、えっと不意をつかれたような顔になった。「名前……ですか」

個人情報だけに、迂闊に答えていいものかどうか迷っているらしい。

「では、こうお尋ねします。その方のお名前は――」五代は、ある女性の名前を口にした。

職員は迷った表情ながら、ええ、と顎を引いた。「どうして御存じなんですか？」

この問いには答えず、五代はスマートフォンを取り出した。筒井にかけようとしたが、気持ちの昂《たかぶ》りのせいで指先が震え、うまく操作できなかった。

34

十二月二十四日――。

五代は取調室の前に立ち、腕時計で日付を確認した。『春の実学園』でイベントの準備が行われていたことが思い出される。あの時には、まさかこんなふうにクリスマスイブを迎えることになるとは想像もしなかった。

息を整え、気持ちを集中させた。今一度頭の中を整理し、考えをまとめた。話す順序、手持ちのカードを切るタイミング——ミスは許されない。ドアの向こうで待っているのは、一筋縄ではいかない相手だ。

深呼吸をし、拳で胸をひとつ叩いてからドアを開けた。

机の向こう側に座っている山尾の表情は穏やかだった。五代を見上げるとさらに目を細め、口元を緩めた。「お久しぶりです」

五代は記録係の刑事に目礼してから、ゆっくりと椅子を引き、腰を下ろした。改めて山尾を見つめる。

「お元気そうですね。安心しました。でも、さすがに少しお痩せになったようだ」

山尾は肩を揺すった。

「そりゃ痩せますよ。こんなに長い間酒を飲まなかったのは、成人してから初めてです。おまけにあの食事じゃあね」

「留置場生活は、やっぱり辛いですか」

ふんと鼻先で笑い、山尾は頭を左右に振った。

「窮屈な生活には慣れました、ただ、暇で困ります。肝心の精神鑑定はどうなってるのかな。ちっともやってくれない。これでは鑑定留置の意味がないと思うんですが」挑戦的な目を向けてきた。

五代は背筋を伸ばした。

「このたびは取り調べに応じてくださり、ありがとうございます。これは任意ですから、いつでも退席してくださって結構です」

「ええ、わかっています」山尾は首を大きく縦に動かした。「鑑定留置の間、原則的に取り調べはできませんからね。これが五代さんからの要請だと聞いていなければ拒否していました」

「なぜ俺の要請は受けてくれたんですか」

「なぜ……うん、それは」山尾は首を捻った後、小さく肩をすくめた。「単なる挨拶をしに来るわけがないと思ったからです。予感するものがあった、といったほうがいいかな」

「予感、ということは、まだ何も聞いていないわけですね」

山尾の顔から、すっと表情が消えた。「聞くべき話があると？」

ええ、と五代は顎を引いた。

「『都議夫妻殺害及び放火事件』の犯人として、ある人物を逮捕しました。もちろん、あなたのことをいってるんじゃありません。全く別の人物です。本人は容疑を認めています」

「その人物とは？」

「聞かなくてもわかるでしょう。女性です。あなたと一緒に会ったことがあります」

山尾は目を瞑った。呼吸を整えているのが胸の上下動でわかった。気持ちの揺れは、その何十倍にもなっているのだろう。

山尾がゆっくりと目を開いた。

「悪い予感が的中したか。まあ、おたくから話があると聞き、半分ぐらいは覚悟したんですけどね」口調がくだけたものになった。「どこから足がついたのかな」

「江利子夫人が若い頃に出産していることを突き止めました。その子が鍵ではないかと考え、全く違うところから事件にアプローチしてみたんです」

山尾は大きく息を吐き、天井を見上げた。

「桜川班の五代は切れる、とみんながいうわけだ。俺と藤堂夫妻の関係はいずれバレるだろうと思っていたけど、よりによっておたくに目をつけられたとはね。それにしても子供のこと、どうしてわかったのかな。地元の人間でさえ、誰ひとり知らないはずなのに」

「いろいろと運がよかったんです。極めつきがあなたのスマートフォンだ。女の子の画像を保存していたでしょう？　誰だろうと思っていたんですが、意外なところで見つけました。『春の実学園』です」

五代は手元のファイルから一枚の紙を出し、山尾の前に置いた。例のクリスマスイベントの写真をコピーしたものだ。赤い服を着た少女が笑っている。

「この子の名前を教えてもらえますか」

山尾は、ふっと鼻から息を吐いた。「どうせ、調べ済みでしょ」

「あなたの口から聞きたいんです」

山尾は目をそらした。答える気はないようだ。

五代は少女の胸のあたりを指差した。大人の手が写っている。

「この子もそうですが、それ以上にこの子を抱きかかえている人物が気になりました。職員さんによれば母親で、『春の実学園』の出身者だということでした。手を見てください。珍しい指輪を嵌めているでしょう？　星形の大きな飾りが付いている。オートクチュール刺繍というものです。これと全く同じものを俺は見たことがあります。山尾さんも見ましたよね？　そこで職員さんに名前を確認しました。予想通り、同一人物でした。女性の名前は今西美咲――東都百貨店の外商員で本庄雅美さんを担当しています。江利子夫人も顧客でした」

山尾の表情に大きな変化はない。すでに諦めているのかもしれない。

五代は身を乗り出し、山尾の顔を見つめた。

「答えてください。どうして今西美咲の娘の画像が、あなたのスマートフォンに入っているのですか」

山尾はゆらゆらと頭を振った。

「勝手に想像すればいい。説明する気はない」

「しかしそれでは、あなたが今西美咲の罪を隠蔽しようとした理由も不明のままです」

「それはそっちの都合だ。知ったこっちゃない」山尾は両手を机に置いた。「いつでも退席していいという話でしたね。じゃあそろそろ失礼させてもらおうかな」

「聞きたくはないんですか」五代はいった。「今西美咲がどのようにして逮捕されたか。そして、どんなふうに自供したかを」

山尾の視線が揺れた。しばし沈黙した後、口を開いた。「まあ、聞かせてもらうとしますか」

「少し話が長くなります。お茶をもらいましょう」五代は立ち上がった。

『春の実学園』に残っている記録によれば、今西美咲が入園したのは一九九〇年、三歳の時だった。父親が業務上横領で逮捕されたことが原因で、両親は離婚し、美咲は母親に引き取られた。ところが経済的に苦しくなったこともあり、『春の実学園』に預けられることになった。母親は育児ノイローゼになっていたようだ。その原因の一つとして、美咲が実の娘でなかったことが挙げられていた。彼女は一九八八年、特別養子縁組制度によって引き取られていたのだ。五代は確信した。今西美咲こそ、深水江利子が密かに出産した子供だ。その美咲が『春の実学園』に預けられたことを何らかの経緯で知り、江利子はミュージカルを口実に近づいたのだ。

それらのことを五代は桜川に報告したが、今西美咲本人に確かめるのは時期尚早だと判断された。美咲本人が藤堂江利子が母親だと知っていたかどうかが不明だし、もし知っていたのなら、なぜ隠しているのかという疑問が生じる。

ともあれ今西美咲が重要人物であることは間違いない。彼女の娘の画像を山尾がスマートフォンに保存していたのも看過できない。その経歴を徹底的に洗うことになった。

今西美咲は『春の実学園』で五年間を過ごした後、母親の今西好子《よしこ》に引き取られた。好子は歳の離れた実業家と再婚し、富山《とやま》県で新生活を送っていた。美咲は再び三人家族の一員となったわけだが、新たな父親の籍には入らなかった。だから名字は母親の旧姓である今西のままだ。

富山でどんなふうに暮らしていたかはわからない。五代たちが調べたところ、父親は二年前に亡くなり、母親の好子が一人で暮らしていた。

今西美咲は渋谷区幡《はたが》ヶ《や》谷にある賃貸マンションで、中学三年になる娘と二人で住んでいる。近所で聞き込みをした捜査員によれば、娘の名前は真奈美《まなみ》といって、近隣の住民からはあまり評判がよくないらしい。風体《ふうてい》の乱れた連中とつるんでいて、美咲の留守中に若い男が部屋を出入りすることもあるそうだ。きちんと学校に行っているかどうかも怪しく、夜に派手な格好で出ていくところも目撃されている。無論、美咲も黙認しているわけではなく、母娘で激しく言い争うのを隣室の人間などは何度も聞いているそうだ。

そういう報告を聞いた時、誰か別の人間のエピソードではないかと五代は思った。今西美咲とはこれまでに二度会っているが、私生活にそんな苦労を抱えているとは微塵も感じなかったからだ。彼女もやはり生まれついての女優なのかもしれない。

今西美咲は『都議夫妻殺害及び放火事件』に関わっているのだろうか。無関係ならば、一刻も早い事件解決のため、自分が江利子の子供であることを明かしていたのではないか。だが無関係だからこそ、余計な情報を流して捜査を混乱させてはならないと思った可能性もある。

五代が今西美咲と初めて会ったのは、本庄雅美の家だ。その時、十月十四日夜のアリバイを尋ねた。彼女の答えは、家族と一緒にいたというものだった。娘との二人暮らしだともいった。今西母娘が住むマンションには玄関に防犯カメラが付いていた。管理会社に問い合わせたところ、映像の保管期間は三か月だという。

十月十四日の映像が確認された。すると午後九時十二分に出ていく今西美咲の姿が映っていた。その後、彼女が戻ってきたのは日付の変わった午前零時五分だった。

犯行時刻は十四日午後十一時から十五日午前二時の間、と推測されている。今西美咲が外出していた時間は、まさにその間に入る。

マンション周辺の防犯カメラの映像が徹底的に調べられることになった。例のリレー方式だ。今西美咲の姿を捜し、移動ルートを突き止めるのだ。十四日の午後九時二十分頃、彼女が幡ヶ谷駅に入っていくのを見つけるのに、さほど時間はかからなかった。

次は藤堂邸がある町の最寄り駅だ。午後九時五十分頃、駅から出てくる今西美咲の姿が確認された。映像解析班は地図と見比べながらルートを予測し、画面に映像を表示させていく。それらのデータは本来、山尾の姿を見つけるために集められたものだった。

今西美咲が藤堂邸のある住宅地に入ったところで作業は一旦終了となった。その先に有効な防犯カメラがないことは山尾の姿を捜した時に判明している。だが今西美咲が藤堂邸に向かったことは、ほぼ間違いない。

任意同行を求めよ、という指示が出された。土曜日の午後、数名の捜査員を従え、五代は幡ヶ谷のマンションに向かった。今西美咲が在宅していることは、先に見張っていた捜査員が確認している。

インターホンを鳴らすと、はい、と女性の声がいった。

「警視庁の五代です。先日はありがとうございました。改めてお話ししたいことがあります。開けていただけますか」

数秒間の沈黙があった。当惑している今西美咲の顔が浮かんだ。

どうぞ、という返事と同時に共用玄関のドアが開いた。

部屋は四階にあった。エレベータで上がり、部屋の前に立つとドアホンを鳴らした。間もなくドアが開き、今西美咲が顔を見せた。すでに青ざめているのを目にし、五代は絶望的な気持ちになった。

「お休みのところ、大変申し訳ありません。これから我々と一緒に署まで御同行願いたいのですが」事務的な口調を心がけて五代はいった。

今西美咲の目の縁がみるみるピンク色に染まった。頬が強張っているのがわかる。

「どういった御用件でしょうか」

「それは署で御説明いたします。お願いします」頭を下げた。

今西美咲は呼吸が荒くなっているようだ。何度か胸を上下させた後、唇を開いた。

「わかりました。準備をしたいので、少し待っていただけます？」

「もちろんです。ただ女性警察官を中で待機させたいのですが」

「ええ、構いません」

連れてきた女性刑事が室内に入り、ドアは閉まった。ここは四階だから逃走の心配はないが、証拠隠滅のおそれは十分にある。自殺の可能性も。

しばらくしてドアが開き、女性刑事に続いて今西美咲が出てきた。

「今日、お嬢さんは？」五代は訊いた。

「出かけています。友達に会うとかで……」

「いつ頃お帰りになるかわかりますか」

「さあ、それは……。気紛れなので」

「了解です。では行きましょう」

この場には二人の捜査員を残すことにした。今後、家宅捜索が行われる予定だ。それまでは娘といえども無闇に出入りさせるわけにはいかない。

クルマに乗ると、娘に連絡しておきたい、と今西美咲はいった。無論、許可した。

「もしもし真奈美？　今、どこにいるの？」

どこだっていいじゃん、と尖った声が漏れた。今西美咲はスマートフォンを手で覆った。

「よく聞いて。お母さんね、これから警察に行くの。いつ戻れるかはわからない。……事情は後で話すから。……なるべく早く家に帰って。あっ、でも刑事さんがいると思うから、その人たちのいう通りにして。……だからそれはわからないの。……いい？　電話切るよ。……いいね？　わかったね？　切るよ」今西美咲はスマートフォンを耳から離し、失礼しました、と詫びた。

「お嬢さん、あまり素行の良くない連中と付き合っているそうですね」

今西美咲は項垂《うなだ》れた。「母親が情けないんです」呟くようにいった。

間もなく警察署に到着した。取調室で五代が最初に尋ねたのは、彼女の生い立ちに関してだった。

「あなたの経歴について、我々はある程度のことを摑んでいます。その上でお尋ねするのですが、あなたは自分の実の母親が誰なのか御存じですか」

俯いた今西美咲の睫《まつげ》がぴくぴくと動いた。

「知っています」唇を舐めてから続けた。「藤堂江利子です」

さすがにここでは呼び捨てにするのか、と五代は思った。

「もちろん江利子夫人も御存じだったわけですよね」

「……はい」

「ほかに知っていた人は？」

今西美咲は苦痛そうに眉根を寄せた後、やがて首を横に振った。

「わかりません。少なくとも私は誰かに話したことはありません」

「藤堂氏は？」

「向こうが話したかもしれませんが、私は聞いていません」

向こう、とは藤堂江利子のことだろう。

「つまりあなたにとって江利子夫人との関係は二人だけの秘密だった、と解釈していいわけですね」

今西美咲は少し間を置いてから、ええ、と答えた。

「いいでしょう。では質問の内容を変えます。十月十四日の夜、どこで何をしていたかを話していただけますか。前に同じ質問をした時、あなたはお嬢さんと自宅にいたとおっしゃいました。ところがこちらで調べてみると、あの夜、あなたが外出して幡ヶ谷駅に行き、さらに藤堂邸の最寄り駅から出てくるところが防犯カメラに捉えられていたのです。それでも同じようにお答えになるんでしょうか」

今西美咲は黙ったままだった。じっと机の上を見ている。

「スマートフォンをお持ちですよね」五代はいった。「位置情報の記録を見せていただけませんか。十月十四日の移動履歴だけで結構です。拒否されるようでしたら、裁判所に捜索差押許可状を発行してもらうことになりますが……」

今西美咲は小さく吐息を漏らした。バッグを開き、スマートフォンを取り出した。どうぞ、といって机に置く。

「御自分で操作してください。こちらがお願いした情報を見せていただけると助かります」

「ではロックを解除しますから、お好きなように調べてください」今西美咲はスマートフォンを手に取って指先を滑らせ、再び机に置いた。

失礼します、といって五代はスマートフォンを手に取った。

おそらく一般的に知られた移動履歴は消去してあるだろう、と思った。だが仮に消去してあったとしても、一旦記録されたものなら電子鑑識による復元が可能だ。また地図アプリ以外にも位置情報を後追いで解析できるアプリはいくつもある。事件当夜にスマートフォンの電源を切っていたのなら話は別だが、おそらくその可能性は低いだろう。

だが地図アプリのタイムラインを確認し、はっとした。十月十四日の移動履歴がそのまま残っていたからだ。それによれば移動経路の中に、見事に藤堂邸が入っていた。到着したのは午後十時三分で、十一時二十三分に屋敷から離れている。

五代は驚き、今西美咲を見た。彼女が浮かべる薄い笑みには諦念の色が滲んでいた。

「あの夜、私がどこにいたか、答えるまでもありませんよね」弱々しい口調で彼女はいった。

「この記録によれば一時間二十分ほど滞在されたようですが」

「藤堂さんのお宅に行きました」

「おっしゃる通りです」

「江利子夫人と二人きりだったわけですか」

「そうです」

「例のティファニーのティーカップ。江利子夫人があれを使ってもてなした特別な客とは、あなたのことだったのですね」

「その通りです」今西美咲は青ざめた顔を向けてきた。「あのティーカップ、もしかして食洗機の中に入っていたんですか？」

「その通りです」

やっぱり、と今西美咲は弱々しく笑った。

「あの日、五代さんがお帰りになった後、余計なことをいってしまったのかもしれないと気づきました。でも、もう手遅れでした」

「ティーカップを食洗機に入れたのは誰か？　大きな謎が生じました。同時に山尾陽介は犯人ではないと確信しました。彼はティーカップの存在さえ知りませんでしたから」

今西美咲は肩を落とした。「皮肉……なものですね」

「さて、では改めてお尋ねします。あの夜、一体何があったのですか」

あの夜、といって今西美咲は言葉を詰まらせた。顔から血の気が引いていき、逆に目は赤く充血していく。さらに、はああ、と息を吐きながら喘《あえ》ぐように口を開いた。

「五代さんが想像しておられる通りです。私はあの人を……母を殺しました」

35

口元から離した茶碗を机に置き、山尾は長く太い息を吐き出した。同時に身体が少し縮んだように五代には見えた。

そういうことか、と山尾は力のない声を発した。

「スマホは早急に買い換えるように指示したんだけどねえ。警察の電子鑑識技術は年々高くなっていて、いくらデータを消去しても復元される危険性がある。スマホの買い換えのタイミングが都合よすぎると怪しまれるだろうが、犯行の証拠にはならない」

「今西美咲によれば、買い換えのためにショップに行くのが怖かったんだそうです。すでに自分は警察から目をつけられていて、行動を見張られているんじゃないかとびくびくしていたとか。スマホを買い換えようとした途端、どこからか刑事が現れ、持っていたスマホを没収されそうな気がしていたといっています。ちなみに藤堂氏のタブレットも処分せず、会社の机に入れたままでした」

五代の説明を聞き、山尾は顔をしかめながらも合点するように首肯した。

「発作的とはいえ、人殺しなんていう大罪を犯したんだ。根っからの悪人でないかぎり、それが当然の心理かもしれないな。むしろ、あの子は馬鹿が付くほどの正直者だ。だから子育てにも苦労する。まあ、子供のいない俺なんかにはいわれたくないだろうけれど」

「あの子、ですか」五代は数年後に還暦を迎える男を見つめた。「彼女のこと、よく御存じなんですね。親しかったんですか」

まさか、といって山尾は破顔した。

「言葉を交わしたこともない。ただ、どんなふうに暮らしているのかは知っていた」

「どうしてですか」

「もちろん調べたからだ。マンションの家賃も通勤手段も知っている。それこそストーカーばりにね」

「何のために？」

「報告するためだ」

「誰に？」

山尾はひと呼吸置いた後、「藤堂先生に」と答えた。

「あなたが藤堂氏のことを先生と呼ぶのを初めて聞きました」

「いつもそう呼んでいた。おたくと一緒にいる時、その癖が出そうで苦労した」

「一度も出ませんでした」

「そのはずだ。気をつけていたからな」

「お見事でした」五代は心の底からそういった。振り返れば、この人物はやはり抜かりない優秀な警察官だった。

「そんなことはいいから、話の続きが聞きたいな。今西美咲はどこまで自供したんだ？」

「ほぼ、すべてです」五代はいった。「事件に関して彼女が知っていることは、概ね話してくれたと思います。犯行動機には彼女の生い立ちが関わっているので、それも含めて殆どすべてを」

「ふうん、生い立ちね……」山尾は首をゆっくりと上下させた。「だったら、それを聞こうか。聞かせてくれるなら、もう少しここにいてもいい」

「わかりました」五代は傍らに置いたファイルを開いた。

今西美咲によれば、いつ自分が『春の実学園』に入ったのかはまるで覚えていないらしい。気づけば施設内で暮らしていて、仲間や職員たちのことは家族や親戚のように思っていたという。平塚園長が、「ここは実家みたいなものです」といったのは大げさではないのだ。

しかし美咲に本当の家族がいないわけではなかった。時折面会にやってくる女性がいた。彼女の母親である今西好子だ。好子は美咲に健康面や勉強についていくつか尋ねると、「じゃあまたね」といって、そそくさと帰っていった。たまに外で食事をすることはあったが、遊園地や動物園に連れていってくれたことはない。

母親と一緒に暮らせないことに、美咲はあまり疑問を持たなかった。周りの子供たちもそうだったからだ。当時、好子は精神科に通っていて、時には入院することもあったと美咲が知るのは、ずいぶんと後になってからだ。

もう一人、定期的に会いに来てくれる女性がいた。いや、その女性は施設の子供たち全員に会いに来ていたのだが、美咲は何となく、その人が自分に向けてくる目には、ほかの子供たちに対する時とは違う温かみがあるように感じていた。

美しい人だった。女優さんだから当たり前だ。双葉江利子さんといった。挨拶を交わすだけでもドキドキした。

そういう環境で美咲は五年間を過ごした。ある日、いつものように好子が会いに来た。しかも外で食事をしようという。

ファミリーレストランに行くと大柄な男性が待っていた。髪が白く、好子よりもずいぶん年上に見えた。好子は彼のことを「サカイさん」と紹介した。

サカイさんは美咲にあれこれと質問を投げてきた。好きな食べ物は何か、芸能人では誰のファンか、ふだんはどんなことをして遊ぶのか等々。美咲は緊張してうまく答えられなかった。

代わりに好子が答えていた。好きな食べ物はオムライス、森口博子《もりぐちひろこ》のファン、友達とバンドごっこをよくする――ずっと前に美咲が話したことを覚えていたらしい。いずれも古い情報だったが美咲は訂正しなかった。

以後、定期的にそういうことがあった。何度目かの会食の帰り、好子からサカイさんと結婚することを告げられた。

これまでの会話から薄々気づいていたので、美咲に驚きはなかった。むしろ予想外だったのは次の言葉だった。「サカイさんは美咲を引き取りたいといっているのだけれど、どうする?」と問われたのだ。

当惑した。好子のことを母親だと認識していたが、たぶん一緒に暮らす日は来ないだろうと漠然と思っていた。

混乱した末、「どっちでもいい」と美咲は答えた。

「そう、よかった」好子は安堵の声を発した。

それから間もなく美咲は『春の実学園』を出た。新しく暮らすことになったのは富山県富山市の新庄銀座《しんじょうぎんざ》というところだ。二階建ての同じような住宅がびっしりと並んでいたが、美咲たちが住んでいた家は、その中では比較的大きいほうで、駐車場にはクルマを二台止められた。

美咲は戸籍上の姓は「今西」のままだったが、「酒井《さかい》」の姓を使った。学校でも、それは許可された。

酒井は精密機械製造メーカーを経営していた。工場は自宅からクルマで数分のところにあった。付近は大小の工場だらけだった。

経済的には恵まれていたが、知らない土地での新しい生活は、美咲にとって快適とはいいがたかった。まず酒井のことを父親だとは、どうしても思えなかった。いつまで経っても美咲は彼のことを「サカイさん」と呼んだ。敬語を使うのもやめられなかった。そんな態度を取られて愉快なわけがなく、酒井の美咲に対する言動も次第に淡泊なものとなっていった。美咲を養子にする手続きを進めなかった理由も、そのあたりにあるのだろう。

好子への思いも似たようなものだ。彼女は夫への気遣いからか、美咲を厳しくしつけようとした。美咲は酒井の顔色ばかりを窺っている母親の様子を見て、この人は安定した生活を得たいがためにこの男性と結婚したのだな、と幻滅した。

決定的なことは中学一年の時に起きた。学校から、「自分の戸籍を見てみよう」という課題を出された。それで美咲は初めて自分の戸籍謄本を見た。そこに記されている内容に不可解な点はなかった。ただ一点、「身分事項」に「民法817条の2」とあるのが気になった。

調べてみて驚いた。自分が特別養子縁組によってもらわれた子だと知った。

好子に尋ねると、彼女は気まずそうな顔になり、「そろそろ話そうと思っていた」といって認めた。

でもね、といって好子は続けた。

「美咲のことは、ずっと本当の子だと思ってきた。今もそうよ。だから余計なことは考えなくてもいいからね」

わかった、と美咲は答えた。だが内心では、お母さんは嘘をついている、と思った。本当の子だと思っていたなら、どんなに生活が苦しくても施設に預けなかったのではないか。預けたとしても、もっと頻繁に会いにきたのではないか。遊園地や動物園に連れていってくれたのではないか。

自分が本当の子ではなかったと知り、疑問が氷解した気がした。

実の親については、「知らない」と好子はいった。「そのことは考えないほうがいいと思う」とも付け加えた。直感的にこれも嘘だと思ったが、美咲は問い詰めなかった。

この日以来、美咲は割りきることにした。ここで暮らしている間は、好子の連れ子として酒井の世話になっていよう。彼を尊敬し、慕う演技も、時には必要かもしれない。だがいつかこの家を出たら、酒井家とは一切の関わりを断ち切るのだ。好子との親子関係は解消できないが、極力会わないようにしよう。それまでは辛抱するしかない――。

それから数年間、美咲は演技を続けた。酒井は彼女のことを、以前に比べて扱いやすくなった、と感じていたのではないか。ただし好子は娘の異変に気づいているようで、「何か不満があるならいって」などと本心を確かめる言葉をしばしば口にした。もちろん美咲は、「何もない」と答えた。

高校までは地元にいたが、その後は東京の大学に進学した。以後、富山には数えるほどしか帰っていない。学費や生活費を送ってもらっていたが、アルバイトをし、自立の道を模索し続けた。

一方で実の親捜しを始めた。法律事務所に行き、相談した。すると家庭裁判所に行くことを勧められた。特別養子縁組を成立させるには家庭裁判所の許可が必要なのだ。その審判の記録が残っているはずだという。

アドバイス通りに手続きを進め、記録を入手した。そこには実母の名前や本籍が記されていた。

深水江利子という文字を見ても、ぴんとこなかった。昭島市という地名にも戸惑った。記録によれば、深水江利子は高校を卒業した直後に妊娠が判明、その後出産したが、父親は不明であり、本人の将来を考えて養父母が特別養子縁組制度の活用を提案、当人も同意した、とあった。

そういうことだったか、と納得し、同時に失望した。子供を手放すのだから余程の事情があったのだろうと覚悟はしていたが、女子高生の火遊びの結果だったとは。

それでもどんな女性だったのかを知りたくて、昭島に出かけた。本籍のあった場所に行き、近所の人に尋ねると、驚くべきことが判明した。

深水江利子は、女優の双葉江利子だったのだ。

『春の実学園』でのことを思い出し、腑に落ちた。双葉江利子から注がれる眼差しに特別なものを感じたのは錯覚ではなかった。彼女のほうは美咲が自分の子であることを知っていたに違いない。

どうすればいいか、迷った。会いたい気持ちはある。だが怖くもあった。女優として成功した後、政治家と結婚し、幸せな毎日を送っているところに、かつて縁を切ったはずの子供が突然訪ねてきたりしたら、どうだろう。迷惑だと思うのがふつうではないか。『春の実学園』で優しい眼差しを感じたからといって図に乗ってはいけない。今は他人だからこそ、あのように接してくれたのかもしれないのだ。

悶々《もんもん》としつつ日々は過ぎていった。やがて大学生活を終え、有名デパートに就職した。仕事は忙しく、出自についてあれこれ考えている余裕などなくなった。

そんな最中、大学時代から付き合っていた男性との間に子供ができた。男性は結婚しようといってくれた。

その彼を心の底から愛していたかと問われると答えに詰まってしまう。だが結婚相手としては及第点だった。収入は安定しているし、家族を大切にしてくれそうな雰囲気を持っていた。美咲はプロポーズを受け入れた。ただし式は挙げなかった。

産休を取り、女児を出産したのは二十三歳の二月だ。真奈美と名付けた。

人生の風向きが変わり始めたのはこの頃だ。

結婚した相手は、子育てには全く非協力的だった。真奈美をかわいがりはするが、世話は一切してくれなかった。職場復帰した美咲がさりげなくSOSを発しても、気づかないふりをする。やむをえずはっきりと要求を口にすると露骨に嫌な顔をし、「だったら仕事を辞めろよ」というのだった。美咲は夫に依存し続けた好子を見ている。あんなふうにはなりたくなかったので、仕事だけは絶対に辞めるわけにいかなかった。

夫婦仲が微妙になると行き着く先は見えている。案の定、夫の浮気が発覚した。彼のスマートフォンを盗み見た美咲は、彼が相手女性に妻の悪口を送っていることも知った。

結婚生活は二年十か月しか保たなかった。美咲は真奈美と共に家を出た。

『春の実学園』からイベントの案内状が来たのはその翌年だ。特に深い考えはなく、気分転換のつもりで真奈美を連れて遊びに行った。施設を訪れるのは十八年ぶりだった。

平塚園長は健在で、美咲の来訪を驚きつつ歓迎してくれた。離婚のことを知ると残念そうな顔をしたが、真奈美の存在には安心したようだ。

予想外のことがあった。そのイベントに藤堂江利子が訪れていたのだ。美咲は忽ち緊張し、すべてのことが上の空になった。

すると江利子のほうから近づいてきた。優しげに微笑む顔は聖母のようだった。

「美咲ちゃん、大人になったわね。私のこと、覚えてる？」

「もちろんです」美咲は胸を押さえた。心臓の鼓動は激しいままだ。

「あの子が娘さん？」江利子は園庭を見て訊いた。真奈美がほかの子供と砂遊びをしているところだった。

「そうです。真奈美といいます」

「いい名前ね。そうか。美咲ちゃんも、もうお母さんなんだ」江利子が見つめてきた。その目は少し潤んでいるようだった。

今しかない、と思った。このチャンスを逃したら、たぶん二度目はない。

「あの、私……」息づかいが荒くなっている。それを抑える余裕などなく、美咲は思いきって言葉を繋いだ。「私、昭島に行きました」

その直後、江利子の顔から表情が消えた。次に頰が強張り、泣き笑いのような顔をした。だがそれはさほど長い時間ではなかった。間もなく余裕と貫禄を取り戻した江利子は美咲の耳元で囁いた。「場所を変えましょう」

来客室が空いていた。入るなり向き合った。

「お母さんから聞いたのかしら？」江利子が訊いてきた。

「いえ、戸籍を見て気づいて、母に確認したんです。母は実の親については教えてくれなかったので、自分で調べました」

「そうだったの。でも会おうとは思わなかったのね」

「正直にいうと会いたかったです。だけど迷惑だろうと思いました」

江利子は悲しげに首を振った。

「あなたにそんなふうに気を遣わせていたとはね。本当に情けない。この施設にあなたが預けられていた頃も、顔を見るたびに申し訳なくて心が痛んだ。私がきちんと育てていたら、こんな苦労はしなくてよかったのにってね。謝って済むことではないし、今さらどうすることもできないのだけれど、ひと言だけいわせてちょうだい」目を真っ赤に充血させ、ごめんなさい、と彼女は詫びた。それを聞いた瞬間、美咲の中で何かが弾けた。急激にこみ上げるものがあり、涙が溢れるのを抑えられなかった。

来客室のドアを誰も開けなかったのは幸いだ。もし二人の姿を見たなら愕然としただろう。どちらも化粧が崩れるほどに泣いていた。

改めて会おうということになり、その日は別れた。真奈美の手を引いて施設を後にする時、美咲は自分を縛っていた鎖が解けたような気持ちになっていた。

後日、都内にあるホテルの一室で再会した。部屋を取った理由について江利子は、「ここなら思いきり泣けるでしょ？」といった。

しかしその日はどちらも泣きだすことはなかった。会うまでに十分に時間があり、気持ちの整理がついていたからだろう。

江利子は美咲の近況を聞き、生活に不安がないかをしきりに確認した。勤務先について話すと、ぱっと顔を輝かせた。

「あのデパートなら、うちの人が役員と親しいはずよ。何か要望があるのならいってちょうだい。話してみるから」

「そんな……結構です」

「力になりたいの。遠慮しないで」

強くいわれ、あまりに固辞するのも悪いような気がした。そこで、外商の仕事がしたい旨を話した。以前から考えていたことでもあった。

「外商部ね。わかった。任せてちょうだい」江利子は頼もしい口調でいった。

美咲からも訊きたいことがあった。一番知りたいのは、父親は誰なのか、ということだった。

「気になるわよね、やっぱり」質問されることは江利子も覚悟していたようだ。

高校時代の恋人だ、と江利子はいった。しかしその彼は、卒業して間もなく自殺してしまった。大学受験失敗を苦にしてのことだったらしい。

妊娠がわかった後、養父母からは中絶するようにいわれた。しかしどうしても彼の子供を産みたかった、と江利子はいった。

「だって彼はもうこの世にいないのだから、彼の遺伝子を残すとしたら私が産むしかないでしょ？　でもそんなことをいったら余計に堕ろせといわれるに決まってるから、父親が誰かは絶対にいわなかった。使命感というより、自分に酔ってたのかもしれないわね。でもあなたを産んだ時、間違ってなかったと思った。こんなにかわいい天使が手に入ったんだもの。問題は、その天使を幸せにできるかどうかだった」

高校卒業直後に妊娠が発覚したので、就職はしておらず、手に職もない。おまけに父親は不明。養父母たちが特別養子縁組を考えるのは当然だった。

「あなたと別れるのは辛かった。納得したわけではなかったけれど、赤ん坊のためだといわれたらいい返せなかった」

淡々と語った後、ごめんなさい、と江利子は詫びた。その時だけ涙が一筋、頬を伝った。

彼女の話を聞き、美咲はいろいろなことが吹っ切れた。自分が何者であるかを確認できたようで、生まれてきてよかった、と初めて思った。

それ以後、二人で時折会った。毎月のように会うこともあれば、何か月も疎遠になることもあった。

翌年、『春の実学園』で開催されたクリスマスイベントで顔を合わせた時には、江利子からプレゼントを渡された。星形のオートクチュール刺繍が施された指輪だ。手作りの品だった。それを指に嵌めると、「かわいいね」と真奈美がいってくれた。指輪を嵌めた手で娘を抱き上げた。

程なくして美咲の職場で人事異動があり、念願の外商部に移れた。藤堂康幸から働きかけがあったことは明白だった。美咲は江利子の助言に従い、本庄雅美にアタックし、顧客にすることに成功した。そして彼女の紹介という形で、江利子の担当にもなった。本庄雅美は自分が二人の中継役として利用されたとは、未だに気づいていないだろう。

こうして人目を気にすることなく二人で会えるようになった。もちろん美咲にとって江利子は本庄雅美と共にＶＩＰ級の顧客でもあった。彼女たちのおかげで職場での成績は常に上位だ。平穏な日々が続いた。江利子の存在は心強かった。何しろ血の繋がった母親だ。実際には頼らなくても、いざとなれば甘えられると思うだけで少々の苦難は乗り越えられた。

密かに不満があるとすれば、二人の関係を公にできないことだ。美咲は江利子のことをお母さんとは呼ばない。習慣化したらまずいと思うからだ。江利子のほうも、呼べとはいわない。

あまりないことだったが、江利子が香織について話すのを聞いた時にも、美咲は複雑な気持ちになった。八歳下の異父妹に直接会ったことはないが、江利子が時折漏らす言葉の断片から、美咲は様々な想像を働かすことをやめられなかった。両親が揃った家で、どれほど幸せに暮らしているのだろうか。香織は江利子に対して堂々と「お母さん」と呼べる。周りも藤堂夫妻の娘として扱ってくれる。それを恵まれていると思うことなく、当然だと受け止めているに違いないのだ。ありがたいとさえ思っていないかもしれない。

もちろんそんな思いは胸にしまい続けた。結局のところ妬みにすぎず、公にはできないにしろ、江利子が母として接してくれていることを幸運に思うべきだと懸命に自分を律した。戸籍には入っていなくても優秀な娘であろうと努力した。香織などには決して負けられない。やっぱり自分の娘だと江利子に誇りを感じてほしかった。

そのようにして月日が過ぎていった。美咲と江利子の秘密の母娘関係は維持された。むしろ不穏な気配が生じてきたのは、真奈美との間においてだった。

従順だった娘が、中学生になってから反抗的になった。じつはそれより少し前から兆候はあった。学校の成績が急に芳しくなくなったのだ。小学生時代は、美咲が厳しく目を光らせ、勉学以外のことに興味を持たないよう監視していた。その理由は江利子にあった。父親はいなくても立派に子育てしているところを見せたかった。だから江利子と会う時、真奈美を連れていくこともあった。江利子にとっては孫になる。「目に入れても痛くないという気持ち、初めてわかったわ」と彼女はいってくれた。

その真奈美が逆らうようになった。勉強をサボる程度のことはいい。しかし担任教師からの連絡で学校を無断で欠席していると知り、ただ事ではないと気づいた。美咲が問い詰めても真奈美は理由をいわない。自分の部屋に引きこもったり、時には突然外へ飛び出したりした。

スマートフォンを触っている時間も増えた。家にいる間は殆ど手放さない。それについて注意すると忽ち逆上する。キレる、というやつだ。

怪しげな連中と付き合っていることも判明した。どこで知り合ったのかはわからないが、かなり頻繁に会っているようだ。影響を受けたらしく、言葉遣いだけでなく身なりまで変わった。深夜に帰ってくることも増えた。

相談できるとすれば江利子しかいなかったが、それはなるべく避けたかった。心配をかけたくなかったというのもあるが、それ以上にだめな母親だと思われたくなかった。しかし悩んでいることを隠し通せなかった。不審に思った江利子に問い詰められ、事情を打ち明けた。

どうしてもっと早くいわなかったのか、と叱られた。

「最近、真奈美ちゃんを全然連れてこなくなったからおかしいと思ってたのよ。そういうわけだったの。それはいけないわね。不良たちとの付き合いを断ち切らせなきゃ」江利子はため息交じりにいった。

「どうすればいい？」

「それはもう、じっくりと話し合うしかないわよ。心を込めて話せば、きっとわかってくれるはずだから」

江利子の言葉に美咲は苛立ちを覚えた。話し合う？　そんなことは何度も試みた。真奈美が聞く耳を持たないから困っているのだ。しつこくいえば、怒りだして家を飛び出してしまう。その後どこかで無茶をしないか、そちらのほうが心配なのだ。

さらに江利子が発した台詞に美咲は当惑した。もしも警察沙汰になるようなことがあったら、すぐに連絡しなさい、といったのだ。

「地元の警察にもコネクションがあるわ。何とかできると思う。でも手遅れになったらどうしようもない。そのことだけは覚えておきなさい」

美咲は暗い気持ちになった。求めている手助けはそういうものではない。何とかして真奈美をまともな道に戻したいのだ。しかし江利子の頭にあるのは違うことらしい。真奈美が警察沙汰の事件を起こし、万一にでも自分たちとの繋がりが世間にばれた時のことを心配しているのだ。

この人に頼ってはいけなかったのかもしれない、と後悔した。

だが打開策があるわけではなかった。真奈美の素行の悪化には歯止めがかからなかった。美咲が仕事で出かけている間に、いかがわしい連中を部屋に招き入れているということを近所の人間から聞いた。実際、帰宅すると部屋がひどく乱れていたりした。煙草ではない、奇妙な甘い臭いが漂っていることもあった。それと同じような臭いが真奈美の衣服にしみついていたこともある。

　やがて決定的な出来事が起きた。こっそりと真奈美のスマートフォンを操作し、ＳＮＳで奇妙なやりとりがあるのを見つけた。「野菜」なるものを売買していたのだ。後から調べ、それが大麻の隠語だと知った。

　絶望的な気持ちになった。どうしていいかわからない。真奈美を問い質そうと思ったが、例によって夜になっても帰ってこなかった。

　夢中で江利子に、真奈美のことで相談したい、とメッセージを送った。尋常でないと悟ったらしく、家にいらっしゃい、と返信があった。

　十月十四日のことだ。真奈美のことは心配だったが、居ても立っても居られず、マンションを出た。気が動転したままだったのでバッグも持たなかった。首からストラップの付いたスマートフォンを下げていただけだ。

　財布はなくてもスマートフォンがあれば電子マネーで電車には乗れる。自宅を出てから五十分後には藤堂邸に着いていた。

　屋敷では江利子が一人で待っていた。会食があったらしく、スーツの上着を脱いだ姿だった。

　突然ごめんなさい、と美咲は謝った。

「とにかく気持ちを落ち着けなさい」

　江利子はハーブティーのジャーマンカモミールを振る舞ってくれた。ティーカップは美咲が選んだティファニーだ。

青リンゴに似た香りを嗅ぐと、少し気持ちが鎮まった。そこで美咲は思いきって何があったのかを打ち明けた。

話を聞いた途端に江利子の顔は曇り、険しくなった。大きなため息をつくと、それは困ったわね、と声を絞り出すようにいった。

「金銭トラブルとか暴力事件とかなら何とでもなるんだけど、薬物は難しいかもしれない。絡んでくるのが警察だけじゃないから。うちの人に相談してみるけど……クスリねえ、それはまた困ったことをしでかしてくれたものね」

すみません、と美咲は頭を下げた。言い訳のしようがなかった。

「だからおかしな連中との付き合いなんて、一刻も早く断ち切らせなさいといったのよ。どうしてこんなことになるまで放っておいたの？」

「私だって、そうしたかった。でも真奈美がちっとも話を聞いてくれなくて……」

「だめよ、そんなことでひるんでちゃ。もっと粘らないと」

ひるんでいたわけではない。真奈美が家に帰ってこないのだから、どうしようもなかったのだ。しかし何をいっても江利子の耳には言い訳にしか聞こえないようだ。

「真奈美ちゃん、賢くていい子だと思ったんだけどな。一体、誰に似たのかしら」江利子が眉をひそめていった。「そういえばあまり聞かなかったけど、真奈美ちゃんの父親ってどういう人だったの？」

「どういうって……仕事に関しては真面目な人だった。ただ、家庭的ではなかったかな。育児にはあまり協力してくれなかったし……」

「挙げ句の果てに、外に女を作ったわけね。こういっては何だけど、男を見る目がなかったわね。はっきりいって、それはハズレよ。そこが躓《つまず》きのもとだったってこと」

ごめんなさい、と美咲は謝っていた。だが内心では、なぜ自分が謝らなければならないのか、と疑問が渦巻き始めていた。

そもそも誰が悪いのだ。

高校生の分際でセックスにうつつをぬかし、妊娠し、父親のいない子供を産んだことはどうなのか。躓きではないのか。その子を自分の手で育てようともせず、他人の手に委ねた人間に、子育てについてあれこれいう資格があるのか。

そうなのだ。自分の人生はスタートから歪んでいる。歪ませたのはほかでもない、今、目の前にいる人物だ。

疑問は膨らみ、怒りへと変わりつつあった。愛情と憎しみが混ざり合っていく。そんな心理状態に美咲自身が戸惑い、混乱した。

着信音が聞こえたのは、その直後だった。江利子がスマートフォンを手に取った。着信表示で相手が誰かを把握したらしく、表情が弾んだものになっていた。

「ハロー、元気?」江利子が陽気な声を出した。「そっちは何時?　そうよねえ。起きたばかりでしょ。どうしたの、こんな時間に?」

会話から相手が誰なのかを美咲も悟った。本庄雅美だ。今、シアトルにいるはずだ。

「あの子?　元気よ。……うん、赤ちゃんも順調に育ってるみたい。……そうなの、それだけが心配でね。……そう、おばあちゃんよ、見事におばあちゃん」

香織の話だ、と気づいた。正しくは香織のおなかにいる赤ん坊の話だ。妊娠中だということは聞いていた。江利子は美咲の前では露骨に歓びを示したりしないが、言葉の端々に多幸感が滲む。

「……NIPTの結果？　何よ、あなた、それを知りたくてわざわざ電話してくれたの？……うふふ、ありがとう。結果は陰性よ。……そう、全部陰性。よかったわあ、本当に安心した。さすがは榎並家の御曹司、遺伝子が違うんだと思った。……そうよ、遺伝だけはどうしようもないものねえ」

遺伝――その言葉だけが妙に大きく美咲の耳の奥、いや頭の中で響いた。

江利子はまだ楽しそうに話している。その声が、耳に水が入ったようにくぐもって聞こえた。鼻が詰まったようになり、頭がぼうっとした。

電話を終えたらしく、江利子がスマートフォンを置いた。顔には幸せそうな笑みが残っている。

その笑みを消したい衝動に襲われた。気づくと手にしたものを江利子の首に巻きつけ、渾身の力で引っ張っていた。

36

五代はファイルから顔を上げた。

「何を使って首を絞めたのか、家に帰るまで気がつかなかったそうです。もっと正確にいうならば、首を絞めたのかどうかも記憶が曖昧になっていたとか。江利子夫人が動かなくなったのを見て、無我夢中でその場を立ち去ったといっています。犯行の隠蔽工作など何ひとつせずにね」

話を聞いている間、山尾はかすかに身体を揺らす程度で、殆ど動かなかった。しかし顔つきが変わっていくのは、はっきりとわかった。無表情のままだが、木が枯れるように生気が失われていった。このわずかな時間で、何歳も老いたように見えた。

「だろうな……」山尾の乾いた唇が動き、かすれた声が漏れた。「平気で人を殺せる人間なんていない。自分のしでかしたことを振り返って、後から怖くなったはずだ」

「死のうとしたそうです。首を吊って死のうと。ところが部屋中を探し回っても、首吊りのできそうな場所が見つからなかった。そのかわり、紐は見つかった。いや、見つかったというのは適切ではありませんね。それはずっと身に着けていたものでした。スマートフォンのストラップです。同時に気がついた。何を使って江利子夫人の首を絞めたのか」

山尾は首を縦にゆらゆらと振った。「なるほど、スマホのストラップだったか。鑑識に教えてやらないとな」

「残念ながら今西美咲によれば、すでに処分したそうです。一般ゴミと一緒に捨てたとかで、回収は不可能でしょう」

「その時にスマホも処分すりゃよかったのに」山尾は口元を歪めた。「だけどまあ、自殺は思い留まったわけだ」

「首吊りができないのでどうしようかと思っていたら、真奈美さんが帰ってきたんです。それまで今西美咲は、死ぬことで頭がいっぱいで、娘のことを忘れていたそうです」

キッチンでぼんやりしていたら、「何してんの？」と不意に後ろから声をかけられて驚いた、と今西美咲はいった。振り向くと派手なメイクをした真奈美が、ガムを嚙みながら立っていた。

何でもない、と美咲はいった。包丁での自殺を考えていた、とはいえない。

「あなたは今までどこに行ってたの？」

「友達のところ」

「どの友達？」

「そんなのどうだっていいじゃん」真奈美は不機嫌な顔で自分の部屋に入った。

今西美咲によると、このやりとりのせいで少し冷静になれたらしい。

ここで自分が死んでも、真奈美が苦労するだけだと気づいた。潔く自首するしかないと覚悟を決めた。いや、自首するまでもなく、今すぐにでも警察がやってくるかもしれない。

罪を認め、何もかも告白しようと思った。もしかしたら、それによって真奈美は立ち直ってくれるかもしれない。それならば自分のやった過ちにも意味がある。

そう思うと不思議と気持ちが落ち着いた。ベッドに入った後、眠れはしなかったが、今後のことをあれこれと考える余裕も生まれた。

翌日は体調不良を理由に会社を休んだ。警察に出頭する前に、やるべきことがたくさんあった。まずは真奈美への説明だ。娘は部屋に籠もったままだった。

どのように話せばいいかと考えながら何気なくテレビをつけると、ニュース番組が流れていた。画面に映っているのは火災現場だ。テロップを見て、はっとした。『都議会議員と元女優の双葉江利子さん宅が放火される　現場から二人の遺体』とあった。

思考が混乱した。わけがわからなかった。自分は江利子を殺しただけだ。あの時、火事になるような不始末をしてしまったのだろうか。だが二人の遺体とはどういうことか。

テレビの前から動けなくなった。ニュース番組をはしごし、スマートフォンでネットニュースを追いかけた。何が起きているのかを把握しようとした。いつの間にか真奈美がいなくなっていたが、気がつかなかった。

結局、何もわからないまま一日が終わった。警察の人間が訪ねてくることもなかった。

次の日も休暇を取った。新型コロナウイルスの流行以来、咳が出るといえば休みやすい。

新情報を求め、前日と同様にテレビをつけ、スマートフォンで検索を続けた。だが美咲の疑問を解決してくれる答えはどこにもなかった。

そんな中、スマートフォンが音を鳴らした。メールが届いている。ぎくりとした。警察からだろうか。おそるおそる開けてみて、心臓が止まりそうなほど驚いた。その文面は次のようなものだった。

『今西美咲様
このメールを読んでもらえることを願っています。
あなたが早まった行動に出ていないことを意味するからです。
いうまでもありませんが、決して命を粗末にしてはいけません。

私はある人から、あなたを助けるよう頼まれました。

あなたが警察に逮捕されることを何としてでも回避してみせます。

幸い、警察はまだあなたの存在に気づいておらず、露程も疑っておりません。

あなたはいつも通りに生活してください。

何も変えてはいけません。いつもと同じ笑みを浮かべ、同じように働くのです。

どうか私を信じ、指示に従ってください。

バディX』

五代は一枚の書類を山尾の前に置いた。今西美咲のスマートフォンに届いた、『バディX』と名乗る者からのメールをプリントしたものだ。

「これを送ったのは山尾さん、あなたですね」

五代の問いに山尾は答えない。しかし今さら否定する気もないようで、小さく肩をすぼめた。

「じつに不思議です。今西美咲の供述を信じるならば、彼女が殺したのは江利子夫人だけです。では藤堂康幸氏は誰に殺されたのか。そして屋敷に火を放ったのは誰なのか。山尾さん、そろそろ本当のことを話してください。あなたはすべてを知っているはずです」

山尾は書類に手を伸ばし、視線を落とした。ふん、と鼻を鳴らし、弾くように書類を放した。

「バディXか。臭いネーミングだな。やっぱり俺も頭に血が上ってたらしい」

「山尾さん……」

「恥をさらしたくないんだよ」山尾はかぶりを振った。「おたくのことだ。何もかもお見通しなんだろ。だったら、それでいいじゃないか。俺の供述なんて必要ない」

「今のままでは、今西美咲に藤堂康幸氏殺しの容疑もかかるおそれがあります。それでもいいんですか」

「そんなことはあり得ない。美咲がマンションに戻った時刻は判明しているはずだ。火災が起きたのは、それよりずっと後だろう」

「何らかの時限装置を使った、ということも考えられます」

「時限装置？　安物の推理小説じゃあるまいし」山尾は薄笑いを浮かべ、身体を揺すった。

「警察は」五代は顎を引き、相手を見つめた。「その気になれば犯人を作りますよ。架空の犯人を。あなたが作りだしたようにね」

山尾の顔から笑みが消えた。見えない何かを追うように視線をさまよわせた後、ほっと吐息を漏らした。

「あの夜、藤堂先生から電話をもらった」

「電話？　藤堂氏が契約しているキャリアの発信記録には残っていませんが」

「秘密の電話だ。俺が先生のために用意した」

五代は山尾の姿をしげしげと眺めた。

「どうやらあなたと藤堂氏の間には、かなり特殊な信頼関係があったようですね。藤堂氏にとってあなたは、極限状態に陥った時に頼れる唯一の人物だった」

「そんなにいいものじゃない」山尾は蝿《はえ》を払うように顔の前で手を振った。「だけど先生にしてみれば、ほかに方法が思いつかなかったんだろうな」

山尾さん、と五代はいった。

「そのあたりのことを我々が理解するには、たぶんもっと昔のことを話してもらう必要があると思うのですが」

山尾は顔を歪めて目を瞑り、両手で頭を抱えた。その姿勢を数十秒間続けた後、徐に口を開いた。「こんなおっさんの高校時代の思い出話なんて聞きたいかね」

「高校時代……。やはり、そこまで遡ってしまうわけですね」

山尾は薄笑いを浮かべた。

「おたくがそれをいうのか。どうせ、とことん調べたんだろう？」

「調べた結果を元に想像していることはあります。でもどうせなら、御本人の口から真相を語ってもらいたいわけです。あなただって、勝手な想像を調書に書かれたくはないでしょ？」

「真相ねえ。そんな大層な言葉を使うほどのことじゃないんだけどな。所詮は馬鹿な高校生の軽はずみな行動が元凶だ」山尾は空の茶碗を差し出した。「おかわり、もらっていいかな。話が長くなりそうなんでね」

37

一九八五年、秋――。

世間には日航機が御巣鷹山《おすたかやま》に墜落するという悲劇の余韻がまだ残っていた。しかし十八歳の若者にとっては遠い過去の出来事だ。特に恋い焦がれていた女子と恋人関係になれたとあらば、それ以外のことを考えられないのは無理からぬ話だ。だから永間和彦が何かといえば深水江利子とのエピソードを語ってしまう気持ちを、山尾陽介は理解していた。げんなりした顔をせず、ふんふんと頷きながら聞いてやることが親友の務めだと割り切っていた。

深水江利子のことは一年生の時から知っていた。何しろ目立つ。美人なだけでなく、独特の大人びたオーラがあった。山尾のように、特に取り柄のない凡庸な生徒にとっては、違うステージに立っている存在だった。話しかけるのさえ恐れ多い。

だから、そんな彼女と付き合う男子の気持ちが理解できなかった。いずれもスポーツ万能だったり、秀才だったり、校内でも指折りの美形だったりしたが、その程度の長所で彼女と釣り合うと思っているところが滑稽で仕方なかった。

深水江利子は付き合う相手を次々と変えた。そのことで陰口を叩く者は多かったが、彼女にしてみれば当然なのだろう、と山尾は思っていた。どうせ元々、本気ではなかったのだ。どの交際も彼女にとっては単なる暇つぶしで、遊び感覚だったに違いない。相手に飽きたら捨てる。玩具《おもちゃ》と同じだ。

それだけに永間和彦が彼女と付き合い始めたと聞いた時には困惑した。やめておいたほうがいいと忠告したかった。しかし親友の、幸せの絶頂にいるかのような顔を見ると、いえなかった。妬んでいると思われるのも嫌だった。それに、これまでの深水江利子の交際歴を考えると、どうせ長続きはしないだろうと思った。永間は傷つくかもしれないが、その時に慰めてやればいいと考え直した。

その予想は的中した。だがそれは思いがけない展開の末のことだった。

「うちの実家のことは調べたのかな」話をひと区切りさせ、山尾が五代に訊いてきた。

「お母さんが十年前に亡くなったようですね。お父さんが亡くなったのは、それから六年後だとか」

山尾は含み笑いをした。

「死んだ時期なんてどうでもいいんだ。うちは酒屋だった。小売りもしていたが、主な客は飲食店だ。仕事の大半は配達で、忙しい時期には俺も駆り出された。軽トラの助手席に乗って、行く先々で荷下ろしをさせられた。当時は瓶ビールが主流だったから、重たいケースを一晩のうちに何十個と運んだ。山岳部の練習よりきつかったな」

「親孝行だったんですね」

「そんないいものじゃない。ここで恩を売っておかなきゃ、大学に行かせてもらえないと思ったんだ。まあ、それはいい。主な客は飲食店だといったけど、ほかにも定期的に配達するところはあった。とびきり多いわけじゃないが、確実にアルコールが消費される場所だ。しかも二十四時間営業で回転率も高い。さて、どういうところかわかるかな？」

二十四時間営業と聞いてファミレスを思い浮かべたが、それならば飲食店に含まれる。少し考え、五代は答えに辿り着いた。「ラブホテル？」

「正解。さすがだね」山尾は頷いた。「当時はモーテルといわれるところも多かった。クルマで入ったら、出る時まで誰とも顔を合わさずに済むっていうホテルだ。泊まるならともかく、休憩だけならアルコールを飲むってのはおかしいんだけど、あの頃はみんな飲酒運転に対する意識が緩かった。だから、そういうところにもしょっちゅう配達に出向いていた。で、ある時ちょっとしたアクシデントが起きた。うちの親父が運転をミスって、ほかのクルマと接触事故を起こしたんだ。向こうのクルマはモーテルの駐車場から出たところだった。あわてて軽トラから降りて、相手のクルマに駆け寄ったわけだが、助手席にいる女性を見て、びっくりした。どうしてだか、わかるかな？」

「もしかして、深水江利子さんだった？」

「そういうこと。で、運転席を見て、それ以上にぶったまげた。藤堂先生が青い顔をしてハンドルを握っていた」

五代は大きく息を吐いた。「それは……かなり気まずそうですね」

「気まずいなんてもんじゃない。向こうにとっちゃ最悪だよな。だけどこっちも声を出せなかった。何も知らない親父だけが、一生懸命藤堂先生に何やら言い訳してた。先生は殆ど答えず、そのままクルマを動かした。もちろん深水江利子も最後まで黙ったままだ。親父は、やれやれ助かった、なんてことを呑気にいってたけど、こっちの心臓はバクバクしたまんまだ。見ちゃいけないものを見ちまったってところかな」

「その後、二人とは？」

「翌日の日曜日、深水江利子から電話があった。会って話をしたいってことだ。少し意外だった。連絡があるとすれば藤堂先生からだろうと思ってたからね」

「それで会ったわけですね」

「オープンして間もなくのファミレスで待ち合わせた。変な話だが、こっちのほうが緊張していたんじゃないかな」山尾は苦笑を浮かべた後、徐に話し始めた。

店内は賑わっていた。席が空くのを待つ客が何組かいる。山尾が立ち尽くしていると、レジカウンターの脇に置かれた順番リストに名前を書くよう女性従業員からいわれた。仕方なくボールペンを手にした時、やまおくん、と横から声をかけられた。はっとして見ると、深水江利子が立っていた。

こっち、といって彼女は歩きだした。どうやら先に来ていて、すでに席を確保してあるようだ。

窓際のテーブルを挟み、山尾は深水江利子と向き合った。永間和彦と交際中だと知っているが、まともに話したことは一度もない。

江利子がメニューを押し出してきた。「何でも好きなものを注文して。私の奢《おご》りだから」

山尾はドリンクのページを開き、コーヒーといった。ほかの飲み物など思いつかない。

「そんなのでいいの？　ステーキとかハンバーグセットとかもあるよ」

「この状況で飯を食う気になんてならねえよ」

あはは、と江利子は笑った。「そうかもね」

彼女はウェイトレスを呼び、コーヒーとレモンスカッシュを注文した。さらにテーブルの端に置いてあった灰皿を引き寄せ、ポシェットから煙草とマッチを出した。ごく自然な動きだったが、山尾の視線に気づいたらしく、手を止めた。

「あっ、煙草が苦手ならそういって」

「いや、別にいいけど」

「山尾君は吸わない？」

「うん、俺はいい」

江利子は慣れた手つきで煙草に火をつけ、横を向いて煙を吐いた。山尾の友人にも煙草を吸う者は何人かいる。だから特に驚きはしないが、彼女が吸うというのは意外だった。

「永間と一緒の時でも吸うのか」

山尾が訊くと江利子は灰皿に灰を落としながら小さく首を振った。

「我慢してる。たぶん文句はいわないと思うけど、きっと不愉快だろうから。彼、真面目だもんね」

藤堂先生と一緒の時はどうなのか、と訊きたいところだった。すると江利子のほうから、

「昨日、びっくりしたでしょ？」と切り出してきた。

まあね、と山尾は答えた。「全然知らなかったから」

「そりゃそうだよね」

ウェイトレスが飲み物を運んできた。江利子はストローを袋から出し、グラスに突っ込んでレモンスカッシュを飲んだ。山尾はコーヒーにミルクを入れた。

「誰かに話した？」江利子が訊いてきた。

いや、と山尾はいった。「あれからまだ誰とも会ってないし」

「そう、よかった」江利子は両手を下ろし、真っ直ぐに山尾を見つめてきた。「率直にいう。

昨日見たことは誰にもいわないでほしいの。もちろん永間君にも」

山尾はコーヒーをひとくち飲み、手の甲で口元をぬぐった。

「藤堂先生からいわれたのか。山尾に口止めしてほしいって」

「先生は、山尾には自分から説明するっていった。でも、私から頼んだほうがいいと思うっていったの。だって、悪いのは私だもの」

「悪いって？」

「山尾君は永間君の親友で、その永間君と付き合っている私が藤堂先生とああいうことになっているわけだから、山尾君としては親友が裏切られたと思っているんじゃないの？」

山尾は深呼吸を繰り返し、頭の中を整理しようとした。たしかに江利子のいう通りなのだが、こうして説明されるまでその発想はなかった。藤堂と江利子の関係を知って驚いた、ただそれだけだ。たぶん、モーテルという自分たちには無縁の場所で遭遇したからだろう。映画館や喫茶店でデートをしているところを目撃したのなら、多少気持ちは違っていたかもしれない。要するに同じ交際といっても、高校生同士のそれとは次元の違うものを見せつけられた思いなのだった。

「藤堂先生とは、いつから？」山尾は訊いた。

江利子は首を傾げた。「一年ぐらい前からかな」

「じゃあ、どうして永間と付き合ったんだ」

「それは……彼から交際を申し込まれたから」

「だけど——」

「わかってるよ、いいたいことは。二股はよくないよね。でも私としては二股じゃないんだ。二人に対する気持ちは全然違う。永間君はいい友達。一緒にいて楽しいし、彼との交際は自分にとってプラスになると思ってる。でもセックスはしない。しようと思わない。要求されたら断る」

　セックス、という言葉が周りに聞こえたのではないかと山尾は心配になったが、江利子は、聞こえたって平気、とばかりに堂々としている。

「藤堂先生のことは？」

「好き」江利子は全く躊躇いを示さずにいった。「もう少し思いきっていうなら、愛してる、かな。恥ずかしいけど、山尾君にはわかってもらわないとね」

　臆面もなく発せられた言葉に、山尾はどう反応していいかわからなかった。映画やテレビで俳優たちが口にするのを聞く以外では、耳にしたのはおそらく初めてだ。

「でも、もう二股はやめる」江利子は続けた。「永間君との交際はおしまいにする。受験があるし、彼にとってもそれがいいと思う」

　ずいぶん自分勝手な言い分だ。永間和彦に対する好意は所詮その程度のものだった、ということか。

「永間には、どんなふうに話すんだ？」

　藤堂とのことを打ち明けるのか、という意味での質問だった。

「そこは、うまくやるつもり」

「うまくって？」

「彼を傷つけないように気をつける。彼、プライドが高いから、先回りしてくれるんじゃないかな」

「先回り？」

「とにかく大丈夫」江利子は煙草の火を灰皿の中で消すと、グラスを引き寄せ、レモンスカッシュを飲んだ。それからふっと息をつき、改めて山尾のほうを見た。「さっきのお願い、聞いてくれる？」その目つきには得体の知れない艶《なま》めかしさが含まれていて、山尾はどきりとした。

「お願いというと、ええと……」

「昨日の件は内緒にしておいてほしいってこと。誰にもいわないでいてくれたら、それなりに御礼はするつもり」

「御礼って……カネのこと？」

山尾が訊くと江利子は不思議そうな表情で瞬きした。

「山尾君、お金がほしいの？　それならそれで何とかするけど」

「そういうわけじゃねえよ。御礼っていうから、カネのことかなと思っただけだ」

江利子はストローでレモンスカッシュの氷をからからとかきまぜた。その手を止め、ねえ、と山尾に意味ありげな視線を向けてきた。

「もし昨日のことを黙っていてくれたら、一日だけ私が山尾君の恋人になってあげるっていったらどうする？」

「えっ……」

予想外の提案に山尾は思考が乱れた。江利子のいっている意味を理解するのに多少の時間を要し、さらに理解した後も疑問が残ったままだ。

「恋人って、何だよそれ」

「そのままだよ。私のことを恋人として扱っていいってこと。その日だけは私も山尾君の恋人として振る舞う。しかも従順な恋人。逆らったりしない」江利子の目は真剣だった。そこから放たれる光の強さに山尾は少したじろいだ。

「自分が何をいってるのかわかってるのか」

「わかってるよ、もちろん。子供じゃないんだから」江利子は強い眼差しでいった後、にっこりと笑った。「だけど山尾君にも選ぶ権利はあるよね。おまえみたいな奴、一日だって恋人にしたくないっていわれたら、何もいい返せない。その場合は、別の条件を考える。お金だというなら、先生と相談してみる」

「カネなんかほしくねえよ」

「だったら、何がほしい？」江利子が身を乗り出し、顔を寄せてきた。「いってみて」

38

四十年近く昔のことを頭に思い浮かべていたらしく、山尾は遠い目をして語っていたが、不意にふっと唇を綻ばせた。冷めた日本茶を口に含んだ後、湯飲み茶碗を置いた。

「全く怖い女だ。同い年だなんてとても思えなかった。弱みを握ってるのはこっちのはずなのに、最初から最後まで呑まれたままだった。永間を含めて、よくこんな女と付き合える連中がいたもんだと感心したよ。まあ、結局のところ、どいつもこいつも彼女の掌の上で転がされてただけなんだけどね」

彼の話を聞き、五代も同じ感想を抱いていた。学生時代は概して男子よりも女子のほうが大人びていて、実際に精神年齢も高いものだが、深水江利子は別格だったようだ。

「それで山尾さんはどう答えたんですか」

「藤堂先生との関係を誰かにいいふらしたりしないから心配するな、そういった」

「すると彼女は何と？」

「だったら契約成立と解釈していいかと訊いてきた。勝手にしろ、といってやった」

「それから？」

「その日のやりとりはそこまでだ。それっきり、しばらく会わなかった。校内で顔を合わせても、お互い知らない顔をしていた」

「藤堂氏とは？」

「あの人も大したものだった。俺に対する態度が何も変わらなかった。もう部活で会うこともなかったしね。変化があったといえば永間だな。それから間もなく、深水江利子と別れたって聞いた」

「どんなふうに別れたんですか」

「それがよくわからない。永間は詳しいことを話してくれなかった。受験勉強に専念しなきゃいけないから話し合って別れたってことだった。深水江利子から一方的に別れを切りだされたというニュアンスではなかった。たぶん、永間のほうから別れを提案するよう、うまく誘導されたんだろうな。全く、怖い女だ」

「でも、その怖い女性とあなたとの関係が終わったわけではなかったんでしょう？」五代は山尾の顔を見つめながらいった。「むしろ、本題はこの先のように思えるんですが」

山尾は鼻の上に皺を寄せ、指先でこめかみを掻いた。「やっぱり五代刑事は鋭いねえ。それとも好奇心からの発言かな」

「それは否定できません」

ははは、と山尾は乾いた笑い声をあげた。

「正直でいいや。そう、本題はここからだ。そんなふうにして何か月か経ち、俺たちも卒業する時が来た。卒業式の夜、一本の電話がかかってきた。誰からだと思う？」

「深水江利子さん」

「正解」山尾は真剣な顔に戻り、頷いた。「約束を果たしたい——彼女はそういった」

「山尾君は約束を守ってくれた。感謝してる。だから今度は私が約束を果たす番。いつがいい？　私は山尾君に合わせる」

突然のことに狼狽した。どう応じていいかわからず、受話器を握りしめた。

もちろん、と江利子がいった。「嫌だっていうなら、ほかの御礼を考える」

「いや、そういうわけじゃないけど……」

「とりあえず会うってことでどう？　会ってから考えるってことで」

「ああ、そうだな」

山尾は思考が完全に止まっていた。江利子のペースについていけず、相槌を打つので精一杯だった。

その状況は実際に会った時には一層顕著になった。何しろ山尾は本格的なデートをするのが初めてだ。一方の江利子は、そんなことはお見通しとばかりに、デートプランをいくつも用意していた。そのうえで山尾に好きなプランを選べという。

「俺はどんなふうでもいいよ」

「じゃあ、Aコースで決まりね」そういって歩きだしながら江利子は山尾の手を握ってきた。会ってから考えるという話だったが、すでに彼女は一日だけの恋人を始めているのだった。山尾はまるで抵抗できなかった。

最初に行った先は映画館だった。ロードショーではなく、少し前の作品を上映するところで、『バック・トゥ・ザ・フューチャー』をやっていた。すでに見た映画だったが、むしろそれで助かった。上映中、ずっと江利子のことが気になり、映画を楽しむどころではなかったからだ。何しろ彼女に手を握られたままだったのだ。

映画館を出た後はピザ屋に入った。メニューを見ても、知らない名称ばかりだ。当然のように江利子が料理を決めた。

「永間と付き合っていた時も、深水が料理を選んでたのか」

山尾の問いに江利子は首を傾げた。

「どちらかというと彼に選んでもらうほうが多かったかな。彼、プライドが高かったし」

「なるほどね……」

やはり深水江利子にとって永間和彦は、単に扱いやすい友達にすぎなかったのだ、と再認識した。

藤堂先生と食事をする時にはどちらが料理を決めるのか——その質問はしなかった。

ピザ屋を出ると、「少し歩こうよ」といって江利子が身を寄せてきた。それだけでなく腕を絡めてきた。山尾は戸惑うばかりで、すっかりいいなりだ。

「どこへ行くんだ？」

「内緒」

やがてその場所に辿り着いた。目の前の建物を見上げ、山尾は息を呑んだ。派手な看板の文字が妖しく光っている。マジかよ、と呟いた。

「だって恋人だもの」江利子はいった。「やっぱり最後はここでしょ」

山尾は言葉が出なかった。荒い呼吸を繰り返すだけだ。

「とにかく入ろう。誰かに見られたら面倒臭いよ」

江利子に腕を引かれ、山尾も足を踏み出した。

慣れた様子で江利子が選んだ部屋には、大きなベッドとソファセットがあった。しかし山尾が夢想していたような鏡張りではなかったし、ベッドが回転する仕掛けもなかった。

江利子は両手を腰に当て、立ったままで山尾を見た。「さあ、どうする？」

山尾は深呼吸をしてから彼女を見つめ返した。「いいのか？」

江利子は、ふふっと笑った。「今さら、何いってんの？」

「俺、約束したつもりじゃなかったんだけどな」

「わかってる。私と先生のことを黙っててくれたのは俠気《おとこぎ》からだよね。そういうところ、気に入った。でも甘えっぱなしじゃ私の気が済まない。借りは作りたくないんだ。これからも秘密を守っててもらいたいしね」

「そんなに先生との関係がばれるのが嫌なのか」

「困るんだよ。足を引っ張りたくない」

「足？」

「藤堂先生はさ、いつまでも高校の教師なんかをしている人じゃない。いずれは政治家になって、もっと大きな仕事をすべき人なの。だから教職中に生徒と関係を持つなんてこと、絶対に御法度なわけ。ばれたらまずいわけ」

藤堂が代々政治家の血筋だということは山尾も知っていた。

「でもそれは先生の自業自得だ」

「そうじゃなくて、私が悪いの。私から告白して、恋人にしてもらったんだもの。絶対に二人の関係がばれないように気をつけるからって、先生を説得した。実際、学校の連中なんて、少しカモフラージュすれば簡単に騙せたし」

「カモフラージュ？」その言葉で、ぴんときた。「もしかして、男子生徒たちと付き合ってたのは、それなのか？　永間とのことも……」

「弄《もてあそ》んだわけじゃないよ。前にもいったでしょ。みんな、いい友達だと思ってた。ただ、先生への気持ちとは全然違うというだけ」

「セックスはしてないといったよな。永間とも」

「うん、してない」

「俺とするのはいいのか」

「いいよ。だってそういう約束だったもの。先生を守るためなら何でもする。そのかわり、もし山尾君が約束を破ったら承知しない。その時だって、何でもする。ううん、何をするかわからないから覚悟しておいて」江利子の目が怪しく光った。

恐ろしい女だな、と山尾は気圧《けお》された。永間などに扱える人間ではなかったのだ。

同時に、自分の心が強烈に惹かれているのを感じた。

39

「まさか、あの日のことを人に話す時が来るとは思わなかったな。しかも取調室で」山尾は頬杖をついていった。「だけど大げさにいえば、俺の人生を変えた一日でもあったわけだ。だからこそ、ここでこうして話している」

「たしかにドラマチックですね。その後、江利子さんとの関係はどうなったんですか」

「何もない。それっきりだ」

五代は腕組みをし、山尾の顔を見つめた。今西美咲の供述を聞いた直後は一気にやつれたようだったが、今は少し生気を取り戻して見えるのは、劇的な青春の一ページを振り返ったせいか。

「ふつうそういうことがあると、関係を続けたくなるものだと思うんですがね。特に、それまで未経験だった男子のほうが」

山尾は笑い顔になったが、声を発せず、身体を細かく揺すった。

「一応いっておくけど、それが初めてだったわけじゃない。でもおたくのいいたいことはわかる。その通りで、俺だって深水江利子との繋がりを保っておきたかった。だから進学のために地元を離れたけど、土日には実家に帰った。また会えるチャンスがあるんじゃないかと思ってね。下心ってやつだ。ところが予想外のことが次々と起きて、それどころじゃなくなった」

「もしかすると永間和彦さんのことですか」

そうだ、と山尾は厳しい顔つきで深く頷いた。

「永間は校内随一の秀才で、東大合格は確実だといわれていた。まさか落ちるとは思わなかった。さすがに本人も落ち込んでいるみたいだから、元気づけるために会いに行った。ショックだろうけど、たかが受験だ、がんばって勉強して来年合格すればいいだけの話だといってやろうと思ってね。すると、会ってみたら心配するほどでもなかった。受験結果に関しては吹っ切れている様子だ。本人曰く、試験当日はコンディションが最悪だったらしい。肉体面ではなく、精神面でのコンディションがね」

「精神面、というと……」

「深水江利子だ。あいつはやっぱり彼女のことが忘れられなかったんだ。ていうより、受験のために一旦別れただけで、お互いの進路が確定したらまた交際を再開できるんじゃないかと期待していたらしい。だから試験が近づくと、激励してくれたら嬉しいっていう内容の手紙を書いたそうだ。彼女から返事が届いたら、それを御守り代わりに試験会場に持っていくつもりだった。泣けてくるような健気な話だろ」

「ところが返事は来なかった？」

「いや、返事は来た。ただし永間が望むような文面じゃなかった。試験、がんばってくださいい、私のことなんかは忘れてください、以上——これじゃあとても御守りにはならない。でも深水江利子側の事情を知ってる俺としては、そうだろうなと思った。高校を卒業したらカモフラージュは不要だ。永間と付き合う理由はない」

「それで精神的にダメージを？」

「試験にどの程度の影響があったかは知らない。本人が言い訳にしているだけかもしれない。だけどショックを引きずっているのは確かだった。深水江利子に未練があって、忘れられないでいる。その後も何度か永間に会ったんだけど、いつまで経ってもそんな調子で、こっちがイライラしてきた。それで思ったんだ。いっそのこと現実を教えてやったほうが、こいつのためにはいいかもしれないってね」

「現実というのは、つまり……」

「深水江利子には本気で愛している男がいる、という事実だ」そういってから山尾は天井を見上げて続けた。「全く、浅はかだったよ……」

早くも五月が終わろうとしていた。水曜日の夕方、山尾はバイクの後ろに永間を乗せ、立川《たちかわ》方面に向かっていた。バイクは店の配達用で、免許は高校二年の時に取った。

到着したのは、立川駅から徒歩数分のところにある月極《つきぎめ》駐車場の前だ。バイクを路上に止め、駐車場の端に止められているワンボックスワゴンの陰に隠れた。

「こんなところまで来て、何を見せようっていうんだ」永間和彦が不満そうにいった。こぼしたくなるのも無理もない。山尾は彼に、見せたいものがあるから付き合え、としかいっていなかった。

「すぐにわかるから、もう少し待ってくれ」山尾は腕時計を見た。午後六時十分になろうとしていた。

いつものパターンなら、最初の人物は間もなく現れるはずだ。ワゴンの陰から顔を出し、通りの先に目を向けた。交差点があり、その手前に真新しい焦げ茶色のマンションが建っている。

やがて交差点の角からスーツ姿の男性が現れた。足取りが軽く見えるのは、今日が水曜日だからか。部活がなく、学校を早く出られる。

えっ、と隣で永間が声を漏らした。「藤堂先生だ。なんでこんなところに？」

「声を出すな」山尾は、道路に出ようとする永間の腕を摑んだ。「隠れてろ」

藤堂が二人に気づいた様子はない。歩調を変えることなく、焦げ茶色のマンションに入っていった。それを見届けて、山尾は永間の腕を放した。

「先生、引っ越したのか」永間がいった。以前のマンションには、二人で何度か行ったことがある。

「先月、移ったみたいだ」

「ふうん、知らなかったな。先生から連絡が来たのか？」

「いや、そうじゃないけど……」山尾は言葉を濁した。なぜ知っているのかを説明するのが難しかった。

「どうでもいいけど、なんでここに隠れてなきゃいけないわけ？　先生が引っ越したからって、何なんだよ。俺たちには関係ないじゃん」

「まあ、もうちょっと待ってくれ。今にわかるから」

「だから何が？」

「それは……待っていればわかる」

「何いってんだよ」永間は焦れたように身体を揺すった。

山尾はジャンパーのポケットから煙草とライターを出した。「吸う？」と訊いてみたが永間は無言で首を横に振った。

山尾は煙草に火をつけた。大学に入ってから喫煙が習慣化した。吸うたびに思い出すのは深水江利子の姿だ。マッチで火をつける手つきには十代とは思えない色っぽさがあった。

「大学はどう？」永間が尋ねてきた。「何か変わったことはあった？」

「特にない。ワンゲルの練習じゃ、相変わらず建物の壁を登ってる」

ワンダーフォーゲル部に入ったことは永間にも話してあった。

「合コンは？」

「最近は全然」山尾は煙草を道に捨て、スニーカーで踏みつけた。「男同士ばっかりだ」

それに対する返答がないので永間を見ると、顔が異様に強張っていた。その目は遠くに向けられている。はっとして視線の先を追うと、交差点から白いジャケットを羽織った若い女——深水江利子が歩いてくるところだった。

藤堂と同様、江利子も山尾たちに気づかぬ様子でマンションの中へと消えていった。その間、永間は凍りついたように身体を固まらせていた。山尾は声をかけられなかった。

半開きになった永間の口が震え、やがて声を発した。「どうして……どうして江利子が来たんだ？」虚《うつ》ろな目を山尾に向けてきた。「これ、どういうことだ？」

山尾は唾を呑み込み、永間の肩に両手を置いた。

「落ち着いて聞け。あの二人は付き合ってる。ずっと前から恋人だった」

永間の整った顔が歪み、目が大きく見開かれた。嘘だ、と呻くような呟き声が漏れた。

「残念だけど事実だ。ちょっと前、家の手伝いでこのあたりに来た時、たまたま深水と藤堂先生が一緒にマンションに入っていくのを見た。それで俺、マンションの管理人に訊いてみたんだ。そうしたら、教えてくれた。藤堂さんは先月引っ越してきて、それ以来毎週水曜日になったらあの女性が来るよって」

「うそだ……」

「嘘じゃない。どうして俺がこんな嘘をつくんだ？」山尾は声に力を込めた。

だが、じつは事実とは違っていた。たまたま二人の姿を見たのではない。管理人から教わったのでもない。山尾は地元に帰るたびに深水江利子の家を見張り、外出した時に尾行したのだ。あの一日限りのデート以来彼女のことが忘れられず、何とか繋がりを持てないだろうかと模索した末の愚行だった。江利子が藤堂のマンションに通っていると知り、ようやく諦めがついた、というのが真相だった。

永間は子供がごねるように首を左右に動かした。「信じられない」

「だけど、その目で見ただろ？　それとも二人は別々の部屋に行ったとでもいうのか？」

「江利子が先生と……。いつから？」

「ずっと前からだ。たぶん、おまえと付き合うより前から。おまえは二人の関係をカモフラージュするために使われてただけなんだ」

カモフラージュ、という形に永間の唇が動いた。だが声は発せられなかった。

「永間、これでもうわかっただろ？　深水のことなんか忘れろ。みんな忘れて、来年の受験だけを考えてくれ」山尾は永間の目を見つめていった。

しかし永間の耳に友の声は届いていないようだった。彼は山尾の手を肩から下ろすと、ゆっくりと歩き始めた。後ろから名前を呼んだが反応はない。

永間は藤堂たちのいるマンションの前で足を止めた。もしや部屋に乗り込む気かと山尾は思ったが、永間は建物を見上げただけで、すぐにまた歩き始めた。その後ろ姿は陽炎《かげろう》のように弱々しく揺れて見えた。

その夜、山尾は学生アパートに帰ったが、永間のことが気になり、なかなか寝付けなかった。事実を知ればショックを受けるだろうと思ったが、結果は予想以上だった。教えるべきではなかったのか。だがいつかは知らなければならないことで、早めにわかったほうが永間のためにもいいはずだ。そんなふうに自分にいい聞かせた。

翌日になると少し気分が楽になっていた。失恋なんて誰にでもあることだ。今頃は永間も吹っ切れているんじゃないかと思えてきた。少し時間を置いてから電話をしてみよう。あるいは今夜あたり、向こうから電話がかかってくるかもしれない。心配をかけて悪かった、と元気な声を聞けることを期待した。

だが残念ながら、夜になっても永間から電話はなかった。気持ちの整理がつくまでまだ時間がかかるのかな、と山尾は軽く考えた。

それが大間違いだと知るのは、翌日の午前十時過ぎだ。大学の講義には午後から出るつもりで、山尾は部屋でファミコンに興じていた。ゲームを中断させたのは、実家からの電話だった。午前中から何の用だと不機嫌な声で訊いた息子に、母親は暗い声でいった。永間君が死んだらしい、と。

気がつけば青梅線の電車に乗っていた。母親との会話はよく覚えていない。飛び降りた、という言葉だけが頭に残っている。

実家に着くと親への挨拶どころではなく、電話で山岳部の仲間たちと連絡を取り合った。まだ情報が行き渡っていないらしく、知らない者も多かった。山尾はバイクで永間のマンションへ行ってみた。マンションの周りには警察車両が止まっていて、駐車場が立入禁止になっていた。近所の喫茶店に入り、さりげなく店長に尋ねてみたが、よく知らないと素っ気なくいわれた。

結局、この日は大した収穫は得られなかった。わかったのは、永間が自宅マンションから駐車場に飛び降りた、ということだけだ。遺体が発見されたのは深夜らしい。

翌日の土曜日、山尾の実家に二人の刑事が訪ねてきた。

「君は永間和彦君と一番仲のいい友達だったそうだね」年嵩のほうがいった。「状況から考えて自殺の可能性が高いんだけど、何か心当たりはないかな」

おそらく警察から訊かれるだろうと予想していた質問だ。どのように答えるべきか、昨日から考えていた。

「強いていえば受験……かな」山尾は弱い口調でいった。「東大に落ちたこと、かなりショックだったみたいで」

「そうらしいね。でもお母さんによれば、最近は立ち直ってたようなんだ。ところが前日ぐらいから急に様子が変わったとか。水曜日、かな。その日、どこかに出かけてたみたいなんだけど、君、何か知らないか？」

さあ、と山尾は首を傾げた。「わかりません。最近は会ってなかったので」

「そうか。そういうことなら仕方ないね」

刑事たちは特に怪しんでいるふうでもなく去っていった。

山尾は気持ちが暗くなった。本当のことなどとてもいえない。永間をあんなところに連れていかなければ、彼は自殺しなかっただろう。深水江利子への思いに悶々と悩み続けたかもしれないが、死んだりはしなかったはずだ。

自分が永間を追い詰めたのだ、と思った。

そんなふうに落ち込んでいると、翌日の昼間、意外な人物から電話がかかってきた。藤堂だった。永間のことで話があるので会えないか、というのだった。

藤堂と待ち合わせたのは、初めて深水江利子と二人きりで会ったファミレスだ。山尾のほうから提案した。たぶん藤堂もよく知っているだろうと思ったからだ。ところが予想に反して、藤堂は店の場所を知らなかった。考えてみたら、誰に目撃されるかわからないから、彼等が二人で外食するわけがないのだ。

あの日の江利子を真似て、山尾は約束の時間より少し早めに店に行き、席を確保しておこうとした。ところが行ってみると、すでに藤堂の姿があった。山尾を見て、小さく手を振ってきた。

「久しぶりだな」

「御無沙汰しています」山尾は頭を下げてから席についた。

ウェイトレスがやってきた。藤堂はコーヒーを、山尾はレモンスカッシュを注文した。

「山尾のところに警察の人は来たか」藤堂が小声で尋ねてきた。

「昨日、来ました」

「どんなことを訊かれた？」

「永間が自殺した原因について心当たりはないかって」

「やっぱりな。で、何と答えたんだ」

「受験を失敗したことかもしれないと……」山尾は語尾を濁した。

藤堂は、かつての教え子の目をじっと見つめた後、そうか、といった。

「俺のところには昨夜来た。それと全く同じ質問をされた。三年生の部活は夏休みまでなので、最近のことはわからないと答えておいた」

「そうですか」

飲み物が運ばれてきた。藤堂はコーヒーをブラックで飲んだ後、真剣な顔を向けてきた。

「おまえを信じて話しておきたいことがある。ただし口外無用だ。約束してくれるか？」

その目力の強さに山尾は思わず少し身を引いた。余程のことに違いない。話を聞けば、何らかの責任を負うことになるのだろう。だが逃げだすわけにはいかなかった。

はい、と山尾は答えた。「約束します」

藤堂は小さく頷くと、周囲をさっと見回した後、テーブルに身を乗り出してきた。

「木曜日の夜、マンションに帰ったら、部屋の前に永間がいた」低い声で話しだした。

山尾は驚いて目を見開いた。「あいつが？……」

「どうしたんだ、と訊いた。すると永間はすごい顔で睨んできて、俺を騙してたんですか、というんだ。何のことだと訊いたら、江利子、とあいつはいった。それですぐにわかった。俺と深水の関係を知ったんだってな。永間は目が血走っていて、明らかに様子がおかしかった。とにかく落ち着かせるのが先決だと思ったから、部屋でゆっくり話そうといって俺はドアの鍵を開けた。その時、妙な気配を感じて振り返ったら、永間が襲ってきた。咄嗟にかわしたが、何かが左腕に当たる感触があった。見ると上着の袖が切れている。その時は痛みを感じなかったが、永間がナイフを持っているのを見て、どうやら刺されそうになったんだとわかった」

抑揚のない口調で語られた内容に、山尾は激しく動揺した。ふだんは冷静で心の優しい永間がそんな行動に出ることなど、まるで想像できなかった。

「そのまま睨み合っていたら、急に永間の目が俺の左腕に向いた。見たら、袖が真っ赤に血で染まっている。かなり出血が激しくて、手首から滴り落ちるほどだった。それで怖くなったのか、それとも正気に戻ったのかはわからんが、永間はナイフを持ったまま駆けだした。追うべきかどうか迷ったが、とにかくこのままではまずいと思い、部屋に入った。傷は案外深くて、腕の付け根を固く縛って、ようやく出血を止められた」

「病院には行ったんですか」山尾は藤堂の左腕を見た。

「傷を見ればナイフで襲われたことは明らかだ。うっかりふつうの医者に診せたら、警察に通報されてしまう。知り合いで話のわかる医者に手当てをしてもらった」

政治家一族だけに、そういうコネクションもあるらしい。

「いうまでもないと思うが、このことは警察に話していない。話したのは、おまえだけだ。深水にもいってない」

「どうして俺に?」

「事情を知っておきたいからだ。永間があんなことをした理由、おまえならわかるんじゃないか?」

山尾は顔が熱くなるのを感じた。どうやら何もかもお見通しのようだ。

藤堂が、ふっと表情を緩めた。

「おまえを責める気はない。本当のことを話してくれればいいんだ。ほら、レモンスカッシュでも飲んで、リラックスしろよ」

はい、と首をすくめ、山尾はストローをレモンスカッシュのグラスに入れた。

甘酸っぱい液体で口の中を潤した後、山尾は藤堂と江利子の関係を永間に話したと打ち明けた。ただし水曜日にマンションのそばで見張っていたことは伏せた。藤堂たちの水曜日の逢瀬

を山尾が知っていた理由を訊かれたらまずいからだ。このままだといけないと思ったから、

「永間はずっと深水のことを忘れられないみたいで、このままだといけないと思ったから、教教えてしまったんです。すみませんでした」

「おまえが謝る必要はない」藤堂は苦しげにいった。「悪いとすれば、この俺だ」

「先生だって、別に悪くないと思うけど……」

本心だった。藤堂は何も悪くない。教師が生徒を好きになることだってあるだろう。

「あの日のこと、覚えてるよな」藤堂がいった。「親父さんの軽トラが、俺のクルマにぶつかった時だ」

ええ、と山尾は頷いた。「もちろん覚えています」

「肝を冷やしたよ。辞表を書かなきゃいけないかも、と思った」

「俺がいいふらすとでも思ったんですか」

「おまえはそういう人間じゃないかもしれないが、誰か一人にでも話せば、そこから噂が広がるってことはあり得るだろ。覚悟しておく必要はあった。でも、結局おまえは黙っててくれた」

「しゃべったって、何のメリットもありませんから」

「そうか。おかげで助かった。今頃いうのも変だが、礼をいわせてもらう」

藤堂はテーブルに両手をつき、ありがとう、といった。

深水江利子からは何も聞いていないのだな、と山尾は思った。考えてみれば当然のことだ。どのようにして口止めしたのか、いえるわけがない。

「あれからも深水との付き合いは続いていたんですか」

「いや、さすがに彼女が高校を卒業するまでは会わないことにした。自粛というやつだ。そのまま自然消滅するかと思ったが、四月になって向こうから連絡があってね、よりを戻したというわけだ」

藤堂の話を聞き、山尾は虚しさを感じると同時に吹っ切れた思いがした。深水江利子の心は一時たりとも藤堂から離れたことはなかったようだ。それを知らずに幻想を追いかけていた自分の愚かさを思い知った。

藤堂はコーヒーを飲んでから吐息をつき、さて、といった。

「話を戻そう。つまりこういうことか。永間はおまえから俺と深水の関係を聞き、裏切られた、騙されたと思い、俺をナイフで襲った。殺す気だったのかもしれない。ところが未遂に終わり、絶望して自ら命を絶った――」

「先生の血を見て、我に返ったのかもしれないですね」山尾はいった。「このままだと殺人未遂で捕まる。人生は終わった。あいつなら、そう考えると思います」

藤堂は低く呻き声のようなものを漏らし、深く首を折った。しばらくそうした後、顔を上げ、充血した目を山尾に向けてきた。

「提案したいことがある。いや、強い願望といったほうがいいかもしれない」

「何ですか」

「このことは俺たちだけの秘密にしておこう。明かしたところで誰のためにもならない。永間のためにも。そして俺は深水とは別れる」

山尾は大きく深呼吸し、恩師の真剣な視線を受け止めた。
わかりました、と答えた。

40

供述調書はかなりの長文になりそうだった。傍らでパソコンのキーを打つ記録係が少し気の毒になった。五代が待っていると、これまでのところをようやく打ち終えたらしく、若い刑事が小さく頷いてきた。

「あなたと藤堂氏の間に特殊な取り決めがあったことはわかりました」五代は山尾に向かっていった。「その後もずっと連絡を取り合っていたんですか」

「いや、ずっとじゃない。一旦はそれっきりになった」山尾は首を横に振った。「ファミレスで話したのが最後だ。それ以後は何十年も疎遠だった。ただ、先生たちのことを知る機会はあった。双葉江利子のデビューを知った時には、さすがだと思ったよ。元々生きる世界が違う人間だったんだなって納得した。藤堂先生が政治家になったと聞いた時も同じように思った。どっちも大したもんだ」

「その二人が結婚した時は、やはり驚きましたか」

「驚いたけど、それ以上に感心した。あの二人の気持ちは本物だったんだと思い知った。山あり谷ありでも、結局は一緒になっちまうんだからな。後から知ったことだが、永間の自殺の後、実際に先生は深水江利子と別れていた。二人が何年後かに再会したのは、本当に偶然だったらしい。縁というのは、そういうものなんだねえ」

「でも、あなたと彼等を結ぶ縁も、切れたわけではなかったんですね？」

「縁ねえ……。そういうことになるのかな」山尾は肩をすくめた。「生活安全部の保安課にいた時、違法カジノについて説明してくれってことで、都議の勉強会に呼ばれた。その座長を務めていたのが藤堂先生だった。二十年ぶりの再会、いやもっとだな。その夜、久しぶりに二人だけで会った。ファミレスなんかじゃない。銀座の高級店でだ。お互いの近況報告をしたんだけど、先生は上機嫌だった。教師にしろ元教師にしろ、教え子が警察官になると嬉しいらしい。それ以後、誘われて時々会うようになった」

「江利子夫人とは会ったんですか」

「何度か会った。一度だけ家に招かれた。屋敷がでかいからたまげた」

「二人だけで会ったことは？」

「ない。あるわけがない」山尾は即答した。嘘ではないだろう、と五代は直感した。

「現在の警察署への異動は藤堂氏からの働きかけの結果、というのは事実ですか」

「地元にいてくれたら心強い、と先生からいわれたのは確かだ。俺のほうにも異存はなかった」

「実際に何か便宜を？」

「便宜というほどのことじゃない。先生が住んでいるあたりの防犯に力を入れた程度だ。生活安全課の正規の任務の一環だ」

「警察官という立場を見込まれ、藤堂氏から個人的に何かを頼まれたことはありませんか」五代は相手の目を見つめながら訊いた。いよいよ核心に入る。

山尾は横を向き、首を揉むようなしぐさをした。話すのを躊躇っている。

「山尾さん――」

「もう七年、いや八年になるかな」山尾が不意に話し始めた。「いつものように誘われて食事に行ったら、先生の様子が少し違っていた。珍しく表情が硬い。どうかしたんですかと訊いたら、先生は一枚の写真を出してきた」

その写真には二人の人物が写っていた。ひとりは江利子で、もう一人は若い女性だ。江利子とはタイプが違うが、こちらも美人だった。

その女性について調べてほしい、と藤堂はいった。

「江利子が贔屓《ひいき》にしているデパートの外商員なんだが、ちょっと気になることがあってね」

女性は今西美咲という名前らしい。

「気になるといいますと、何かトラブルでも？」

「いや、そういうわけじゃない。この女性は『春の実学園』の出身者なんだが、江利子が特に目をかけているらしい。外商員といったが、元々は違う部署だった。しかし外商部への異動を希望しているみたいだから何とかしてやってくれと江利子に頼まれ、俺が手を回した。あのデパートの役員とは古い付き合いがあるのでね」

「さすがですね。で、それで何か問題でも？」

「うん、問題かと訊かれるとうまくいえないんだが……」藤堂は江戸切子のグラスに入った冷酒を飲み干した。「いくらお気に入りだからといっても、少々便宜がすぎるんじゃないかと思ってね。本来、江利子は俺の威光を使うのを嫌う。勤務先への口利きなんかを頼んできたのは初めてだ。それで何か事情があるんじゃないかと気になった次第だ」

なるほど、と相槌を打ちながら山尾は藤堂のグラスに酒を注いだ。

「江利子さんに尋ねる、という選択肢は考えておられないわけですね」

「尋ねられて簡単に答えるようなら、とっくに俺に話しているだろう。話さないのは、それなりの理由があるからだ。誰にだって秘密にしておきたいことはある。特に深刻な事情でなければ、放っておこうと思う」

「わかりました。ではそのあたりのことを頭に入れ、少し調べてみましょう」

山尾は改めて写真を見た。この若い女性は何者なのか。たとえ藤堂から頼まれていなくても、興味を持っていたことだろう。

まずは今西美咲の経歴を洗ってみることにした。山尾は東都百貨店本社の人事部に出向くと、捜査を口実に、外商部所属の社員たちの履歴書を、コピーや撮影をしないという条件で閲覧させてもらった。

今西美咲の履歴に、特に目を引くものはなかった。八歳の時に富山県の小学校に転校し、高校まで地元にいた後、大学進学を機に上京したらしい。江利子との接点を窺わせるものは見当たらない。生年月日は一九八六年十二月十五日だった。

念のため、警察のデータベースに当たってみた。だが犯歴はなく、軽微な交通違反が確認できただけだ。

　今西美咲の戸籍謄本を入手してみた。そこで「民法８１７条の２」の記載に気づいた。これは特別養子縁組制度が適用されたことを意味している。

　さらに調べたところ、母親の好子は富山県の酒井という男性と結婚していた。しかし今西美咲は酒井の籍には入っていないようだ。

　山尾は直感した。江利子と今西美咲の間に何らかの繫がりがあるとすれば、このあたりに秘密があるのではないか。しかも――。

　生年月日、一九八六年十二月十五日――。

　婦人科に問い合わせてみた。この日に出産した場合、性行為があったのはいつ頃だと思われるか。回答は、同年の三月後半、というものだった。それを聞いた瞬間、体温が上昇するのを感じた。

　富山へ行こうかと考えた。しかし酒井好子を問い詰めたところで、今西美咲の実母の名を明かすとはかぎらない。それどころか、そもそも知らない可能性がある。

　そこで発想を変えた。山尾は江利子の養母に会いに行くことにした。調べてみると養母の深水秀子は、拝島駅のそばにある『リリーガーデン昭島』という老人ホームに入っているらしい。

『リリーガーデン昭島』に着くと山尾は受付に名刺を出し、深水秀子に面会したい旨をいった。その名刺に印刷してあるのは偽名で、肩書きは出版社の編集長にしてあった。

　受付の女性が本人に連絡したところ、部屋に来てくれるのなら会ってもいいといっているらしい。

山尾が部屋に行くと深水秀子はベッドに腰掛けて待っていた。スウェットの上下というラフな出で立ちだが、薄く化粧をしているのがわかった。

山尾は改めて自己紹介し、「突然申し訳ございません。確認したいことがあり、お邪魔した次第です」といった。「娘さんの藤堂江利子さんについてです」

老婦人は不安そうな顔になった。「どんなことですか」

「先日、匿名で妙な文書が編集部に届いたんです。その内容は、藤堂江利子は高校時代に妊娠し、出産したことがある、というものでした」

深水秀子の表情が険しくなった。「嘘です」反応が早かった。

「事実無根ということでしょうか」

「そうです」

「それならば、私のほうで揉み消す必要はありませんか？」

「揉み消す？」

山尾のいった意味がわからないらしく、深水秀子は怪訝そうに眉をひそめた。

じつは、と山尾は言葉を継いだ。

「この情報の真偽を確かめようといいだした記者がいるんです。私が許可すれば調査を始めるでしょう。ただ、私としてはあまり乗り気ではありません。というのは、藤堂都議にはいろいろと世話になっていて、こういう形であの方のキャリアに傷がつくのは避けたいんです。付け加えれば、女優双葉江利子さんのファンでもありました。そういうわけで、もし文書の内容が事実なら、私のほうで揉み消してしまおうと思っているんです。逆にまるっきりのでたらめなら、放っておいても構わないかなと考えています。いかがでしょう。本当のことを話していただけませんか」

深水秀子の顔に迷いと怯《おび》えの色が浮かんだ。山尾の言葉を疑っている気配は皆無だ。老人を騙すのは心苦しいが、真実を知るためには仕方がない。

どうして、と老婦人はかすれた声でいった。

「どうしてそんなことをするんですか。そんな、大昔のことをほじくり返すようなことを」

「読者が求めるからです。みんな、人の秘密を知りたがっているんです」

「嫌な世の中……」

「でも、事実でないのなら、いくらほじくり返されても平気でしょう？」

深水秀子は苦しげに口元を歪めた。顔の皺が複雑な曲線を描いた。

「そういう記事を出すのは……やめてほしいです」

「それはつまり、文書の内容は事実だということですか」

「少し違います」

「少し、といいますと？」

「江利子が子供を産んだのは高校時代じゃありません。卒業して、しばらくしてからです」

「いつ頃ですか」

「年末です。十二月でした」

山尾は、血が逆流するような感覚に襲われた。叫びだしそうになるのを懸命に堪えた。平静を装い、ありがとうございます、と抑えた声でいった。

「よくわかりました。この件は記事にはしません。お約束します。ただ、私が会いにきて、このようなやりとりをしたことは、誰にも話さないでいただきたいのです。藤堂江利子さんにもです。巡り巡って、万一社内の者に知れたりすれば、私は更迭を免れませんので」

「承知いたしました。お約束しますので、どうかよろしくお願いいたします」深水秀子はそういって深々と頭を下げた。次に顔を上げた時には頬が涙で濡れていた。老婦人にとっても辛い記憶なのかもしれない。

施設からの帰路、山尾の頭を占めていたのはひとつの仮説だった。いや、それはもはや確信といってよかった。

今西美咲は江利子の子だ。間違いない。問題は父親は誰か、ということだ。

藤堂は、山尾に目撃されたことをきっかけに江利子とは会わなくなり、関係が復活したのは四月からだといった。だが出産日から逆算すると、性行為があったのは三月中のはずなのだ。

今西美咲は俺の子だ、と山尾は思った。

その三日後、山尾から連絡して藤堂と会った。

「いろいろと調べた結果、今西美咲さんは、江利子さんが若い頃に産んだ子供である可能性が高いと思われます」宣言するように藤堂に告げた。さらにそのように推察した経緯を、ありのままに話した。ただ、最後にひとつだけ嘘を付け足した。「深水秀子さんによれば、早産だったそうです。出産予定日は一月末といわれていたとか」

「一月末か……」藤堂は眉根を寄せた。

「父親である男性と関係があったのは、一九八六年の四月末か五月の初め頃だろうとのことでした」

「四月か五月……そうか」藤堂は得心したように山尾には見えた。「まさか、俺と別れた後に子供を産んでいたとはな」

「先生に迷惑がかかってはいけないと思い、父親の名前をいわなかったのでしょうね」

「おそらくそうだろう。で、今更いうわけにもいかず、隠れて会っているということか」

「江利子さんに確かめるおつもりですか」

「まさか。そんなことはせんよ」藤堂は苦笑して手を横に振った。「事情はわかった。とりあえず江利子の気の済むようにやらせてみようと思う。ただ、今後も君には骨を折ってもらうかもしれない」

引き続き今西美咲について調べろ、ということだと解釈した。お安い御用です、と山尾は答えた。

以来、藤堂に命じられなくても、時間があれば今西美咲の身辺を調査した。娘の名前が真奈美だということも把握した。山尾にとっては孫娘だ。母娘で公園にいる時、美咲が目を離した隙に真奈美の姿をカメラに収めた。貴重な宝物だ。

彼女たちの住居は幡ヶ谷にある。なるべく近くにいたいと思うようになり、山尾は笹塚に移った。それだけで家族ができたような気になった。

藤堂とはたまに会った。今西美咲たちの様子を報告するだけでなく、警察の内部情報を教えることもあった。詐欺や汚職、選挙違反などの捜査状況を話すと、藤堂は酒を飲む手を止め、熱心に聞き入っていた。

ある時藤堂から、他人名義のスマートフォンが手に入らないかと相談された。

「やりとりを自分のスマホに残したくない相手が何人かいる。スマホを処分しても、携帯電話会社に問い合わせたら、いろいろとわかってしまうんだろ？」

「通話記録などは残りますね」

「だろう？　後ろ暗いことに使う予定はないが、そういうものが一台あると便利だと思ってね。どうだろう、何とかならないか」

「承知しました。御用意します」

裏金の取引などに必要なのだろう、と山尾は察した。今やスマートフォンは、警察や検察にとって証拠の王様だ。

愛人との連絡用にも使うのかもしれない。六本木《ろっぽんぎ》の高級クラブで働いているホステスだ。その店には藤堂に連れられて一度だけ行ったことがある。

飛ばし携帯やスマートフォンを扱っている人間には心当たりがあった。貴重な情報源なので、摘発しないでいる。

数日後、藤堂にスマートフォンを渡した。藤堂は感触を確かめるように触った後、「通話料はどうすればいい？」と尋ねてきた。

「御心配なく。私の口座から落ちるようにしておきました」

「それじゃあ悪いよ」

「いえ、そうしないと意味がありません。お気になさらず」

「じゃあ、なるべく国際電話なんかは使わないようにしないとな」

「そうしていただけると助かります」

「いろいろとすまんな。まあ、今夜は飲んでくれ」藤堂は上機嫌で山尾のグラスにビールを注いできた。

山尾が気になる案件を見つけたのは一年ほど前だ。大麻を所持している不良グループを捕まえたのだが、そのうちの一人の連絡先に今西真奈美の名前があった。

すぐに藤堂に連絡し、麻布十番にある料亭で会った。

「同姓同名かと思ったのですが、本人に間違いありませんでした。近所で聞き込みをしたところ、良くない連中と付き合っているようです。それが原因だと思われますが、母娘喧嘩も珍しくないみたいで」

「そういうことか」藤堂は表情を曇らせた。

「先生が江利子さんと今西さんの関係に気づいていることを、まだ江利子さんには話しておられないのですね？」

「話してない。向こうから打ち明けてくれないかぎり、こっちから話す気はない」

「すると、今西さんの家庭問題に先生が口出しするのはおかしいですね」

「そうなんだ。とりあえず様子を見るしかない。もし何かあったら知らせてくれ」

「わかりました。気をつけておきます」

山尾の額には汗が滲んでいた。それを腕でぬぐい、ふうーっと息を吐いた。

「俺が藤堂先生と会ったのは、それが最後だ」

「でも、電話では話したんですよね」五代は訊いた。「先程、あなたがそういいました」

「十月十四日の夜だ。日付は変わっていたかもしれない。例の飛ばしスマホからかかってきた。ただ事じゃないと思った」

「藤堂氏は何と？」

「頼みたいことがある、といわれた。間もなく大事件が明らかになると思うが、何としてでも真実を隠す必要がある。協力してほしい、と。どんな事件ですかと訊いたが、教えてもらえなかった。それはいずれわかる、君宛てに荷物を送るから、事情を書いた手紙も入れておく、とのことだった」

「それだけですか」

「それだけだ。電話は切れた。こちらからかけても繋がらなくなった」

「捜査が始まったのは十月十五日です。その時点では、あなたも真相を知らなかったわけですか」

「知らなかった。だけど、見当はついた。先生の狙いもわかった」

「藤堂氏は自殺だと、すぐに気づいたんですね」

山尾は頷いた。「あれはたぶん鵜の首結びだ」

「鵜の首？」

「ロープの結び方の一種だ。がっちり締まって緩まない。とっくり結びともいう。周囲に火をつけた後、灯油を染みこませた布を捻り、それで自分の首を絞めたんだと思う。布が濡れているから緩みにくいし、燃えてしまえば痕跡がわからなくなる」

どうやら山岳部で身につけた技術らしい。そんなことに使うとは、顧問教師も部員も考えていなかっただろう。

「江利子夫人の死については、どう考えたんですか」

「藤堂先生が殺すはずがない。しかし先生は犯人を知っている。その犯人を庇おうとしたんだろうと思った。そうなるとそれが誰なのかは薄々想像がつく。先生にとって大事な人間だ。とはいえ、まさか香織さんのわけがない。残るのは、ただ一人だ」

「荷物は届いたんですか」

「十六日の朝、レターパックで届いた。俺に電話をかけた後、ポストに投函したんだろう。タブレットと飛ばしスマホ、それから手紙が入っていた。先生は江利子夫人の遺体を見つけた後、すぐに防犯カメラの映像を確認したらしい。美咲が訪ねてきたところがしっかりと映っていたそうだ。テーブルにはティーカップが二つ出ていて、部屋には争った跡があった。二人の間で何が起きたのかは考えなくてもわかる。先生は、生半可な偽装工作では警察の目を欺けないと覚悟を決めた。自分の身を犠牲にしてでも、架空の犯人を作り上げなきゃいけないと思った。

無理心中に見せかけることも頭をよぎったが、香織さんが選挙に出た時のことを考えると、世間からのイメージが悪くなるのは避けたかった。その点、何者かに殺されたのであれば、むしろ同情票が期待できる。――すごいよな、政治家って。そんな状況でも選挙のことが気になるらしい」

「バスルームに夫人の遺体を吊したのには、そういう狙いがあったわけですね。単に自分が死んだだけでは、夫人を殺してから後追い自殺を図ったと思われるおそれがあった。無理心中に見せかけた偽装が施されていれば、逆に警察は無理心中ではないと結論づける」

「その通りだ。やっぱり先生はただ者じゃない」

　五代は山尾の落ち窪んだ目を見つめた。

「あなたはその遺志を継ごうと思ったんですね」

「まあ、そういうことになる。俺も美咲たちを守ってやりたかった。先生がそこまでやってくれたんだ。俺も腹をくくるしかないと思った」

「タブレットを警察署内で起動させたのはなぜですか」

「もちろん疑いの目を俺に向けさせるためだ。おたくたちの仕事ぶりを見て、これはまずいと思った。さっきもいったように、俺たちの高校時代を調べられるのは覚悟していた。だけど江利子夫人と美咲の関係に気づかれたらおしまいだ。それを防ぐ最も有効な手は、俺が逮捕されることだと考えた」

「でも何もしなければ、警察の目があなたに向くことはあり得ない」

「そうだ。そのためには同一犯による別の犯罪を仕立て上げる必要があった。そこで脅迫状を出すことを思いついた。とはいえ、俺自身は動けない。だから事件を起こした張本人に協力させることにした」不意に山尾は頬を緩めた。「ただしその前に連絡を取る必要があった。味方がいるんだと美咲に教えてやりたかった」

「それがこのメールだったんですね」五代は先程の書類を手にした。「『バディX』からのメールです。で、その後は？」

「脅迫状とタブレットを美咲の部屋の郵便受けに入れた。脅迫状は三億円を要求した藤堂事務所宛てのものだ。それをどこか遠方のポストに投函するようメールで指示した。美咲が奈良県まで出向いたのには少し驚いた。だけどおかげで俺のアリバイは完璧になった。後に逮捕されることになっても、検察が起訴を躊躇う理由になると思った」

だから最初の脅迫状は郵送だったのか、と五代は納得した。罠は何重にも仕掛けられていたのだ。

「次の脅迫状は香織さん宛てにメールを送りましたね。要求額を三千万円と急に下げたのはなぜですか」

「藤堂先生のタブレットからメールを送ることで、タブレットが犯人の手にあることを示しておきたかった。ああ、その前に美咲には、もし警察に何か訊かれたら、先生には愛用のタブレットがあったことをさりげなく話すよう指示しておいた。おたくと二人で本庄夫人に会いに行った時、美咲がタブレット用のバッグについて話したのを覚えてないか？」

「覚えています。あれもあなたの指示でしたか」

「現場から消えたタブレットは重要なものではないか、と捜査陣に印象づけたかった」

「さすがですね」

皮肉ではない。本心だった。

「金額を下げたのは、三千万なら榎並夫妻は払うだろうと思ったからだ。いざとなれば西田を使ってATMから引き出すつもりだったから、まずは入金してもらう必要がある」

「西田に金を引き出させたのは、俺が昭島であなたの同級生たちに当たっていると知ったからですね」

「そういうことだ。おたくは着々と江利子の秘密に近づいていた。遅かれ早かれ美咲のことが突き止められてしまうと思った。阻止するには別に容疑者を作りだすのが一番だ。しかもそれが現職の警察官となれば上層部は焦る。証拠が少なくても逮捕に踏みきるだろうと睨んだ。西田が動けば、捕まるのは時間の問題だ。心配だったのは、西田が俺のことを覚えているかどうかだった。もし忘れているようならタレコミの電話をかけるつもりだったが、うまく思い出してくれたようだ」

五代は笹塚駅の近くから山尾を呼びだした時のことを回想した。

「あなたに任意同行を求めるのは辛かったんですが、すべて計算通りだったんですね」

「本当は留置場なんかには入りたくなかったが、ほかに道はなかった。おたくから電話をもらって、部屋を出る直前まで証拠隠滅に精を出していた。飛ばしスマホをぶっ壊したりしてね」

「かなり際どい賭けでした。下手をすれば刑務所行きになるとは思わなかったんですか。いや、極刑のおそれさえありました」

山尾は目を細め、かぶりを振った。

「有罪にはならないと思っていた。それ以前に起訴されないだろうと予想していた。近年になって、あちらこちらで冤罪《えんざい》を疑われるケースが続き、さすがに検察も懲りている。物証はなく、俺の供述内容はどれもこれも裏付けが取れない。もし公判で俺が自供を翻したらどうなるか。自白至上主義だった時代とは違う」

「そうやって時間を稼ぎ、事件を迷宮入りさせる。それがあなたの狙いだったんですね」

「検察から鑑定留置のことを聞かされた時には勝利を確信した。これで美咲は逃げきれると思ったんだがね」山尾は首を傾げ、唇を噛んだ。

「我々が真奈美ちゃんの画像を見つけていなかったら、計画は成功していたでしょうね。あなたのスマホに保存してあった画像です」

「あれねえ」山尾は苦いものを口に入れたような顔をした。「あんまりかわいかったもんだから、つい撮ってしまった。だけど人間、柄にもないことをやるもんじゃないな」

「撮りたくなった気持ちはわかります。とてもいい表情の画像でした」

「だろう？　消去するのは惜しかった」

五代は頷いてから腕時計を見た。

「今日はこれぐらいにしておきましょう。あなたはもう『都議夫妻殺害及び放火事件』の被疑者じゃない。鑑定留置は間もなく解除されるでしょう。ただ、重要参考人であることに変わりはないので、もうしばらくお付き合いいただくことになると思います。今後、あなたの取り調べには別の人間が当たります。俺があなたとこうして対面して話すのは、これが最後でしょう」

「そうなのか。それは残念だな」

五代は背筋を伸ばし、改めて山尾を見据えた。

「あなたにお伝えしておきたいことがあります。今西美咲の意向についてです」

「美咲の意向？」山尾は怪訝そうに眉根を寄せた。

「今回の事件の真相には、藤堂康幸氏とあなたの今西美咲への思いが大きく関わっております。どちらも彼女を自分にとって特別な存在であったと認識していました。しかし当然のことながら、生物学的な繋がりがあったとしても、どちらか一方だけです」

「繋がりがあったとしても……か」山尾は頬を掻いた。「いやなことをいってくれるね」

「科学的に論じたまでです。そこでＤＮＡによる親子鑑定を望むかどうかを今西美咲に確認してあります」

山尾が唾を呑み込む気配があった。「それで？」

「望まない、というのが今西美咲の回答です。検察も、敢えて明らかにする必要はない、という考えのようです」

「……そうか」山尾は安堵したように穏やかに微笑んだ。「今日、初めておたくから、ありがたい言葉を聞いた。おかげで片思いを続けていられる」

「片思い……なるほどね」五代は頷いてファイルを閉じた。

42

年が明けてから半月が経った頃、五代は昭島の『サニーマンション』を訪れた。ここへ来るのは三度目になる。

正面玄関から中に入ると管理人と目が合った。

「やあ、どうも。あけましておめでとうございます」管理人は愛想よくいった後、首を傾げた。「……なんてことを刑事さんにいってもいいのかな?」

「問題ありません。おめでとうございます」

今年もよろしく、は不要だろう。ここへ来ることはおそらくもうない。

インターホンで五〇三号室を呼ぶとすぐに応答があった。事前に電話をしてある。永間珠代の声に緊張の響きはなかった。

部屋を訪ねると、丸顔の老婦人は穏やかな笑顔で迎えてくれた。新年の挨拶を交わした後、これまでと同じようにダイニングテーブルに案内された。

五代は提げてきた紙袋を差し出した。「お口に合うかはわかりませんが……」

「あら、そんなお気遣いは無用なのに」袋から箱を出し、永間珠代は顔を輝かせた。「まあ、バウムクーヘンね。日本橋三越の」

「よくおわかりですね」

「手土産に買ったことがあります。ありがとうございます。今日は姪が来るので、喜ぶと思います」

永間珠代はキッチンに立ち、お茶の支度を始めた。

五代は室内を眺めた。心なしか、すっきりしたようだ。段ボール箱が四つほど壁際に積まれている。その上で薄茶色の猫が寝ていた。

「来月、引っ越すことにしました」五代の視線に気づいたのか、永間珠代がいった。「ちょうどいい老人ホームが見つかったんです」

「この部屋はどうされるんですか」

「姪夫婦が住んでくれることになりました。その前にリフォームするそうですけど」

「それはよかったですね」

「ひと安心です」

永間珠代はトレイに湯飲み茶碗を載せてキッチンから出てきた。茶碗のひとつを五代の前に置いた。「どうぞ」

恐縮です、と頭を下げてから五代は手提げバッグを膝に載せた。

「電話でいいましたが、今日はお預かりしていたものをお返しに伺いました」バッグからビニール袋を出し、テーブルに置いた。袋の中に入っているのは例のナイフだ。

「もう必要なくなったのでしょうか」永間珠代が訊いた。

「今回の事件に直接の関係はなく、裁判で証拠品として採用される見込みもないとのことです。ありがとうございました」

老婦人は皺に囲まれた目を瞬《しばたた》かせ、悲しげにナイフを見つめている。手を伸ばそうとはしない。

「直接の関係はない……。それはつまり、まるで無関係というわけではなかった、ということなのでしょうか」

返答の仕方に困る質問だった。ごまかすことは可能だが、ここへ来るまでに五代は腹を決めていた。はい、と頷いた。

「どのように関わっていたのか、教えていただけます？」老婦人は窺うような目を向けてきた。

「公判前であり、何もかもというわけにはいきません。ただナイフに関する部分に限定すれば、お話しすることは可能です」

「ええ、それで結構です」永間珠代は居住まいを正した。

五代は日本茶をひとくち含み、両手を膝に置いた。

「永間和彦さんがこのナイフを使って襲った相手は藤堂康幸氏でした。藤堂氏と深水江利子さんが男女関係にあることを知り、逆上した末の行動であったと思われます」老婦人の表情が強張ったのを認めつつ、さらに続けた。「藤堂氏は軽傷でしたが、事後、和彦さんは罪の重大さに気づき、自ら命を絶った可能性が高いです」

永間珠代は項垂れた。その身体が小さく前後に揺れている。呼吸が荒くなるのを懸命に堪えているからだとわかった。

「そう……ですか」細い声が絞り出された。「やっぱりあの子、深水さんのことが忘れられなかったんですね。そうですか。藤堂先生を……」

「和彦さんが心から慕っていた人物でしたから、余計に裏切られたような気持ちになったんでしょう」

「そうかもしれませんね」永間珠代は顔を上げた。「どうして和彦は、藤堂先生と深水さんの関係に気づいたんでしょう？　誰かに何かいわれたんですか」

「それについては……わからない、とお答えしておきます」

永間珠代は、じっと五代の顔を見つめてきた。その目は意外にも冷静そうで、どきりとさせられた。

「まあ、いいです」ぽつりといった。「想像はつきますから」茶碗に手を伸ばし、口元に運んだ。

五代も茶を啜った。そろそろ引き揚げ時かなと思った。

「そういえば彼、違ったんですね」

「彼？」

「山尾陽介君。新聞で読みました。真犯人は女性だったそうですね」

ああ、と五代は頷いた。「その通りです」

「でも記事を読んでも、よくわかりませんでした。山尾君は犯人の女性を庇っていたみたいですけど、女性と特別な関係にあったわけではないように書いてありました」

「少々複雑な事情があるんです。詳しいことはお話しできませんが、いうなれば――」五代は頭の中で言葉を探してからいった。「片思いでした。しかも納得ずくの片思い」

まあ、と永間珠代は口を丸く開けた。「それは素敵」

「素敵ですか？」意外な感想に驚いた。

「素晴らしいじゃないですか。下手に両思いになったりするから失恋する。片思いなら、傷つくことも傷つけることもありません」

「それはたしかに」

老婦人は懐かしさと憐憫《れんびん》に満ちた目でナイフを見つめた。

「もし昔に戻れるものなら、あの子にいってやりたいです。片思いのほうが幸せなことだってあるのよって」

壁際から物音が聞こえた。段ボール箱から飛び降りた猫が、四肢を伸ばして大きく口を開けた。

東野圭吾（ひがしの・けいご）
一九五八年大阪府生まれ。大阪府立大学工学部電気工学科卒業。八五年『放課後』で第三十一回江戸川乱歩賞を受賞。専業作家に。九九年『秘密』で第五十二回日本推理作家協会賞、二〇〇六年『容疑者Xの献身』で第百三十四回直木賞、第六回本格ミステリ大賞、一二年『ナミヤ雑貨店の奇蹟』で第七回中央公論文芸賞、一三年『夢幻花』で第二十六回柴田錬三郎賞、一四年『祈りの幕が下りる時』で第四十八回吉川英治文学賞、一九年に第一回野間出版文化賞、二三年に第七十一回菊池寛賞を受賞。多彩な作品を生み出し、その功績により二三年紫綬褒章を受章。その他に『白鳥とコウモリ』『透明な螺旋』『あなたが誰かを殺した』『ブラック・ショーマンと覚醒する女たち』『クスノキの女神』など著書多数。

架空犯

二〇二四年十一月一日　第一刷発行

著者　東野圭吾
発行人　見城徹
編集人　森下康樹
編集者　宮城晶子
発行所　株式会社 幻冬舎
〒一五一‐〇〇五一 東京都渋谷区千駄ヶ谷四‐九‐七
電話 〇三（五四一一）六二一一〈編集〉
〇三（五四一一）六二二二〈営業〉
公式HP https://www.gentosha.co.jp/
印刷・製本所　中央精版印刷株式会社

検印廃止
万一、落丁乱丁のある場合は送料小社負担でお取替致します。小社宛にお送り下さい。

Printed in Japan　ISBN978-4-344-04373-2　C0093
この本に関するご意見・ご感想は、下記アンケートフォームからお寄せください。
https://www.gentosha.co.jp/e/

カバー写真　那部亜弓
表紙写真＋ブックデザイン　鈴木成一デザイン室

本作は、「小説幻冬」掲載分
（二〇二三年三月号、十月号、二〇二四年一月号、四月号〜九月号）に
加筆・修正をし、書き下ろしを加えたものです。

東野圭吾（ひがしの・けいご）

一九五八年大阪府生まれ。大阪府立大学工学部電気工学科卒業。八五年『放課後』で第三十一回江戸川乱歩賞を受賞。専業作家に。九九年『秘密』で第五十二回日本推理作家協会賞、二〇〇六年『容疑者Xの献身』で第百三十四回直木賞、第六回本格ミステリ大賞、一二年『ナミヤ雑貨店の奇蹟』で第七回中央公論文芸賞、一三年『夢幻花』で第二十六回柴田錬三郎賞、一四年『祈りの幕が下りる時』で第四十八回吉川英治文学賞、一九年に第一回野間出版文化賞、二三年に第七十一回菊池寛賞を受賞。多彩な作品を生み出し、その功績により二三年紫綬褒章を受章。その他に『白鳥とコウモリ』『透明な螺旋』『あなたが誰かを殺した』『ブラック・ショーマンと覚醒する女たち』『クスノキの女神』など著書多数。

架空犯

二〇二四年十一月一日　第一刷発行

著者　東野圭吾
発行人　見城 徹
編集人　森下康樹
編集者　宮城晶子
発行所　株式会社 幻冬舎
〒一五一－〇〇五一 東京都渋谷区千駄ヶ谷四－九－七
電話 〇三(五四一一)六二一一〈編集〉
〇三(五四一一)六二二二〈営業〉
公式HP https://www.gentosha.co.jp/
印刷・製本所　中央精版印刷株式会社

Printed in Japan ISBN978-4-344-04373-2 C0093

この本に関するご意見・ご感想は、下記アンケートフォームからお寄せください。
https://www.gentosha.co.jp/e/

本作は、「小説幻冬」掲載分
（二〇二三年三月号、十月号、二〇二四年一月号、四月号〜九月号）に
加筆・修正をし、書き下ろしを加えたものです。

カバー写真　那部亜弓
表紙写真＋ブックデザイン　鈴木成一デザイン室

「素敵ですか？」意外な感想に驚いた。

「素晴らしいじゃないですか。下手に両思いになったりするから失恋する。片思いなら、傷つくことも傷つけることもありません」

「それはたしかに」

老婦人は懐かしさと憐憫《れんびん》に満ちた目でナイフを見つめた。

「もし昔に戻れるものなら、あの子にいってやりたいです。片思いのほうが幸せなことだってあるのよって」

壁際から物音が聞こえた。段ボール箱から飛び降りた猫が、四肢を伸ばして大きく口を開けた。